J.S. HÜBEL

DIE BLUMENKINDER VON LA MOLA

Der Autor

Jens-Stefan Hübel, gelernter Verlagskaufmann, hat mit einem Volontariat lieber den kreativen Berufsweg des Redakteurs eingeschlagen. Nach Stationen bei petra, Gala und BRAVO war er viele Jahre als Autor für die erfolgreichen Magazine InStyle und BUNTE tätig und hat in diesem Zusammenhang viele nationale und internationale Celebrities getroffen und interviewt.

2007 hat sich Jens-Stefan Hübel selbstständig gemacht und arbeitet seitdem sehr erfolgreich als PR-Berater für Prominente und Lifestyle-Firmen, sowie als Autor für diverse Zeitschriften und Verlage. „Die Blumenkinder von La Mola" ist sein erster Roman.

Jens-Stefan Hübel lebt mit seiner Familie in München.

Mehr Informationen finden Sie auf: www.jens-stefan-huebel.de

J.S. HÜBEL

DIE BLUMENKINDER VON LA MOLA

ROMAN

hansanord

IMPRESSUM

1. Auflage 2012

© 2012 by hansanord Verlag

ISBN: 978-3-940873-35-7

Covergestaltung: Christoph Bäumler // Agentur KOPFBRAND
Layout: Judith Wittmann // Ju^2 Design
Lektorat: Melanie Melchior
Druck: Friedrich Pustet KG, Regensburg

Für Fragen und Anregungen:
info@hansanord-verlag.de
Fordern Sie unser Verlagsprogramm an:
vp@hansanord-verlag.de

hansanord Verlag
Am Kirchplatz 7 | 82340 Feldafing | Tel. 08157 9266 280
info@hansanord-verlag.de | www.hansanord-verlag.de

hansanord ist ein Imprint
des IMAGINE Verlag – Thomas Stolze

Für Daniela und Linus Noah.
In großer Liebe.

INHALTSVERZEICHNIS

PROLOG

Mit dem zweiten Schlag der Kirchenuhr war sie wach. So wie immer. Sommer wie Winter, Jahr ein, Jahr aus. Schwester Augusta versuchte, durch die leicht geöffneten Gardinen in den gemauerten Innenhof zu blicken, doch egal wie sehr sie sich auch mühte, aus ihrer liegenden Position im Bett konnte sie nichts erkennen. Nicht nur ihr Rücken schmerzte, sondern heute war wieder einer dieser Tage, an denen sie das Gefühl hatte, jeden einzelnen Knochen ihres Körpers zu spüren. Es musste nachts geregnet haben, da war sie sich sicher. Die dampfige Luft in ihrem kleinen Zimmer, ihr leichtes Frösteln unter der wollenen Decke und ihre starken Schmerzen waren ganz eindeutige Anzeichen.

Sie schloss noch einmal ihre Augen und dachte an früher. An all die Jahre, in denen sie schon beim vierten Gongschlag fröhlich aus dem Bett gesprungen war, sich in Windeseile angezogen und mit einigen anderen Ordensschwestern aus Santa Clarita vor der Morgenandacht das Frühstück für alle vorbereitet hatte. Damals hatte sie jeden Tag als ein großes Geschenk empfunden. Ein Geschenk des Herrn, das dazu bestimmt war, Gutes zu tun und anderen zu helfen.

Heute war jeder neue Tag für sie nur noch eine Last. Seit ihrem ersten Schlaganfall vor zwei Jahren und der Lähmung danach war Schwester Augusta an ihr Bett oder den Rollstuhl gefesselt und war nun selbst die, die Hilfe benötigte. Beim Waschen, Anziehen, Essen, bei eigentlich fast allem.

Nachts, kurz bevor sie einschlief, fragte sie den Herrn in ihrem Schlafgebet seit vielen Monaten, warum er sie denn nicht endlich ganz zu sich hole, nachdem er ihr doch schon Beweglichkeit, Gesundheit, Lebenssinn und Mut genommen habe. Doch der Herr hatte ihr Flehen bis zum heutigen Tage nicht erhört und so waren die schönen Erinnerungen an die vergangenen Zeiten und die ein oder andere Andacht das einzige, was ihr heute noch geblieben war.

Das laute Klopfen an der schweren Holztür riss Schwester Augusta aus ihren trüben Gedanken. »Ja, bitte!«, versuchte sie, so laut sie nur konnte, zu rufen, doch auch ihre Stimme versagte an diesem Morgen fast vollständig. Trotzdem wurde die Tür nach ein paar Sekunden mit einem lauten Knarzen geöffnet und eine junge Novizin stand an ihrem Bett. »Schwester Augusta, guten Morgen! Es ist kurz nach fünf Uhr. Wie geht es Ihnen heute?«

»Nicht so gut«, flüsterte Augusta, doch die Novizin beugte sich nah genug über sie, um ihre Worte zu verstehen.

»Möchten Sie denn trotzdem die Morgenandacht besuchen?«

»Ja, das wäre sehr schön«, flüsterte Augusta.

»Na, dann wollen wir Sie schnell waschen, anziehen und in die Kapelle fahren.«

Keine Stunde später saß Schwester Augusta, bekleidet mit ihrem alten Habit und in ihrem Rollstuhl, zwischen den anderen Ordensschwestern in der kleinen Kapelle von Santa Clarita. Der junge Priester Adrián hielt die Messe und Augusta lauschte jedem seiner Worte bedächtig.

Adrián war erst seit wenigen Monaten in Santa Clarita, doch Augusta hatte ihn vom ersten Tag an in ihr Herz geschlossen. Denn obwohl er noch sehr jung war, predigte er eindringlich, anschaulich und bewegend. Und das gefiel Augusta. Heute wandte sich Adrián in seiner Predigt besonders an die ganz jungen Novizinnen, die erst vor einigen Wochen ins Kloster gekommen waren. Er machte ihnen noch einmal deutlich, wozu sie sich als Ordensschwestern würden verpflichten müssen: Zu absolutem Gehorsam, der Ehelosigkeit und der persönlichen Armut. »Glaubt nicht, eure Sünden blieben unentdeckt«, predigte er von seiner kleinen Kanzel hinunter. »Sicherlich, ihr mögt eure Mitschwestern oder eure Äbtissin bei Fehlverhalten eine Zeit lang täuschen können. Aber nicht Gott. Er sieht all eure Taten. Und er ist es auch, vor dem ihr euch eines Tages für euer Handeln rechtfertigen müsst. Aber Gott ist gnädig und wird euch eure Sünden vergeben.«

Da spürte Augusta es wieder. Einen leichten Stich in ihrer Brust. Und eine unbeschreibliche Last, die sich auf ihr Herz legte und ihr fast den Atem nahm. Es fiel ihr schwer, Priester Adriáns Worten noch zu folgen. In ihrem Kopf machte sich ein unbeschreibliches Rauschen breit, das nur noch einzelne Fragmente seiner Predigt in ihr Ohr ließ.

»…die sieben Todsünden… Habgier… Tag des Jüngsten Gerichts…«

Schwester Augusta hatte das Gefühl zu ersticken und spürte plötzlich einen Stich, scharf wie von einem Messer in ihrem Kopf. Dazu einen Knall in ihrem Trommelfell. Dann merkte sie, wie sie aus ihrem Rollstuhl rutschte und das Bewusstsein verlor.

»Der dritte Schlaganfall in nicht einmal zwei Jahren. Einige sind auch wirklich gestraft!«

»Ja, sie kann einem wirklich leidtun, die Arme. Wo sie doch selbst so viele Jahrzehnte nur Gutes getan hat. Aber da siehst du mal wieder: Keiner bleibt verschont, nicht mal die Nonnen.«

»Da hast du wohl Recht. Aber es scheint irgendwie, als klammere sie sich am Leben fest und könne nicht richtig loslassen. Mensch, andere in dem Alter haut's doch schon beim ersten Schlag weg.«

»Ja, traurig. Schwester Marta, wir setzen zunächst die intravenöse Lyse- und Heparintherapie fort. Wenn sie noch einmal aufwachen sollte, geben Sie ihr Novalgin oder Tramadol, falls sie Schmerzen hat.«

Augusta hatte jedes Wort gehört. Auch wenn sie die Stimmen der Ärzte, die bei der Visite eben neben ihrem Bett gestanden hatten, nur wie durch einen Schleier wahrgenommen hatte. Als sie nun ihre Augenlider mit größter Mühe öffnete, sah sie, wo sie sich befand: In einem modernen Krankhaus. Sie lag allein in dem Zimmer und sie konnte ihren eigenen Herzschlag anhand des überlaut eingestellten Monitors mit seinem fürchterlichen Piepen genau hören. Sie versuchte, ihre Beine zu bewegen: vergeblich. Auch ihre Arme und Hände wollten ihr nicht mehr gehorchen. Sie atmete heftig und spürte, wie ihr Herz immer schneller schlug, was der piepsende Monitor sofort mit einem Alarm quittierte.

Eine junge Krankenschwester eilte in ihr Zimmer und beugte sich über sie. »Hallo? Sind Sie wach? Können Sie mich hören?«

Mit einer kleinen Taschenlampe leuchtete die Schwester ihr abwechselnd in beide Augen. Augusta nickte.

»Prima. Können Sie verstehen was ich sage? Dann antworten Sie mir bitte oder nicken Sie noch einmal.«

Augusta flüsterte ein leises »Ja«.

»Das ist sehr schön Señora. Haben Sie Schmerzen?«

Augusta flüsterte »Nein«.

»Haben Sie einen Wunsch? Soll ich Ihnen etwas bringen?«

»Den Priester.«

»Priester Adrián aus dem Kloster? Ja? Gut. Ich lasse ihn holen. Versuchen Sie, noch ein bisschen zu schlafen und Kräfte zu sammeln.«

»Schwester Augusta?« Sanft strich Adrián über Augustas Wange. »Sie wollten mich sehen? Ich bin jetzt da!«

Augusta erwachte und ein leichtes Strahlen wanderte über ihr Gesicht.

»Sie sind da. Endlich!« Ihre Stimme war zwar nicht laut, aber trotz ihrer Lähmungen recht verständlich.

»Ich bin sofort zu Ihnen geeilt, Schwester. Was kann ich für Sie tun? Wie geht es Ihnen?«

»Ich will sterben. Und kann doch nicht«, flüsterte Augusta. »Ich möchte«, sie machte eine lange Pause, »dass Sie mir noch einmal die Beichte abnehmen, bevor ich hoffentlich endlich vor Gott treten kann.«

Adrián setzte sich auf einen Stuhl neben ihr Bett, rutschte ganz nah an sie heran, nahm ihre Hand und sprach ebenfalls leise zu ihr: »Im Namen des Vaters, des Sohnes und des Heiligen Geistes. Du hast gesündigt?«

»Ja«, flüsterte Augusta und machte wieder eine Pause, um zu Atem zu kommen. »Viel zu lange habe ich geschwiegen.« Wieder stockte ihre Stimme. »Ich habe Schreckliches getan und hoffe inständigst, der Herr möge mir vergeben.«

»Der Herr ist gnädig und wird dir verzeihen. Doch nun mein Kind, sage mir zunächst: Was hast du getan?«

1. Kapitel

1970

Eva war gerade dabei, eine hellblaue Mustang-Jeans mit weit ausgestelltem Bein zurück ins Regal zu räumen, als ihre Kollegin Claudia sie von hinten antippte: »Du sollst sofort zum Alten kommen. Er will dich sprechen. Ich würde mich beeilen. Er sah ziemlich wütend aus.«

»Was will er denn?«

»Keine Ahnung. Aber an deiner Stelle würde ich ihn nicht lange warten lassen.«

Eva atmete tief durch, denn sie hatte bereits eine Vorahnung, weswegen Herr Kaltenfluss, Inhaber des gleichnamigen Jeans-Fachgeschäftes »mit Tradition«, sie in sein Büro bestellt hatte. Auf dem Weg dorthin legte sie sich deshalb gedanklich schon einmal passende Worte der Entschuldigung bereit.

Aber ob ihm das reichte? Wohl nicht. Kaltenfluss war ein unangenehmer Zeitgenosse und ein ziemlich jähzorniger Chef. Oft schon hatte er sie oder ihre Kolleginnen wegen absoluter Lappalien angeschnauzt und Eva durchdrang schon jetzt das dumpfe Gefühl, dass er ihr die gestrige Aktion wohl nicht verzeihen würde.

Sie musste einfach an sein soziales Gewissen appellieren und zeitgleich ihre weiblichen Reize, die sie zweifelsohne besaß und denen Herr Kaltenfluss im Allgemeinen sehr aufgeschlossen gegenüber war, in Szene setzen.

Also legte Eva einen kurzen Zwischenstopp im Personalraum ein, um ihr Aussehen noch einmal kritisch zu überprüfen.

Sie blickte in den großen Wandspiegel, über den Kaltenfluss ein Schild hatte anbringen lassen: »So sieht Sie der Kunde«.

Eva war zufrieden mit dem, was die Kunden und auch sie selbst sahen. Ihr lilafarbener Mini-Rock war frisch gebügelt und saß am Po knackig. Ihre braunen Overknee-Stiefel mit den Plateauabsätzen waren ordentlich geputzt und die rosa Rüschenbluse mit den kleinen lila Kornblumen darauf betonte ihre schlanke Taille und ihren üppigen, aber festen Busen geradezu ideal. Der schwarze Kajalstift, mit dem sie ihre strahlenden blauen Augen umrandet hatte, war noch unverschmiert und mit dem blass rosafarbenen Lippenstift, den sie noch schnell aus der Häkeltasche in ihrem Spind fischte, zog sie auch noch einmal ihre Lippen nach. Dann tupfte sie sich ein paar Spritzer ihres derzeitigen Lieblingsparfums Janine D. hinter die Ohren und positionierte die Haarspange, auf der eine Blume appliziert war, noch einmal akkurat in ihrem langen, glatt geföhnten, blonden Haar. Sie schaute in den Spiegel und ließ ihren Blick über ihren Körper gleiten. Perfekt! Das musste Kaltenfluss einfach milde stimmen. Und wenn nicht? Eva überlegte, was sie nun noch tun könnte. Schnell knöpfte sie ihre Bluse auf, öffnete den Verschluss ihres BHs und warf diesen zusammen mit ihrer Häkeltasche zurück in ihren Spind. Das Scheppern des Wandlautsprechers riss sie aus ihren Gedanken. »Fräulein Mayrhuber bitte umgehend 100. Fräulein Mayrhuber bitte!«

Es war Kaltenfluss persönlich. Jetzt musste sie sich aber wirklich beeilen.

Der Chef saß hinter seinem schweren Mahagoni-Schreibtisch und sah sie ziemlich wütend an. »Grüß Gott, Herr Kaltenfluss! Sie wollten mich sprechen?«

»Da sind Sie ja endlich, Fräulein Mayrhuber. Setzen Sie sich. Warum hat das denn so lange gedauert?«

»Entschuldigung, ich war noch in einem Verkaufsgespräch mit einer Kundin und wollte diese natürlich nicht einfach so stehen lassen.«

Eva setzte sich auf den Besucherstuhl, dem Chef direkt gegenüber. Sie bemühte sich, dieses möglichst sexy zu tun. Überschlug ihre Beine, fuhr sich mit der Hand noch einmal kunstvoll durch ihr Haar und beugte sich schließlich so weit nach vorne, dass Herr Kaltenfluss den einen oder anderen Einblick in ihr Dekolleté musste erhaschen können. Ihr attraktives Aussehen, verteilt auf 175 Zentimeter, war jetzt ihre einzige, wenn nicht sogar letzte Chance. Das war ihr klar.

»Fräulein Mayrhuber. Wie lange sind Sie nun schon bei uns?«

»So ungefähr ein halbes Jahr«, sagte Eva.

»Diese Zeit sollte Ihnen doch eigentlich gereicht haben, sich mit den Gegebenheiten unseres Hauses vertraut zu machen, oder?«

»Ja, schon.«

»Sie wissen, dass ich Ihnen damit, Sie sofort in den Verkauf zu lassen, eine sehr große Chance gegeben habe? Schließlich sind Sie eine ungelernte Kraft.«

»Ja, ich weiß.«

»Und bisher waren nicht nur Ihre Abteilungsleiterin Frau Schmidt, sondern auch ich immer zufrieden mit Ihren Leistungen. Sie haben sich schnell eingearbeitet, immer gut verkauft und waren bei Kunden und Kollegen äußerst beliebt. Aber mit dem, was gestern passiert ist, haben Sie mein Vertrauen in Sie maßlos enttäuscht.«

»Herr Kaltenfluss. Lassen Sie es mich bitte erklären.«

Eva berichtete ihrem Chef von der alleinerziehenden, arbeitslosen Mutter, die mit ihren drei Kindern in den Laden gekommen war. Die ihr dann ihr Leid geklagt hatte, über ihre düstere Situation ohne Mann, Job und Geld. Der Eva, weil sie ihr so leid tat, dann drei Kinderjeans zum Preis von einer gab, indem sie die Preisetiketten umgeklebt und so Neuware zu herabgesetzten Restposten umdeklariert hatte. Dummerweise hatte Brigitte Kaltenfluss, die Chefgattin, die sich um die Buchhaltung kümmerte und kurzzeitig die Kasse übernommen hatte, als die Kollegin eine kurze Pause machte, den Betrugsversuch sofort entdeckt.

»Wie ich sehe, geben Sie den Verstoß zu. Sie wissen, was das heißt?«, fragte Kaltenfluss.

»Nein«, sagte Eva kleinlaut. »Es tut mir so leid. Aber ich wollte doch nur...«

Weiter kam sie nicht, denn Kaltenfluss fiel ihr direkt ins Wort.

»Fräulein Mayrhuber! Wir sind doch hier nicht bei der Heilsarmee. Oder beim Roten Kreuz. Das geht so nicht. So leid es mir tut, ich muss Ihnen kündigen.«

»Aber ich habe doch nichts gestohlen.«

»Das vielleicht nicht, aber Sie haben uns hintergangen. Fräulein Mayrhuber, hier trennen sich unsere Wege. Sie werden das Haus sofort verlassen. Weil ich kein Unmensch bin, werde ich Ihnen den angebrochenen Monat bezahlen und damit hat es sich. Meine Frau wird Ihnen Ihre Unterlagen zuschicken.«

Eine halbe Stunde später hatte Eva bereits ihren Spind geräumt, sich von ihren geschockten Kolleginnen verabschiedet und schlich nun wie ein angeschossenes Reh durch die Kaufingerstraße, Münchens belebte Einkaufs-Fußgängerzone und dachte dabei über ihr verkorkstes Berufsleben nach.

Das war er nun gewesen. Ihr dritter Job in nicht einmal 12 Monaten. Jetzt musste sie also bei schönstem Wetter im Mai, statt gemütlich im Englischen Garten zu liegen, die neue Sommermode zu kaufen oder im Eiscafé zu sitzen, erst einmal wieder die Stellenanzeigen in der Abendzeitung lesen und wieder auf ihrer alten Schreibmaschine, auf der das »M« immer klemmte, Bewerbungsunterlagen tippen. Ihr graute davor. Vielleicht sollte sie es mal in einer ganz anderen Branche als dem Einzelhandel versuchen? Der hatte ihr ja weiß Gott irgendwie kein Glück gebracht. Im Hotelgewerbe? Sprachbegabt war sie. Englisch, Französisch und Spanisch konnte sie. Hätte sie bloß ihre blöde Fremdsprachenschule nach der Mittleren Reife fertig gemacht. Dann wäre sie heute bestimmt Sekretärin oder Übersetzerin und müsste sich nicht mit Gelegenheitsjobs durchschlagen. Aber die Lehrer waren einfach wirklich zu spießig gewesen. Und dann war vor zwei Jahren ja auch noch Alex auf einer Party in ihr Leben getreten. Sie hatten eine wilde Zeit gehabt. Viel gefeiert, viele Kurse und Vorlesungen geschwänzt. Er die Uni und sie ihre Fremdsprachenschule. Tagelang lagen sie nur im Bett. Bis Eva schließlich durch zwei große Prüfungen gerasselt war und das letzte Schuljahr komplett hätte wiederholen müssen. Doch dazu hatte sie beim besten Willen keine Lust gehabt.

Seitdem versuchte sie es in diversen Klamottenboutiquen, in einem Blumengeschäft und einer Bäckerei und hatte trotz den ganzen Jobwechseln eigentlich immer ganz ordentlich verdient. Zwar nicht die Welt, aber genug zum Leben, so dass es für sie keinen Grund gab, sich um einen Ausbildungsplatz zu bemühen und dann wieder nur mit ein paar hundert Mark im Monat auskommen zu müssen. Zu sehr gefiel es ihr, sich ab und zu etwas zu gönnen. Ein paar Klamotten hier, eine Langspielplatte dort, ein teures Parfum….

Alex hingegen hatte sein Musikstudium trotz der verpassten Vorlesungen fast geschafft, alle Scheine beisammen und obwohl die Karriereaussichten für Studenten dieses Fachs eher mäßig waren, vor ein paar Wochen einen absoluten Treffer in Susis Tanzbar gelandet. Susis Tanzbar war ein übler Anmachschuppen für alleinstehende Mittvierziger in Schwabing, in dem Alex dreimal pro Woche abends auftrat. Eine Art Kontaktcafé mit Damenwahl. Ähnlich dem berühmten Café Keese auf der Hamburger Reeperbahn. Mit viel Plüsch und Kitsch, inklusive kleinen Tischtelefonen und großer Discokugel. Alex stand hier auf der Bühne, sang die aktuellen Schlager der Hitparade rauf und runter und begleitete sich dabei selbst am Keyboard oder ließ zu seinem Gesang ein Halbplayback mit der Musik vom Band laufen. Weniger, um sich künstlerisch zur verwirklichen, wie er immer sagte, sondern mehr, weil der Job recht gut bezahlt war und ihm die ein oder andere flirtwillige Dame gerne ein üppiges Trinkgeld zusteckte, wenn er mit seiner »wunderbar rauchigen und unverwechselbaren Stimme«, wie sie immer sagten, noch einmal »Dein schönstes Geschenk« von Roy Black oder »Du« von Peter Maffay für sie zum Besten gab.

Es war kein Wunder, dass Alex so gut bei den weiblichen Gästen ankam: Er war ein absoluter Frauentyp. 27 Jahre alt, 1,91 Meter groß, mit breiten Schultern und schmaler Taille. Dazu halblanges, dunkelbraunes Haar, braune Knopf-Augen und schlanke, aber doch männliche Hände. Auch Eva hatte sich vor gut zwei Jahren sofort in ihn verliebt, als er ihr von einer Freundin auf besagter Party vorgestellt wurde. Zunächst hatte sie gedacht, er sei Südländer, als er da so vor ihr stand, mit seinem dunklen Haar, dem dunklen Teint und dem rassigen Brusthaar, das sich seinen Weg aus seinem lässig aufgeknöpften Hemd bahnte. Doch Alex war ein original Münchner Kindl, genau wie sie.

Sie hatten geredet, getanzt und getrunken. Von allem ein bisschen zu viel. Und er roch so gut. Wenn der Spruch, man könne jemanden »gut riechen« stimmte, dann passte er zu 150 Prozent auf Alex. Eine herb-holzige Wolke mit einem Hauch Patschuli umgab ihn und Eva hätte ihn schon an diesem ersten Abend auffressen können.

Nach Verlassen der Party, auf dem Weg zu ihren Fahrrädern, hatten sie das erste Mal geknutscht. Eva konnte sich noch genau an diese leidenschaftlichen Küsse erinnern. Es waren Küsse, mit denen er sie sofort um den Verstand gebracht hatte. Kein Mann zuvor hatte sie einerseits so zärtlich und gleichzeitig so leidenschaftlich und fordernd geküsst. Sie war damals wie von Sinnen gewesen von ihm, den Küssen und dem Alkohol. Sie hatte ihn ohne Zögern in seine kleine Studentenbude begleitet, wo sie sich schon im Eingang die Klamotten vom Leib gerissen und anschließend die ganze Nacht stürmisch geliebt hatten.

»Danke Pharmaindustrie!«, hatte Eva am nächsten Morgen gedacht als sie eine Anti-Baby-Pille, die seit ein paar Jahren endlich auch in Deutschland erhältlich war, eingenommen hatte.

Seit damals waren sie zusammen. Sie und Alex. Das war etwas Großes, da waren sie sich sicher. Und so zogen sie schon nach ein paar Monaten zusammen in eine kleine Zweizimmerwohnung im bezahlbaren Stadtteil Giesing, die sie beide trotz ihres recht überschaubaren Einkommens sehr schick und gemütlich eingerichtet hatten.

Ein Manager der Plattenfirma Intercord hatte Alex nun angesprochen, da ihn sein Auftritt bei einem Besuch »absolut umgehauen hatte«, wie er sagte. Man bestellte ihn zu Probeaufnahmen in ein Tonstudio und allesamt waren danach vom Ergebnis und seinen Sangeskünsten äußerst angetan gewesen. Daraufhin bot man ihm einen Plattenvertrag an. Und dessen Details wollten die Manager heute mit ihm bei einem gemeinsamen Mittagessen im Paulaner Biergarten besprechen.

Eva blickte auf ihre Armbanduhr: Viertel nach Zwölf. Jetzt musste sie ihm die Daumen drücken, damit alles gut lief.

Eigentlich war ja alles klar. Es ging nur noch um ein paar nicht ganz unwichtige Faktoren, wie seine Gage zum Beispiel. Aber

Alex hatte gemeint, dass die Manager von einer Vorauszahlung von mindestens 10.000 Mark gesprochen hätten.

Eva lief ein wohliger Schauer den Rücken hinunter. Vielleicht könnte sie ja ganz aufhören zu arbeiten. Das wäre doch dufte. Dann würde sie erst mal ganz gemütlich zuhause bleiben und sich in Ruhe darüber klar werden, was sie in Zukunft eigentlich machen wollte.

Vielleicht eine Ausbildung zur Heilpraktikerin? Oder doch noch mal zurück auf die Sprachenschule? Wenn Alex erst mal ein großer Popstar war, musste sie sich um ihre Zukunft eh keine Sorgen mehr machen.

»Begrüßen Sie mit mir in der ZDF-Hitparade: Alex Roth mit seinem neuesten Hit ‚Bleib bei mir‘.«

Eva musste grinsen, als sie sich vorstellte, wie Dieter-Thomas Heck ihren Alex wohl anmoderieren würde und all ihre Freundinnen ihn im Fernsehen sähen. Mittendrin zwischen Roy Black und Peter Maffay. Sie selbst würde strahlend in der ersten Reihe sitzen und nach der Sendung die Fans mit Autogrammkarten versorgen. Alex auf Tourneen begleiten und ihm als Muse zur Seite stehen – ja, das wäre doch mal ein Job, der ihr gefallen würde.

Eva war inzwischen fast am Stachus angekommen, wo sie in die Tram-Bahn nach Hause steigen wollte. Doch vorher kaufte sie im Kaufhaus Oberpollinger für die letzten 31,30 Mark die sie aus ihrem Portemonnaie hervorkramte noch schnell eine Flasche Sekt, eine Packung Buttertoast, ein bisschen Heringssalat und ein paar Scheiben vom edlen Räucherlachs. Schließlich wollte sie trotz ihres blöden Rauswurfs den heutigen Abend mit Alex genießen und seinen Plattenvertrag gebührend feiern. Bepackt mit ihren gerade erworbenen Köstlichkeiten, die Eva in ihrer Häkeltasche verstaut hatte, bestieg sie die Straßenbahn. So konnte sie auch noch in Ruhe ein bisschen aufräumen, bevor Alex zurückkam. Sie wollte es sich und ihm so richtig gemütlich machen. Bei Kerzenlicht, Sekt und Räucherstäbchen.

Es war halb zwei, als Eva im Treppenhaus die Post aus ihrem Briefkasten fischte: drei nervige Rechnungen und eine Postkarte von einer Freundin aus Indien. Als sie ihre Wohnungstür aufschloss, wartete jedoch eine Überraschung auf sie. Alex saß nämlich entgegen aller Erwartungen nicht mehr mit den Plattenmanagern im Biergarten, sondern bereits auf dem braunen Cordsofa. »Es ist aus. Es hat nicht geklappt. Ich bin draußen«, sagte er mit trauriger Stimme, noch bevor Eva selbst etwas sagen konnte.

Dann schwieg er. Genau wie sie.

»Meine Stimmfarbe passt angeblich doch nicht in ihr Programm«, sagte er nach einigen Minuten der Stille. »Sie wäre nicht unverwechselbar genug. Sie haben mich einfach abserviert. Und dafür habe ich letzte Woche meinen Job bei Susis gekündigt. Ich bin so wütend. Ich könnte morden!«

Eva ließ die Häkeltasche mit ihren Einkäufen auf den Boden fallen und setzte sich zu ihrem Freund aufs Sofa. »Ach Mensch. So ein Mist. Das kann doch alles nicht wahr sein! Können wir denn nicht auch mal ein bisschen Glück haben?« »Ja, echt alles eine große Scheiße. Aber immerhin haben wir noch deinen Job. So kommt wenigstens ein bisschen Geld in unsere Haushaltskasse«, sagte Alex.

»Leider nicht.« Eva machte eine Pause. »Den bin ich auch los. Ich wurde heute gefeuert.«

»Wie bitte?«

»Ja. Nur weil, weil ich…«, Eva stockte, denn in diesem Moment schnürte sich ihre Kehle zu und sie spürte, wie Tränen in ihren

Augen aufstiegen. Alex zog sie an sich heran und tröstete sie. »Schatz, hör' auf zu weinen. Das ist die ganze Sache doch nicht wert!«

»Aber was sollen wir denn jetzt bloß machen? Wir kommen doch so schon kaum mit unserem Geld hin«, schluchzte sie.

Alex zog seine Freundin an sich und küsste ihr Gesicht. Dann flüsterte er ihr ins Ohr: »Die alle hier haben uns doch gar nicht verdient. Die können uns mal gern haben!« Er kraulte zärtlich ihren Hinterkopf. »Weißt du was? Ich habe gerade eine super fantastische Idee.«

»Ja?«, Eva schaute ihn fragend an.

»Wir hauen einfach ab von hier. Weg. Weit weg. Raus aus dem spießigen Bayern. Wir steigen aus! Ich weiß auch schon ganz genau, wohin wir gehen…«

2. Kapitel

2011

»Hey, Ricardo! Bringst du mir bitte noch einen Aperol-Spritz? Für dich auch?«

Patrick nickte.

»Ricardo, mach zwei draus!«

Ricardo, ihr Lieblingskellner in der Münchner Tagesbar Cuore, machte sich auf den Weg hinter den Tresen und Patrick strahlte: »Komm, Iris-Schätzchen, du musst zugeben, der Mantel war wirklich ein Schnäppchen!«

Iris schüttelte ungläubig den Kopf: »Kein Mensch braucht einen Dolce&Gabbana-Wildledermantel für 2500 Euro.«

»Doch, ich schon!«, erwiderte Patrick gespielt trotzig. »Ich habe ja auch keinen Mann, von dem ich mit so vielen schönen Dingen verwöhnt werde wie du!«

»Ach, hör auf. Die paar lächerlichen Geschenke und Blumen. Das macht Thorsten doch nur, weil er ein mega-schlechtes Gewissen hat.«

»Hat er?«, Patrick guckte überrascht.

»Aber hallo! Er ist es doch, der Tag und Nacht in der Redaktion abhängt und für unser Privatleben so gut wie null Zeit hat. Außerdem kennst du doch die nervige Situation: Wir können morgens nicht zusammen im Büro auftauchen und abends nie zusammen gehen, selbst wenn er mal früher fertig ist. Keine gemeinsamen Abendtermine. Nichts, Nada.« Iris machte eine Pause und seufzte tief. »Und trotzdem liebe ich ihn.«

»Meinst du denn wirklich, es hat immer noch keiner mitbekommen?«, Patrick blickte Iris skeptisch an. »Ich meine, so was kann man doch nicht ewig geheim halten. Eine unvorsichtige Berührung hier, ein Kuss dort, Sex im Kopierraum…«, er prustete los.

»Ach Mensch, du bist echt blöd! Du weißt genau, dass wir das nie machen würden, wenn andere auch noch im Büro sind. Nein, ich glaube wirklich nicht, dass es schon jemand mitbekommen hat. Außer meiner Kollegin Conny – und der habe ich es schließlich selbst erzählt. Es wäre ehrlich gesagt auch ein ganz schöner Mist, wenn das raus käme und das ganze Getratsche losginge. Bei dem verlästerten Klatschhaufen – ich mag überhaupt nicht dran denken…«

Seit über sechs Monaten waren sie jetzt ein Paar, Iris und ihr Chef Thorsten. Ein heimliches.

Als sie vor gut einem Jahr bei Stars & Co. angefangen hatte, wäre sie im Leben nicht auf die Idee gekommen, etwas mit einem ihrer Vorgesetzten anzufangen. »Never fuck the Company!«, so lautete ihre eiserne Devise und zwar seit sie ihre Brötchen selbst verdiente. Liebe im Büro führte doch immer nur zu blöden Komplikationen: Eifersüchteleien, ätzend große Dramen, Jobstress – Iris hatte um dieses Minenfeld immer ganz bewusst einen großen Bogen gemacht.

Dass Thorsten sie attraktiv fand, wusste sie zwar, hatte er ihr doch schon bei ihrem Vorstellungsgespräch Komplimente gemacht. Nicht nur für die Geschichten in ihrer Bewerbungsmappe, sondern auch für ihr Outfit.

Das hatte Iris zwar gewundert, denn mit ihren 1,69 Metern, ihren gefühlten 15 Kilo zu viel auf der Waage, ihrem ihrer Meinung nach viel zu großen Busen und ihren halblangen, braunen Haaren würde sie nun ganz bestimmt nicht als Germanys Next Topmodel durchgehen. Trotzdem hatte sie sich weiter nichts dabei gedacht. Und in den ersten Monaten bei Stars & Co. gab es auch keine weiteren Indizien dafür, dass Thorsten, den sie damals natürlich noch ganz offiziell Herrn Schnieder nannte, sich für sie interessierte.

Thorsten hingegen war eigentlich alles, was Frau sich von einem Mann wünschen konnte. Super attraktiv, charmant und ein wahrer Macher. Er war Chefredakteur von Deutschlands erfolgreichstem People-Magazin. Und dazu offensichtlich wohlhabend: Er fuhr einen dicken Porsche und bewohnte ein 250-Quadratmeter-Luxus-Loft im noblen Stadtteil Bogenhausen. Und er verstand es, Frauen auf gefühlte 1000 Arten um seinen Finger zu wickeln. Es gab keine Kollegin, war sie auch noch so unattraktiv oder unbegabt, der er nicht immer mal wieder etwas Nettes sagte. Und dazu war er einfach wahnsinnig gut aussehend: Blond, groß, braun gebrannt und mit lässigem Drei-Tage-Bart, breitschultrig, mit sexy verwuscheltem, leicht sonnengeblichenem Haar. Um es einfach zu sagen: Typ Robert Redford. In jung und knackig.

»Der ist ein unglaublicher Charmeur«, hatte ihre Kollegin Conny, mit der sie das Büro teilte, sie schon gleich an ihrem ersten Arbeitstag gewarnt. »Auf den waren schon alle hier scharf und haben ihn umgarnt, aber bisher hat sich noch jede die Zähne an ihm ausgebissen. Er flirtet, ist mega charmant und doch läuft irgendwie mit keiner wirklich was. Oder er macht es so geschickt, dass es keiner mitbekommt.«

»Vielleicht steht er nicht auf Frauen?«, vermutete Iris daraufhin. Doch das hielt Conny für total unwahrscheinlich: »Na ja, so genau weiß das hier zwar keiner. Theoretisch könnte es natürlich schon sein. Aber wenn es so ist, will man es dann wirklich wissen? Das ist doch wie mit all diesen Boybands oder hübschen Soap- und Novela-Darstellern. Angeblich alle hetero. Und natürlich Single.« Conny hatte gelacht. »Auf Veranstaltungen geht er jedenfalls immer allein. Und ein bisschen Hoffnung will man doch noch haben, oder nicht? Ich meine, so ein Typ als Lover – das wär's doch!«

Iris hatte sich in den folgenden Tagen und Wochen schnell eingewöhnt in der neuen Redaktion und ihre Tätigkeit als Kino-Redakteurin machte ihr viel Spaß. Schon wenige Wochen nachdem ihre ersten Filmkritiken und Interviews bei Stars & Co. abgedruckt worden waren, hatte Thorsten sie zu sich gerufen, sie für ihre »großartige Arbeit« gelobt und ihr gleich eine kleine Gehaltserhöhung gegeben. Das war doch mal ein Chef!

Auch mit Conny, mit der sie ein Büro teilte, hatte Iris sich von Tag eins an gut verstanden. Die Chemie zwischen ihnen stimmte einfach. Conny war bei Stars & Co. zuständig für die Musikthemen und eine absolute Expertin auf diesem Gebiet, genau wie Iris in Sachen Kino. Zusammen glichen sie einem perfekten Gespann. Iris durfte Conny auf Konzerte begleiten und sie selbst nahm Conny im Gegenzug auf Filmpremieren mit.

Ihr Job war glamourös – doch in Sachen Privatleben und Liebe lief nicht viel derzeit. Wenn sie nach einem anstrengenden Tag in der Redaktion nach Hause kam, hing Iris meist nur noch müde auf dem Sofa ab, telefonierte mit ein paar Freundinnen und zappte gelangweilt durchs Fernsehprogramm. Seit fast zwei Jahren war sie nun schon Single. Für wilde Aufrissabende in der Disco oder Bar fühlte sie sich mit ihren 40 Jahren inzwischen zu alt und die Männersuche per Internet war auch nicht wirklich die ihre. Genauso wenig wie flüchtige Affären oder Sexabenteuer. Ganz im Gegensatz zu ihrem besten und schwulen Freund Patrick, der – wenn er mal wieder sehr »liebesbedürftig« war, wie er es immer nannte – den ein oder anderen Partner für eine Nacht per Kontaktforum im Internet fand.

Doch eigentlich warteten sie beide auf die große Liebe. Die dazu auch gerne ein bisschen Geld mitbringen durfte. Sozusagen ihren »Brad Pitt auf dem Goldesel«, wie Patrick immer sagte.

Eines Freitags, Iris hatte für sich und Kollegin Conny für die Premierenfeier anlässlich eines neuen Streifens mit Hugh Grant Pressekarten besorgt, ließ Conny sie kurz vor Beginn der Party, bei der auch Hugh selbst zugegen sein sollte, per Anruf im Regen stehen. »Iris, ich habe ein spontanes Date mit dem Traummann überhaupt und kann nicht mitkommen. Er lädt mich ganz edel zum Essen ein – da konnte ich einfach nicht Nein sagen. Bist du jetzt böse?«

»Ist schon ok«, hatte Iris geantwortet und ganz genau gewusst, wer liebend gerne mal einen Live-Blick auf den smarten Hugh werfen wollen würde.

»Aber logo! Ich bin in einer halben Stunde bei dir!«, hatte Patrick begeistert ins Telefon geflötet.

Und so schritten die zwei, Iris ganz in Schwarz und Patrick von Kopf bis Fuß in Gucci, gemeinsam über den roten Premieren-Teppich. Seite an Seite mit den Münchener Promis und denen, die sich dafür hielten. Der Film war eher mäßig gewesen, die Party relativ öde und der smarte Hugh nach einem Anstandsglas Champagner längst wieder in Richtung Hotel inklusive intimer Privatparty entschwunden.

Und dennoch hielt der Abend eine nette Überraschung für Iris bereit. Als Patrick frischen Champagner an der Bar holte und sie einen kurzen Moment allein im Kinofoyer stand, tippte ihr plötzlich von hinten jemand auf die Schulter. Als sie sich umdrehte, stand ihr Chef vor ihr. »Hallo, Iris. Sind Sie ganz allein hier?«

Das was folgte, waren Minuten, Stunden, ach was, eine Nacht, die Iris niemals vergessen würde. Thorsten, Patrick und sie hatten bis in die frühen Morgenstunden geplaudert, getrunken und geflirtet. Thorsten total unverschämt und völlig unverblümt mit ihr und sie ein kleines bisschen auch mit ihm. Dieser Abend glich einem Feuerwerk, das sich entlud. Ja, sie hatte Ihren Chef immer schon attraktiv und charmant gefunden, so wie die meisten Kolleginnen in der Redaktion. Und doch hatte sie seit Wochen im Büro das Gefühl gehabt, dass er sie anders ansah, als am Anfang. Ein kurzer Blick hier, eine zufällige Berührung am Konferenztisch dort, ein scheinbar belangloser Talk in der Kaffeeküche. Iris wurde in den letzten Tagen das Gefühl nicht los, dass Thorsten nicht nur versuchte, ihre Sympathie für ihn zu checken, sondern sogar sich ihr zu nähern. Auffällig unauffällig. Und das elektrisierte sie von Tag zu Tag mehr. War es sein Aussehen oder seine Machtposition gewesen, die sie so anmachten? Oder die Tatsache, dass ihr vielleicht das gelingen könnte, was all ihre Kolleginnen vorher nicht geschafft hatten? Sich diesen Charmeur zu angeln? Iris wusste es nicht und versuchte, sich darüber klar zu werden, während Patrick mit Ben, dem persönlichen Friseur und Maskenbildner von Hugh Grant, den er am kalten Buffet zwischen Lachstartar und California-Sushi-Röllchen aufgegabelt hatte, ebenfalls auf Teufel komm raus flirtete.

Irgendwann, als die Vögel schon wieder zwitscherten, waren sie alle noch »auf einen letzten Absacker« ins P1, Münchens hippsten Disco-Club, gedüst.

Gegen 6 Uhr hatte Patrick völlig lull und lall eingewilligt, sich von Ben die »unglaublich stylishe Junior-Suite« und das »total überwältigende Frühstücksbuffet« im Hotel Bayrischer Hof zeigen zu lassen, während Iris, trotz Champagner in jeder Ader ihres Körpers noch absolut Herrin ihrer Taten, sich von Thorsten ganz brav zum Taxistand auf der gegenüberliegenden Straßenseite begleiten ließ. Sie wollte jetzt stark und ein anständiges Mädchen sein. Hatte sie beschlossen. Da konnte Thorsten so charming sein und ihr tief in die Augen blicken, wie er wollte. So. Basta.

»Das war ein ganz besonderer Abend. Du bist so unglaublich sexy«, hatte er ihr ins Ohr geflüstert, als er ihr die Taxitür geöffnet hatte. »Ich hoffe, wir wiederholen das ganz bald!«

Ohne ihre Antwort abzuwarten, hatte er sie dann geküsst. Ganz selbstverständlich. Ganz direkt. Mit seinen unglaublich weichen und sinnlichen Lippen.

Iris war trotz ihrer guten Vorsätze hin und weg gewesen. Der Fußboden hatte sich gedreht – ob wegen des Champagners, des Kusses oder beidem zusammen, wusste sie später nicht mehr so genau – und sie war mit heftigstem Herzklopfen mit dem Taxi nach Hause, in ihre Wohnung gefahren.

Sie lag noch ewig wach. Denn alles drehte sich. Das Bett, ihr Kopf, ihre Gedanken. Noch immer hatte sie das Gefühl, den langen Kuss von Thorsten auf ihrem Mund spüren zu können und auch der Geruch seines würzigen Eau de Toilette haftete noch an ihr. Wie in einem Sinnesrausch war sie schließlich aber doch, völlig übermüdet, eingeschlafen.

Geweckt wurde sie wenige Stunden später vom Piepsen ihres Handys: Eine SMS von Thorsten, der sich bei Iris für den tollen Abend bedankte und sie zum Abendessen ins französische Restaurant »Chez Gabrielle« einlud. Iris rief sofort Patrick an und wenig später gingen sie die Geschehnisse der letzten Nacht auf Iris' Sofa noch einmal minutiös durch. Iris hatte keine Geheimnisse vor Patrick, vertraute seinem Urteil in fast allen Fragen. Dass Patrick Männer liebte, so wie sie, aber gleichzeitig auch einer war, hatte sich schon mehrfach als sehr praktisch erwiesen. Denn obwohl Patrick eine extrem große Leidenschaft für Mode und alle schönen Dinge des Lebens hatte, so war er doch immer noch Manns genug, um zu wissen, wie die Herren der Schöpfung tickten und wie Frau die ein oder andere Handlungsweise der Kerle einzuordnen hatte. Selbst beim Thema Sex hatte Iris in den vielen Jahren ihrer Freundschaft schon einige nützliche Tipps von ihm bekommen.

Und an diesem Morgen mehr Details, als ihr, dank zu viel Champagners, schwer angeschlagener Magen vertragen konnte:»Ich habe keine Minute geschlafen«, erzählte Patrick aufgeregt über seine Erlebnisse mit Edelfrisör Ben.»Und das mega Buffet haben wir natürlich auch verpasst... Er ist ja sooooooo niedlich! Findest du nicht? Er hat mich übrigens eingeladen, ihn in London zu besuchen. Dann will er mir auch mal einen ganz neuen Look verpassen, hat er gesagt. Mein Blond sei total yesterday. Ich solle mein Haar lieber dunkel und kürzer tragen. Würden David und Vicky Beckham schließlich auch immer mal wieder tun. Was meinst du?«

»Das kann schon sein, dass dir das gut steht. Wenn du aussehen willst wie der einfältige Kicker.«

»Entschuldige mal! Wer würde das denn nicht wollen? Aber nun berichte du erst mal von deinem Thorsten!«

Iris erzählte ausführlich. Von Thorstens Charme-Attacken, ihren guten Vorsätzen, auch von dem Kuss, der sie schließlich trotz allem so sehr aus der Bahn geworfen hatte.»Weißt du, wenn er mich anguckt, so richtig, dann geht mir das durch Mark und Bein. Das hatte ich echt ewig nicht, dieses Gefühl. Ich würde mich am liebsten sofort nackt auf ihn stürzen. Ich glaube, ich bin eine Schlampe.«

Aber Patrick hatte Iris Zweifel, ob ihrer plötzlich entfachten Verknalltheit und ob sie sich wirklich auf ihren Chef einlassen sollte, ganz schnell ausgeräumt:»Wenn du ihn dir nicht schnappst, tut es eine andere! Hallo? Ich meine der Typ ist smart, sexy, sieht super aus und hat weder Frau noch Kinder, oder? Go with the flow! Lass es einfach laufen. Du musst ihn ja nicht morgen heiraten und übermorgen schwanger werden!«

Und so hatte Iris ein paar Stunden später tatsächlich mit dem Objekt ihrer Begierde bei Kerzenschein im Chez Gabrielle gesessen.

Über ein halbes Jahr war das alles nun her. Das erste Date, das erste Dinner, die erste gemeinsame Nacht. Iris ließ die letzten Monate gedanklich noch einmal Revue passieren, während Ricardo mit ihren Drinks und einer kleinen Schale Oliven an ihren Tisch kam.

»Na, ihr beiden Hübschen, was habt ihr heute noch vor?«, fragte er grinsend.

»Ich weiß gar nicht«, antwortete Iris und blickte Patrick fragend an. »Was haben wir denn noch vor?«

»Auf große Action habe ich eigentlich keine Lust mehr. Ich muss Ben morgen schon um viertel nach acht vom Flughafen abholen. Wir könnten uns eine DVD ausleihen, ein bisschen bei mir auf dem Sofa abhängen und dazu schweinische Dinge wie Ben&Jerry's-Eis und Pringles essen?«

»Gute Idee!«, fand auch Iris. »Ich bin total groggy von der Woche. Zu mehr bin ich heute auch nicht mehr imstande.«

Für sie und Patrick war die Kinopremiere vor ein paar Monaten zu einer Art Schicksalsnacht geworden. Denn obwohl Iris es nicht für wahrscheinlich hielt, hatte sich Patricks vermeintlicher One Night Stand Ben ein paar Tage später tatsächlich noch einmal bei ihm gemeldet. Sie hatten daraufhin immer öfter miteinander telefoniert und ein paar Wochen später war Patrick tatsächlich spontan nach London geflogen, um ihn zu sehen. An der Themse hatte er dann nicht nur einige Zentimeter seines Haares und die blonde Farbe, sondern auch sein Herz verloren. Obwohl er, als jahrelang erprobter Dauersingle, das natürlich nicht so ganz zugeben wollte. »Ach Blödsinn. Das ist nur eine kleine, internationale Affäre. Ganz unverbindlich. Wir gucken mal, wie lange es überhaupt gut geht...«, hatte er Iris von Anfang an gegenüber immer wieder betont. Doch dafür, dass es nur »ganz unverbindlich« sein sollte, sahen sich die beiden doch recht regelmäßig, wie Iris in den letzten Monaten festgestellt hatte. Patrick und Ben telefonierten mehrmals am Tag miteinander, mit ihren iPhones schrieben sie sich ständig verliebte Nachrichten und fast jedes Wochenende sahen sie sich. Entweder weil Ben, so wie an diesem Wochenende, Patrick hier in München besuchte, oder weil Patrick zu Ben nach England flog. Finanziell für die beiden kein Problem: Ben unterhielt im Stadtteil Chelsea seinen gut laufenden Promi-Friseursalon, in dem neben Hugh Grant auch die Beckhams, so sie denn mal wieder in London auftauchten, diverse Pop- und Fernseh-Sternchen und sogar Englands Top-Politiker einliefen. Und Patrick verdiente als Chefdesigner beim angesagten Modelabel Lou Lou Lex so unverschämt viel, dass Iris schon einige Male überlegt hatte, warum sie nicht auch längst in die Mode-Branche gewechselt war.

»Ben hat mich übrigens was gefragt«, erklärte Patrick auf dem Weg zum DVD-Verleih. Er blieb stehen, blickte in Iris' Augen und setzte einen höchst dramatischen Gesichtsausdruck auf.

»Was denn?«, fragte Iris.

»Ob ich ganz zu ihm nach London ziehe.«

3. Kapitel

1970

»Mann, ist das hier eine Hitze!«, Eva wischte sich den Schweiß von der Stirn. »Ich bin jetzt schon völlig erledigt!«

»An die Wärme solltest du dich besser ganz schnell gewöhnen«, sagte Alex, der trotz des üppigen Mittagessens, das sie gerade an Bord serviert bekommen hatten, ziemlich fit wirkte und dem auch die knapp drei Stunden Flugzeit offensichtlich nichts ausgemacht hatten. »Schließlich ist das hier unser neues Zuhause!«

Eva und Alex standen auf der Treppe, die von ihrem Spantax-Flieger auf das Rollfeld führte, wo Busse bereits auf die ankommenden Touristen warteten. »Und wie lange brauchen wir noch? Ich kann nicht mehr«, jammerte Eva.

»Nicht mehr so lang, Schatz, entspann dich! Sobald wir das Gepäck haben, fahren wir mit einem Taxi zum Hafen, das soll so ungefähr eine halbe Stunde dauern und dann geht's weiter mit dem Schiff. Keine zwei Stunden später sind wir da...«

»Und du bist dir sicher, dass Toni dort auf uns wartet?«

»Aber klar! Er holt uns vom Hafen ab und bringt uns zum Haus.«

Nach ihrem unrühmlichen Ende bei Jeans Kaltenfluss und seiner Zwangspause in Sachen Musikkarriere war alles ganz schnell gegangen: Alex und Eva hatten ihre Wohnung aufgegeben, Evas' Freundin und Ex-Kollegin Claudia, die gerade zusammen mit ihrem Freund auf Wohnungssuche war, hatte dankbar sofort ihr Reich in München Giesing übernommen. Sie hatten auch die meisten ihrer Möbel an die beiden verkauft und in den folgenden Tagen alles zu Geld gemacht, was nur irgendwie flüssig zu machen war. Alex hatte zwei Gitarren und sein heiß geliebtes Keyboard an ein Musikgeschäft verscherbelt. Eva den wertvollen Erbschmuck ihrer Großtante in ein Pfandleihhaus getragen und fast ihre gesamten Klamotten – inklusive zwölf Paar Jeans in sämtlichen Schnittvarianten – in einen Secondhand-Shop gebracht. So hatten sie knapp 1000 Mark zusammen bekommen.

Genug für die Flugtickets und ein bisschen Startkapital in ihr neues Leben, das keine Woche nach Evas' Rauswurf nun tatsächlich beginnen sollte. »Ihr braucht hier in Spanien nicht viel Geld«, hatte Toni, ein alter Studienfreund von Alex, die beiden beruhigt. »Ihr habt die Sonne, das Meer, die unvergleichliche Natur, ein Dach über dem Kopf und ein völlig neues Leben. Dazu braucht ihr kaum Peseten. Geld ist doch eh der Untergang der Gesellschaft. Dieser ganze Konsum, Kommerz und Kapitalismus. Davon müsst ihr euch ganz schnell befreien. Klaro?«

Und das wollten Eva und Alex ja. Sich ganz schnell befreien. Von ihrem alten Leben, vom schlechten Karma in München und von all dem hässlichen und immer andauernden Streben nach Besitz. Einfach noch einmal ganz neu starten. Das Erlebte reflektieren und dabei wieder zu sich selbst finden. Seele und Körper sollten nun endlich wieder eine Einheit bilden. Das war es, das sie beide nun mehr als alles andere wollten. Und dabei einfach nur noch in den Tag hinein leben...

Toni hatte die beiden Münchner bei der Planung ihrer Auswanderung tatkräftig unterstützt. Zum Glück hatte Eva die Postkarte, die er den beiden vor ein paar Wochen geschrieben hatte, wiedergefunden. Auf die hatte Toni neben Begeisterungsstürmen über sein neues Leben unter Spaniens Sonne auch die Telefonnummer der Tapas-Bar geschrieben, in der er seit ein paar Wochen gelegentlich aushalf. Nur so hatte Alex ihn überhaupt erreichen können, denn eine wirklich feste Adresse schien auf dieser ominösen Insel kaum einer zu haben, geschweige denn einen Telefonanschluss. »Du, das ist hier nicht so spießig wie in Deutschland«, hatte Toni gesagt. »Mal ist man hier, mal dort. Irgendwas zum Schlafen findet man immer und wenn es unter dem sternenklaren Himmel am Strand ist. Herrlich! Ich nutze mein kleines Zimmer hinter der Tapas Bar eigentlich fast nie.«

Da Eva und Alex aber nicht so ganz komplett ins Blaue starten wollten, hatte Toni versprochen, sich nach einer festen Bleibe für die beiden umzuhören. Bereits zwei Tage später hatte er sich mit der freudigen Nachricht zurückgemeldet, dass er etwas gefunden habe. »In einer alten Finca, ganz idyllisch gelegen.«

Dort seien gerade zwei Schweden ausgezogen und deren Zimmer könnten sie nun haben. Ganz billig und vor allem ganz ruhig.

Da standen sie nun am Gepäckband des kleinen Flughafens und warteten auf die zwei großen Koffer – den gesamten Besitz, der ihnen nach dem Ausverkauf ihres alten Lebens geblieben war.

Eine halbe Stunde später saßen Eva und Alex im Taxi auf dem Weg zum Hafen. Der Fahrer rauchte Kette und beplauderte sie ohne Unterlass. Eva, die sich wunderte, wie gut sie immer noch Spanisch sprechen und vor allem verstehen konnte, sagte höflicherweise alle paar Minuten »Si«. Mal bejahend, mal fragend und auch mal antwortend, weil sie einfach zu erschöpft für ein längeres Gespräch war.

Im Hafen angekommen, löste Alex die Fährtickets in der Hafenmeisterei. Zum Glück war ihnen am Flughafen Riem in München noch eingefallen, ein paar Mark gegen Peseten einzutauschen. »Das Schiff da hinten rechts, die Joven Dolores!«, wies ihnen der freundliche alte Spanier, der ihnen die Tickets verkauft hatte, den Weg.

»Da ganz hinten? Herrje. Schon wieder gehen…«, maulte Eva.

Schnaufend schleppten die beiden Auswanderer ihre schweren Koffer die Hafenmole entlang. Hier und dort hatten Händler Holzstände voller Linsen, Trockenfrüchte und frischem Fisch aufgebaut. Die Sonne brannte vom blauen, wolkenfreien Himmel. Eva und Alex stand der Schweiß auf der Stirn. »Wie kriegen wir bloß die Koffer vom Hafen zum Haus?« fragte Eva sich jetzt schon.

»Och, da wird sich schon was finden. Bestimmt hat Toni eine Idee. Er weiß ja, dass wir mit dem 15 Uhr-Schiff kommen«, erwiderte Alex sehr gelassen.

Endlich waren sie bei der Joven Dolores angekommen. Am Ende des kleinen Klappstegs, der an Bord führte, erwartete sie bereits ein – wie Eva fand – netter und äußerst attraktiver Matrose, der ihnen nicht nur die Tickets, sondern auch die schweren Koffer abnahm. Auf dem Oberdeck hatten sich bereits jede Menge Passagiere versammelt. Es war eine bunte Mischung aus Hippies, Familien mit kleinen Kindern und Einheimischen, von denen die meisten Frauen trotz der großen Hitze lange, dunkle Röcke, hochgeschlossene Blusen und schwarze Kopftücher trugen.

»Dass die sich nicht tot schwitzen und umkippen bei den Temperaturen«, sagte Eva. »Das ist echt ein Wunder!«

Sie selbst trug kurze Jeansshorts, ein T-Shirt mit psychedelischen Mustern und dazu braune Ledersandalen. »Aber die lustigen Strohhüte mit dem schwarzen Band drum, die die alten Damen hier über ihren Kopftüchern tragen, gefallen mir. So einen will ich auch. Nun guck doch mal, Alex!«

Doch Alex schien sich weniger für die Modetrends der Insulaner, sondern mehr für seine Banknachbarn zu interessieren, mit denen er schon ins Gespräch gekommen war. »Eva, das sind Jeffrey und Christine. Stell dir vor, sie sind aus San Francisco hierhergekommen!«

Eva machte sich mit den Amerikanern bekannt. Auch Jeffrey und Christine wollten aussteigen, genau wie sie! »Aber woher kanntet ihr diese Insel in Amerika?« fragte Eva verwundert.

»Die ist gerade total trendy«, erklärte Jeffrey. »Alle reden drüber! Besonders bei uns in Kalifornien. Sogar Bob Dylan und King Crimson waren schon hier. Wusstet ihr das nicht?«

Tatsächlich schien der Ruf der Insel als Hippie-Mekka längst über die Grenzen von Europa hinweg geschwappt zu sein. Spanier, Skandinavier, Deutsche und Amerikaner starteten hier ein neues Leben. Jeffrey und Christine bestätigten ihnen, dass es so etwas Tolles wie diese Insel in ganz Nord- und Südamerika nicht gebe. »Siehste, Eva. Wir haben alles richtig gemacht!«, freute sich Alex.

Nachdem der Kapitän dreimal getutet hatte, ging es los und die kleine Fähre verließ gemütlich tuckernd die Hafenbucht. Doch schon nach ein paar Minuten gestaltete sich die Überfahrt wesentlich ungemütlicher: Der eben noch blaue Himmel zog sich zu, ein kräftiger Wind ließ die Wellen gegen den Bug der kleinen Fähre spritzen. Teilweise so stark, dass die Passagiere, die in den ersten Reihen auf dem Oberdeck saßen, ganz nass wurden. Doch das schien diesen offenbar nichts auszumachen, denn sie juchzten und quietschten vergnügt bei jeder Welle, die über Bord platschte.

Eva war dagegen gar nicht zum Quietschen zumute. Das Flugzeugessen hatte anscheinend nicht vor, die Reise mit ihr fortzusetzen.

Noch ehe sie überlegen konnte, ob es an Bord der Fähre wohl auch eine Toilette gebe, spürte sie das Unheil in sich aufsteigen. Eva sprang auf, sprintete los und schaffte es gerade noch zur Reling auf dem hinteren Oberdeck. In einem riesigen Schwall erbrach sie sich ins Meer.

Sie fühlte sich hundeelend. Der Matrose, der ihr vorhin die Koffer abgenommen hatte und gerade eine Zigarette rauchend an der Reling stand, nahm sich ihrer an. »Geht es Ihnen nicht gut, Señora? Keine Angst, wir sind bald da!«

»Danke, es geht schon wieder.« Eva war die Situation entsetzlich peinlich. Doch der Matrose beruhigte sie mit tröstenden Worten: »Der Wind ist heute sehr stark«, sagte er mit sonorer Stimme, »wer das nicht so gut kennt, bekommt schnell Probleme mit dem Magen. Warten Sie hier, ich bringe Ihnen etwas, das Ihnen helfen wird!«

Er verschwand und kehrte keine zwei Minuten später mit einem kleinen Glas mit bräunlichem Inhalt zurück. »Trinken Sie das! Das wird Ihnen gut tun.«

»Äh, was ist denn das?«

»Hierbas mit Cognac.«

»Hierbas?«

»Ja. Ein Kräuterschnaps, den wir hier selber brauen. Der macht kaputte Mägen ganz schnell wieder heil. Sie werden sehen.«

Eva nippte an dem Glas. »Uih. Das ist aber sehr stark, oder?«

»Ja. Aber auch sehr gut! Trinken Sie alles auf einmal. Los!« Eva hielt die Luft an, atmete tief durch und trank das Glas in einem Zug leer.

»Sehr gut!«, lobte der Matrose. »Ich heiße übrigens Javier.«

»Und ich bin die Eva. Danke, Javier, für den Schnaps!«

Eva spürte das teuflische Gesöff wie einen warmen Fluss erst ihre Speiseröhre und dann ihren Magen hinunterlaufen. »Es ist wirklich schon besser, danke.«

»Wenn Sie noch einen brauchen, lassen Sie es mich wissen, ok?«

»Ja, danke. Das mache ich.«

Schnaps und frischer Fahrtwind hatten Eva tatsächlich gut getan und ihr Magen beruhigte sich langsam wieder. Sie ging zurück zu Alex, der sich inzwischen mit Christine und Jeffrey einer anderen Gruppe Hippies angeschlossen hatte, die gerade einen großen Joint kreisen ließen. »Schatz, wo warst du denn?«, fragte Alex, der offensichtlich schon ein paar Mal mehr an der fetten Hasch-Zigarette gezogen hatte, wie seine großen, glasigen Augen verrieten.

»Ach, ich habe nur mal kurz ein bisschen Luft geschnappt und mir das Boot angeschaut«, log Eva, die vor ihm auf keinen Fall ihren kleinen »Aussetzer« zugeben wollte. »Hier, willst du auch einen Zug?« Alex hielt ihr den Joint im Großformat vor die Nase.

»Nein, danke. Mir ist schon schlecht.«

»Mensch, Eva, nun sei doch keine Spielverderberin! Das macht man hier so!«

Ein wenig später sah Eva, die im Gegensatz zu Alex lieber aufs Meer guckte anstatt in die müden Gesichter der Hippies, am Horizont langsam ihre neue Heimat auf sie zukommen. Die kleine Insel lag flach und friedlich vor ihnen. Das erste das Eva sah, waren lange, weiße Strände und ein paar Dünen. Die Sonne hatte sich inzwischen wieder ihren Weg durch die Wolken gebahnt und ließ das Meer in hellem Türkis erstrahlen. Eva fühlte sich durch den Flug und ihr unschönes Spuck-Erlebnis immer noch ein wenig schmuddelig und wäre am liebsten mit einem Köpfer ins kühle Nass gesprungen.

Die Joven Dolores verlangsamte ihre Fahrt. »Nun guck doch mal! So schön! Alex!«, rief Eva. Doch ihr Freund war offensichtlich zu sehr mit seinen neuen Freunden inklusive Joint beschäftigt.

Das Schiff tuckerte inzwischen so nah am Strand entlang, dass Eva genauer sehen konnte, was sie doch zunächst nur für eine optische Täuschung gehalten hatte: Alle Menschen, die dort lagen oder sich ins Meer stürzten, waren nackt. Ob das der FKK-Strand war? Offensichtlich… Eva schmunzelte. Darum war die Insel wohl gerade bei Hippies so beliebt. Freies Leben, freie Meinung, freie Liebe – und freie Körper.

Die Joven Dolores fuhr einen großen Bogen, ließ die weitläufigen Strände hinter sich und bog in einer großen Kurve in eine Art Lagune ein, von schmalen Mauern und einer langen Mole gesäumt, an deren Ende sich ein kleines Leuchtfeuer befand. Der Hafen der Insel, beziehungsweise das Häflein, wie Eva feststellte. Denn außer ein paar Fischerboten, ein paar Anglern, die auf der Mole standen und auf den großen Fang warteten, hielt sich das Treiben hier doch ziemlich in Grenzen. Erst als das kleine Schiff nach erneutem Tuten am Kai festmachte und Matrosen es vertäuten, stellte sich rund um das kleine, weiße Gebäude in dem der Hafenmeister saß, eine Art von Leben ein. Ein paar Motorräder knatterten heran, einige Radfahrer versammelten sich direkt an der Anlegestelle und auch ein staubiger Bus kam mit quietschenden Reifen auf dem kleinen Parkplatz zum Stehen, der sich neben der Hafenmeisterei befand.

Auch die Hippies und Alex erhoben sich schließlich, nachdem bereits alle anderen von Bord gegangen waren und man ging auseinander, aber nicht ohne sich vorher umarmt und versichert zu haben, dass man sich doch bald in der Fonda wieder sehen wolle, um dort weiter zu machen, wo sie soeben leider aufhören mussten.

Alex' Pupillen waren weit aufgerissen, als er Eva in den Arm nahm und er roch aus jeder Pore nach den Unmengen von Gras, die er soeben inhaliert hatte. »So hatte ich mir unsere Ankunft eigentlich nicht vorgestellt«, meckerte Eva.

»Ach, Baby, nun mach dich mal locker. Das bisschen Gras. Das gehört hier einfach dazu. Hast du Haschisch in den Taschen, hast du immer was zu naschen.«

»Ja, schön. Nun lass uns endlich von Bord gehen. Nicht, dass noch jemand mit unseren Koffern abhaut.«

»Oh Mann, Eva. Du bist so eine olle Spießerin! Denkst du, hier klaut dir jemand deine Miniröcke?«

Die beiden gingen über die schmale Gangway an Land, wo inzwischen das ganz große Chaos ausgebrochen war. Kinder heulten, schrien nach ihren Müttern und die wiederum nach ihren Kindern. Väter versuchten, in den riesigen Bergen aus Kartons, Kisten und Koffern ihr Gepäck zu finden, die Matrosen der Joven Dolores, offensichtlich heillos überfordert, mittendrin. Jeder wühlte, kramte, schimpfte vor sich hin. »Siehst du Toni schon irgendwo?«, fragte Eva, während auch sie vergeblich versuchte, in dem heillosen Chaos ihre Lederkoffer zu finden. »Ich schau mal«, sagte Alex und verschwand im Gewühl.

»Señora! Ihre Koffer habe ich dort hinten hin gestellt.«

Es war Javier, der Eva auf die Schulter tippte und den entscheidenden Tipp gab.

»Oh, danke! Sehr lieb!«

»No Problema. Dafür sind wir doch da!«, sagte Javier und strahlte sie dabei aus seinen großen, braunen Augen an. »Ich wünsche Ihnen viel Spaß und hoffe, dass wir uns bald wiedersehen!«

»Ja, das hoffe ich auch«, sagte Eva und spürte, wie sie dabei leicht errötete.

»Wo treffe ich Sie auf der Insel?«, fragte Javier.

»Tja, wenn ich das selbst so genau wüsste. Keine Ahnung. Ich weiß noch nicht genau, wo wir wohnen werden.«

»Nun ja. Es wird Ihnen bestimmt gefallen. Sie werden sehen. Vielleicht sehen wir uns ja mal in der Fonda?«

»Der Fonda?«, Eva wusste nicht, was Javier meinte.

»Ja, die Fonda. Fragen Sie einfach danach. Jeder kennt auch Pepe, den Besitzer.«

»Ja, das werde ich tun!«

»Und ansonsten wissen Sie ja, wo Sie mich finden, Eva«, sagte Javier. »Wenn Sie einmal Hilfe brauchen, ich bin immer für Sie da! Und einen Hierbas bekommen Sie hier auch. Aber das wissen Sie ja bereits.«

Eva war ihr Aussetzer noch immer peinlich und sie wurde noch röter. »Äh ja, danke, Javier!«

Er stand ganz nah neben ihr und sie konnte seine Männlichkeit förmlich riechen. Ein betörender Mix aus Sonne, Meer und Patschuli, das sie so liebte.

Der Duft ging ihr durch Mark und Bein. Javier legte seinen Arm um ihre Schulter. »Javier, ich bin hier mit meinem…« Eva kam nicht weiter, denn Alex, der inzwischen zurück war und sie von hinten anstupste, unterbrach sie.

»Ich habe Toni gefunden. Er steht da hinten. Los, komm. Hast du die Koffer?«

»Ja, habe ich!«

Javier hatte, als Alex zurückkam, ganz spanischer Gentleman sofort seinen Arm von ihrer Schulter genommen und einen Schritt zurück gemacht.

»Eva, komm jetzt endlich! Ich nehme schon mal die Koffer.«

Voller Energie griff sich Alex die beiden Gepäckstücke und kämpfte sich Richtung Hafenmeisterei durch. »Los jetzt!«

Eva blieb zögernd zurück und drehte sich noch einmal um: »Adios, Javier!«

»Adios, Eva! Noch eine Frage? Wie lange bleiben Sie?«

Eva lächelte. »Für immer!«

4. KAPITEL

2011

D as war wieder ganz typisch für sie. Montag war einfach nicht ihr Wochentag, fand Iris. Nach einem völlig unspektakulären Wochenende kam sie heute nicht richtig auf Trab. Eigentlich komisch. Hätte sie jetzt wild durchgefeiert oder die Nächte mit Thorsten durchgeliebt, wäre ihr Montag-Morgen-Blues verständlich gewesen. Aber so?

Thorsten hatte sie seit Freitagvormittag in der Redaktion nicht mehr gesehen. Er war am Wochenende auf einem Führungskräfteseminar in Köln gewesen. »Mit 24 Stunden Referenten-Terror und Dauerbespaßung«, wie er Iris am Freitag erzählte.

Das Seminar fand am Rhein statt, da B&B-Media, der Verlag zu dem auch Stars & Co. in München gehörte, dort seinen Stammsitz hatte. Thorsten musste relativ oft an Wochenenden auf derartige Seminare und Workshops, da dem Medienkonzern gerade an der »ständigen Weiterbildung« seiner Führungskräfte sehr gelegen sei, wie Thorsten ihr einmal erklärt hatte. Dass Iris ihren Liebsten aus bekannten Gründen nicht auf solche Trips begleiten konnte, war klar. Und so waren die romantischen Wochenenden, die sie in den letzten Monaten ganz für sich allein gehabt hatten, recht überschaubar gewesen. Ja, wenn sie zusammen waren, war es immer ein Traum. Sie gingen schick Essen, Thorsten verwöhnte sie mit kleinen Liebesdiensten und Geschenken und sie hatten wirklich guten Sex. Aber die Zeit, die sie miteinander verbrachten, war einfach zu wenig gewesen in letzter Zeit. Immer wieder hatten Job-Meetings, Tagungen und seine Auslandsreisen ihnen einen Strich durch ihr Liebesleben gemacht.

Genervt kurvte Iris über den wieder einmal übervollen Mittleren Ring, die Hauptverkehrsader, die sich wie ein neuralgischer Dauer-Stau durch München schlängelte. Sie blickte auf die Uhr: 9.17 Uhr. Seit gut einer Viertelstunde sollte sie eigentlich an ihrem Schreibtisch sitzen. Doch von dem war sie noch kilometerweit entfernt. Stoßstange an Stoßstange, es ging nur im Schritttempo vorwärts.

Als Iris endlich im Büro ankam, zeigte die Uhr bereits Zehn. Aber auch Conny schien gerade erst angekommen zu sein. Sie war gerade dabei, ihre Jeansjacke auf den Garderobenständer zu bugsieren. »Na Süße, habt ihr auch verpennt?«

»Von ihr kann keine Rede sein. Thorsten war doch wieder auf so einem dämlichen Seminar. Ich habe ihn das ganze Wochenende nicht gesehen.«

»Ach… Er ist aber auch noch nicht da«, sagte Conny. »Sein Auto stand eben jedenfalls noch nicht in der Garage.«

Iris wunderte sich. »Komisch. Sonst ist er doch immer der Erste. Vielleicht hat er ja gestern Abend auch den letzten Flieger verpasst und kommt erst heute Vormittag zurück?«

»Das weißt du nicht? Was ist denn das für eine komische Beziehung, die ihr da führt? Sprecht ihr nicht miteinander?«

»Danke, Conny. Schrei bitte noch lauter, damit es auch jeder in der Redaktion mitkriegt. Herrgott! Nein, wir haben am Wochenende nicht miteinander gesprochen, da die dort rund um die Uhr Programm hatten. Thorsten hat mir nur ab und zu eine SMS geschrieben.«

Iris richtete sich an ihrem Arbeitsplatz ein, guckte ihre Post und ein paar Zeitungen vom Wochenende durch und schlürfte nebenbei einen Kaffee. Sie schaltete ihren Computer ein und startete ihr Mailprogramm. Viel Quatsch, viel Werbung, eine Einladung zu einer Pressevorführung eines neuen Films mit Sandra Bullock und Kevin Costner in den Hauptrollen.

Sie blickte auf ihre Computer-Uhr. 10.23 Uhr. Inzwischen dürfte auch Thorsten eingetroffen sein, denn jeden Tag um 10.30 Uhr hatten sie ihre Redaktionskonferenz, in der die Themen des Tages besprochen und verteilt, sowie die neuesten Paparazzi-Abschüsse der Promis von der Fotoredaktion gemeinsam in einer Art Fotoshow per Projektor gezeigt wurden. Irgendwie immer das gleiche. Marcia Cross aus Desperate Housewives mit ihren zwei niedlichen Zwillingen in Los Angeles unterwegs, Madonna aus einem Kaballah- oder Fitnesscenter kommend, zwar mit glatter Haut und schönem Haar, dafür aber mit entsetzlich alten Händen und Prinzessin Maxima aus Holland bei der Eröffnung irgendeiner Ausstellung. Es war fast schon erschreckend: Wer eine Zeit lang diesen Job machte, hatte bald irgendwie das Gefühl, ein Teil dieser völlig abstrusen Celebrity-Welt zu sein. Man wusste immer genau, ob Prinzessin Victoria und Prinz Daniel von Schweden gerade auf Staatsbesuch in Indien oder doch zu Friedensgesprächen in Nahost unterwegs waren. Ob und wo Julia Roberts gerade mal wieder drehte und wo Boris Becker mit wem gestern Abend gefeiert hatte…

Dank eines weltweiten Netzes aus Fotografen, Bildagenturen und Internet waren die VIPs, über die Stars & Co. jede Woche berichtete, für Iris und ihre Kollegen inzwischen absolut gläsern. Eine Tatsache, die sie in ihrem Freundes- und Familienkreis zur manchmal unfreiwilligen Expertin machte. Kaum eine Familienfeier oder ein Mädelsabend, an dem sie nicht zu irgendeiner Promi-Ehe in Trümmern oder einer erneuten Adoption von Brangelina, den neuesten Musik-Produktionen von Hitproduzenten wie Frank Farian oder Alessandro Rosso Stellung beziehen musste. Die Leute interessierten sich für Klatsch. Und zwar die meisten. Auch wenn sie offiziell natürlich nicht dazu standen. »Der berühmte McDonald's-Effekt«, pflegte Iris zu sagen. »Angeblich geht nie einer hin, aber trotzdem eröffnen die täglich neue Filialen.«

Man hätte es natürlich auch den »DSDS«- oder »Dieter Bohlen«-Effekt nennen können.

»Oh! Haste schon gelesen?«, fragte Conny.

»Was denn?«

»Hier. Eine Mail von Pia. ‚Konferenz für alle um 11 Uhr im großen Konferenzraum‘. Was das wohl zu bedeuten hat?«

Pia war Thorstens Assistentin und Konferenz für »alle« bedeutete bei Stars & Co., dass die komplette Redaktion anzutreten hatte. In solchen Konferenzen wurden dann meist irgendwelche wichtigen Dinge verkündet, wie Änderungen der Arbeitszeit, Umstrukturierungen des Heftes, Vorstellung neuer Kollegen und derartiges.

»Weißt du echt nix?«, fragte Conny.

»Nein, wirklich nicht. Keine Ahnung!«

»Ach, Iris. Wofür sitze ich hier eigentlich mit dir in einem Büro und bin deine Freundin? Dafür, dass ich alles auch erst zum Schluss erfahre? Komm, gib mir wenigstens einen Hinweis! Thorsten hat dir doch bestimmt schon etwas verraten.«

»Nein, hat er nicht. Wirklich nicht. Kannste mir glauben! Bleib ganz cool. Ich rufe Thorsten mal an.«

Iris hatte tatsächlich keine Ahnung, was man ihnen gleich verkünden wollte. Sie griff zum Hörer und wählte Thorstens direkte Durchwahl. Das »rote Telefon«, wie er immer zu sagen pflegte. Ein Zweittelefon, das nicht auf Pia, seine Sekretärin umgeleitet war und dessen Nummer nur ganz wenige Mitarbeiter kannten. Iris ließ es klingeln. Dreimal, viermal. Keine Antwort. Sie wählte Pias Nummer. »Hallo Pia, grüß dich. Sag mal, wo ist denn Herr Schnieder?«

»Du, Iris, keine Ahnung.« Sie machte eine längere Pause. »Er ist jedenfalls noch nicht da.«

»Hatte er nicht irgend so ein Seminar am Wochenende? Ist er da vielleicht hängen geblieben? Er hatte letzte Woche mal so etwas in der Konferenz erwähnt«, hakte Iris nach.

»Also ich weiß von keinem Seminar.«

Iris stutzte. »Weißt du denn, worum es in der Konferenz gehen soll?«

»Keine Ahnung. Warum fragen eigentlich immer alle mich? Du bist jetzt schon die vierte, die das wissen will.«

»Na, Pia, du sitzt doch da im Vorzimmer der Macht. Da dachten Conny und ich halt, du wüsstest irgendetwas.«

»Nein, sorry Mädels, keine Ahnung. Ich muss jetzt auch Schluss machen. Die andere Leitung klingelt.«

Pia legte auf und Iris war sichtlich irritiert.

»Und?«, fragte Conny.

»Sie weiß auch nichts. Sagt sie jedenfalls.«

Iris überlegte ein paar Sekunden und wählte dann Thorstens Handynummer. Nur die Mailbox. Sie sprach drauf. »Ich bin's. Wo bist du? Melde dich bitte gleich, wenn du hier bist. Bussi.«

»Ausgeschaltet?«, fragte Conny.

»Yip.«

»Komisch.«

»Ja, wirklich.«

Als Conny und Iris in den Konferenzraum kamen, waren alle Sitzplätze um den großen Tisch bereits besetzt. Iris und Conny stellten sich also neben ein paar Kollegen an die Fensterfront. Doch von Thorsten war weiterhin nichts zu sehen. Aber zur Konferenz erschien er eh meistens als Letzter, dachte Iris.

Doch statt Thorsten kamen von Pia angeführt drei Damen und ein Herr in den Raum und setzten sich auf die vier freien Stühle am Kopf des Tisches, auf denen sonst immer die Chefredaktion saß. Drei der vier Personen kannte Iris. Die eine war die sogenannte »Objektleiterin« für Stars & Co. im Verlag, die andere die Personalchefin und der ältere Herr einer der drei Geschäftsführer von B&B-Media, der normalerweise in der Firmenzentrale in Köln residierte.

Die dritte Frau, dünn, schmallippig und mit übel gelb blondiertem Haar, hatte Iris zwar schon einmal irgendwo in der Medienszene gesehen, konnte sie aber nicht mehr wirklich einordnen.

»Oh Gott, die machen doch das Blatt hier nicht dicht?«, flüsterte Conny ihr leise ins Ohr.

»Quatsch. Niemals. Nicht bei der Auflage und den Werbeerlösen«, flüsterte Iris zurück.

Der Geschäftsführer räusperte sich und richtete dann das Wort an alle: »Liebe Mitarbeiter. Ich freue mich, Sie heute alle hier zu sehen. Wie Sie alle in den letzten Monaten mitbekommen haben, hat die Medienkrise auch vor unserem Haus nicht Halt gemacht. Stars & Co. hat sich zwar auf dem Markt behauptet, aber gerade in den letzten beiden Quartalen Auflage und auch Anzeigenerlöse eingebüßt. Um aber weiterhin die Rolle im Segment der People-Magazine zu spielen, die Sie alle und auch die Leser von Stars & Co. gewohnt sind, haben wir uns zu einer Kurskorrektur und einigen Umstrukturierungen entschieden.«

Er machte eine Pause. Alle Mitarbeiter starrten ihn an.

»Die erste und für Sie wohl wichtigste ist, dass wir die Chefredaktion von Stars & Co. ab sofort Kristina Koletzko übertragen haben. Über alle weiteren Maßnahmen werden Sie im Anschluss von den Damen informiert. Nicht nur ich, sondern wir alle hoffen, dass wir auf Ihrer aller Unterstützung bei diesen Maßnahmen zählen können. Ich bedanke mich für Ihren Einsatz und übergebe nun das Wort an die Damen.«

Nachdem der Big Boss den Konferenzraum verlassen hatte, übernahmen die Damen das Reden. Doch Iris hörte alles, was sie sagten, wie durch eine Nebelwand. »Frau Koletzko, eine Top-Journalistin mit vielen Kontakten…, Umstrukturierungen in der Grafik und Mode…, Sparmaßnahmen im Bereich Personal…, Gespräche in den nächsten Tagen…«.

Iris war wie gelähmt. Fragen schwirrten ihr durch den Kopf. Wo war Thorsten und warum hatte er ihr nichts gesagt? Wusste er von seinem Rauswurf? Warum hatte man ihn dann trotzdem noch auf ein Seminar geschickt? Oder war er gar nicht in Köln gewesen? Wo dann? Sie grübelte und ihr lief ein Schauer über den Rücken.

»Komm jetzt! Oder willst du hier Wurzeln schlagen?« Conny zog sie aus dem Konferenzraum, der inzwischen schon fast wieder leer war. Wie paralysiert folgte Iris ihr und setzte sich wieder an ihren Schreibtisch.

»Ach du Scheiße« war das erste, was Conny sagte, nachdem sie die Bürotür geschlossen hatte. »Und du wusstest wirklich nichts?«

»Nein. Nein. Nein. Ich hatte keine Ahnung. Ich muss ihn sofort anrufen.«

Doch Thorsten blieb verschollen. Sein Handy war abgeschaltet, eine SMS, die Iris ihm schrieb, ging nicht durch. Und auch an seinem Privatanschluss ging niemand ran. Selbst Pia, die Iris noch einmal angerufen hatte, wusste nichts. Lediglich, dass er wohl bereits am Freitagnachmittag sein Büro geräumt und seine persönlichen Dinge mitgenommen habe. Sie selbst hatte weder etwas von dem angeblichen Seminar, noch etwas von der neuen Chefredakteurin gewusst, wie sie Iris glaubhaft versicherte.

»Ich muss ihn finden. Ich bin mal kurz weg, wenn mich jemand suchen sollte«, sagte Iris zu Conny und griff sich Sonnenbrille,

Autoschlüssel, ihre Handtasche und stürmte in die Garage zu ihrem Auto. Wie in Trance fuhr sie zu seinem Loft in Bogenhausen. Währenddessen rief sie ihn noch einmal auf seinem Handy an. Aus. Mailbox. Sie sprach wieder drauf. »Herrgott, Thorsten. Wo bist du? Ich mache mir Sorgen. Ruf mich endlich an! Wir wissen alles. Das ist doch alles kein Weltuntergang. Bitte meld dich doch!«

Iris klingelte an seiner Tür. Nichts. Sie kramte in ihrer Handtasche und suchte nach ihrem Schlüssel für seine Wohnung, den er ihr vor einigen Monaten feierlich übergeben hatte. Sie schloss die Haustür auf und stürmte die Treppen nach oben. Dort versuchte sie, die Lofttür aufzuschließen, doch es ging nicht. Iris versuchte es immer wieder, aber der Schlüssel passte offensichtlich nicht. Nicht mehr. Das konnte doch nicht sein! Iris versuchte immer wieder, den Schlüssel ins Schlüsselloch zu schieben, doch er passte nicht. So blieb die Tür verschlossen. Erneut klingelte sie Sturm und lauschte an der Tür. Nichts. Keine Reaktion. Offensichtlich war wirklich keiner zuhause. Iris stürmte das Treppenhaus wieder hinunter. Unten angekommen traf sie auf eine ältere Nachbarin von Thorsten. »Grüß Gott! Eine kurze Frage: Haben Sie Herrn Schnieder gesehen?«

»Nein, leider nicht. Seit letzter Woche nicht.«

Iris fuhr zurück in die Redaktion, wo bereits eine neugierige Conny und diverse E-Mails auf sie warteten. »Frag nicht, ich weiß nichts«, sagte Iris.

»War er denn nicht da? Keine Spur?«

»Nein. Nichts. Eine Nachbarin meinte, sie hätte ihn seit letzter Woche nicht gesehen. Meinst du, er könnte sich etwas angetan haben?«

»Quatsch«, sagte Conny. »Im Leben nicht. Dafür ist er nicht der Typ.«

Iris versuchte erneut, Thorsten auf dem Handy zu erreichen. Eine Ansage: »Derzeit können auf dieser Mailbox leider keine Nachrichten mehr hinterlassen werden, denn die Mailbox ist voll. Bitte versuchen Sie es zu einem späteren Zeitpunkt noch einmal. Sorry, this voicebox can not…«

Iris legte auf. »Ich kann nicht mal mehr eine Nachricht hinterlassen. Wie kann das sein?«

»Meine Schwägerin hatte das auch mal, als sie ihre kleine Tochter bekam und ihr die ganze Familiensippe auf der Mailbox endlose Gratulations-Kommentare hinterlassen hatte. Irgendwann ist der Speicher halt vollgequatscht und man muss wieder was löschen«, erklärte Conny.

»Und dafür zahlt man eine Schweine-Kohle an diese Idioten von Handybetreibern, dass sie einem im Krisenfall den Anrufbeantworter abschalten. Unglaublich!«

»Iris, nun bleib mal easy. Er wird sich schon bei dir melden. Für ihn ist das doch der größte Schock. Vielleicht hat er dir ja schon eine E-Mail geschrieben.«

Hatte er leider nicht, wie Iris bei Durchsicht der 13 aufgelaufenen Nachrichten feststellen musste. Dafür gab es eine Nachricht von der neuen Chefin mit dem Betreff »Meeting«. Sie solle doch bitte um 14.30 Uhr bei ihr sein.

14.30 Uhr? Oh Gott! Das war ja schon in vier Minuten. Was sie wohl wollte? Iris checkte kurz ihr Make up. Alles in Ordnung. Sie ging den Flur hinunter und bog links in Richtung Chefredaktion ab. »Du kannst schon durchgehen und dich setzen«, sagte Pia, als Iris ins Sekretariat kam.

Das tat sie und nahm an dem kleinen Besuchertisch im Chefredakteurs-Büro Platz. Hier bei Thorsten hatte sie so oft gesessen, gelacht und geflirtet. Und einmal hatten sie es sogar hier auf dem Fußboden getan, nachdem alle anderen Kollegen schon gegangen waren und sie zwei Flaschen Prosecco geleert hatten. Doch nun erinnerte schon nichts mehr an Thorsten. Alle Bilder an der Wand, alle Zeitschriften im Regal – einfach alles war weg. So, als wenn es ihn nie gegeben hätte. Selbst sein schwarzer, schwerer, lederner Chefsessel stand nicht mehr hinter dem Schreibtisch, sondern nun ein rotes Exemplar. Genauso geschmacklos wie der rote Sommermantel der »Neuen«, der am Garderobenständer hing.

Auf ihrem Tisch befand sich ein großer Blumenstrauß in – was hätte man auch anderes erwartet – verschiedenen Rot-Tönen. Dazu lag ein billig anmutender und für einen solch sonnigen Frühsommertag im Mai entschieden zu schwerer Duft in der Luft.

Iris dachte an Thorsten und versuchte zu rekonstruieren, ob im letzten Telefonat am Freitag oder in den SMS, die er ihr am Wochenende noch geschickt hatte, vielleicht doch ein versteckter Hinweis darauf war, dass er wusste, was passieren würde und wo er selbst stecken könnte. Iris war ratlos. Und während sie so da saß und grübelte, kam die Koletzko gefolgt von der Personalchefin Christiane Siemsen ins Büro. Die Damen schlossen die Tür und setzten sich zu ihr an den Besuchertisch. Iris fiel auf, dass das Haar der Neuen nicht nur schlecht, weil gelbstichig und zu hell blondiert war, sondern dass ihre dunkle Vergangenheit in Form von mausgrauen Ansätzen auch schon wieder ziemlich stark durchkam. Merkwürdig, dachte sich Iris. Da hätte sich die Dame vor ihrem ersten Arbeitstag ja durchaus noch einmal einen Friseurbesuch gönnen können. Man hatte sie ja mit Sicherheit nicht vom Fleck weg engagiert.

Die Neue unterbrach ihre Gedanken. »Wie Sie ja nun schon mitbekommen haben, leite ich dieses Blatt ab heute. Und werde hier mit sofortiger Wirkung ein paar neue Strukturen einziehen.«

Sie machte eine bedeutungsschwangere Pause.

»Warum erzählen Sie gerade mir das?«, fragte Iris.

»Weil Sie uns verlassen werden«, sagte die Koletzko in barschem Ton.

Iris glaubte ihren Ohren nicht zu trauen.

»Ich werde was?«

»Sie werden uns verlassen. Eine Filmredakteurin wird von nun an in dieser Redaktion nicht mehr benötigt.«

Iris glaubte, sie habe nicht richtig gehört. Ihr Magen krampfte sich zusammen.

»Aber, aber Sie können mich doch nicht so einfach rausschmeißen! Ich habe schließlich meinen Job immer ordentlich gemacht«, versuchte Iris mit einigermaßen stabiler Stimme zu sagen, obwohl sie in dieser Sekunde sofort hätte losheulen können.

»Das mag sicherlich sein, dass Sie fachlich gut sein mögen«, erklärte die Chefredakteurin weiter, »aber ich kann Sie in meinem Team leider nicht mehr brauchen. Ihre Arbeit wird von nun an eine andere Kollegin aus dem Unterhaltungsressort mit übernehmen.«

Iris konnte nicht glauben, was sie da hörte. Und blickte die Personalchefin an, die bis dahin geschwiegen hatte.

»Frau Siemsen! So einfach ist das ja nun alles nicht. Sie können mich doch nicht einfach so rausschmeißen. Ich habe auch Rechte. Ich werde jetzt sofort den Betriebsrat und meinen Anwalt anrufen!«

Auch die Personalchefin machte eine Pause und sagte schließlich: »Natürlich haben Sie Rechte. Und natürlich können Sie sich gerne fachlichen Rat einholen. Nur die Faktenlage bleibt die gleiche: Ihr Arbeitsplatz in unserem Hause fällt leider Umstrukturierungen zum Opfer und wird wegfallen. Deshalb werden wir Ihnen betriebsbedingt kündigen. Sie können dann sicherlich vor dem Arbeitsgericht Klage gegen uns einreichen. Dann wird der Richter, falls Sie großes Glück und wir Pech haben, Ihnen vielleicht Recht geben und Ihnen eine Abfindung zusprechen.«

Die Personalfrau rechnete ihr ein paar Zahlenmodelle vor. So schnell, dass Iris ihr kaum folgen konnte.

»Weil wir doch aber keine Unmenschen sind und Sie ja für dieses Haus durchaus auch ordentliche Arbeit geleistet haben, möchten wir Ihnen eine andere Lösung anbieten«, sagte die Personalerin schließlich.

»Die da wäre?«, fragte Iris.

»Nun schauen Sie mal.«

Die Personalchefin öffnete eine grüne Mappe, die bereits vor ihr auf dem Tisch lag.

»Hier habe ich eine so genannte Auflösungsvereinbarung. Das heißt, wenn Sie diese jetzt sofort unterschreiben, werden wir Sie nicht nur ab sofort freistellen und Ihnen ein exzellentes Zeugnis schreiben, sondern Ihnen außerdem eine freiwillige und äußerst großzügige Abfindung zahlen.«

Die Siemsen machte erneut eine bedeutungsschwangere Pause. Das schien bei solchen Personalgesprächen wohl dazu zu gehören. »Dieses Angebot gilt übrigens nur heute und nur jetzt. Schauen Sie doch mal.« Sie schob das Schriftstück in Iris' Richtung.

Iris versuchte einen klaren Kopf zu bewahren, obwohl ihr kotzübel war. Ihren Job war sie los. So oder so. Und ob sie hier unter der schnippischen Chefin überhaupt glücklich würde, war nun mehr als fraglich. Und so ganz ohne Thorsten wollte sie hier eigentlich auch nicht mehr sein. Warum dann nicht also die Kohle mitnehmen? Iris überflog das Schriftstück. Ja, klang alles ganz vernünftig und so, wie die Siemsen gesagt hatte. Und da stand sie auch, die Abfindungssumme. Einige Tausend Euro. So viel Geld auf einmal. Iris konnte es sich noch gar nicht so richtig vorstellen. Aber dafür war sie dann ab morgen arbeitslos. Sie dachte nach.

»Also, was meinen Sie? Na?«, fragte die Personalchefin. »Das ist doch ein sehr faires Angebot, oder etwa nicht?«

»Kann ich eine Nacht drüber schlafen?«, fragte Iris.

»Nein. Leider nicht. Wie ich schon sagte: Das Angebot gilt nur heute. Morgen würden wir Ihnen bei Nichtannahme ganz normal schriftlich kündigen. Ohne Abfindung.«

Iris überlegte. Und überlegte. Ein paar Minuten, während die Siemsen sie beobachtete und die Koletzko aufgestanden war, sich an ihren Schreibtisch gesetzt hatte, scheinbar um ihre E-Mails zu checken.

Iris wurde heiß und kalt. Sie spürte, wie sich Schweißperlen auf ihrer Stirn bildeten und sich ihr Magen erneut zusammenzog. Schließlich sagte sie: »Ok. Wo muss ich unterschreiben?«

Danach ging alles ganz schnell. Nachdem Iris die Papiere unterschrieben hatte, in denen sie sich außerdem zu absolutem Stillschweigen über deren Inhalt verpflichtet hatte, sollte sie nun sofort ihr Büro räumen und den Redaktionsschlüssel beim Pförtner abgeben, wie ihr die Siemsen mitteilte. Mit den Worten: »Schön, dass Sie so vernünftig sind«, wurde sie von den Damen verabschiedet. Als Iris die Chef-Tür hinter sich schloss, hörte sie noch wie die Siemsen zur Koletzko sagte: »So macht man das. Kurz und schmerzlos. Nicht lange rum tun, Fakten schaffen.«

Und die Chefredakteurin antwortete: »Ich bin beeindruckt. Das war perfekt! Das muss ich Ihnen lassen. So machen wir das in Zukunft immer.«

Das war der Moment, als Iris nicht mehr konnte. Ihr Magen hatte den Kampf gewonnen und mit einem Hechtsprung rettete sie sich in Richtung Toilettentür.

Ein paar Minuten später schlich Iris mit rot verquollenen Augen aus den Toilettenräumen. Auf dem Weg zurück in ihr Büro traf sie Gott sei Dank nur Christian, einen Grafiker, der sie fragte: »Bist du gar nicht in der großen Themenkonferenz dabei?«

»Äh, nein. Mir geht's nicht gut.«

»Oh je, gute Besserung! Du schaust auch gar nicht gut aus.«

Prima. Alle waren in der Konferenz. Das ersparte ihr die Peinlichkeit, ihnen Lebewohl sagen zu müssen. In Windeseile räumte sie ihren Schreibtisch leer, löschte ein paar private E-Mails – eine Nachricht von Thorsten hatte sie noch immer nicht bekommen – und klebte Conny ein Post It an ihren PC: »Bin raus. Für immer. :-(Melde mich bei dir! Iris. :-)«

Sie übergab dem Pförtner ihren Schlüssel und fuhr mit dem Aufzug in die Garage, wo sie, na super, noch einmal der Personalchefin begegnete, die gerade dabei war, ihr Auto aufzuschließen.

»Haben Sie alles?«, fragte die Siemsen Iris professionell und bemüht freundlich.

»Ja, danke. Ich glaube schon. Sollte ich noch etwas vergessen haben, wird es mir Conny Dobler bestimmt vorbei bringen.«

»Ganz bestimmt!«, sagte die Siemsen. »Ich wünsche Ihnen trotz allem aber alles Gute. Sie finden bestimmt bald etwas Neues.«

»Ja, das hoffe ich«, sagte Iris. »Nur noch eine Frage: Warum muss gerade ich gehen?«

Die Siemsen zögerte einen Moment. Dann kam sie einen Schritt auf Iris zu. »Können Sie sich das wirklich nicht denken?«

»Nein, sonst würde ich Sie ja nicht fragen.«

»Sie alle glauben immer, wir in der Geschäftsleitung seien blind und bekämen nichts mit«, sagte die Personalchefin. »Aber da hat sich schon so mancher getäuscht. Denken Sie wirklich, wir hätten nicht registriert, was da zwischen Ihnen und Herrn Schnieder lief?«

Iris spürte, wie sich nun auch die letzte Farbe aus ihrem Gesicht verabschiedete.

»Iris, meine Liebe, lassen Sie es mich einmal so formulieren: Für die ‚Freundin‘, ‚Geliebte‘ oder wie auch immer von Herrn Schnieder ist bei Frau Koletzko in der Redaktion einfach kein Platz mehr. Und wenn ich Ihnen noch einen kleinen Ratschlag mit auf den Weg geben darf: Wenn Sie es beruflich noch zu etwas bringen wollen, und das gilt übrigens für alle Branchen, lassen Sie in Zukunft die Finger von Ihren Chefs. Denn eine Karriere, die auf privaten und romantischen Zusammenkünften basiert, ist genauso unsicher, wie derzeit die Aktienkurse an der New Yorker Wallstreet. Lassen Sie sich das gesagt sein. Und nun alles Gute für Sie!«

Mit einem Lächeln stieg die Siemsen in ihren dunklen Volvo und ließ die völlig fassungslose Iris in der Garage stehen. Voller Fragen.

5. KAPITEL

1970

Mit einem gekonnten Wurf beförderte Toni die Koffer auf die staubige Ladefläche des kleinen Lastwagens. »Extra ausgeliehen, um euch abzuholen. Von meinem Boss!«, verkündete er stolz und bedeutete Eva und Alex, es sich zusammen mit ihm in dem engen Führerhäuschen bequem zu machen. »Oder will einer von euch auch auf die Ladefläche?«

Holpernd und mit quietschenden Reifen kurvte Toni dann den breiten Hafenkai entlang. Vorbei an Karton-, Koffer- und Kistenbergen, unzähligen kleinen Segel- und Fischerbötchen, schreienden Kindern und genervten Eltern.

Schließlich dann an ein paar kleinen, meist weiß getünchten Häuschen vorbei, heraus aus dem beschaulichen Hafenstädtchen, das außer den paar Hütten, drei Fahrradverleihern, einem winzigen Lebensmittelgeschäft, einer Tapas-Bar, einem Restaurant, einer kleinen Pension sowie zwei ziemlich dunkel anmutenden Bars nicht wirklich viel zu bieten hatte. »Das ist hier aber nicht die Hauptstadt der Insel, oder?«, fragte sie Toni deshalb.

»Ach Quatsch, nein. Das ist nur der Hafen. Tagsüber ist hier eigentlich immer etwas los. Außer wenn Sturm ist. Dann geht natürlich nichts mehr. Aber normalerweise bringen die Schiffe den ganzen Tag über Lebensmittel, Waren, auf die immer irgendjemand seit Wochen wartet, und Ausflügler mit. Ab und zu auch ein paar Hippies oder Auswanderer, so wie euch.«

Toni machte eine Pause. »Abends kann man wunderbar auf der Kaimauer sitzen, ein San Miguel trinken und in die Sterne gucken.«

»Klingt ziemlich romantisch«, sagte Eva.

»Oh, das ist es auch. Weiß Gott. Ich möchte nicht wissen, wie viele Babys hier im Hafen schon gezeugt wurden«, lachte Toni.

»Und wie viele hast du schon gezeugt?«, mischte sich Alex ins Gespräch.

»Och, ehrlich gesagt, keine Ahnung. Ich hoffe keines! Aber die meisten Frauen nehmen doch inzwischen eh die Pille. Denn sagen wir mal so: Hippieleben hin oder Hippieleben her – die große Lust auf quengelige Gören hat hier trotzdem kaum einer. Dann ist es mit den lustigen Partys doch ganz schnell vorbei. Oder etwa nicht?«

»Ach irgendwann hätten wir schon gern Kinder. Aber dazu ist es natürlich noch viel zu früh, oder Alex?«, sagte Eva.

Sie fuhren inzwischen auf einer staubigen und schmalen, aber immerhin asphaltierten Landstraße, auf der sich kaum Autos und LKWs befanden. Fahrradfahrer waren eindeutig in der Überzahl. Mal radelten sie in Grüppchen, mal allein, die meisten von ihnen jedoch nur in Badebekleidung. Die Frauen in bunten, gehäkelten Blumenbikinis, die Männer in knappen Badehosen und mit freiem Oberkörper. »Alex, jetzt stell dir mal vor, du würdest so durch München fahren. Wie die Leute wohl gucken würden?«, Eva stupste ihren Freund an. »Alex?«

Doch Alex hörte Evas Frage nicht mehr, denn er war inzwischen sanft entschlummert. Er hatte den Kopf zur Seite gedreht, so dass es auf den ersten Blick so aussah, als würde er aus dem Fenster gucken, aber in Wirklichkeit war er komatös eingenickt. »Was hat der denn geraucht?«, fragte Toni. »Küchenkräuter?«

Eva sah aus dem Fenster und versuchte, sich ein Bild von der Insel zu machen. Sie war kleiner als gedacht, das sah sie schon jetzt. Und vor allem sehr schmal. Während der Fahrt über die staubige

Piste sah sie in recht geringem Abstand sowohl auf der rechten, als auch auf der linken Seite immer wieder das Meer in seinen wunderschönen türkisfarbenen Schattierungen durchscheinen.

Sie hatten inzwischen zwei kleine Örtchen passiert, von denen das eine die Hauptstadt gewesen sein sollte, wie Toni ihr erklärte.

Alle Häuser auf der Insel schienen niedrig zu sein und waren meist in gelblichen, weißen und beigen Tönen getüncht. Sehr ursprünglich und niedlich, fand Eva.

Auch seinen Arbeitsplatz, die Tapas-Bar namens La Oveja, was auf Deutsch so viel hieß wie »das Schaf«, hatte Toni Eva im Vorbeifahren kurz gezeigt.

Die Landstraße lief schnurgerade auf ein großes Berg-Plateau zu. Offensichtlich die einzige Erhebung der ansonsten ganz flachen Insel. Links und rechts gingen immer wieder kleine staubige Sandpisten und Feldwege ins Land, auf denen sich Bauern und Radler ihren Weg bahnten.

»Was meinst du, wie froh die Leute sind, dass inzwischen wenigstens diese Hauptstraße asphaltiert ist«, bemerkte Toni, der gesehen hatte, mit welch skeptischem Blick Eva ein paar Bauersfrauen hinterher blickte, die gemeinsam einen schweren Karren mit Feigen von der Hauptstraße in einen kleinen Feldweg zogen.

»Ist das denn etwa die einzige geteerte Straße?«, fragte Eva.

»Absolut!«, antwortete Toni. »Es ist nicht nur die einzige geteerte, sondern überhaupt die einzige richtige Straße auf der ganzen Insel.«

»Kann nicht sein...«

»Doch! Und das hat auch einen riesigen Vorteil: Man kann sich nie verfahren. Haha!« Toni haute sich lachend auf die Schenkel und reduzierte die Geschwindigkeit ein wenig. Denn nachdem sie ein kleines Fischerdörfchen mit romantischem Hafen passiert hatten, schlängelte sich die Straße nun in engen Serpentinen das Bergplateau nach oben.

»Man erwartet gar nicht, dass es hier so steil rauf geht«, bemerkte Eva und bemitleidete eine Familie mit drei Kindern, die sie gerade überholt hatten und die keuchend und mit hochroten Köpfen in die Pedale traten, aber nicht wirklich von der Stelle zu kommen schienen.

»Ja, viele sind ganz erstaunt, wenn sie das erste Mal hier rauf fahren«, sagte Toni. »Die Insel hat im Westen ein Hochplateau mit Leuchtturm und im Osten auch eines mit Leuchtturm. Alles dazwischen ist platt wie eine Flunder.«

Auch die Vegetation änderte sich mit zunehmender Höhe, zum Lieblicheren, wie Eva fasziniert feststellte. Die vorher recht kargen und staubigen Felder, an denen sie zuvor vorbei gefahren waren und an deren Rändern sich lediglich ein wenig niedriges Gestrüpp und kleine Steinmauern befunden hatten, waren einem üppigen und dunkelgrünen Pinienwald gewichen, der angenehmen Schatten spendete.

Auch Alex war inzwischen wieder wach und fragte schlaftrunken: »Sind wir schon da?«

»Fast«, sagte Toni. »Jaques, Pascal und die anderen warten bestimmt schon«, sagte Toni.

»Jaques und wer?«

»Na, die beiden Maler. Eure neuen Mitbewohner. Hatte ich euch noch nicht von ihnen erzählt?«

Hatte er nicht. Doch das holte Toni jetzt nach. Jaques und Pascal waren Künstler aus Paris und Aussteiger wie sie beide. Laut Toni äußerst talentiert und äußerst verliebt. Ineinander. »Ein wenig schräg die beiden Homos, aber sehr nett«, wie Toni meinte. »Ich kenne sie von einem Sit In.«

Außerdem sollten in ihrer Finca auch noch zwei Frauen, ebenfalls aus Deutschland und ein Pärchen aus Schweden wohnen.

»Aber die kenne ich alle nicht. Sollen aber sehr nett sein, was ich so gehört habe.«

Eva war ein wenig irritiert. »Toni, hattest du nicht gesagt, die Schweden seien gerade ausgezogen und wir bekommen deren Zimmer?«

»Ja. Ein Paar aus Schweden ist ausgezogen soweit ich weiß. So hatte es mir Pascal, der Maler, erzählt. Das zweite nicht. Aber nun wartet halt noch ein paar Minuten ab, dann werdet ihr es doch alles sehen«, sagte Toni, während sie gerade das Ende der kurvigen Straße erreicht hatten und auf dem Gipfel des Bergplateaus angekommen waren.

Die staubige Landstraße lief wieder schnurgerade durch den dichten Pinienwald, an dessen Ende sich nun auch wieder eine Siedlung auftat. Kleine Häuschen säumten den Straßenrand auf deren Terrassen prachtvolle Oleanderstauden mit ihren rosafarbenen Blüten und grünen Blättern einen wunderschönen Kontrast zur strahlend weißen Farbe der Außenfassade bildeten.

Unter den Terrassenvordächern, die größtenteils aus Strohmatten oder dichten Gewächsranken bestanden, saßen einheimische Bäuerinnen in der gleichen schwarzen Tracht, die Eva eben schon auf der Überfahrt mit dem Schiff bewundert hatte. »Dass denen nicht heiß ist?«, wunderte sie sich.

»Die sind die Temperaturen gewöhnt«, erwiderte Toni. »Außerdem schützt sie die Kleidung vor der Sonne. Denn glaub es oder nicht, liebe Eva, die Insulaner mögen es blass und gehen so gut wie nie an den Strand. Schon gar nicht zur Mittagszeit.«

»Na, wer die Erste sein wird, die morgen nackt am Strand liegt, um ihre Haut in das genaue Gegenteil zu verwandeln, dürfte wohl klar sein«, frotzelte Alex und kniff Eva dabei zärtlich in ihre schlanke Taille.

Sie passierten ein paar kleine Läden, eine Kirche mit davor liegendem Dorfplatz und fuhren schließlich wieder aus dem kleinen Ort heraus. »So, gleich da vorn geht es rechts rein«, sagte Toni.

Von der Hauptstraße führte ein kleiner, steiniger Feldweg zu einer alten Windmühle. »Ich präsentiere: Die Molí Vell. Die haben die Bauern früher zum Mahlen des Getreides benutzt«, erklärte Toni. »Die Insel war vor vielen, vielen hundert Jahren einer der Hauptlieferanten für Getreide in dieser Region. Wusstet ihr das? Viele sagen auch, dass daher ihr Name kommt.«

»Nein, aber wir wohnen doch nicht in der Mühle, oder?«, fragte Eva mit besorgtem Unterton.

»Keine Angst«, antwortete Toni. »Schau, da hinten ist eure Finca.«

Am Ende der Straße lag sie nun also die neue Bleibe von Alex und Eva. Ein geräumiges, aber auf den ersten Blick auch leicht heruntergekommenes, altes Bauernhaus mit weißen Mauern und blauen Fensterläden, die teilweise ein wenig schief in den Angeln hingen.

Vor der Finca standen ein paar Fahrräder, zwei kleine Motorräder, sogenannte Mobyletten, und ein riesiger Kaktus.

Toni parkte, sprang aus dem Führerhäuschen und brüllte: »¡Hola! Jemand zu Hause?«

Daraufhin öffnete sich die ebenfalls blau getünchte Holztür und ein großer, schlaksiger, braun gebrannter Mann steckte seinen schwarzen Schopf heraus. »Ah, da seid ihr ja endlich. Wir haben schon auf euch gewartet. Ich bin Jaques. Bienvenue!«

Jaques half Eva und Alex, das Gepäck ins Haus zu tragen nachdem Toni sich rasch verabschiedet hatte, da seine Schicht im La Oveja bald beginnen sollte.

»So, ich führe euch erst einmal herum«, sagte Jaques, nahm Eva an die linke und Alex an die rechte Hand und begann mit der

Hausführung. »Ich stelle euch alle vor. Wir hoffen, ihr habt Hunger? Corinna und Anke haben extra etwas vorbereitet.«

Corinna und Anke waren zwei Schwestern aus Hannover, die sich, obwohl sie keine Zwillinge waren und sie vier Lebensjahre trennten, wie sie erzählten, wahnsinnig ähnlich sahen. Beide waren gertenschlank, hatten lange, dunkelblonde Haare – und rauchten Kette. Corinna hatte in Deutschland als Sprechstundenhilfe bei einem Internisten gearbeitet, Anke in einer Bibliothek. Nach dem Tod ihrer Eltern und der Schließung von Ankes Bibliothek waren sie vor gut drei Monaten hergekommen. Und hatten, so erzählte Corinna, ihre Entscheidung noch keinen einzigen Tag bereut.

Pascal, der Freund von Jaques, sah ebenso gut aus wie sein Lebenspartner und entsprach vom Typ her ein wenig dem großen Modeschöpfer Yves Saint Laurent: Halblange, blonde Haare. Er war blass, hatte jede Menge Sommersprossen auf der Nase und trug dazu eine große, schwarze Brille.

Agnetha und Ole, das Pärchen aus Schweden, sahen aus, als seien sie gerade einem Pippi-Langstrumpf-Buch entsprungen und stammten lustigerweise auch von der Insel, auf der die Pippi-Geschichten spielten: Gotland. Beide waren groß, blond und blauäugig. Typisch schwedisch eben. Das Inselleben habe ihnen beiden immer gut gefallen, wie sie Alex und Eva erzählten, nicht jedoch die langen und dunklen Winter und kurzen und meist nassen Sommer Schwedens. So hatte Ole irgendwann einfach seine kleine Autowerkstatt aufgegeben und Agnetha ihren Job in einem kleinen Töpfereibetrieb an den Nagel gehängt.

Die beiden Schweden waren nun schon über ein Jahr hier in Spanien und hatten sogar den sehr einsamen und nassen Winter auf der Insel problemlos überstanden. »Nichts gegen den Schnee und die Eiseskälte auf Gotland«, wie Ole erzählte.

Auch vom Haus waren Alex und Eva genau so angenehm überrascht wie von ihren sechs neuen Mitbewohnern. Jedes der Pärchen hatte sein eigenes, kleines Schlafzimmer, in dem sich je zwei Metallbetten, zwei Nachttische und ein kleiner Kleiderschrank befanden. Ein großes, gekacheltes Badezimmer mit Badewanne und Toilette gehörten ebenso zur Ausstattung der Finca, wie die große und offene Küche mit Gasherd, Kühlschrank und das offene Wohnzimmer mit einer großen, dunkelbraunen Couch und einigen großen Sitzkissen.

Das einzige, das Eva ein wenig irritierte, war der offensichtliche Mangel an technischen Geräten. Sicherlich: Hier und da stand eine Lampe neben den Dutzenden von Kerzen, die überall im Haus aufgestellt waren. Aber weder gab es ein Radio, noch eine Waschmaschine, geschweige denn einen Fernseher. »Na, du bist ja wohl auch nicht zum Fernsehgucken hierhergekommen, oder?«, sagte Jaques. »Aber du hast natürlich Recht. Wir haben kaum elektrische Geräte, weil es auch kaum Strom gibt.«

»Was?«, Eva war schockiert. »Kein Strom? Wie?«

»Nein. Jedenfalls nicht so einfach aus der Steckdose, wie in Frankreich oder Deutschland«, erklärte Jaques. »Hier oben sind bislang keine Stromleitungen gebaut worden. Das heißt, wir haben draußen hinter dem kleinen Schuppen einen Stromgenerator stehen. Den benutzen wir aber nur sehr selten.«

»Und warum?«, fragte Eva.

»Weil das Benzin, das der Generator gerne und in großen Mengen schluckt, teuer und sehr schlecht für die Umwelt ist. Außerdem gibt es nur eine Tankstelle im Norden der Insel. In der Nähe des Hafens. Da muss dann extra immer jemand mit ein bis zwei großen Kanistern runterfahren. Das nervt.«

»Und wie wascht ihr dann bitte eure Wäsche?«

»Im Waschbecken. Waschpulver gibt es ja«, Jaques lachte. »Aber keine Angst: Einmal pro Woche waschen wir auch mit der alten Maschine, die hinten in dem kleinen Schuppen steht. Weiße Wäsche und Unterhosen und so. Da kriegste den Dreck und Staub ja sonst nie richtig raus. Dafür sammeln wir alles in einem Korb hinterm Haus und schalten dann auch den Generator an. Jeder ist mal mit Wäschemachen dran. Eine Woche die Schwestern, eine Woche die Schweden, eine Woche wir und jetzt auch ihr.«

»Und wie funktioniert der Kühlschrank so ganz ohne Strom?«, wollte Eva wissen.

»Mit Gas. Genau wie der Herd. Alles ganz simpel. Aber nun mach dir mal keine Sorgen, Eva, du wirst eh mehr draußen, als drinnen sein.«

Nachdem Alex und Eva ihre zwei Koffer ausgepackt und ihre Klamotten in dem kleinen Kleiderschrank verstaut hatten, setzten sie sich an den großen, hölzernen Esstisch auf der Terrasse vor dem Haus. An diesem hatte die fröhliche Runde bereits die eine und andere Flasche Rioja geleert und sich an frischem Weißbrot und selbst gemachter Ajoli, einer Art Knoblauchmayonnaise, gelabt.

Agnetha, Anke und Corinna gingen wieder ins Haus, um das Hauptgericht, eine original spanische Paella, die sie in einer großen, gusseisernen Pfanne zubereitet hatten, zu holen.

Sie schmeckte köstlich und Eva und Alex griffen mehr als einmal beherzt zu. Evas Magenprobleme waren ob ihrer neuen netten Freunde genauso verschwunden wie Alex' Müdigkeit.

Als Nachtisch gab es eine ebenfalls hausgemachte Crème Catalan, eine Art Karamellpudding, den Pascal noch schnell mit den Worten »Kein Problem. Die geht fast so wie unsere Crème brûlée…« zubereitet hatte. Nach weiteren drei Flaschen Rioja, langen Plaudereien über ihrer aller Leben und zwei Joints, die Ole kreisen ließ und an denen sie alle gezogen hatten, zeigte die

Uhr bereits weit nach Mitternacht, als sich die große Runde nach und nach auflöste und in die Schafzimmer verzog. Als Eva und Alex schließlich nackt und trotz ihrer Erschöpfung völlig aufgedreht in den Betten lagen, waren sie beide einfach nur glücklich.

»Schatz«, sagte Eva, »ich glaube, das war die beste Entscheidung unseres Lebens. Ich liebe dich!«

»Ja, das glaube ich auch!«, flüsterte Alex zurück. »Das wird jetzt ein ganz toller Neuanfang. Du wirst sehen. Ich liebe, liebe, liebe dich auch so sehr, mein Engel. Kommst du noch rüber ein bisschen Kuscheln?«

Als Eva sich zu Alex legte, spürte sie an ihrem Schenkel, wie sehr er bereits erregt war. Sie küssten sich wild und leidenschaftlich und Alex liebkoste Evas augenblicklich aufgerichtete Brustwarzen. Eva bedeckte nicht nur seinen Mund und Hals, sondern auch seinen behaarten Oberkörper nun mit lustvollen Küssen. Alex bäumte sich vor Lust auf und zog sie schon nach wenigen Sekunden zu sich hinauf. »Komm! Ich will dich jetzt ganz spüren«, flüsterte er in ihr Ohr und spielte mit seiner Zunge an ihren Ohrläppchen. Auch Eva war nun wie von Sinnen und ihr Körper bebte vor Lust. Wie von selbst, drang er in sie ein und Eva stöhnte leise.

Sie liebten sich stürmisch. In immer neuen Stellungen und so lange, bis sie nach drei gemeinsamen Höhepunkten und klatschnass vor Schweiß total erschöpft, aber unendlich glücklich, einschliefen.

»Irgendetwas habe ich heute vergessen«, dachte Eva noch in den letzten Sekunden bevor sie entschlummerte. Doch es wollte ihr partout nicht mehr einfallen, was das war.

6. Kapitel

2011

Iris streckte ihre müden Beine aus und blickte aus dem Fenster. Sie saß in der Sauna ihres Fitnesscenters, das sich im vierten Stock eines Geschäftshauses befand und schaute starr über die Dächer Münchens. Die Sonne war gerade dabei unterzugehen und tauchte die Stadt in ein friedliches und goldenes Licht.

Sie hatte es mit dem Sport ein wenig übertrieben heute, das wusste sie. Erst eine halbe Stunde Crosstrainer, dann eine dreiviertel Stunde Aerobic und zum Schluss auch noch eine Stunde Bauch-Beine-Po. Jeder Muskel ihres Körpers schmerzte, aber sie hatte das Gefühl, dringend etwas für sich tun zu müssen. Sie wollte sich richtig auspowern und endlich ein bisschen abnehmen. Der Plan dürfte heute voll aufgegangen sein, dachte sie.

Sicherlich, ihre Figur war nicht die allerschlechteste. Doch die letzten Monate mit vielen Partys, schicken Abendessen und die Futter-Fernseh-Abende mit Patrick hatten eindeutig ihre Spuren hinterlassen. Ihr ehemals flacher Bauch war sichtbar rundlicher geworden, genauso wie ihr Busen, der von Natur aus eh schon immer von der größeren Sorte gewesen war. »Dein Problem ist nicht dein Gewicht, sondern deine Größe«, frotzelte Patrick immer gerne, wenn Iris über ihre »zu vielen Pfunde« nörgelte.

Aber so ganz Unrecht hatte er leider nicht. Denn mit ihren 1,69 Metern hatte sie nun nicht gerade das »Germanys Next Topmodel«-Gardemaß. Iris nahm sich vor, zuhause doch mal zu googeln wie groß Heidi eigentlich wirklich war. Erst neulich hatte sie doch irgendwo gelesen, dass sie selbst für die große Laufsteg-Karriere eigentlich auch immer zu klein gewesen sei. Aber Heidi wog trotz ihrer ganzen Kinder definitiv weniger als sie. Das stand ja wohl klar außer Frage.

»Dafür haste die Haare schön«, sagte Patrick allerdings auch immer. Und auch da hatte ihr bester Freund wohl tatsächlich Recht, wie Iris selbst ganz unbescheiden fand. Schon als kleines Mädchen hatten ihre Kindergartenfreundinnen sie immer um ihre Frisur beneidet. Und an ihrem kräftigen und dichten Haar hatte sich bis heute nichts geändert. Auch wenn sie sich vor ein paar Monaten von einigen Zentimetern getrennt hatte und nun diesen halblangen Stufenschnitt trug.

Wenn nur dieser blöde Bauch nicht wäre… Genervt blickte sie an sich hinunter, obwohl man ihr ihre 40 Jahre immer noch nicht ansah, wie auch Freundinnen ihr immer wieder gesagt hatten.

Jetzt würde sie mindestens dreimal pro Woche Sport machen und wieder den flachen Bauch kriegen, den sie bis vor ein paar Jahren immer gehabt hatte. Zeit genug hatte sie ja jetzt und vor allem keine Ausreden mehr. Das war doch mal ein wirklich sinnvoller Vorsatz!

Drei Tage war er nun her, ihr »Tag X«, wie sie und Patrick ihren Kündigungstag nannten. Drei Tage lang hatte sie nur auf dem Sofa gelegen und ferngesehen, gelesen, gefuttert und geheult. Und drei Tage lang auch nichts von Thorsten gehört. Absolut gar nichts. Kein Anruf, keine SMS, kein Lebenszeichen. »Meinst du, ihm ist vielleicht doch irgendetwas passiert?«, hatte sie Patrick gefragt. Doch der hatte nur abgewiegelt.

»Schätzchen, der hat gerade seinen fetten Job verloren und ist offensichtlich mal abgetaucht. Gib ihm noch ein paar Tage.«

Aber auch die waren nun verstrichen und Iris innere Unruhe wuchs mit jeder Stunde. Sie hatte schon überlegt, die Polizei einzuschalten, doch Patrick und auch ihre Mutter, der sie die ganze Geschichte nur in Kurzversion erzählt hatte, hatten sie davon abgehalten. »So schnell geht der schon nicht verloren. Warte halt noch ein bisschen. Geduld heißt das Zauberwort!«, sagte Patrick.

Eigentlich war das alles sehr mysteriös. Seit über einem halben Jahr waren sie und Thorsten nun schon ein Paar, aber wirklich viel wusste sie nicht über ihn.

Dass er eigentlich aus Frankfurt stammte und dort noch irgendwo einen Bruder und seine Eltern hatte. Mehr Details aus seinem privaten Umfeld kannte Iris nicht. Weder über seine Ex-Liebschaften, noch über seine aktuellen Freunde und Kumpels. »Meine Jungs wohnen alle im Hessischen« sagte Thorsten immer, wenn Iris ihn darauf ansprach.

Und so hatten sie die knapp bemessene gemeinsame Freizeit und die Wochenenden, die ihnen blieben, wenn er mal nicht auf irgendein blödes Seminar oder einen Anzeigenkunden-Termin musste, meist allein verbracht. Zwei-, dreimal waren sie zwar mit Patrick und Ben abends in einem schicken Restaurant gewesen, doch ansonsten hatten sie die meiste Zeit in Thorstens sehr minimalistisch eingerichtetem, aber doch stylishem Loft zugebracht. Den ganzen Tag im Bett gelümmelt, Fernsehen geguckt, Musik gehört, Sushi bestellt – und natürlich Liebe gemacht.

Doch gerade jetzt, wo sie seit fast einer Woche überhaupt nichts von Thorsten gehört hatte, begann Iris an allem zu zweifeln. Es gab nicht eine Person, die sie hätte anrufen und befragen können, wo er eigentlich steckte, wie ihr bewusst geworden war. Auch in der Redaktion hatten sie nichts von ihm gehört. Pia, seine Ex-Assistentin, wusste auch nichts Neues. Ach Thorsten...

Iris erinnerte sich wieder an die schönen Stunden und fühlte sich in diesem Moment sehr allein und verzweifelt. Denn sie hatte nicht nur ihren Job verloren, sondern in dieser ätzenden Situation war der Mann, den sie so liebte und der ihr mit seinen weisen Ratschlägen schon so oft geholfen hatte, nicht greifbar.

Tränen kullerten über ihr Gesicht und sie versuchte, an etwas anderes zu denken. Etwas Schönes. Doch es wollte ihr partout nichts einfallen. Gott sei Dank saß sie ganz allein in der Sauna, denn so blieb ihr die Peinlichkeit, vor etwaigen anderen Fitness-club-Gästen zu heulen, erspart.

Doch plötzlich öffnete sich die Saunatür: Eine grauhaarige Dame um die 70 ließ sich genau neben Iris nieder. »Guten Abend!«

Hektisch wischte sich Iris die Tränen aus dem Gesicht und antwortete mit leicht stockender Stimme: »Guten Abend.«

Die Dame machte es sich auf ihrem großen Handtuch bequem und sah, genau wie Iris, aus dem Fenster.

Dann sah sie Iris freundlich an. »Geht es Ihnen nicht gut?«

»Doch, doch. Danke. Passt schon.«

»Gibt es nichts, womit ich Ihnen helfen kann? Ich sehe doch, dass es Ihnen nicht gut geht. Haben Sie Kummer?«

»Ein bisschen.«

»Mögen Sie drüber reden?«

»Aber ich kenne Sie doch gar nicht!«

»Das macht doch nichts. Wissen Sie, ich hatte viele Gespräche, wenn nicht die besten in meinem Leben, mit Menschen, die ich eigentlich gar nicht richtig kannte. Außerdem kann ich wirklich sehr gut zuhören…«

Iris wusste nicht, woran es gelegen hatte, doch die Dame, Sigun hieß sie und war eine pensionierte Kinderärztin, war ihr sehr sympathisch gewesen. Und so hatte sie ihr erst in der Sauna und dann, als andere entspannungswütige Sportler dazu kamen, an der Fitness-Bar ihre halbe Lebens-Geschichte erzählt. Von Thorsten, dem Rauswurf, seinem Abtauchen und vor allem ihrem Gefühl, sich nun total leer und wie gelähmt zu fühlen.

Sigun schien eine ganz besondere und vor allem sehr lebenserfahrene und warmherzige Frau zu sein und Iris hatte irgendwie gleich einen Draht zu ihr. Ganz im Gegensatz zu ihrer Mutter, mit der Iris über derartige Themen überhaupt nicht oder wenn nur oberflächlich reden konnte und die Thorsten nicht einmal kannte. Iris hatte es immer für zu früh gehalten, ihren Freund ihrer Mutter vorzustellen. Und außerdem machte ihre Mutter beim Thema Männer sowieso immer sehr schnell dicht. Kaum ging es um Liebe, Beziehung oder Sex, wechselte sie sofort das Thema. Iris wusste auch nicht, woran das lag, nur dass sich ihre Mutter nach dem Tod von Iris Vater, den Iris selbst nie kennengelernt hatte, nie wieder richtig auf eine neue Beziehung hatte einlassen können. Ja, sie lernte anscheinend immer mal wieder Männer kennen, mit denen sie dann mal ins Theater oder Museum ging, doch irgendwie schien sie Iris' Vater, ihrer großen Liebe, der bei einem Verkehrsunfall ums Leben gekommen war, immer noch nachzutrauern. Und irgendwie ehrte das ja auch, fand Iris, und hatte sie in all den Jahren diesbezüglich nie weiter nachgefragt.

Sigun hingegen hatte ihr die ganze Zeit aufmerksam zugehört, nur ein paar kleine Zwischenfragen gestellt, ihr gleich mal das »du« angeboten und ihr dann ganz klar ihre Meinung zu all dem gesagt. Und die war ehrlich und einleuchtend. »Vergiss den Mann zunächst. Du darfst jetzt nur noch an dich denken. Buch eine Reise, hau ein paar Tage ab, dann wirst du wieder klarer sehen«, hatte sie Iris geraten. »Irgendwann wird sich dein Thorsten schon wieder bei dir melden. Aber darauf solltest du jetzt nicht warten. Der wird schon nicht tot sein. Denk jetzt mal an dich!«

Wie Recht Sigun doch hatte. Kaum saß Iris nach Fitness, Sauna und Dusche wieder in ihrem Auto, um nach Hause zu fahren, piepste ihr Handy. Die SMS auf die sie so lange gewartet hatte. »Ich brauche Abstand. Von allem. Und viel Zeit für mich. Such bitte nicht nach mir, es geht mir gut. Ich melde mich bald wieder. Thorsten.«

Iris war fassungslos. Kein »Ich liebe dich«. Kein »Ich vermisse dich«. Nichts. Nada. Niente. Was war bloß in ihn gefahren?

Am nächsten Vormittag lief Iris tatsächlich voller Tatendrang durch den Zentralbereich des Münchener Flughafens, in dem sich unendlich viele Reisebüros befanden. Auch Patrick hatte ihr zu einer kleinen Reise geraten. »Mensch, gönn dir ein bisschen Abstand! Du hast doch jetzt jede Menge Kohle, dank deiner Abfindung. Und die Zeit auch.«

»Aber noch keinen neuen Job«, hatte Iris geantwortet.

»Kommt Zeit, kommt Job. Du wirst sehen. Hab du jetzt erst mal ein bisschen Spaß.«

Und so stand Iris planlos zwischen den Schaltern der versammelten Last-Minute-Reiseveranstalter Deutschlands. In einigen Bundesländern waren bereits Sommerferien, was ihre Suche nach einem bezahlbaren Last-Minute-Trip nicht gerade günstig beeinflussen sollte, wie sie gestern Abend bei einer Internetrecherche anhand nicht mehr vorhandener Flüge bereits feststellen musste. Also klapperte sie nach und nach sämtliche Schalter auf der Suche nach dem besten Angebot ab. Doch die Bilanz war eher ernüchternd. Stylish, günstig und mit Sonne war leider überall ausgebucht.

Iris guckte die Angebotszettel, die ihr die Reiseagenten ausgedruckt hatten, bei einem Latte Macchiato und einem Salami-Panino in der Flughafenhalle noch einmal durch. Fünf Tage Paris. Im Vier Sterne Hotel. Zu teuer. Zwei Wochen Rundreise durch

Irland. Zu nass. Und zu einsam. Schließlich musste Iris notgedrungen alleine fliegen, da weder eine ihrer Freundinnen, noch Patrick so schnell und kurzfristig Urlaub bekamen. »So gern ich würde. Wir haben in drei Wochen Kollektionspremiere. No Chance!«, hatte Patrick gesagt.

Ägypten, zwei Wochen Club-Urlaub in einer Vier Sterne Anlage. Das klang nicht schlecht. Aber war auch ziemlich teuer. Dann gab es noch Dubai. Eine Woche im Luxusresort. Auch nicht schlecht. Sie musste mal Patrick zu Rate ziehen und rief ihn auf dem Handy an.

»Alles Mist«, meinte der. »Ägypten kannste knicken. Da bist du als alleinreisende Frau Freiwild. Und Dubai auch. Zu heiß und zu staubig. Was meinst du, warum die ganzen Emiraties im Sommer hierher nach München fliehen? Gibt es nichts Vernünftiges?«

»Nein«, antwortete Iris. »Sage ich doch. Alles ausgebucht oder unbezahlbar. Es sind Ferien.«

»Aber doch nicht hier, oder?«

»Aber in Norddeutschland. Und deshalb ist in Italien, Spanien und Griechenland alles dicht«, maulte Iris.

»Echt Mist. So zwei Wochen Rimini oder Ballermann wären für dich jetzt genau richtig gewesen«, sagte Patrick lachend. »Da hätte sich bestimmt der ein oder andere Strand-Casanova gefunden, der dich auf andere Gedanken bringt.«

»Patrick! Danke. Absolut keinen Bedarf. Weder nach Prolos am Ballermann, noch nach irgendwelchen Strand-Gigolos.«

Iris biss von ihrem Panino ab. »Ich glaube, ich nehme echt Paris. Da kann ich wenigstens ein bisschen Shoppen, wenn mir die Decke im Hotel auf den Kopf fällt.«

»Ja, aber da haste dann auch keinen Strand und nix. Da kannste dann jeden Tag nur voll einen auf Kultur machen und den Louvre beglücken.«

»Ach, ich weiß auch nicht.« Iris rührte mit dem langen Löffel in ihrer Latte Macchiato. »Oder ich lass das einfach mit der Reise.«

»Auf keinen Fall.«

»Entschuldigen Sie, dass ich Sie störe. Aber sie waren doch eben bei mir am Schalter, oder?«, unterbrach ein in Gelb und Lila uniformierter FlyAway-Reisebüromitarbeiter ihr Telefonat.

»Wart mal kurz, Patrick!«, antwortete Iris. »Ja, das ist richtig.«

»Wissen Sie, ich habe gerade einen Storno rein bekommen. Das könnte vielleicht etwas für Sie sein.«

»Oh! Klingt ja vielversprechend. Was denn?«

»Es ist eine so genannte Glücksreise. Sie wissen zwar, wohin es geht, aber das Hotel wird Ihnen erst am Flughafen verraten.«

»Na, dann schießen Sie mal los!«

»Also, ich könnte Ihnen zwei Wochen Ibiza anbieten. Zwar nur in einem ein Sterne Hotel, aber die sind auf den Balearen eigentlich auch immer ganz schön und vor allem sauber. Ist ja auch in jedem Fall eines unserer FlyAway-Vertragshäuser. Zwei Wochen mit Halbpension für 699 Euro, inklusive Flug. Was meinen Sie? Könnte das etwas sein?«

»Greif zuuuuuu!«, brüllte Patrick, der alles mitgehört hatte, durchs Handy. »Ibiza ist endgeil. Party und Sonne. Was willst du mehr?«

Aber Iris war skeptisch. »Ich auf Ibiza? Ich weiß ja nicht. Die Sache hat doch bestimmt auch einen Haken, oder?«

»Nur einen klitzekleinen«, antwortete der FlyAway-Mann. »Der Flug geht bereits in vier Stunden.«

Nachdem sowohl Patrick, als auch der Reiseagent sie noch einmal bequasselt hatten, das Schnäppchen-Angebot anzunehmen, war Iris wie von der Tarantel gestochen mit ihrem Auto nach Hause gerast, hatte ihren Koffer aus dem Keller geholt, in Windeseile das Nötigste eingepackt, Patricks Worte »Da brauchst du nicht viel. Ein, zwei Kleidchen, ein, zwei Tops, einen Rock und ein paar Bikinis…« im Ohr habend und hatte sich in die S-Bahn zum Flughafen geschwungen.

Und da stand Iris nun in der Schlange am Check-In Schalter und wunderte sich selbst über ihre ganz neue Spontaneität. Aber vielleicht hatten Patrick und Sigun aus dem Fitnesscenter tatsächlich Recht damit, dass sie einfach mal eine Veränderung brauchte. Auf Thorsten brauchte sie vorerst jedenfalls nicht zu warten oder Rücksicht zu nehmen, das war ja nun auch klar.

Eine knappe Stunde später saß Iris bereits auf einem Fensterplatz in dem modernen Airbus und blätterte in der neuesten Ausgabe von Stars & Co., die sie sich neben einem Liebesroman und einer neuen Flasche Coco Mademoiselle Eau de Toilette eben noch am Flughafen gekauft hatte. Das war nun die letzte Ausgabe an der sie mitgearbeitet hatte und in der ein Interview von ihr erschienen war. Ein wenig wehmütig blätterte sie in dem Heft. Und suchte das Impressum. Ja, da stand es noch: Chefredakteur: Thorsten Schnieder. Das hatten sie wohl nicht mehr vor Druckschluss ändern können.

Sie dachte an Thorsten. Was er wohl machte? Und vor allem, wo er wohl war? Wer weiß: Vielleicht traf sie ihn ja sogar auf einem Selbstfindungs-Seminar am Strand von Ibiza. Möglich wäre ja alles. Sie musste grinsen.

»…möchten wir Sie nun bitten Ihre Rückenlehnen in eine senkrechte Position zu bringen, die Gurte festzuziehen und die Tische vor sich hochzuklappen. Wir wünschen Ihnen einen angenehmen Flug.«

Es ging los. Iris schloss die Augen, versuchte zu entspannen und hatte aus einem unerklärlichen Grund irgendwie das Gefühl, dass der bevorstehende Urlaub ihr Leben verändern würde.

7. Kapitel

1970

Alex nahm einen tiefen Zug und verdrehte genussvoll die Augen. »Gutes Zeug. Wo stammt das her?«

»Keine Ahnung«, sagte Pascal. »Jaques hat es von irgendeinem Alt-Hippie am Strand gekauft. Ich glaube, der baut es selbst an.«

»Wirklich einwandfrei.« Noch einmal zog Alex tief an dem großen Joint. »Eva, willst du auch?«

Eva kam gerade aus der Bar, bewaffnet mit drei Flaschen San Miguel-Bier, ihrem erklärten Lieblingsgetränk auf der Insel.

»Ja, ich versuch's mal!« Eva setzte sich und zog ebenfalls an der Hasch-Zigarette. »Puh, ganz schön stark!«

»Gott sei Dank! Sonst kann man es ja gleich lassen«, sagte Alex und nahm seine Freundin in den Arm. Alle drei stießen mit ihren braunen Bierflaschen an, tranken einen großen Schluck vom eisgekühlten Bier und guckten in die Sterne.

Eva, Alex und ihr Mitbewohner Pascal saßen auf der kleinen, steinernen Mauer vor der Fonda Pepe. Die Fonda war der »In-Treff« auf der Insel, an dem abends alle zusammenkamen. Benannt war sie nach ihrem Gründer Pepe, der sie hier schon 1953 als kleine Bar eröffnet hatte. Rund sechs Jahre bevor die ersten Touristen auf die Insel gekommen waren. Da Pepe ein cleverer Geschäftsmann war, hatte er seine ursprüngliche Bar längst um eine kleine Pension, das Hostal Pepe und ein Restaurant namens Peyka, in dem abends kaum ein Tisch zu bekommen war, erweitert.

Ende der Sechziger wurde die Fonda dann auch der zentrale Treffpunkt aller Hippies und Aussteiger, die es inzwischen auf die Insel verschlagen hatte.

Nein, schick oder besonders aufregend war die Fonda, von der auch schon der Matrose bei der Hinfahrt geredet hatte, wie Eva wieder eingefallen war, eigentlich nicht. Aber irgendwie so eine Art »Zentrale« der Insel. Fast jeder kam spät abends nach dem Essen und einem langen Tag noch einmal hier vorbei. Trank das eine oder andere Bier, rauchte einen Joint und hoffte, hier auf die anderen Insulaner oder Touristen zu treffen. Viele setzten sich auch einfach auf die Mauer, um die anderen zu beobachten. So wie es auch Eva am liebsten tat.

Da viele der Hippies auf der Insel über keinen festen Wohnsitz, geschweige denn eine richtige Adresse verfügten, ließen sich viele ihre Post auch hierherschicken. Die Briefumschläge wurden dann von den Mitarbeitern Pepes einfach an die große Korkwand gepinnt, die neben der Bar im Inneren der Fonda hing. Dort befanden sich nicht nur jede Menge Nachrichten und Notizen, sondern hier wurden auch Flugtickets verkauft, Zimmer zur Untermiete angeboten, Leute gesucht und Kontakte geknüpft. Auch Eva liebte es, die kleinen Zettelchen, die dort hingen, ausgiebig zu studieren. Doch für sich selbst oder Alex hatte sie hier bisher noch keine Nachrichten entdeckt.

Seit ein paar Wochen waren sie nun schon hier auf der Insel, hatten sich bereits sehr gut eingelebt und sogar schon das Gefühl, ewig hier zu sein. Ihre Tage waren herrlich sonnig und vor allem gemütlich gewesen. Meist schliefen sie morgens lang, frühstückten ausgiebig und fuhren runter an den Strand, wo sie bis abends blieben. Eva las viel, badete und genoss das herrliche Wetter. Alex ging stattdessen lieber am Strand oder durch die Örtchen der Insel spazieren und knüpfte neue Kontakte.

Abends, wenn die Sonne langsam untergegangen war, radelten sie wieder nach oben. Rauf auf den Berg zu ihrer Finca, um dort mit den anderen Bewohnern zu essen. Sie saßen oft zusammen und tranken bis spät in die Nacht hinein, genau wie an ihrem ersten Abend hier. Es kam Eva ein bisschen so vor, als sei sie in einem niemals enden wollenden Urlaub.

Niemals enden, das war ein gutes Stichwort, dachte sie. Denn was langsam drohte zu enden, war ihr Kapital. Es war in den letzten Wochen wesentlich mehr Geld für Miete und Verpflegung draufgegangen, als sie sich vorher ausgerechnet hatten und jetzt wurden ihre Peseten allmählich knapp.

»Alex, wir müssen uns jetzt echt um einen Job kümmern«, mahnte Eva.

»Och nö, keine Lust«, maulte Alex zurück.

»Geld schon alle?«, fragte Pascal.

»Noch nicht ganz, aber bald«, antwortete Eva. »Und ich habe weiß Gott keine Lust, bald in der Höhle beim Leuchtturm zu schlafen, so wie die anderen Obdachlosen.«

In dieser Höhle lebten immer ein bis zwei Dutzend obdachloser Hippies. Sie befand sich in einem großen Felsmassiv auf der anderen Seite der Insel, ganz nah bei einem Leuchtturm. Den Eingang zu dieser Höhle zu finden, war schwierig, denn er lag versteckt hinter ein paar Büschen. Wenn man ihn gefunden hatte, musste man sich sitzend in ein schwarzes Loch hinab gleiten lassen, plumpste ein paar Meter in die Tiefe und fiel dort auf weichen Sand. In dieser Höhle saßen, schliefen und lebten eigentlich immer ein paar heruntergekommene Leute, die entweder zu arm oder zu faul waren, um sich eine richtige Bleibe zu suchen. Es verstand sich von selbst, dass dort immer etwas los war. Musik, Partys, Drogen und Gruppensex. Wenn es auf der Insel einen echten Sündenpfuhl gab, dann war er hier.

Sicherlich, die freie Liebe war etwas Schönes, das fand auch Eva. Für Singles. Denn in einer festen Beziehung war Treue für sie das A und O. Sie wusste nicht wirklich, wie sie wohl reagieren würde, wenn sie Alex wirklich einmal in den Armen einer anderen Frau sehen würde.

Aber dazu sei es noch niemals gekommen, wie Alex nicht müde wurde, ihr zu versichern, und das wollte Eva ihm so auch mal glauben. Obwohl er schon einige Male ohne sie mit dem Motorrad zur Höhle gedüst war. Aber nur um »ein bisschen Musik« zu machen, wie er Eva immer gesagt hatte...

»Wenn ihr Geld braucht, sagt einfach Bescheid«, unterbrach Pascal ihre Gedanken. »Jaques und ich haben in den letzten Wochen auf dem Markt ziemlich gut verdient und Jaques schickt unsere Bilder jetzt sogar regelmäßig an eine Galerie in Paris, die dafür richtig etwas springen lässt.«

»Danke, aber wir wollen nicht auf eure Kosten leben, oder?«

»Nein, nein«, maulte Alex. »Wir suchen uns ja Jobs. Versprochen!«

»Obwohl – an den Markt habe ich ehrlich gesagt auch schon öfter gedacht«, sagte Eva. »Wenn ich bloß wüsste, was ich dort verkaufen könnte.«

Der Markt, von dem sie sprachen, war der sogenannte Hippie-Markt, der zweimal pro Woche, mittwochs- und sonntagnachmittags, nur ein paar hundert Meter entfernt von ihrer Finca, auf dem Bergplateau stattfand. Eine Art Flohmarkt mit Ethno-Note.

Hier boten Künstler und die, die sich dafür hielten, jede Menge Eigenfabriziertes an. Pascal und Jaques verkauften ihre Ölgemälde mit Insel-Impressionen und immer öfter auch Aktzeichnungen, die sie von freiwilligen Modellen anfertigten.

Auch Agneta, ihre schwedische Mitbewohnerin, war mit von der Partie auf dem Markt. Sie hatte sich im Schuppen hinter der Finca, dort wo auch die Waschmaschine stand, wieder eine kleine Töpfereiwerkstatt eingerichtet, so wie in Schweden, und fabrizierte kleine, niedliche Aschenbecher und Kerzenständer aus rostrotem Ton. Die verzierte sie dann, bevor sie sie in einem selbst gebauten Ofen brannte, mit einem kleinen aufgemalten schwarzen Salamander. Der war nicht nur ein Symbol der Insel, gab es diese Tierchen hier doch zuhauf, sondern inzwischen auch zu Agnetas auf der ganzen Insel bekanntem Markenzeichen geworden.

Es gab kaum einen Touristen, Kneipen- oder Strandbarbesitzer, der in den letzten Monaten nicht ein paar ihrer Teile gekauft hatte.

Ihr Mann Ole hatte inzwischen in einer kleinen Autowerkstatt angeheuert und auch Corinna und Anke, die Schwestern aus Hannover, hatten längst bezahlte Arbeit gefunden. Corinna, die zuvor in Deutschland als Sprechstundenhilfe gearbeitet hatte, jobbte auf Stundenbasis bei einem einheimischen Arzt und Anke, die Bibliothekarin, kümmerte sich in der kleinen Hauptstadt im Rathaus um das Inselarchiv. Das waren zwar alles keine Traumjobs, aber immerhin verdienten Evas und Alex' Mitbewohner so viel, dass für sie ein Leben und Überleben auf der Insel auch längerfristig garantiert war. Ganz im Gegensatz zu ihnen beiden, die ausschließlich von ihren Münchener Reserven lebten. Deshalb musste nun unbedingt etwas dagegen unternommen werden, wenn sie nicht bald in die Höhle ziehen wollten oder zu Fuß nach Deutschland zurück wandern wollten. Denn das Geld für einen Rückflug hatten sie schon längst nicht mehr.

Nachdem sie ihre Biere ausgetrunken hatten, die Uhr zeigte bereits nach zwei Uhr, radelten Eva, Alex und Pascal zurück nach Hause. Die Hauptstraße entlang und das ganze Bergplateau hinauf. Anfangs hatte Eva immer gedacht, die schweißtreibende Fahrt die Serpentinen hoch nie schaffen zu können, aber die

Übung machte sich bemerkbar. Denn während Eva die ersten Tage ihr Fahrrad aufgrund der extremen Steigung fast komplett nach oben geschoben hatte, konnte sie inzwischen fast das ganze Stück in einem Rutsch in rund zwanzig Minuten durchfahren. Ihre Kondition hatte sich trotz der vielen Strandbesuche extrem verbessert, wie sie begeistert feststellte. Und auch ihre Waden- und Bauchmuskeln zeigten eine bis dato ungekannte Härte.

Als sie nach fast einer Stunde Radeln wieder ihre Finca erreicht hatten und Pascal sich sofort zu seinem Liebsten ins Schlafzimmer verzogen hatte, setzten sich Alex und Eva noch ein paar Minuten auf die kleine Holzbank vor dem Haus und genossen die leichte Brise, die nun vom Meer herüber wehte. Die flirrende Hitze des Tages, mit Temperaturen von rund 40 Grad im Schatten war vorüber und es war auf ungefähr 25 Grad abgekühlt. Die Sterne über ihnen funkelten hell und klar und Eva schmiegte sich an Alex. »Weißt du, was mir hier am besten gefällt?«, fragte sie ihren Freund.

»Nein, was?«

»Diese Ruhe, Friedlichkeit und vor allem die unglaubliche Nähe zur Natur. Hier ist alles so einträchtig und schön. Irgendwie hat man doch das Gefühl, die Sterne seien zum Greifen nah.«

»Ja, da hast du wohl Recht. Das finde ich auch.«

Alex zog Eva zu sich heran und küsste sie leidenschaftlich. Mit einem Handgriff schob er seine Hand unter ihr dünnes Blumenkleid und zog es ihr geschickt über den Kopf.

»Alex, doch nicht hier!«

»Warum denn nicht? Alle anderen schlafen doch. Und drinnen ist es eh viel zu heiß!« Auch sein eigenes T-Shirt hatte Alex inzwischen abgestreift. Genauso wie seine kurzen Jeansshorts.

Leidenschaftlich fiel er über Eva her und sie liebten sich stürmisch unter freiem Himmel.

Danach blieben sie noch lange nackt auf der Holzbank liegen und sahen in die Sterne, auf der Suche nach einer Sternschnuppe.

»Alex, irgendwie hat diese Insel etwas Magisches, findest du nicht?«

»Absolut! Genau wie du.«

Als Eva am nächsten Vormittag wach wurde, hatten alle, außer Agneta, die Finca bereits verlassen. Die stand nackt in der offenen Küche und war gerade dabei, einen Kaffee aufzubrühen. »Guten Morgen, du Langschläferin. Es ist schon 12 Uhr«, sagte sie. »Willst du auch einen?«

»Gerne«, sagte Eva und setzte sich an den großen Esstisch auf der Terrasse. Auch Eva trug lediglich eine Unterhose, das T-Shirt hatte sie bewusst weg gelassen. »Wahnsinn, wie heiß es schon wieder ist!«

»Ja, Juli und August sind echt hart«, sagte Agneta, während sie für Eva und sich große Becher mit dampfendem Kaffee befüllte. »Dein Alex ist übrigens vorhin schon in die Stadt gefahren, soll ich dir sagen. Er will dort irgendjemand treffen.«

Schamhaft war Eva eigentlich nie gewesen. Doch sich an die allgegenwärtige Nacktheit auf der Insel zu gewöhnen, die auch ihre Mitbewohner gerne und täglich praktizierten, war ihr am Anfang doch etwas schwerer gefallen als Alex. Aber aufgrund der extrem hohen Temperaturen in den letzten Wochen und der Situation, dass sie am Strand sowieso immer nackt badete und sie dort alle so sahen, hatte sie in letzter Zeit außer einem Höschen oder einem Bikini tagsüber relativ wenig getragen. Und das hatte nicht nur den Vorteil, dass sie inzwischen nahtfrei und rundherum tief dunkel gebräunt war, sondern auch, dass sie jede Menge Kleidung und Waschpulver sparte.

Da auch die Jungs tagsüber meist nur Shorts trugen, reichte es ihrer Finca-WG derzeit, wenn alle zwei Wochen jemand die

»große Wäsche« mit der Maschine machte. Alles Übrige zwischendurch wusch man mit der Hand im Waschbecken aus.

Der entspannte Lebensstil hatte auch schnell für Vertrautheit zwischen ihnen gesorgt. Längst waren ihre sechs Mitbewohner für Alex und Eva enge Freunde, ja wenn nicht sogar Familie geworden. Wenn sie alle halbnackt durchs Haus liefen, hatte das etwas sehr Vertrautes. Aber mehr brüderlich, schwesterlich als erotisch. Und das war auch gut so, denn sie wollten ja nicht als wilde Sex-Kommune enden. Denn derartige Wohngemeinschaften waren der garantierte Todesstoß für jegliche Art von Beziehung, ob Freundschaft oder Liebe, da war sich Eva sicher. Auch wenn viele in diesen Zeiten etwas anderes zu propagieren versuchten.

Nachdem Agneta und sie gemütlich gefrühstückt hatten, beschlossen sie, gemeinsam an den Strand zu fahren. Denn zum Ton brennen war es auch Agneta an diesem Tag entschieden zu heiß.

Als sie mit ihren Rädern die kleine Kirche und den Marktplatz passiert hatten, schien Agneta vor einer alten Finca an der Hauptstraße jemanden entdeckt zu haben und bremste plötzlich ab. »Muss nur schnell jemandem Hallo sagen. Kommst du kurz mit?«

»Ok.«

»Hej, Lena! Hur är läget? Wie geht's dir?« Agneta umarmte eine Frau mittleren Alters mit ebenfalls hellblondem Haar. »Lena, darf ich dir meine Freundin und Mitbewohnerin Eva vorstellen? Eva, das ist Lena, aus Stockholm. Sie ist Schwedin, so wie ich.«

»Hallo. Sehr angenehm!«, sagte Eva und reichte ihr die Hand.

Lena war geschätzte 60 Jahre alt und eine wahrhaft schöne Frau. Ihre Erscheinung sehr elegant und ihr Gesicht, trotz einiger Falten, die ihre Augen und ihren Hals umspielten, nahezu perfekt geschnitten.

»Lena war früher ein sehr erfolgreiches Fotomodell«, sagte Agneta. »Sie hat schon überall auf der Welt mit den besten Fotografen gearbeitet.«

»Nun übertreib mal nicht so«, sagte Lena.

»Nein, ich sage doch nur die Wahrheit!«

Vor vielen Jahren hatte Lena dann genug gehabt vom Leben im Flugzeug und dem verrückten Modezirkus und war, wie sie Eva selbst erzählte, als eine der ersten Einwanderinnen überhaupt auf die Insel gezogen.

Nun stellte sie Decken in Patchwork-Technik her und strickte wunderschöne Pullover, Schals, Strümpfe und Jacken aus der Schafwolle, die es hier auf der Insel in großen Mengen gab und belieferte damit nicht nur ein paar kleine Geschäfte in der Hauptstadt, sondern bestückte damit auch ihren florierenden Stand auf dem Hippie-Markt, wo ihr Touristen und Einheimische die geschmackvollen Kreationen förmlich aus den Händen rissen.

»Wie geht es dir denn?«, fragte Agneta. »Immer noch so stressig?«

»Ach, frag nicht«, antwortete Lena. »Ich habe immer noch keinen Ersatz für Elenor. Wenn ich nicht bald jemanden finde, dann weiß ich nicht, was ich noch verkaufen soll. Ich komme mit dem Stricken ja kaum hinterher. Bei dem, was derzeit auf dem Markt los ist.«

»Na, wenn das nicht ein Zufall ist«, lachte Agneta. »Stell dir vor, Eva sucht gerade einen Job.«

»Ja, wirklich?«, fragte Lena.

»Absolut!«, antwortete Eva.

»Kannst du denn stricken?«

»Nicht perfekt, aber dafür gut häkeln, batiken und nähen. Hilft dir das?«

»Na und wie! Hättest du Lust, mir zu helfen? Dann lass es uns versuchen. Wann kannst du anfangen? Gleich morgen?«

Und so saß Eva keine 24 Stunden später tatsächlich vergnügt in dem kleinen überdachten Innenhof von Lenas Finca und ließ sich mit der Handarbeitstechnik der freundlichen Schwedin vertraut machen. Für die meisten ihrer Erfolgspullover hatte Eva eine Art Strickvorlage angefertigt, für die Patchworkdecken große Kisten voller Stoffreste in einem Schuppen, eine alte Nähmaschine und dazu eine unüberschaubare Menge Schafswolle in allen Farben in ihrem Haus gelagert.

Eva hatte Lena dann vorgeschlagen, aus dünner Baumwolle Taschen zu häkeln, nachdem sie in Sachen Stricken lange nicht so fit war wie Lena. Und auch Lena sah gute Verkaufschancen für solche Accessoires auf dem Hippie-Markt. Und so hatte Eva losgehäkelt wie eine Wilde, während Lena neben ihr in einem Mords-Tempo strickte. Beide waren so in ihre Arbeit und ihr Gespräch miteinander vertieft gewesen, dass sie darüber vollkommen die Zeit vergessen hatten. Als Evas Magen sich hungrig knurrend meldete, war es bereits nach Mitternacht.

Schnell radelte Eva nach Hause, wo sie keinen ihrer Mitbewohner vorfand. Auch Alex war nicht da. Stattdessen fand sie nur einen Zettel, der auf dem Couchtisch lag: »Jaques und Pascal sind in der Fonda, wir anderen auf einer Moon-Party im Bufanda Negra. Komm doch nach! Liebe dich, Bussi, Alex.«

Das Bufanda Negra, was auf Deutsch so viel hieß wie »Der schwarze Schal«, war eine kleine Bar am Fuße des Bergplateaus. Bekannt für seine harten Drinks und wilden Partys.

Eva belegte sich schnell ein Stück Baguette mit ein paar Scheiben Serrano-Schinken, schlang es hinunter und setzte sich wieder auf ihr Rad.

Keine Viertelstunde später war sie bereits auf der Party, denn bergab ging es dank Rückenwind und Gefälle immer sehr schnell. Der Song »Mademoiselle Ninette« von den Soulful Dynamics dröhnte ihr bereits laut entgegen. Auf der Terrasse hatten die Besitzer vom Bufanda Negra Sitzkissen, Matten und Decken in grellen Farben drapiert, im Inneren des Ladens hingen bunte indische Tücher von der Decke. Die Luft rund um die Bar war von Räucherstäbchen und Hasch-Zigaretten derart geschwängert, dass Eva kaum mehr atmen konnte. Trotzdem kämpfte sie sich zur Bar durch, orderte ein kaltes San Miguel und sah sich nach Alex und ihren Mitbewohnern um. Doch sie bezweifelte in diesem Getümmel und Qualm irgendjemanden erkennen, geschweige denn finden zu können.

Großteile des Innenraums, wo normalerweise kleine Tische standen, waren heute zur Tanzfläche umfunktioniert worden. Der Discjockey machte offensichtlich einen prima Job, denn zwischen die Tanzenden, die aufgrund der aufgeheizten Stimmung bereits das ein oder andere Bekleidungsteil abgelegt hatten, passte kein Blatt mehr. Die gesamte Menge wippte und schaukelte gemeinsam im Takt. Jetzt legte der DJ »El himno de la alegría« von Miguel Roís auf. Das war die spanische Version von »A song of Joy«, die wiederum die englische Version von »Ode an die Freude« aus Beethovens Neunter war. Die Scheibe war eine absolute Kuschel- und Kultnummer, einer von Evas absoluten Lieblingssongs und schon vor Monaten in München im Radio rauf und runter gedudelt worden.

Die Paare auf der Tanzfläche begannen nun, noch enger zusammenzurücken. T-Shirts, Sandaletten und BHs flogen an den Rand der Tanzfläche. Alles knutschte, kuschelte und fummelte. Doch weit und breit keine Spur von den anderen. Komisch.

Eva nahm ihr Bier und flätzte sich auf das einzig freie große Sitzkissen, das sie auf der Terrasse entdeckt hatte. Um sie herum lagen verliebte Paare, allesamt vertieft in Zärtlichkeiten. Plötzlich entdeckte sie Corinna, die züngelnd mit einem Spanier, zwei Sitzkissen neben ihr, offensichtlich ihren Spaß hatte. Eva ging zu ihr. »Hey, Corinna. Weißt du, wo die anderen sind?«

Corinna schien sie nicht gehört zu haben. Eva wiederholte ihre Frage noch einmal lauter und tippe Corinna dabei von hinten auf die Schulter. »Was? Wie?«, lallte Corinna und blickte Eva aus glasigen Augen an. »Süße, ich glaube ich hatte vielleicht ein bisschen viel Tequila.« Daraufhin lachte sie hysterisch. »Das ist übrigens Carlos. Ist der nicht süüüüß?«

»Ja, ist er. Corinna, wo sind die anderen?«

»Ich weiß nicht. Anke ist mit einem Jorge abgehauen und Ole und Agneta sind wohl schon weg auf eine andere Party.«

»Und Alex?«

»Keine Ahnung. Vielleicht ist er mit den anderen gegangen? Jetzt lass mich doch noch ein bisschen Spaß haben, ok?«

Daraufhin wandte sich Corinna wieder ihrem spanischen Mann zu, um ihr wildes Zungenspiel fortzusetzen.

Eva ging zurück und sah, dass nun auch ihr Sitzkissen von einem knutschenden Frauenpärchen belegt worden war. Na super. Also beschloss sie, noch einmal auf der Tanzfläche nach Alex zu suchen. Doch auch hier fand sie ihn nicht. Zu blöd. Wahrscheinlich war er tatsächlich mit den anderen weiter gezogen. Mist. Hätte sie sich doch bloß nicht so verhäkelt und mit Lena verquatscht. Eva bestellte sich ein weiteres Bier und überlegte, was sie machen sollte. Zurück nach Hause radeln? Dazu hatte sie eigentlich keine Lust, nachdem alle anderen hier offensichtlich irren Spaß hatten. Sich betrinken? Den Pegel der anderen Partygäste konnte sie ganz offensichtlich nicht mehr einholen. Zunächst musste sie erst einmal ganz dringend aufs stille Örtchen. Doch die einzige Toilette war, bei den Menschenmassen hier, natürlich belagert. Mindestens zehn Frauen standen schon in der Schlange und warteten. Also beschloss Eva kurzerhand ihre Notdurft in den kleinen Pinienwald zu verlegen, der sich hinter dem Bufanda Negra befand.

Sie ging um die Terrasse herum und kletterte die kleine Böschung, die sich hinter dem Lokal befand, herab. Gerade, als sie sich hinter eine Pinie gehockt hatte, sah sie, dass es noch in einen Keller oder eine Art Souterrain unter dem Gebäude gab, vielleicht Lagerräume. Doch als sie sich auf dem Rückweg den vermeintlichen Lagerräumen näherte, sah sie nicht nur flackerndes Licht aus einem kleinen Fenster neben der Tür scheinen, sondern hörte auch mehr als eindeutige Geräusche. Geräusche von Sex. Eine Frau jammerte: »Ja, ja gib's mir. Schneller. Komm. Ja, so ist es gut«.

Während ein Mann stöhnte »Ja, so willst du es doch, du kleine Sex-Bestie, oder?«

Eva blieb kurz stehen und überlegte, was sie davon halten sollte. Kam dieses Gestöhne vom Band oder war es echt? Ihre Neugier war geweckt und sie öffnete die Kellertür einen kleinen Spalt. Doch sie konnte vor Dunkelheit und Rauch fast nichts sehen. Also betrat sie vorsichtig den Raum, dessen Wände dunkelbraun gestrichen waren. Eva glaubte ihren Augen kaum zu trauen, denn was sich ihr hier präsentierte, hatte sie so noch nie gesehen. Sie war offensichtlich mitten in eine Sex-Orgie geplatzt.

Der ganze Raum war mit Matratzen ausgelegt, auf denen sich wild kopulierende Menschen befanden. In der Mitte des Raums stand, auf einem Barhocker, ein großer Filmprojektor, der einen Pornofilm auf eine weiße Leinwand projizierte, die in der gegenüberliegenden Ecke des Raums aufgebaut war. Aus den Lautsprechern des Apparates kam das Gestöhne, das Eva schon von draußen gehört hatte. Außer dem Film gab es in dem Raum keinerlei Beleuchtung, von ein paar kleinen Kerzen, die hier und da brannten, abgesehen. Eva fiel es schwer, überhaupt etwas zu erkennen, denn das diffuse Licht wurde durch den Qualm von Räucherstäbchen und Zigarettenrauch noch zusätzlich verschlechtert.

Ein schwarzhaariger Mann hatte Eva entdeckt und kam auf sie zu geschwankt. »Hallo, du kleine Sahneschnitte. Nun mal nicht so schüchtern. Herein mit dir. Hier, willste auch ein Ticket? Kannste haben!« Daraufhin reichte ihr der Kerl ein kleines Pappkärtchen.

»Ein Ticket? Für was denn?« Eva wusste nicht, ob das hier die Eintrittskarte zu der Veranstaltung sein sollte auf der sie, wie sie soeben festgestellt hatte, alles andere, als wirklich dabei sein wollte.

»Na, du kleines Dummchen«, sagte der Kerl und fasste Eva dabei an den Hintern. »Das ist natürlich reinstes LSD, was sonst?«

»Nein, danke. Keinen Bedarf an Drogen!« Eva schob seine grabschende Hand von ihrem Po und wollte die zweifelhafte Privatparty gerade wieder verlassen, als sie auf ein T-Shirt trat, das ihr zu Füßen auf dem Boden lag. Es war orange und lila bedruckt, das konnte Eva trotz des wenigen Lichtes erkennen. »Make Love not War!« stand darauf und Eva wusste genau, wem dieses T-Shirt gehorte. Sie selbst hatte es gekauft – für Alex.

Eva konnte es nicht glauben. War das wirklich sein T-Shirt und war er wirklich hier? Sie sah sich um, versuchte, ihn im allgemeinen Gewühl zu entdecken, doch sie konnte kaum etwas erkennen. »Ich suche nur schnell jemanden«, sagte sie zu dem aufdringlichen Kerl, der sich ihr in den Weg gestellt hatte. »Bin gleich wieder da.«

»Ok. Und wenn du dann gleich mal so richtig schön gebumst werden willst, dann weißt du, zu wem du kommst, gell?«, lallte der Typ und machte den Weg frei. Eva war angeekelt und wusste nicht, was sie machen sollte. Deshalb rief sie kurz entschlossen: »Alex! Bist du hier?«

Doch keiner antworte.

»Alex?«

»Mann, Tussi! Halt endlich die Schnauze«, blökte ein Mann, der unter ihr auf einer Matratze lag und gerade eine junge Frau vernaschte.

Eva roch an dem T-Shirt, das sie in der Hand hielt. Schweiß und Patschuli. Ja, es musste auf jeden Fall von Alex sein. Sie sah sich um und schlich vorsichtig durch den Raum. Vorbei an sich liebenden Paaren der unterschiedlichsten Konstellationen. Zweier, Dreier, Vierer, eine Frau mit zwei Männern, zwei Frauen, zwei Männer, Männer mit zwei Frauen. Eva fand das immer widerlicher und spürte ihren Magen. Es roch nach Qualm, Körperflüssigkeiten und Schweiß. Eva konnte kaum mehr atmen und es fiel ihr wirklich schwer sich vorzustellen, Alex hier doch noch zu finden. Noch dazu, wo er wusste, wie wichtig ihr trotz aller Hippie-Grundsätze die Treue in ihrer Beziehung war.

Aber dann sah sie ihn. Er lag nackt auf einer schmuddeligen Matratze. Auf ihm saß eine Frau, mit langen braunen Haaren, die sich kreisend und stöhnend bewegte. Hinter seinem Kopf wiederum lagen schräg eine Frau und ein Mann, wild miteinander züngelnd, die von Alex abwechselnd oral verwöhnt wurden. Eva kannte keinen seiner Sexpartner, doch als sie sah wie Alex sogar den Mann immer wieder begeistert bediente, wurde sie fast ohnmächtig.

Sie wollte nur noch raus hier und das ganz schnell. Angewidert sprang sie so schnell sie nur konnte über die Matratzen und Pärchen. Schließlich hatte sie die Tür erreicht und stürmte hinaus, die Böschung nach oben, zur Hauptstraße und zu ihrem Fahrrad. Tränen schossen in ihre Augen, wie in Trance stieg sie auf ihr Rad und fuhr los.

Weit kam sie nicht, denn nach wenigen Metern war ihr plötzlich so schlecht, dass sie vom Rad sprang und sich heulend in einen

Busch am Straßenrand erbrach. Sie fühlte sich durch und durch elend, versuchte sich aber trotzdem schnell wieder zu berappeln, als sie sah, wie ein Motorrad direkt auf sie zufuhr. Zu spät: Im Lichtschein des Scheinwerfers hatte der herannahende Fahrer ihr Elend bemerkt und verlangsamte die Fahrt, um schließlich mit quietschenden Bremsen direkt neben ihr stehen zu bleiben. »Also langsam nehme ich das persönlich«, sagte eine ihr vertraute Stimme. »Jedes Mal, wenn wir uns sehen, übergibst du dich. Sollte mir das zu denken geben?«

Eva drehte sich um. Es war Javier. Der Matrose.

8. Kapitel

2011

An den Gepäckbändern des Flughafens von Ibiza herrschte Komplettchaos. Ja, man hätte sogar von anarchischen Zuständen sprechen können. Seit nunmehr einer halben Stunde stand Iris wartend zwischen kreischenden Kindern, genervten Müttern, Sandalen und Bierbauch tragenden Männern, kläffenden Hunden auf Armen und in Tiertransportboxen, kreuz und quer geparkten Gepäckwagen, Kinderkarren und Reisetaschen. Doch offenbar hatte das schwarze Loch am Ende des Gepäckbandes noch nicht vor, ihren Koffer auszuspucken. Genervt und ungeduldig schaltete Iris ihr Handy ein – keine Nachrichten. Sie kramte aus ihrer Handtasche ihren iPod hervor und steckte sich die weißen Kopfhörerstöpsel in die Ohren. Lieber laute Musik als lautes Kindergeschrei, dachte sie, während sie ungeduldig und hektisch mit dem Fuß auf den Boden tippend auf den Monitor starrte. Dass die Spanier das immer noch nicht hinkriegen, dachte sie. Massentourismus seit Jahrzehnten, aber kaum landet mehr als ein Flieger pro Stunde, läuft denen alles aus dem Ruder.

Iris hätte schreien können, so genervt war sie. Zwar versuchte sie, sich immer wieder selbsthypnotisch zu beruhigen, »Schalt ab! Du hast jetzt Urlaub!«, doch dies gelang ihr nur bedingt. Sie war schon immer ein sehr ungeduldiger und manchmal hektischer Mensch gewesen. Nichts hasste sie mehr, als Zeit, von der sie meist zu wenig hatte, in Warteschlangen an Supermarktkassen, in Postfilialen, bei trödeligen Einreisebeamten oder wie hier an übervollen Gepäckbändern zu verschwenden.

Gut 20 Minuten später, kurz bevor Iris fast einen Tobsuchtsanfall bekam und gerade überlegte zum »Gepäck Lost & Found«-Schalter zu laufen, um den Mitarbeitern dort eine Szene zu machen, an die sie sich ihr Leben lang erinnern würden, kam endlich ihr brauner Louis Vuitton-Reisetrolley auf dem Gepäckband angefahren.

Genervt riss Iris ihn herunter und kramte in ihrer Handtasche nach ihrer schriftlichen Reisebestätigung, um nachzusehen, wo sie sich nun melden müsse. Ah, da stand es ja: »Bei der Ankunft am Reiseziel wenden Sie sich bitte umgehend an unseren lokalen FlyAway-Reiseleiter vor Ort im Ankunftsbereich gleich nach der Zollkontrolle. Er wird Ihnen mitteilen, in welchem FlyAway-Vertragshaus Sie während Ihres Urlaubs untergebracht sein werden.«

Na bitte. Iris kämpfte sich an Kindern, Gepäckwagen und Menschen vorbei in Richtung Zollkontrolle. Aber selbst vor dem »grünen Durchgang«, der für »Nichts zu verzollen« und »EU-Bürger« stand, hatte sich eine lange Schlange gebildet. Iris rollte genervt mit den Augen und fragte sich, ob sie heute überhaupt noch einmal in ihrem Hotel ankommen würde. Anscheinend hatten die Zöllner, eigentlich ganz untypisch für die nach Iris Meinung doch eher phlegmatisch eingestellten Spanier, heute ihren arbeitsamen Tag. An beiden Kontrolltischen stand je ein Einreisender, vor ihnen lagen ihre geöffneten Koffer und beide diskutierten mit den beiden Zöllnern hinter den Tischen. Der dritte Zöllner winkte die übrigen Reisenden, nachdem er ausgiebig die Kofferanhänger studiert hatte, die ihm anhand des Aufdrucks zeigten, ob es sich um »EU« oder »Nicht EU«-Reisende handelte, im Schneckentempo durch. Immer ruhig bleiben. Ruhig bleiben!, versuchte Iris sich gedanklich immer wieder selbst zu konditionieren. Leider nur mit mittelmäßigem Erfolg. Ihre Laune verdüsterte sich noch mehr, als sie sah, wer den Betrieb da so aufhielt: Alessandro Rosso, seines Zeichens

Musikerfolgsproduzent und quasi der Dieter Bohlen von Spanien, mit seiner Frau Emma. Er mit großer, schwarzer Sonnenbrille auf der Nase, goldener Rolex am Arm und im weißen Leinenanzug. Sie, Emma, die dank Rosso sowie der Hits, die er für sie schrieb und produzierte zu einer der erfolgreichsten Sängerinnen Europas gehörte, im Minikleid mit Leopardenmuster. Dazu trug die Trulla gefühlte 15cm-Absätze und war mit Brillantschmuck behangen wie ein Christbaum. Der Musiker residierte auf Ibiza nebst Gattin in einer riesigen Luxusvilla mit Pool und Meerblick, die er in Stars & Co. bereits in einer achtseitigen Homestory vorgestellt hatte. Iris konnte sich noch genau an den Protz-Prunk erinnern. Einer der Zollbeamten hantierte mit vier original verpackten iPhones herum, die er zuvor aus dem Gepäck der beiden gefischt hatte. Mit hochrotem Kopf, wild fuchtelnd und laut auf das Promipärchen einredend, hielt er die vermeintlichen Beweisstücke hoch. Iris war leider noch nicht nah genug an der Szene, um alles zu verstehen, doch immerhin konnte sie ein paar Wortfetzen aufschnappen. Rosso und Emma waren in den Vereinigten Staaten gewesen und hatten dort, so glaubte Iris, die angesagten Telefone zum Schnäppchenpreis ergattert. Rosso behauptete hingegen, es handle sich um »persönliche Geschenke«, die er von seinen Geschäftspartnern bekommen habe und für die er ganz bestimmt nicht vorhabe, auch noch Einfuhrsteuern zu zahlen. Ein Wort ergab das andere, man stritt, diskutierte und schließlich wurden die beiden anderen Zöllner hinzugezogen, was zur Folge hatte, dass es nun überhaupt nicht mehr weiterging.

Iris war einem Schreikrampf nahe. Das war mal wieder so ganz typisch für diese gierigen und selbstherrlichen Promis. Millionen bis zum Abwinken auf dem Konto, aber wegen 3,50 Euro Steuer die große Welle machen und den ganzen Betrieb aufhalten, nach dem Motto »Sie wissen wohl nicht, wer ich bin«.

Iris beobachtete die Situation, in der nun inzwischen alle drei Zöllner mit den Rossos diskutierten, noch ein paar Minuten, dann reichte es ihr. Sie wandte sich an eine ältere Dame, die hinter ihr in der Schlange wartete: »Entschuldigung, würden Sie kurz auf meinen Koffer aufpassen? Ich mach da mal Dampf!« Als die Dame nickte, marschierte Iris schnurstracks an den anderen Wartenden vorbei, auf die Zöllner und Rossos zu. Sie wandte sich an Rosso. »Würde es Ihnen wohl sehr viel ausmachen, wenn Sie Ihre Endlosdiskussion nun zu einem Ende führen könnten und diese dämliche Einfuhrsteuer zahlen würden? Es mag Ihnen vielleicht noch nicht aufgefallen sein, aber A) befinden Sie sich hier nicht im Privat-Hangar des Flughafens von Santa Monica, sondern im Billig-Charterterminal für Pauschalurlauber auf Ibiza, B) warten hier Ihretwegen inzwischen hunderte von Touristen, die nach elendigen Flug- und Wartezeiten nun doch endlich gerne in ihr Hotel fahren würden – meine Person übrigens eingeschlossen – und C) kann das doch wohl nicht Ihr Ernst sein, dass Sie hier auf der Insel in einer 1500-Quadratmeter-Luxus-Villa hausen, aber scheinbar nicht die paar Euros haben, diese behämmerte Einfuhrsteuer zu bezahlen? Soll ich jetzt hier schnell noch einen Rettungsfonds gründen oder mit dem Klingelbeutel herumgehen?«

Iris sah Rosso so böse an, wie sie nur konnte. Der hingegen blickte Iris fassungslos und offensichtlich völlig überrumpelt an. Die Zöllner grinsten, Rosso stammelte ein gequältes »Entschuldigung« und begleitete den einen Beamten in den angrenzenden Nebenraum, nun offensichtlich bereit, doch noch die fälligen Steuern zu entrichten.

»Na also, geht doch!« sagte Iris und marschierte an Emma, die sie mit einem »Dich-bring-ich-um«-Blick anstarrte, vorbei zurück zu ihrem Koffer und Warteplatz in der Schlange.

»Dass Sie sich das getraut haben?«, sagte die ältere Dame hinter ihr bewundernd und strahlte sie an. »Der Mann ist doch ein Star!«

»Wissen Sie«, antwortete Iris, »das ist mir so was von wurscht. Ob Star oder Normalo: Der kocht auch nur mit Wasser – und pinkelt im Stehen.«

Die ältere Frau lachte. »Aber toll gemacht, Mädchen! Schauen Sie, jetzt geht es endlich weiter.«

Tatsächlich hatten die Zöllner das Abfertigungstempo wieder erhöht und keine fünf Minuten später schritt Iris endlich durch die automatische Schiebetür in die Ankunftshalle des Flughafens.

Sie musste grinsen, als sie an das blöde Gesicht dachte, dass Rosso eben gemacht hatte, als sie ihm die Meinung gegeigt hatte. Denn wenn sie in all den Jahren in dem Job als Unterhaltungsredakteurin etwas gelernt hatte, dann das: Auch wenn die Promis noch so wichtigtaten und sich grandios vorkamen: Hinter der Fassade fast jedes »Stars« steckte fast immer ein ganz normaler Mensch, der durch Erfolg und die vielen Ja-Sager um ihn herum leider schlicht die Bodenhaftung verloren hatte.

Und sie dahin zurück zu bringen, auf den »Boden der Tatsachen«, hatte Iris bei den vielen Interviews, die sie in all den Jahren mit Stars und Sternchen geführt hatte, immer auch ein bisschen als ihre Berufung gesehen. Denn meist waren es nicht die A-Klasse-Celebrities, die sich in der Öffentlichkeit daneben benahmen und bei Interviews zum Grunzen dämliche Antworten gaben, sondern die aus den Abteilungen C-Z.

»Herzlich Willkommen auf Ibiza. Warten Sie bitte noch einen Moment hier«, wies sie die FlyAway-Reiseleiterin an, die Iris im allgemeinen Getümmel schließlich gefunden hatte.

»Müller? Bus 17. Salkowski? Bus 13. Grau? Auch Bus 17. Pankras? Bus 12.«

Reiseleiterin Beate – das verriet ihr Namensschild – verteilte die ankommenden Gäste auf die vor dem Terminal wartenden Busse.

»Warncke? Sie habe ich gar nicht auf meiner Liste. Ah, doch hier. Bus 14 bitte.«

Sie wandte sich Iris, die leicht genervt neben ihr stand, zu. »Tja mit Ihnen habe ich leider ein kleines Problem.«

»Mit mir?«, fragte Iris und fragte sich, ob Rosso sie wohl gerade eben von der Liste hatte streichen lassen. »Wieso?«

»Nun ja. Sie haben ja eine Glückreise gebucht. Das heißt, wir teilen Ihnen hier mit, in welchem Hotel wir Sie unterbringen werden.«

»Ja, ich weiß. Wo liegt das Problem?«

»Nun ja«, Beate zögerte einen Moment, »ich habe hier auf Ibiza leider kein Hotel für Sie.«

»Wie bitte?«

»Ja. Es tut mir sehr leid. Aber aufgrund der aktuellen Buchungslage und der Ferien in Deutschland ist Ibiza heillos überbucht.«

»Und was soll das heißen? Dass ich am Flughafen schlafen muss? Oder zurückfliege und mein Geld wiederbekomme?«

»Aber nein, wo denken Sie hin!« Beate lächelte gequält freundlich. »FlyAway steht doch für hundertprozentige Urlaubsgarantie mit Wohlfühlfaktor. Und deswegen haben wir natürlich vorgesorgt, damit auch Ihr Urlaub ein unvergessliches Erlebnis werden wird.«

»Na, da bin ich ja mal gespannt«, erwiderte Iris in genervtem Ton.

»Wir haben Sie auf Ibizas wunderschöner Nachbarinsel Formentera untergebracht.«

»Formen-was? Sie können mich doch nicht einfach auf eine andere Insel bringen!«

»Sie werden begeistert sein. Formentera ist viel kleiner, ursprünglicher und die Strände sind ein absoluter Traum. Mit Ibiza in keiner

Weise zu vergleichen. Und es ist herrlich ruhig. Kaum Discos, keine Saufgelage. Sie werden sich fantastisch erholen. Ganz bestimmt!«

»Sagen Sie mal, liebe Beate, ich glaube, ich bin im falschen Film. Ich buche einen Partyurlaub auf Ibiza und Sie erzählen mir hier irgendetwas von Ruhe und Stränden auf Fuerteventura. Das kann ja wohl alles nicht wahr sein. Ich will sofort Ihren Chef sprechen!«

»Formentera, nicht Fuerteventura. Das liegt in den Kanaren. Wir sind auf den Balearen.«

»Das ist mir völlig wurscht, wo dieses Formen-Dingsda liegt. ICH habe einen Urlaub auf Ibiza gebucht und dort will ich auch hin. Ihren Chef bitte!«

»Das tut mir leid. Der ist nicht hier, sondern ab morgen früh wieder im Citybüro in Ibiza-Stadt zu erreichen. Aber in einer Stunde geht ihr Schiff nach Formentera.«

»Auf dem ich ganz bestimmt nicht sitzen werde.«

Doch keine Stunde später tat Iris genau das. Nachdem Reiseleiterin Beate ihr die Passage im Kleingedruckten ihrer Reisebestätigung gezeigt hatte »…der Reiseveranstalter behält sich im Falle einer Nichtnutzungsmöglichkeit bzw. Überbuchung vor, den Reiseteilnehmer in einem anderen Vertragshaus gleicher oder besserer Kategorie an einem Ort seiner Wahl unterzubringen…«, und Iris erst einen Wut-, dann einen Schrei- und schließlich, auf dem Weg zum Bus, einen Heulanfall bekommen hatte.

»Jetzt glauben Sie mir, Ihnen wird es auf Formentera gefallen. Ganz bestimmt. Es gibt Stammgäste, die kommen seit zehn oder mehr Jahren regelmäßig hierher. Nun sehen Sie es doch nicht so negativ. Mal ganz unter uns: Wenn ich Urlaub hier machen würde, dann ganz bestimmt nicht auf Ibiza, sondern auf Formi. Das können Sie mir wirklich glauben«, hatte Reiseleiterin Beate versucht, sie zu beruhigen.

Und auch Patrick, den sie natürlich sofort angerufen und konsultiert hatte, hatte sie darin bestärkt, der kleinen Nachbarinsel doch wenigstens eine Chance zu geben und nicht gleich wieder zurück zu fliegen. »Michi und Frank waren da, glaube ich, auch einmal. Denen hat es super gefallen, meine ich mich zu erinnern«, hatte er gesagt. »Party ohne Ende kannste da zwar knicken, aber dafür sollen die Strände ein Traum sein. Wie in der Karibik! Kauf dir halt ein paar Bücher und erhol dich mal. Süße, du musst jetzt einfach runterkommen. Gerade nach den letzten Wochen und dem ganzen Trara mit Thorsten. Vielleicht tut gerade dir rastlosem Workaholic die ganze Situation und Ruhe wirklich mal ganz gut.«

Da saß Iris nun, nachdem ein Bus sie auf einer knapp halbstündigen Fahrt vom Flughafen zum Hafen in Ibiza-Stadt oder Eivissa, wie die Einheimischen sagten, gebracht hatte.

Traurig und leer starrte sie aus dem Fenster des Schnellbootes der Reederei Baleária, das sie nun in einer halben Stunde auf diese verdammte Insel bringen sollte.

Es tutete dreimal, es folgte eine Ansage über Positionen der Rettungsboote und Schwimmwesten und dann setzte sich das Schiff zunächst noch tuckernd, als sie die Hafenmole von Ibiza aber hinter sich gelassen hatten, immer schneller in Bewegung Richtung Formentera.

Dazu dudelte nun brüllend laut der Radiosender Radio Cuarenta Principales aus den überall im Schiff hängenden Lautsprechern. Nervtötende Werbung, nervige Nachrichten aus der Region, das Wetter – für morgen wurden rund 30 Grad und Sonne angesagt –, wieder nervtötende Werbung und dann Musik. »My Night in New York«, der neueste Nummer-Eins-Hit von Emma. In dieser Sekunde hätte Iris bestimmt harte Gegenstände durchs Schiffsinnere geworfen – wenn sie nicht ein paar Sekunden vorher, vor Ärger und totaler Erschöpfung sanft eingeschlummert wäre.

»Señora! Sie müssen aufwachen. Wir sind da!« Ein grauhaariger, älterer Matrose zupfte vorsichtig an Iris Arm.

»Oh mein Gott. Wie lange sind wir denn schon hier?«, fragte Iris, die sich fühlte, als sei ein LKW über ihren Körper gefahren und als habe sie seit zwei Tagen nicht geschlafen.

»Seit ungefähr zwanzig Minuten. Wir wollten Sie noch ein bisschen schlafen lassen, während wir ausluden. Aber nun müssen Sie leider von Bord gehen, denn wir fahren gleich zurück nach Ibiza.«

»Ja, das mache ich. Entschuldigung vielmals!«, antwortete Iris auf Spanisch, das sie dank eines sehr netten Spanischlehrers auf dem Gymnasium immer noch recht gut sprach, wie sie fand.

»Nichts zu entschuldigen. ¡Que vaya bien! Alles Gute und einen schönen Urlaub!«

Iris blickte sich um, tatsächlich war sie die letzte an Bord. Hektisch griff sie ihre Handtasche, ihren Trolley und hastete eilig über die Gangway an Land. Sie blickte sich um. Der Hafen war wirklich winzig, nur ein paar kleine Schiffe und Segelboote waren an ein paar Stegen vertäut, die Fähre, mit der sie gerade angekommen war, schien das einzig größere Schiff im Hafenbecken zu sein.

Am Ende der Hafenmole, auf der sie jetzt entlang ging, standen neben einem modernen gläsernen Fährterminal mit Touristeninformation ein paar Busse und Taxis und warteten auf die ankommenden Gäste. Sie versuchte, die FlyAway-Reiseleiterin, die ihr am Ibiza-Flughafen avisiert worden war, im allgemeinen Gewusel zu finden.

»Wow, sexy Frisur. Warst du drüben gerade beim Friseur?« Ein rauchender Taxifahrer hing aus seinem Autofenster und pfiff Iris hinterher. »Steht dir echt super!«

»Und deine Anmachen waren mit Sicherheit auch schon einmal besser«, konterte Iris, als sie sich nur kurz nach ihm umdrehte.

»Was ist denn los mit dir?«, fragte der Taxifahrer und guckte Iris verdutzt an. »Sonst könnt ihr Mädels doch auch nie genug Komplimente kriegen.«

»Ach…«, doch Iris entschied sich nun doch lieber zu schweigen, denn ein paar Meter von ihr entfernt hatte sie die in Gelb und Lila gekleidete FlyAway-Frau entdeckt.

»Mein Gott, da sind Sie ja. Wir dachten schon, wir hätten Sie auf dem Weg von Ibiza hierher verloren!«, sagte sie, nachdem Iris ihren Namen genannt und Josi, wie auf ihrem Namensschild stand, sie wiederum auf einer Liste abgehakt hatte.

»Nun denn, schön dass Sie nun doch da sind. Herzlich Willkommen auf Formentera! Wir haben Sie im Ca Marí untergebracht. Einem sehr schönen, gepflegten und ruhigen Haus. Wird Ihnen mit Sicherheit super gefallen. Ich bin übrigens Josi und Ihre Reiseleiterin hier auf Formentera…«

»Der Insel, die ich nicht gebucht habe«, erwiderte Iris.

»Ja, ich weiß, ich weiß. Meine Kollegin aus Ibiza sagte mir gerade schon am Telefon, dass Sie sich eigentlich einen Disco-Party-Urlaub vorgestellt hatten. Das tut mir sehr leid. Aber wissen Sie, an den ständigen Überbuchungen der Hoteliers sind wir komplett unschuldig, auch wenn Sie mir das jetzt vielleicht nicht glauben mögen. Aber trotzdem werden FlyAway und ich sehen, wie wir Ihre Stimmung vielleicht auch auf Formentera noch ein bisschen heben können. Kommen Sie doch morgen früh um 9 Uhr in meine Sprechstunde bei der Rezeption in Ihrem Hotel. Bis dahin lasse ich mir etwas Schönes für Sie einfallen. Versprochen.«

Josi zwinkerte ihr verschwörerisch zu und setzte Iris dann in einen Kleinbus, der sie nebst einer anderen Familie mit Kind aus Düsseldorf, wie sie Iris ungefragt erzählten, nun in das Hotel bringen sollte.

Die Sonne war inzwischen fast untergegangen, doch statt sich in romantischen Rottönen und mit einem herrlichen schönen Sonnenuntergang zu präsentieren, hatte der Himmel offensichtlich vorgezogen, rabenschwarz zuzuziehen und einem Unwetter Platz zu machen. Passt zu meiner Laune, dachte Iris, als der Kleinbus durch die schmalen Straßen des Hafenstädchens La Savina kurvte, um dann auf eine größere Landstraße zu biegen.

»Wir fahren ungefähr zwanzig Minuten«, erklärte der Fahrer seinen Fahrgästen. »Soll ich Ihnen währenddessen etwas über die Insel erzählen? Waren Sie schon einmal hier?«

»Nein! Oh ja, erzählen Sie uns bitte etwas!«, antwortete die Familienmutter begeistert und auch Iris nickte der Höflichkeit halber.

»Formentera ist eine kleine Insel, wie Sie vielleicht schon gemerkt haben. Sie gehört wie Mallorca, Menorca und Ibiza zur Inselgruppe der Balearen. Formentera ist ungefähr 20 Kilometer von Ibiza entfernt und selbst 19 km lang.«

»Mehr nicht?«, fragte Iris, die bis zum heutigen Tage wirklich noch nie etwas von diesem öden Eiland gehört hatte.

»Nein! Aber das ist doch das Schöne«, antwortete der Fahrer. »Sie können hier fast alles mit dem Fahrrad oder einem Motorrad erledigen.«

»Wie viele Einheimische gibt es denn?«, fragte die Mutter.

»Rund 8500.«

Es blitzte, es krachte und der Himmel öffnete seine Schleusen. Ein riesiges Unwetter zog über die Insel. »Sehr ungewöhnlich für diese Jahreszeit«, befand der Fahrer. »Wie war es denn in Deutschland?«

»Sehr schön!«, antwortete Iris. »Sonne. 26 Grad. Vielleicht hätte man doch lieber zuhause bleiben sollen.«

Der Fahrer lachte. »Es wird Ihnen bestimmt gefallen. Formentera ist eine sehr schöne und vor allem erholsame Insel.«

Erholung, Erholung, Erholung. Ist das eigentlich das einzige, das sie einem über diese blöde Insel erzählen können?, fragte sich Iris.

Sie fuhren weiter. Zunächst vorbei an ein paar Auto- und Motorrad-Werkstätten, einem kleinen Industriegebiet, einer Polizeiwache und dann kreuzten sie einen kleinen Ort.

»Unsere Hauptstadt heißt San Francisco«, wie der Fahrer, José – er hatte sich ihnen inzwischen auch namentlich vorgestellt – erklärte.

»ICH dachte ja immer, das liege in Kalifornien«, sagte Iris schnippisch.

»¡Si si, California!«, José lachte laut. »Eigentlich heißt der Ort auch Sant Francesc Xavier. Aber das ist Katalan. Die Sprache, die wir hier sprechen. Aber das ist für die Touristen sehr schwierig. Darum gibt es für die drei größeren Orte auch einen spanischen Namen.«

»Wie kompliziert«, sagte Iris.

»Nein. Ganz einfach«, sagte José. »La Savina heißt dann La Sabina und Sant Ferran San Fernando.«

»Und warum wird diese andere Sprache hier gesprochen?«, fragte nun wieder die Familienmutter, deren kleiner blondschopfiger Sohn inzwischen auf ihrem Schoß eingeschlafen war.

»Das hat Geschichte«, sagte José. »Ich bin allerdings auch nicht gebürtig von hier, aber auch aus Katalonien. Aus Barcelona und auch erst den zweiten Sommer hier auf der Insel. Alle Einwohner Kataloniens, also auch hier, wurden unter dem Regime von Diktator Franco gezwungen, das klassische Spanisch, das wir hier im Land Castillano nennen, zu sprechen. Und das galt nicht nur für Katalonien, sondern auch für Galizien, das Baskenland und all die anderen spanischen Provinzen mit eigener Sprache. Überall war plötzlich unsere Muttersprache verboten. In der Schule, in Behörden, in der Öffentlichkeit, bei allen Beamten und Militärs. Total lächerlich. Als Franco dann in den Siebzigern endlich starb und Spanien eine richtige Demokratie wurde, sind die Menschen sofort zu ihren ursprünglichen Sprachen zurückgekehrt. So auch hier. Und sprechen das offizielle Spanisch nur noch, wenn sie unbedingt müssen.«

»Spannend!«, sagte die Mutter. »Hast du das gewusst Jürgen? Jürgen? Jetzt sag doch auch mal etwas!«

Inzwischen hatten sie zwei Tankstellen, ein paar Supermärkte, Restaurants und Bars passiert und bogen in einen kleinen, aber immerhin asphaltierten Feldweg ein. Nach ein paar hundert Metern bremste José. »Hotel Costa Azul!«

Die dreiköpfige Familie krabbelte aus dem Kleinbus und José lud im nun strömenden Regen ihr Gepäck aus

»Jürgen, hast du die Fototasche?«

»Ja, habe ich. Beruhig dich!«.

»Ihnen einen schönen Urlaub«, rief die Mutter Iris noch hinterher, als José, inzwischen vollkommen durchnässt, wieder zu ihr in den Kleinbus gestiegen war.«

»Danke, Ihnen auch«, rief Iris höflich.

»Wir sind jetzt auch gleich da«, versprach José Iris.

Und tatsächlich lag das Ca Marí nur ein paar Meter entfernt.

Im Hauptgebäude des kleinen Hotels wurde Iris bereits erwartet. »Herzlich willkommen!«, sagte eine junge, blondgelockte Spanierin, die eine rote und viel zu große Brille trug. »Ich bin Florentina. Wir haben Sie schon erwartet!«

»Ich wünschte, ich könnte das auch sagen«, sagte Iris. »Eigentlich wollte ich nach Ibiza. Und jetzt bin ich hier gelandet.«

»Oh. Das tut mir leid. Da kann man wohl nichts machen. Ibiza ist sehr sehr voll im Moment. Ist trendy bei den Leuten, die immer Party machen wollen. Da schicken die Reiseveranstalter oft Touristen zu uns nach Formentera, wenn wir hier noch ein paar freie Betten haben. Aber sie bekommen von mir ein ganz schönes

Zimmer, versprochen. Jetzt gehen Sie erst mal schnell noch zum Abendessen. Das ist nämlich immer von Sieben bis halb Zehn und gleich vorbei.«

Iris erledigte in Windeseile die Anmeldungsformalitäten, stellte ihren Reisetrolley bei der Rezeptionistin ab und ging in den Speisesaal, wo nur noch ein paar vereinzelte Tische besetzt waren. Ein Kellner führte sie zu ihrem Platz. »Sie haben die ganzen zwei Wochen einen festen Tisch. Dann müssen Sie sich nicht täglich einen neuen Platz suchen«, sagte er.

An dem kleinen Zweiertisch saß bereits eine aparte, dunkel- und langhaarige Frau, die Iris auf Anfang 40 schätzte, und schlürfte gelangweilt an einem Glas Rotwein. Zu ihren Füßen lag ein niedlicher kleiner, flauschiger und hellbeige farbener Hund, der sich, als Iris sich setzte, sofort schwanzwedelnd erhob und an ihrem Bein hochsprang. »Ravi! Runter! Jetzt! Was fällt dir ein?«, wurde er von seinem Frauchen geschimpft. »Entschuldigen Sie bitte vielmals!«

»Ist schon ok. Ich mag Hunde sehr«, sagte Iris. »Und wenigstens der Kleine hat offensichtlich gute Laune.«

»Ja, das stimmt«, sagte die Hundebesitzerin. »Ravi hat eine so gute Seele, der ist eigentlich immer fröhlich«. Sie machte eine Pause. »Im Gegensatz zu mir…«. Sie nippte wieder an ihrem Rotwein. »Ich bin übrigens Leonie und wir können uns gerne duzen.«

Leonie war eine Tierärztin aus Potsdam und genau wie Iris nicht freiwillig in diesem Kaff gelandet. Auch sie hatte eine Fly-Away-Glücksreise gebucht, auch ihr hatte man am Flughafen die Geschichte von den Überbuchungen erzählt und auch sie hatte man heute hierher verschifft.

»Ich hatte vorher noch nie etwas von dieser komischen Insel gehört«, sagte sie. »Ich glaube, das alles hier ist doch eine linke

Masche. Wahrscheinlich gab es nie Buchungen für uns in irgend-einem Ibiza-Hotel, sondern diese Gauner beschließen von vorn-herein, alle doofen Touri-Trullas, so wie uns, hierher zu karren.«

Leonie unterhielt in Deutschland eine florierende Praxis, wie sie Iris erzählte, hatte aber in Sachen Liebesleben in den letzten Wo-chen genauso wenig Glück gehabt, wie sie selbst. Von ihrem Freund, einem Hundetrainer, hatte sie sich gerade frisch getrennt, er hatte sie betrogen, und ihr Sohn war, im zarten Alter von 17 Jahren, gera-de bei ihr aus- und seiner 25-jährigen Freundin eingezogen.

Und so saß Leonie nun in ihrem kleinen Haus in Potsdam-Ba-belsberg meist alleine herum, wie sie Iris berichtete, las viel, sah fern und hatte auf Rat einer Freundin nun ebenfalls diese kleine »Ablenkungsreise« gebucht.

Auch Iris hatte, nachdem sich beide immer wieder am zwar einfachen aber durchaus schmackhaften Essen am Buffet bedient hatten, in Kurzversion von ihren turbulenten und unglückseligen letzten Wochen erzählt.

»Die Kerle sind doch alle gleich. Erzähl mir doch, was du willst«, sagte Leonie bei einem anschließenden Espresso an der kleinen Ho-telbar. »Aber weißt du was, Iris? Wir lassen uns weder von denen, diesem beschissenen Wetter oder dieser doofen Insel unterkriegen!«

»Stimmt. Da hast du Recht«, sagte Iris. »Aber weißt du, ich wollte eigentlich auf Ibiza ein bisschen feiern, neue Leute ken-nenlernen, um mal auf andere Gedanken zu kommen und richtig abzuschalten. Stattdessen sitze ich hier in diesem offensichtlich langweiligen Kaff, zwischen Familien, Feldwegen und Regenwet-ter und komme erst richtig ins Grübeln.«

»Lass den Kopf nicht hängen«, sagte Leonie aufmunternd. »Wir versuchen jetzt einfach, das Beste draus zu machen. Immerhin hat uns das Schicksal gemeinsam hierher verschlagen. Das ist doch schon mal was.«

Iris blickte auf die Uhr, es war bereits weit nach Mitternacht. Sie und Leonie verabredeten sich zum gemeinsamen Frühstück um neun Uhr am nächsten Morgen, dann versuchte Iris, mit einem Lageplan des Hotels bewaffnet, den ihr zugedachten kleinen Bungalow zu finden. Ihren Koffer hatte man bereits dorthin gebracht, wie Florentina, die nette Rezeptionistin, ihr noch mitgeteilt hatte, als sie um 23 Uhr Feierabend gemacht und den Empfangsraum mit Rezeptionstresen abgeschlossen hatte.

Das Ca Marí war kein Hotel im üblichen Sinne, sondern viel mehr eine kleine Ansammlung verschiedener Gebäude. Den zentralen Punkt bildete das Haupthaus mit Speisesaal, Bar, Sonnenliegen und kleinem Pool, wie Iris dem fotokopierten Lageplan entnahm. Dazu kamen verschiedene Nebengebäude, die so klangvolle Namen wie Agua Clara oder Sol y Mar trugen und insgesamt 90 Wohneinheiten bildeten. Für Iris war ein Bungalow direkt am Meer vorgesehen den Florentina ihr mit einem leuchtenden Textmarker auf dem Papierplan eingekreist hatte.

Iris stolperte durch den immer noch strömenden Regen, vorbei an diversen Gebäuden, Büschen, Mäuerchen und Pinien über schlecht befestigte und steinige Feldwege und versuchte im Dunkel der Nacht – sie hatte ja nicht mal eine Taschenlampe – ihre Unterkunft zu finden. Immerhin war das Gewitter inzwischen vorbeigezogen und nach gut zehnminütigem Fußmarsch hatte Iris endlich ihren Bungalow gefunden. Derjenige, der ihr den Koffer dorthin gefahren hatte, hatte dankenswerterweise das kleine Licht über der Eingangstür angelassen, so dass Iris problemlos die Tür aufschließen konnte.

Der Bungalow war klein, aber sauber und zweckmäßig eingerichtet. Es gab zwei einzelne Holzbetten, zwei Nachttische, einen eingebauten Kleiderschrank und ein Badezimmer mit Badewanne. Aber weder Telefon, noch Fernseher. Na, Prost Mahlzeit, dachte Iris. Nicht mal das. Ich werde vor Langeweile umkommen.

Iris war eine typische Medienfrau. Immer auf der Suche nach neuen Informationen und Geschichten. Auch jetzt, nachdem sie ihren Job verloren hatte, war sie es gewohnt, 24 Stunden am Tag online zu sein und surfte nicht nur pausenlos durch das Internet, sondern zappte auch ohne Unterlass durch sämtliche Fernsehkanäle, immer vom Gefühl getrieben, irgendwo etwas oder eine großartige Story oder Serie zu verpassen.

Und nun saß sie hier auf dieser Insel. Alleine im strömenden Regen. Ohne Mann, Fernseher, Freunde und Laptop. Für den es hier sowieso weder Internetanschluss noch WLAN gegeben hätte.

Iris öffnete Fensterläden und Fenster, um ein wenig Luft in den stickigen Raum, der natürlich auch keine Klimaanlage besaß, zu lassen. Sie zog ihre vom Regen völlig durchweichten Klamotten aus, hängte sie über einen Stuhl, ging kurz ins Bad und kramte in ihrer Handtasche nach ihrem Handy. Es war ihr schon fast klar, was sie sehen würde, als sie aufs Display sah: »Kein Netz.«

»Oh Mann. Das kann doch alles nicht wahr sein. Warum werde ich eigentlich so bestraft?«, fluchte sie still vor sich hin, als sie schließlich völlig übermüdet ins Bett krabbelte.

Sie konnte das aufgewühlte Meer, das von ihrem Bungalow nur durch eine kleine Hecke und einen schmalen Fußweg getrennt war, hören und förmlich spüren, wie die salzige Gischt durch das geöffnete Fenster herein sprühte. Trotz ihrer Müdigkeit lag sie noch lange wach und ihre Gedanken drehten sich immer wieder im Kreis. Sie dachte an Patrick, den blöden Rosso, ihre ehemaligen Kolle gen, ihre Zukunft, diese beschissene Insel – und Thorsten. Bis sie schließlich doch irgendwann völlig übermüdet einschlief.

Einige hundert Kilometer entfernt dachte komischerweise just in diesem Moment auch ein anderer Mensch gerade an Iris: Thorsten. Er vermisste sie – auf seine Art. Denn der Sex mit ihr war einfach der beste gewesen, den er je gehabt hatte, wie er gerade wieder leidvoll hatte feststellen müssen. Das, was ihn mit Iris verbunden hatte, war immer scharfe und leidenschaftliche, aufregende Erotik in allen Spielarten gewesen. Etwas, das er nun leider nicht mehr genießen konnte. Stattdessen stand jetzt in Sachen Liebesleben wieder bewährte Hausmannskost auf dem Speiseplan. Ein wenig abschätzig betrachtete Thorsten die blonde Frau, die neben ihm im Bett lag und bereits beseelt eingeschlummert war. Er war gelangweilt. Genervt. Und trotz soeben erlebtem Höhepunkt nicht befriedigt. Er überlegte, was zu tun sei. Er musste einfach mal wieder nach München fahren, dort Termine vortäuschen und Iris treffen. Gleich morgen würde er ihr eine SMS schicken. Ja. Das war wirklich ein guter Plan, fand Thorsten.

9. Kapitel

1970

Eva erwachte vom herrlichen Kaffeeduft, der sich angenehm durch das ganze Haus verteilt hatte.

»Guten Morgen, du Langschläferin«, sagte Javier und beugte sich über Eva, die sich in seinem Bett noch einmal gähnend reckte und streckte.

»Frühstück ist fertig!«

»Oh, wie lecker. Ich komme gleich!«

Javier lächelte warm und verschwand wieder in der Küche. Eva schlüpfte schnell unter dem dünnen weißen Laken hervor und zog ihre Sachen vom Vorabend an.

Ja. Der entsetzliche letzte Abend. Wieder spürte Eva einen Stich in ihrem Herzen, als sie sich an die Szenen erinnerte, deren Zeuge sie geworden war. Und obwohl sie kaum etwas getrunken hatte, brachte sich auch ihr Magen sofort wieder schmerzhaft in Erinnerung. Sie schaffte es gerade noch ins Bad.

»Geht's dir nicht gut?«, rief Javier nach ein paar Minuten durch die geschlossene Badezimmertür.

»Nein, nein, alles ok! Ich komme gleich.«

Eva spülte sich ihren Mund mit kaltem Wasser aus und fühlte sich sofort besser. Augenblicklich kehrte auch ihr Appetit zurück.

»Ich glaube, ich habe mir an irgendetwas den Magen verdorben«, sagte sie, als sie sich zu Javier an den kleinen Holztisch im Wohnzimmer setzte, den er liebevoll eingedeckt hatte und auf dem ein köstliches Frühstück mit Schinken, Käse, Müsli und Joghurt auf sie wartete.

»Du solltest besser zum Arzt gehen, dich mal untersuchen lassen. Vielleicht hast du eine Lebensmittelvergiftung von irgendeiner Ajoli oder schlechtem Fisch«, sagte Javier mit seiner sanften Stimme, als er ihr eine Tasse vom frisch gebrühten Kaffee einschenkte.

Trotz der schrecklichen Ereignisse war der Abend noch wesentlich netter ausgeklungen, als er begonnen hatte. Eva hatte ihr Fahrrad beim Bufanda Negra stehen lassen und sich von Javier auf seinem Motorrad mitnehmen lassen. »So lasse ich dich nicht allein«, hatte er gesagt und sie einfach zu sich nach Hause mitgenommen.

Javier bewohnte ein kleines Apartment in der Inselhauptstadt, die rund 20 Motorradminuten vom Bufanda Negra entfernt war. Eva hatte sich die ganze Zeit über an seiner Taille festgekrallt, geheult, gefroren und als sie endlich vor seinem Haus standen, hatte Javier sie wie selbstverständlich mit nach oben genommen, ihr einen Tee gekocht und ihr einfach nur zugehört.

Eva hatte ihm die ganze Geschichte in aller Ausführlichkeit erzählt. Von ihrem Scheitern in München bis zu Alex' Absturz in der Sexspelunke.

Javier hatte sich alles aufmerksam angehört, nur kurze Nachfragen gestellt und dann über Evas Schilderungen entsetzt den Kopf geschüttelt.

»In jedem Fall bleibst du heute Nacht hier«, hatte er dann gesagt, ihr sein Bett frisch bezogen und sich selbst auf das Sofa im Wohnzimmer gelegt.

»Was willst du jetzt machen?«, fragte er Eva, während die gerade herzhaft in ein Stück Baguette mit Manchego-Käse biss.

»Auf jeden Fall nach Hause fahren und ihn zur Rede stellen!«
antwortete Eva. »Ich glaube, ich nehme nachher den Bus. Der
fährt doch Richtung Bufanda Negra, oder? Da steht ja noch mein
Rad.«

»Quatsch, ich fahr dich natürlich. Ich habe heute frei.«

Keine Stunde später knatterten Eva und Javier wieder auf seinem Motorrad die Landstraße gen Insel-Osten entlang. Eva fühlte sich besser und kräftiger als gestern Nacht, sie genoss den frischen Fahrtwind, der ihr um die Nase wehte. Vor dem Bufanda
Negra stoppte Javier. »Bist du sicher, dass ich dich nicht nach
oben bringen soll?«

»Ganz sicher. Ich bin fit und brauche doch auch mein Rad.
Und das können wir ja schlecht am Motorrad festbinden. Oder?«,
sagte Eva lachend.

»Das stimmt natürlich. Aber wenn du Hilfe brauchst, weißt du ja
jetzt, wo du mich findest. Telefon habe ich zwar keines, aber wenn
ich nicht zuhause bin, kannst du auch immer ins Redereibüro am
Hafen kommen und mir dort eine Nachricht hinterlassen.«

»Danke, Javier. Das ist sehr lieb von dir. Auch danke für dein
Ohr und dein Bett letzte Nacht.«

»Sehr gern geschehen. Ich hoffe, du löst deine Probleme.«

»Ja, schauen wir mal. Was machst du heute noch an deinem
freien Tag?«

»Ich? Ich werde wohl auch mal wieder an den Strand fahren. Da
war ich ewig nicht. Schau dir an, wie blass ich bin.«

»Stimmt. An welchen gehst du immer?«

»Also wenn ich gehe, dann an den im Norden bei den Salinen.
In der Nähe des Chiringuitos, der Strandbude von Francesco.
Der ist ein alter Schulfreund von mir und freut sich immer, wenn
ich mal wieder auf ein Bier bei ihm vorbeikomme. Heute Abend

werde ich bestimmt in die Fonda gehen. Kennst du die inzwischen?«

»Na klar! Klar kenne ich die Fonda und Pepe. Also vielleicht sehen wir uns dort später noch!«

»Würde mich freuen!«

Javier zog Eva zu sich heran und gab ihr einen vorsichtigen Kuss auf die Stirn. »Viel Glück!«

Als Eva in der Finca ankam, stieß sie auf Corinna, die gerade schlaftrunken aus ihrem Zimmer schwankte.

»Hallo du!«, begrüßte sie Eva. »Bist du schon lange wach?«

»Ja, im Gegensatz zu dir, wie mir scheint. Wo sind denn die anderen?«

»Keine Ahnung«, maulte Corinna und schleppte sich in die offene Küche. »Ich habe einen irren Kater. Vom Dope und dem ganzen Alkohol.«

»Na, Spaß hattest du scheinbar genug gestern«, sagte Eva, während sie durch die geöffnete Tür in ihr Zimmer ging. Das große Bett war ordentlich gemacht und vergangene Nacht offensichtlich überhaupt nicht benutzt worden. Sie ging zurück in die Küche.

»Corinna, hast du Alex gesehen? War der heute Nacht nicht zuhause?«

»Puh, keine Ahnung. Ich glaube nicht. Also als ich im Morgengrauen kam, war ich zwar ziemlich blau. Aber eure Tür stand ja offen und da lag niemand, wenn ich mich recht erinnere.«

»Was lief denn noch mit deinem wilden Spanier?«, fragte Eva, um einen normalen und unaufgeregten Tonfall bemüht.

»Leider nicht viel«, maulte Corinna. »Erst hat er große Sprüche geklopft, mich abgefüllt und mir seine Zunge in den Rachen gerammt, mich dann runter zum Strand verschleppt und dann natürlich keinen mehr hoch gekriegt.«

»Oh«, sagte Eva tatsächlich betroffen, vor deren geistigem Auge in diesem Moment wieder die Szene aufflimmerte, in der ihr Alex zwei Frauen und einen Mann beglückte.

»Guck mal, ich glaube da liegt ein Zettel.« Corinna deutete auf ein Stück Papier auf dem Tisch. Eva nahm es und las laut vor:

»Wo seid ihr denn bloß immer alle? Heute Nacht war jedenfalls keiner zuhause, außer uns. Aber egal. Es gibt gerade Wichtigeres. Wir haben Nachricht bekommen, dass Jaques' Mutter im Sterben liegt. Wir müssen dringend nach Frankreich zurück. Haben das erste Schiff heute Morgen genommen. Melden uns, wenn wir Näheres wissen per Post in die Fonda, haben aber alles Wichtige dabei. Unser Mietanteil für die nächsten zwei Monate liegt aber in jedem Fall zur Sicherheit im braunen Umschlag auf der Kommode in unserem Zimmer. Damit ihr keinen Stress kriegt. Passt auf unsere kleine Hütte auf. Kuss an euch alle. Pascal.«

»Oh Gott, der arme Jaques«, sagte Corinna.

»Ja, schrecklich. Das tut mir sehr leid für ihn«, antwortete Eva.

»Was machst du heute? Gehst du zu Lena?«

»Nein, heute nicht. Eigentlich wollte ich Alex mal richtig die Meinung sagen, aber der hat sich ja vorsichtshalber verdrückt.«

»Was hat er denn gemacht?«, fragte Corinna.

»Oh, das ist eine etwas längere, unschöne Geschichte und ich bin mir nicht sicher, dass du sie wirklich hören möchtest.«

Doch Corinna wollte und so erzählte Eva auch ihr von Alex' unrühmlichem Verhalten.

»Möchte wissen, wo der jetzt steckt«, sagte Corinna.

»Ja, ich auch. Aber wenn er denkt, dass ich den ganzen schönen Tag nun damit verbringe, hier rumzusitzen und auf ihn zu warten oder ihn zu suchen, irrt er sich gewaltig. Ich fahre jetzt an den Strand. Kommst du mit?«

»Nee. Ich hau' mich lieber noch mal einen Moment hin. Ich habe das Gefühl, mein Kopf zerspringt. Da wäre Sonne jetzt das falscheste. Genieß du den Tag.«

»Danke, das mache ich!«

Eva zog schnell frische Sachen an, packte ihr Strandzeug und raste das Plateau wieder nach unten und dann mit dem alten Fahrrad quer über die ganze Insel. Über eine Stunde später hatte sie ihr Ziel endlich erreicht: Den Strand bei den Salinen. Sie fragte ein paar Spanier nach dem Chiringuito von Francesco und fand ihn schnell, versteckt hinter ein paar Dünen. Es war eine Ecke des Strandes, an der fast nur einheimische Inselbewohner lagen. Weit abseits der üblichen Touristenbuchten und -abschnitte.

Der Chiringuito war blau gestrichen und mit einem Strohdach bedeckt. Unter einer Art Zeltvordach aus Stoffbahnen standen kleine Holzbänke und -tische, an denen ein paar Einheimische saßen, Tortilla Española oder einen von Francescos Frau frisch gebratenen Hamburger aßen und dazu ein kühles Bier tranken.

An der kleinen Theke stand Javier und plauderte mit seinem alten Schulfreund. Als er Eva sah, strahlte er übers ganze Gesicht. »Schön, dass du hier bist. Ich habe gehofft, dass du kommst. Darf ich dir Francesco vorstellen?«

Javier trug nur knappe Jeansshorts, die seinen knackigen Hintern und seine muskulösen Beine perfekt betonten. So blass, wie er behauptet hatte, war er gar nicht. Sein appetitlicher Oberkörper und seine muskulösen Oberarme waren leicht gebräunt und sein kurzes, braunes Haar an einigen Stellen von der Sonne aufgehellt.

»Eva, hast du Lust, baden zu gehen?«

»Immer.«

Sie stellte ihre Tasche auf Javiers Strandmatte und ehe sie sich hatte überlegen können, ob sie zum Baden ihren geblümten Bikini ganz hätte anlassen sollen, oder nur das Höschen oder gar nichts, hatte Javier seine Shorts abgestreift und lief nackt ins Meer. »Nun komm schon! Das Wasser ist herrlich!«

Eva entschied sich für die Variante Oberteil nein, Höschen ja und lief ihm juchzend hinterher.

Der Tag verging wie im Flug. Immer wieder badeten und sonnten sie, tranken das ein oder andere Bier, plauderten und aßen am frühen Abend eine köstliche Paella mit viel frischen Meeresfrüchten, die Francescos Frau in der kleinen Küche des Chiringuitos zubereitet hatte. Es war ein herrlicher Tag gewesen. Sie hatten lange zusammen am Strand gelegen, sich angesehen und sich viel aus ihrem Leben erzählt. Javier war ein guter Zuhörer und bei allem was Eva ihm erzählte, strahlte er sie an. Im Gegensatz zu Alex wirkte Javier wie ein Mann, der mit beiden Beinen voll im Leben stand. Der genau wusste, was er wollte und eine unglaubliche Reife ausstrahlte. Er war ein Mann, bei dem man als Frau das Gefühl hatte, sich einfach fallen lassen zu wollen. Sich an seinen muskulösen Oberkörper zu lehnen und ihn einfach machen zu lassen. Bei Alex war es immer anders gewesen. Er war wie ein großer Junge, bei dem Eva oft genug das Gefühl gehabt hatte, eine Art Mutterrolle übernehmen zu müssen. Entscheidungen, Meinungen, Pläne – all das hatte Eva in den Jahren ihres Zusammenseins immer forcieren und vorantreiben müssen, weil ihrem Künstler Alex die »Muße« für so etwas fehlte, wie er oft gesagt hatte.

Nach diesem gemeinsamen Tag hatte Eva das Gefühl, Javier schon ewig zu kennen. Obwohl sie noch überhaupt keine Zärtlichkeiten ausgetauscht hatten, fühlte sie sich Javier unglaublich nah. So nah, dass sie zwar den Kummer um Alex für einige Stunden vergessen hatte, ihr diese komischen Gefühle für Javier gleichzeitig aber auch ein wenig Angst machten. Der Tag war in Windeseile vergangen, die Sonne bereits untergegangen und als Eva auf die Uhr sah, war es bereits zehn. Und sie lag hier noch immer mit Javier am Strand unterm Sternenhimmel.

»Mein Gott, schon so spät. Ich muss dringend nach Hause. Alex wartet bestimmt schon.«

»Meinst du wirklich?«, fragte Javier skeptisch. »Ich würde mich wundern, wenn er jetzt dort zuhause, bei euch in der Finca ist. Der ist bestimmt wieder feiern.«

Javier sollte leider Recht behalten. Denn als Eva von der langen Radfahrt völlig erschlagen in ihrer Finca ankam, saßen zwar Agneta und Ole, Corinna und Anke, aber nicht Alex am großen Tisch auf der Terrasse.

»Hallo allerseits! Alex nicht hier?«

»Nein«, sagte Corinna »Der hat sich den ganzen Tag nicht blicken lassen.«

Eva stürmte in ihr Zimmer, doch das war immer noch im gleichen Zustand wie sie es vormittags verlasen hatte. Keine Spur von Alex.

»Meint ihr, ich muss mir Sorgen machen?«, fragte Eva ihre Mitbewohner, als sie zurück auf die Terrasse kam.

Doch keiner antwortete ihr.

»Hallo? Sprecht ihr nicht mehr mit mir oder was?«

»Doch, doch«, sagte Corinna zögernd. »Ole hat ihn heute Nachmittag gesehen.«

»Wo?« fragte Eva.

»Auf dem Cap, beim Leuchtturm« antwortete nun Ole. »Ich habe zusammen mit meinem Kollegen ein liegen gebliebenes Auto dort oben abgeholt. Da habe ich Alex gesehen.« Ole machte eine Pause.

»Und? Was hat er gemacht?«, fragte Eva.

»Nun ja, wie soll ich sagen«, Ole druckste herum.

»Ole, spuck es aus!«

»Ja, also er saß zusammen mit einer Frau auf einem Motorrad, dass an uns vorbei getuckert ist. Sie hatten wohl Bier gekauft, denn die Frau fuhr und Alex saß hinten drauf mit einem Karton San Miguel auf dem Schoß.«

»Und dann?«

»Sind Sie in die Höhle hinabgestiegen. Ich habe Alex noch gerufen, aber er hat mich wohl nicht gehört. Ich glaube, er hatte ordentlich was genommen, so fertig, wie er aussah.«

»Wie sah die Frau aus?«

»Eva, ich weiß es doch nicht genau. Das ging doch alles sehr schnell.«

»Komm Ole, versuch dich zu erinnern!«

»Ich glaube, sie hatte lange, braune Haare und so komische, große goldene Ohrringe.«

Tränen schossen in Evas Augen. Die Frau von gestern Nacht.

»Reg dich nicht auf«, versuchte Ole sie zu beruhigen.

»Ich soll mich nicht aufregen? Weißt du, was Alex gestern mit dieser Frau bereits getan hat?«

»Ja, Corinna hat es uns vorhin erzählt. Aber beruhige dich erst einmal. Ich meine, wir haben die 70er und er hat halt gerade eine wilde Phase. Der kommt schon wieder zur Vernunft.«

Doch genau das schien Alex in dieser Nacht nicht zu tun. Eva fand keinen Schlaf und wälzte sich in dieser schwülen Nacht voller düsterer Gedanken hin und her. Als sie auf ihren Wecker blickte, war es bereits weit nach zwei Uhr. Eva war übel, sie weinte bitterlich und schlief völlig fertig ein. Gegen vier Uhr nachts erwachte sie von starken Magenkrämpfen geschüttelt. Die Schmerzen waren so schlimm, dass Eva fast das Gefühl hatte, zu ersticken. Ihr Magen schnürte sich zusammen, und sie hatte das Gefühl, sich augenblicklich übergeben zu müssen.

Sie stand auf, um sich ins Bad zu schleppen. Im Wohnzimmer brannte eine Kerze, auf dem Sofa lag noch Corinna, rauchte eine Zigarette und las in einem Buch.

»Mein Gott, hast du mich erschreckt«, sagte sie zu Eva. »Es ist so heiß, ich kann echt nicht schlafen.«

»Mir geht es ganz schlecht«, wimmerte Eva. »Mir ist so übel«, sagte sie und wollte auf Corinna zugehen. Doch sie spürte nur noch, wie ihre Beine nachgaben und sie das Bewusstsein verlor.

Als sie wieder aufwachte, lag sie auf einer Liege auf der Terrasse und ihre Mitbewohner standen aufgeregt um sie herum. Corinna war gerade dabei, ihr ein nasses Handtuch auf die Stirn zu legen, während Ole ihre Beine hochlegte, indem er ein paar Kissen darunter schob.

»Süße, was ist mit dir?«, fragte Corinna besorgt, während Agneta ihre die eine und Anke ihre andere Hand hielt.

»Ich weiß nicht«, wimmerte Eva, die sich extrem schwach fühlte.

»Eva, du musst sofort zum Arzt«, sagte Agneta.

»Wir können sie zu Dr. Gomez bringen, in die Praxis, in der ich arbeite«, schlug Corinna vor.

»Jetzt, mitten in der Nacht?«, fragte Ole stirnrunzelnd.

»Klar, dann müssen wir ihn eben wecken. Er wohnt schließlich über der Praxis.«

Wie es der glückliche Zufall wollte, hatte Ole an diesem Abend das Auto eines Nachbarn aus dem nächsten Ort mit zu ihrer Finca gebracht, bei dem er tagsüber einen Ölwechsel vorgenommen hatte und das er ihm am nächsten Morgen zurückbringen wollte. So musste der alte Seat nun erst einmal als Krankenfahrzeug dienen. Ole hatte sich hinter das Steuer gesetzt, Corinna mit Eva, die die Fahrt nur noch wie durch Watte erlebte, auf die Rückbank. Immer wieder betupfte Corinna Evas heiße Stirn mit dem mit kaltem Wasser getränkten Handtuch und Ole hatte alle Fenster des Wagens geöffnet, damit Eva ordentlich Luft bekam, während sie das Bergplateau hinabrasten.

Nach nur wenigen Minuten erreichten sie die kleine Hauptstadt und die Praxis von Dr. Gomez. Corinna klingelte ihren Chef aus dem Bett. Da es auf der Insel weder Krankenhaus noch Fachärzte gab, war Dr. Gomez der »Doktor Alleskönner«. Eigentlich Internist und Chirurg, hatte sich Dr. Gomez durch die langen Jahre auf der Insel und seine Monopolstellung ein großes Fachwissen auch in fremden Fachgebieten erarbeitet. Er hatte schon viele Kinder zur Welt gebracht, Nasen durchgespült, Augen kontrolliert, Knochenbrüche gegipst und Zähne gezogen.

»Kindchen, Kindchen, was machen Sie denn für Sachen?«, fragte er Eva mit besorgtem, aber trotzdem beruhigendem Blick.

Corinna hatte das Untersuchungszimmer bereits vorbereitet und gestützt von Ole lag Eva nun auf der Untersuchungsliege von Dr. Gomez.

Eine gute halbe Stunde, einige Tests und Untersuchungen später sollte Eva erfahren, was sie so quälte. Nachdem Dr. Gomez in dem kleinen Labor, das zur Praxis gehörte, gewerkelt hatte, während er Eva zuvor zur Stärkung eine Infusion mit Kochsalzlösung gelegt und eine Spritze gegeben hatte, kam er lächelnd in das Untersuchungszimmer zurück. »Eva, wie geht es Ihnen jetzt?«

»Danke, Doktor, schon viel besser. Was habe ich denn bloß?«

Dr. Gomez setzte sich neben Eva und nahm Ihre Hand.

»Absolut kein Grund zur Sorge, mein Kind. Ich denke, Sie haben sich eine sehr schwere Lebensmittelvergiftung zugezogen. Ich werde Ihnen jetzt gleich noch etwas gegen die Übelkeit spritzen und Ihnen dann ein Antibiotikum mitgeben, dass Sie die nächsten Tage bitte einnehmen und das Ihnen beiden auch nicht schadet.«

»Uns beiden?« Eva verstand nicht.

»Ja, Ihnen und Ihrem Baby. Sie sind doch schwanger! Jetzt sagen Sie bloß, Sie haben das nicht bemerkt?«

In diesem Moment verlor Eva erneut das Bewusstsein.

10. Kapitel

2011

Vom vorsichtigen Klopfen an die geöffnete Fensterscheibe wurde sie geweckt. »Hola Señora. Soll ich später noch einmal wiederkommen? Oder Ihnen einfach nur ein paar frische Handtücher auf die Terrasse legen?«

Iris erwachte aus tiefsten Träumen und sah das freundliche spanische Zimmermädchen vor ihrem Bungalow unschlüssig auf der Terrasse stehen.

»Wie spät ist es?«

Das Zimmermädchen grinste schüchtern. »Señora, bereits nach 12 Uhr. Ich war schon dreimal hier.«

»Oh mein Gott, da habe ich ja total verschlafen.«

»Aber das ist doch kein Problem. Sie sind im Urlaub! Keinen Stress, ich komme am Nachmittag noch einmal, um Ihr Zimmer sauber zu machen.«

»Nein, nein. Geben Sie mir bitte nur zehn Minuten. Dann können Sie hinein.«

Mit einem Satz sprang Iris aus dem Bett unter die Dusche, zog sich in Windeseile an und verließ ihren Bungalow. Die Sonne brannte bereits heiß vom Himmel und die Luft vor ihrem kleinen, weiß getünchten Bungalow flirrte. Das schlechte Wetter von gestern Nacht hatte sich verzogen, der Himmel war dunkelblau und wolkenlos, und das Meer, das wirklich nur durch eine Hecke und einen kleinen Sandweg von ihrem Zimmer getrennt war, war nahezu spiegelglatt und funkelte wunderbar.

Iris atmete tief durch und roch den wilden Rosmarin und den Lavendel, der immer wieder zwischen kleinen Hecken und kleinen Steinmauern auf dem weitläufigen Hotelareal blühte. Vielleicht hatten die Reiseleiterinnen, Patrick und diese nette Tierärztin Leonie ja Recht: man sollte dieser kleinen popeligen Insel wenigstens eine Chance geben. Ach herrje, apropos Leonie: Eigentlich war sie mit ihr ja um neun Uhr zum Frühstück verabredet gewesen. Wie peinlich! Voll versetzt und Iris hatte nicht einmal Nachnamen, eine Zimmer- oder Handynummer von ihr, um sich bei ihr zu entschuldigen. Sie lief zur Rezeption, wo Florentina, die nette Hotelangestellte vom Vorabend, bereits wieder hinter dem Holztresen saß und damit beschäftigt war, den Bar-Verzehr der Gäste vom Vorabend im Computer zu erfassen.

»Hola buenos días. Ich hoffe, Sie haben gut geschlafen?«

»Wie ein Stein. Ich habe ehrlich gesagt total verschlafen. So lange habe ich seit Monaten nicht mehr im Bett gelegen.«

»Das macht die gute Luft vom Meer«, sagte Florentina lachend. »Das Frühstück haben Sie nun leider verpasst, aber Sie können an die Bar gehen, dort macht ihnen Jorge gerne einen Kaffee und ein Baguette, wenn Sie möchten.«

»Klingt gut.«

»Oder Sie gehen hinunter ans Meer. Da ist unsere Ca Marí-Strandbar. Auch da gibt es etwas zu Essen und Trinken. Aber bevor Sie gehen: Ich habe hier noch Nachrichten für Sie.«

Florentina reichte Iris zwei kleine weiße Zettel. Der eine war von Leonie: »Habe bis zehn Uhr beim Frühstück auf dich gewartet. Ich denke mal, du bist schon wieder abgereist oder hast verschlafen ;-) Wenn du noch da sein solltest und Lust auf einen Kaffee hast, können wir uns ja um 12.30 Uhr in der kleinen Strandbar unten am Meer treffen. Wäre schön. LG! Leonie :-)«

Die zweite Nachricht war von Josi, der FlyAway-Reiseleiterin: »Ich habe Sie heute Morgen bei unserem Begrüßungscocktail vermisst. Dabei hätte ich Ihnen gerne persönlich unsere kleine ‚Wiedergutmachung' überreicht, nachdem Sie so unglücklich darüber waren, hier auf Formentera gelandet zu sein. Aber Sie sollten die Insel einmal richtig kennenlernen! Dafür gehen Sie bitte zur Firma Motos Mitjorn. Die Rezeption erklärt Ihnen, wo das liegt. Alles weitere erfahren Sie dort. Einen nun hoffentlich schönen Urlaub wünscht Ihnen Ihre Josi.«

Das klang ja geheimnisvoll. Was bekam sie wohl bei dieser Firma? Einen Gutschein für eine Kaffeefahrt oder einen Ausflug?

Iris ließ sich von Florentina den Weg dorthin erklären, es war wirklich nur um die Ecke, und ein paar Minuten später stand sie im verglasten Büro eines Fahr- und Motorrad-Vermieters. Iris nannte ihren Namen und der Chef erklärte ihr, dass FlyAway-Reisen auf ihren Namen einen kleinen Motorroller gebucht und bereits bezahlt habe.

»Einen Führerschein haben Sie doch, oder? Sonst können Sie auch gerne ein Fahrrad dafür bekommen.«

»Klar habe ich den. Das ist ja eine nette Überraschung!«

Es war bereits kurz nach halb eins, als Iris mit dem kleinen, schwarzen Motorroller die schmale asphaltierte Straße, vorbei am Hotel, hinunter zum Meer preschte. Es war das erste Mal, dass sie auf so einem Motorroller saß, doch dank automatischer Schaltung und einfachster Bedienung war das Fahren wirklich ein Kinderspiel. Sie parkte ihn auf dem Parkplatz beim schmalen Strand, der zu ihrem Hotel gehörte und ging zu der Schatten spendenden Strandbar, wo Leonie fröhlich winkend auf sie wartete. Auch Ravi, ihr kleiner Flauschfreund, begrüßte Iris stürmisch.

»Na, Gott sei Dank, du bist noch hier. Ich hatte echt schon Angst, du wärst im Morgengrauen wieder abgereist und würdest mich hier meinem Schicksal allein überlassen.«

»Von wegen! So schnell gebe ich nicht auf.«

Bei einem Café con Leche, einem typisch spanischen Kaffee mit Milch und einem leckeren Baguette mit Serrano-Schinken erzählte Iris Leonie von ihrem verschlafenen Vormittag und wie sie zu dem Roller gekommen war.

»Na toll. Ich bekomme so etwas natürlich nicht. Wahrscheinlich habe ich gestern am Flughafen nicht genug gemotzt.«

»Du brauchst doch keinen eigenen Roller. Du kannst doch bei mir mitfahren!«, beschwichtigte Iris sie lachend. »Nachher erkunden wir erst einmal gemeinsam diese Winz-Insel, ok?«

»Und was machen wir mit Ravi?«

»Da finden wir schon eine Lösung.«

Eine knappe Stunde später düsten Iris, Leonie und Ravi, der seinen Platz in einem an den Lenker gehängten Fahrradkorb gefunden hatte, den Iris genau wie einen zweiten Helm beim Roller Vermieter ausgeliehen hatte, juchzend über die staubigen Straßen Formenteras. Über die einzige asphaltierte Straße der Insel fuhren sie erst in Richtung San Fernando, wo sie in einer alt eingesessenen Tapas-Bar namens La Oveja ein kühles San Miguel Bier tranken und ein paar von den typisch spanischen Köstlichkeiten aßen. Dann fuhren sie weiter nach Es Pujols, dem touristischen Hauptort von Formentera. Hier reihten sich Souvenirgeschäfte, Eisdielen, Bars, Lebensmittelgeschäfte, Parfümerien und Restaurants aneinander. Und selbst eine kleine Diskothek namens Tipic entdeckten Iris und Leonie am Ortseingang. Die wollten sie in den nächsten Tagen unbedingt einmal testen, wie sie gemeinsam beschlossen.

»Wäre doch gelacht, wenn wir nicht auch hier ein bisschen Party machen können«, sagte Leonie begeistert. Und auch Iris fand alles, was sie bisher von der Insel gesehen hatte, netter und schöner, als sie es sich gestern noch vorgestellt hatte. Ja sicher, Formentera war sehr klein und überschaubar, aber dafür schien es die typischen Hotelbunker, wie es sie auf Ibiza und Mallorca an jeder Ecke gab, hier dankenswerterweise nicht zu geben. Alle Gebäude und Unterkünfte, die sie bisher gesehen hatten, selbst die in Es Pujols, hatten höchstens drei Etagen und gliederten sich harmonisch in das Stadt- und Inselbild ein.

»Es gibt sehr strenge Bauvorschriften«, las Leonie Iris bei einem Eis in einem kleinen Café an der Strandpromenade aus ihrem Reiseführer vor. »Die Regierung von Formentera hat dem Bauboom, der gerade in den Siebzigern des letzten Jahrhunderts um sich griff, schon früh einen Riegel vorgeschoben. Das hatte zur Folge, dass Massentourismus im herkömmlichen Sinne auf Formentera nicht zu finden ist. Die Anzahl der Hotelbetten ist limitiert und wird vom Tourismusminister der Insel, dem ‚Patronat de Turisme‘, streng kontrolliert.«

»Na, das klingt ja eigentlich ganz löblich, keine Ballermannisierung auf Formentera«, sagte Iris, während sie ein letztes Stück Ananas aus ihrem Eisbecher fischte.

Tatsächlich war in den frühen Nachmittagsstunden in den kleinen Gassen von Es Pujols nicht viel los. Die meisten Touristen schienen entweder an den Stränden, von denen es hier auf der Insel zahlreiche gab, wie Iris und Leonie dem Reiseführer entnahmen, zu liegen oder tummelten sich in der ortseigenen Bucht.

Sie beschlossen, morgen das Gleiche zu tun und einen gemütlichen Strandtag einzulegen.

»Wenn schon keine Party und kein neuer Kerl, dann wenigstens Bräune«, sagte Leonie lachend, während sie, Ravi und Iris durch die kleinen Boutiquen von Es Pujols bummelten.

Vor dem Schaufenster eines Schuhgeschäfts blieb Leonie wie elektrisiert stehen.

»Guck mal die braunen Fransensandaletten dort. Die sind doch ein Traum! Solche habe ich immer gesucht und in ganz Berlin nie gefunden.«

»Na dann: Rein da!«, sagte Iris, die in schönen Schuhgeschäften grundsätzlich auch ganze Nachmittage verbringen konnte. Der Laden war herrlich klimatisiert, so dass auch Iris ein paar von den wirklich schönen Sandaletten, die es hier in zig Varianten gab, anprobierte. »Haben Sie die noch in Größe 39?«, fragte sie die Verkäuferin, die gerade mit zwei Schuhkartons für Leonie aus dem Lager gekommen war.

»Ach, möchten Sie die nun doch haben? Haben Sie es sich noch einmal überlegt?«

Iris guckte Leonie irritiert an, denn sie verstand nicht, was die Verkäuferin meinte.

»Ich verstehe nicht. Ich würde diese Schuhe einfach gerne in meiner Größe anprobieren. Diese sind ja in Größe 37.«

»Si si, das habe ich schon verstanden«, sagte die Verkäuferin. »Aber Sie waren doch letzte Woche schon einmal da.«

»Ich? Nein. Da müssen Sie sich täuschen. Ich bin gestern erst angekommen.«

»Ok, vale. Dann habe ich mich wohl geirrt. Warten Sie bitte, ich hole die Schuhe in ihrer Größe.«

Die Verkäuferin verschwand wieder im Hinterzimmer.

»Sie scheint dich zu verwechseln«, sagte Leonie, während sie begeistert in den braunen Fransensandaletten vor einem großen Spiegel auf und ab schritt. »Wie findest du die?«

»Klasse. Stehen dir super. Bequem?«

»Irre bequem. Ich glaube, die nehm' ich.«

Die Verkäuferin kam aus dem Lager zurück. »Hier. Größe 39. Das Paar, das Sie vergangene Woche haben zurücklegen lassen. Es ist das letzte.«

Iris guckte irritiert zu Leonie, die ihr leise zu zischte: »Jetzt frag nicht lange, nimm sie einfach, wenn sie dir passen.«

Das taten sie. Wie angegossen. Und so verließen sowohl Iris, als auch Leonie, bewaffnet mit einem Paar neuer Schuhe, begeistert das Geschäft.

»Mein bester Freund Patrick würde durchdrehen, wenn ich ihm das erzähle«, sagte Iris. »Keine 24 Stunden auf der Insel und schon wieder geshoppt.«

»Na, aber bei solch schönen Schuhen kann Frau doch gar nicht ,Nein' sagen. Und was machen wir jetzt?«

»Wir könnten auf diesen Hippie-Markt fahren, der im Reiseführer erwähnt wurde. Warte mal. Ah, hier steht's: mittwochs und sonntags. Das passt doch!«

»Also los«, sagte Leonie. »Ich muss nur noch mal schnell in der Apotheke ein paar Pflaster kaufen. Ich habe hier so eine blöde Blase am Fuß.«

Dort angekommen waren gefühlte 20 Leute vor ihnen an der Reihe und so setzte sich Iris auf ein ledernes Besuchersofa, das im Eingangsbereich stand, während Leonie geduldig wartete, bis sie dran war. Wie die meisten Geschäfte auf der Insel war auch dieses herrlich klimatisiert und so nutze Iris die gewonnene Zeit, um zu checken, ob sie wenigstens hier in Es Pujols Handyempfang hatte. Sie hatte. Zwei SMS und eine Nachricht auf der Mailbox. Die erste SMS war von Patrick: »Alles klar bei dir? Wie ist die Insel? Habe gerade mal gegoogelt. Boris Becker, seine Lilly und auch Michelle Hunziker waren schon dort. Bist also in bester Gesellschaft. Bussi, Patrick.«

Die zweite von Thorsten. Iris' Herz begann zu hüpfen, auch wenn sie gleichzeitig sehr irritiert war. Was wollte er denn nun eigentlich? Abstand oder sie sehen? Und sollte sie ihm gleich antworten, ihn anrufen oder sich auch erst einmal einfach tot stellen? Sie überlegte. War ratlos. Sie musste mal Patrick dazu befragen.

Dann hörte sie ihre Mailbox ab.

»Hallo Iris? Ich bin's. Mutti. Wo steckst du denn bloß? Zuhause gehst du nicht ran und auf dem Handy erreiche ich dich auch nicht. Ich habe ja seit Tagen nichts von dir gehört. Geht's dir gut? Meld' dich doch bitte mal!«

Stimmt. Ihre Mutter wusste ja noch gar nicht, dass sie verreist war. Sie hatte in der ganzen Hektik ganz vergessen, sich bei ihr abzumelden. Sie musste nachher noch unbedingt bei ihr durchklingeln. Aber nicht jetzt, denn wie sie sah, war Leonie als Nächste an der Reihe. »Ich glaube, ich nehme auch so ein paar Blasenpflaster. Für alle Fälle«, rief Iris Leonie zu, die aber offensichtlich nichts gehört hatte. Also stand Iris auf und stellte sich neben sie an den Tresen. Der ältere Apotheker hatte zwei verschiedene Fabrikate aus einer Schublade genommen und legte sie vor Leonie auf den Tresen. »Diese oder die?«

Während Leonie die beiden Packungen genauestens inspizierte, schaute der Apotheker Iris an. Und strahlte.

»¡Hola, Violeta! Dich habe ich aber lange nicht gesehen. Wie geht es dir? Und was für eine schöne neue Frisur du hast!« »Entschuldigung. Sie müssen mich verwechseln. Ich bin nicht Violeta.«

»Aber Violeta, nun mach doch keine Scherze mit mir! Gloria! Komm mal nach vorne. Violeta ist da!«

»Also langsam wird mir das Ganze hier unheimlich«, flüsterte Iris Leonie zu.

»Mir auch.« Leonie lachte. »Scheinbar gibt es hier auf der Insel jemanden, der dir ziemlich ähnlich sehen muss. Dazu braucht man keinen detektivischen Spürsinn«, antwortete Leonie und dann an den Apotheker gerichtet: »Hier die nehme ich. Und meine Freundin ist wirklich nicht die, für die Sie sie halten. Ganz sicher.«

»Ich scheine ja wirklich ein totales Allerweltsgesicht zu haben«, maulte Iris, als sie und Leonie wieder auf den schwarzen Motorroller stiegen und versuchten, ihre Schuhtüten neben Ravi zu platzieren, der wieder seinen Platz im Lenker-Körbchen eingenommen hatte.

»Quatsch. Manchmal gibt es solche Zufälle einfach«, sagte Leonie, während sie ihren Helm wieder aufsetzte. »Eine Freundin von mir sieht einer Schauspielerin aus der Serie ,Verbotene Liebe' sehr ähnlich und wird in der Stadt ständig von Leuten angequatscht, die ein Autogramm von ihr wollen. Das nervt viel mehr! Weil ihr diese Leute natürlich nicht glauben, dass sie es nicht ist, sondern denken, sie habe nur keine Lust, Autogramme zu geben. Und dann beginnen riesige Diskussionen.«

»Ja, das klingt in der Tat nervig. Und was macht sie dann?«

»Früher hat sie stundenlang erklärt und diskutiert, heute kritzelt sie den Leuten einfach irgendeinen Kringel auf ihre Taschen, Arme oder Papiere – und geht weiter. Funktioniert entschieden schneller.«

Iris lachte. »Gute Idee! Sollte ich mir merken. Und vielleicht im Namen und auf Rechnung dieser Violeta, oder wie diese komische Frau auch heißen mag, hier auch mal richtig einkaufen und Essen gehen!«

Eine knappe Stunde später waren Leonie, Iris und Ravi in El Pilar, dem kleinen Ort auf dem Felsplateau von La Mola angekommen. Erst hatten sie aber über die ganze Insel und dann die letzten Kilometer eine steile Serpentinenstraße nach oben fahren müssen. Der Roller knarzte und ächzte bergauf, aber schließlich waren sie sicher und heil hier oben angekommen. Der Ort El Pilar war klein und überschaubar. Außer einem kleinen Lebensmittelgeschäft, ein paar Bars, einer kleinen Kirche und einer Bankfiliale gab es nicht viel zu entdecken. Dazu lagen links und rechts von der Hauptstraße ein paar ursprüngliche Häuser im Inselstil. Weiß getüncht und mit blauen Fensterläden.

Doch auf dem zentralen Marktplatz, der kaum zu übersehen war und auf dem in der Hauptsaison zweimal pro Woche der berühmte Hippiemarkt von Formentera stattfand, war die Hölle los. Geparkte Motorräder standen zu Hunderten auf dem Fußweg, daneben ebenso viele Fahrräder. Dazu hielten Busse auf der Straße und entließen Dutzende von shoppingwütigen Touristen auf den Sandplatz mit seinen unzähligen kleinen Ständen, an denen nicht nur inseltypische Souvenirs und Kunstgegenstände jeglicher Art, sondern auch Snacks, Süßigkeiten und allerlei spanische Spezialitäten wie Apfelkuchen mit Mandeln, Hefebrötchen mit Fleischfüllung oder warme Pfannkuchen angeboten wurden. Auf der Mitte des Marktplatzes war der Boden mit einer Art großem Mosaik bedeckt, auf dem eine fünfköpfige Band inklusive rotgelockter Sängerin Hits der 60er und 70er Jahre performte.

»Das ist ja putzig«, befand Leonie, als sich auch die drei in das Getümmel stürzten.

»Ja, hier fühlt man sich wie in eine andere Zeit versetzt«, sagte Iris. »Wenn es nur nicht so schrecklich voll wäre. Aber es ist halt Hochsaison!«

Tatsächlich schoben sich die Marktbesucher dicht an dicht über den Markt und von Stand zu Stand. Im Gegensatz zu den typisch spanischen und italienischen Souvenirmärkten war dieser – so wie der Reiseführer es versprochen hatte – anders. Denn im Gegensatz zu denen, die man von Mallorca oder dem Gardasee kannte, wurden hier nicht grell bedruckte Tischdecken, billige Schuhe und

Haushaltsgeräte angeboten, sondern wirklich geschmackvoller Schmuck, Tonarbeiten und Kunstwerke jeglicher Art. Hier saß ein Künstler und portraitierte Freiwillige in Öl, dort klöppelte eine alte Spanierin kleine Lederbändchen zu Lesezeichen zusammen und sogar die Haare konnte man sich an einem Stand vor den Augen aller Anwesenden schneiden und frisieren lassen.

Begeistert ließen sich Leonie und Iris von den Menschenmassen treiben. Der einzige, dem der Markt keine große Freude bereitete, war Ravi, der japsend und winselnd versuchte, Halbwüchsigen, Kinderwagen, prall gefüllten Papiertüten und Verkaufsständen auszuweichen. Am Rande des Hippiemarktes, an einem Stand, an dem köstlich duftende Dampfbrötchen mit Gemüse- oder Hackfleischfüllung und selbst gebackener Kuchen verkauft wurden, bemerkte Leonie die Not ihres flauschigen Freundes. »Herrje, der Arme hat bestimmt schlimmen Durst bei der Hitze und den Menschenmassen. Ich hole ihm mal schnell ein Wasser aus dem Laden da hinten. Nimmst du ihn kurz? Dann muss er nicht noch einmal durch das ganze Gewusel mitlaufen. Bin gleich wieder da!«

Leonie gab Iris die Leine mit dem sichtlich ermatteten Ravi dran, den Iris zu sich auf den Schoß hob, nachdem sie sich eines der Dampfbrötchen gekauft und es sich auf einem Mauervorsprung gemütlich gemacht hatte. Sie biss hinein und bot auch Ravi ein kleines Stückchen an, doch der war in seiner Mattigkeit nicht einmal mehr dafür zu begeistern.

Nachdem sie das köstliche Brötchen verspeist hatte, kramte Iris nach ihrem Handy, um Patrick anzurufen. Während sie auf das Zustandekommen der Verbindung wartete, ihr Display zeigte wieder einmal nur einen kleinen Strich für Empfang, beobachtete sie die Leute auf dem Markt. Iris liebte das. Auch in München konnte sie – am liebsten natürlich mit Patrick – stundenlang auf der Terrasse eines der angesagten Cafés in der City sitzen und die vorbeiziehenden Menschen genauestes beobachten. Gerne lästerten sie und Patrick dann über schlimme Schuhe, zu kurze Röcke, prollige Frisuren, protzige Taschen und alte Männer mit jungen Frauen. Doch hier sahen fast alle gleich aus, mit ihrer sonnengebräunten Haut, den Shorts, Flip-Flops und T-Shirts, die die meisten trugen. »Patrick! Ich bin es. Haaaalloo, hörst du mich?«

»Nur ziemlich abgehackt. Wo bist du?«

»Na, wo wohl? Auf der winzigen Insel. Ohne Boris Becker und Lilly.«

»Aber was ist das dann für ein Lärm und für Musik im Hintergrund? Klingt eher, als wenn du dich gerade live aus Woodstock meldest.«

»Ja, so ungefähr. Wir sind gerade auf einem total witzigen Hippiemarkt mit Livemusik. Würde dir auch gefallen.«

»Wer ist WIR? Haste schon jemanden aufgerissen? Na du gibst ja Gas...«

»Spinnst du? Ich habe eine supernette Tierärztin aus Potsdam kennengelernt. Sie wohnt im selben Hotel wie ich. Und jetzt erkunden wir gemeinsam die Insel.«

»Na, das klingt doch ganz nett. Und sonst? Süße, ich vermiss dich! Mir kommt's vor, als seist du schon drei Wochen weg.«

»Ach, du Spinni! Ich bin doch gestern erst geflogen. Und am Wochenende bist du doch eh wieder in London.«

»Nee, leider nicht. Ben hat angerufen, er muss arbeiten. Victoria Beckham ist der diesjährige Stargast auf dem Frankfurter Opernball am Samstag. Da muss er mit ihr hinfliegen und ihr die Haare machen.«

»Oh. Und kannste nicht mit?«

»Doch. Er meinte, ich solle doch auch rauf kommen. Er hat ein

Doppelzimmer und zwei Karten für die Veranstaltung. Aber ob ich dazu Lust habe? So mitten drin in der hessischen Bankersociety? Ich weiß ja nicht. Was meinst du?«

Während Patrick plauderte, ließ Iris ihren Blick weiterhin durch das bunte Gewusel wandern und versuchte, Leonie zu entdecken, die hoffentlich bald mit etwas Wasser für Klein-Ravi zurückkommen würde. Doch stattdessen sah sie etwas ganz anderes, das ihre Augen auf einem Schmuckstand verharren ließ. Dort standen zwei Frauen, lachten laut, während sie Ohrringe anprobierten. Die eine war groß, schmal, hatte lange dunkle Haare und sah aus wie die typische Bilderbuchspanierin. Die andere war kleiner, hatte halblange, dunkelblonde Haare, trug eine blaue Jeans, dazu eine weiße Tunika. Obwohl sie Iris den Rücken zugewandt hatte, war sie Iris sofort aufgefallen. Sie wusste nicht, ob es die Bewegungen, das laute Lachen, das sie gut hören konnte, da die Band gerade pausierte oder die Gesten waren, weswegen sie diese Frauen anstarrte. Sie wusste nur, dass sie wie paralysiert war, ihr Atem stockte und sie begann am ganzen Körper vor Aufregung zu zittern.

»Bist du noch da? Iris? Hallo?«

»Ja, ja.«

»Ja, was ja? Soll ich mit nach Frankfurt fahren oder hier bleiben, was meinst du? Hallo?«

Die schwarzhaarige Frau hatte anscheinend ein paar Ohrringe gefunden, denn sie bekam von der Verkäuferin eine Papiertüte überreicht. Wieder lachten beide Frauen und zogen weiter zum nächsten Stand, ohne sich umzudrehen.

»Iris, hallo? Ich höre dich nicht mehr. Hast du kein Netz mehr? Haaaalllooo?!«

Ein irre lauter Paukenschlag ließ nicht nur Iris, sondern auch viele andere Marktbesucher aufschrecken. Die Band hatte ihre Pause beendet und spielte nun wieder los. Auch die beiden Frauen, die Iris immer noch beobachtete, drehten sich um.

Iris zuckte zusammen. Ihr Handy fiel ihr aus der Hand und sie rang nach Atem. Sie hatte das plötzliche Gefühl, als würde man ihr die Kehle zudrücken. Denn diese blonde Frau hatte eine schier unglaubliche Ähnlichkeit mit ihr selbst! Die gleiche große Nase. Volle Lippen, kleine Grübchen in den Wangen, schlanke Beine, ein etwas zu gedrungener Oberkörper und dazu ein sehr üppiger Busen. Genau wie bei ihr. Ihr lief ein eiskalter Schauer über den Rücken und sie schnappte, nun genauso wie Ravi, nach Luft. War das eine Halluzination? Das konnte doch nicht möglich sein. Diese Frau war zwar ein wenig fülliger als sie selbst, aber trotzdem war die Ähnlichkeit frappierend. So etwas hatte sie in ihren 38 Jahren noch nie erlebt. Das musste sie sein, die Frau, mit der die Leute sie auf der Insel offenbar ständig verwechselten. Kein Wunder…

Iris wollte gerade aufspringen und zu der Frau hinüberlaufen, als sich von hinten eine Hand auf ihre Schulter legte. Sie erschrak, zuckte zusammen und schrie auf.

»Hilfe, was ist denn mit dir los?« Leonie lief um den Mauervorsprung herum und sah in Iris' blasses Gesicht. »Ich glaube, du trinkst vor Ravi erst einmal einen Schluck Wasser aus der Flasche. Du siehst ja aus, als hättest du gerade ein Gespenst gesehen.«

11. Kapitel

1970

»Das kann doch nicht wahr sein. Wie lange wollen die uns denn noch in diesem dreckigen Verschlag schmoren lassen?« Alex erhob sich von der unbequemen Holzpritsche und versuchte seinen schmerzenden Oberkörper und seine Beine zu dehnen.

»Wenn wir wenigstens mal wüssten, was sie uns eigentlich vorwerfen und warum sie uns eingebuchtet haben«, erwiderte Robert.

Seit rund einer Woche saßen sie nun bereits im Centro Penitenciaro, dem Untersuchungsgefängnis. Alex hatte in den letzten Tagen lange überlegt, wie es dazu gekommen war. Aber es wollte ihm einfach nicht wieder einfallen. All die Erinnerungen an jenen Abend waren bruchstückhaft und äußerst diffus. Sie hatten es wild getrieben. Tagelang und in einem Dauerrausch. Gefeiert wie auf einer Party, die niemals enden wollte. Nichts gegessen, nur getrunken. Immer wieder geraucht, geknutscht und gevögelt. Nach dem ausufernden, aber äußerst lustigen Abend im Bufanda Negra war er berauscht und betrunken einfach mit ihnen mitgefahren. Einfach so. Mit Matthew, dem Aussteiger aus England, der reinstes LSD dabei gehabt hatte, Josephine, seiner Freundin, Bella, Klaus, Sabine, Robert, Karl, Michael und Aurore, der Französin, deren eindeutigen Avancen er nicht hatte widerstehen können. In der Hippiehöhle angekommen, hatten sie weiter gefeiert, als gäbe es kein Morgen. Immer wieder hatten sie alle LSD eingeworfen, Hierbas und Bier getrunken und einen Joint nach dem anderen geraucht. So erlebten sie dann auch die folgenden Tage in einem Dauerrausch. Alex hatte in dieser Zeit Glücksgefühle gespürt, wie er sie zuvor nicht kannte. Sich einfach nur unendlich frei und gut gefühlt, so, als gäbe es weder Geldprobleme noch Einschränkungen. Fast als könne er fliegen. Tagelang. Immer wieder.

Es musste am vierten Tag gegen 3 Uhr nachts gewesen sein, als Sirenen und ungeheurer Lärm ihn und die anderen Höhlengäste kurzzeitig aus dem Drogenrausch gerissen hatten. Alles, an das er sich noch erinnern konnte, waren helle Lichter, wie von großen Taschenlampen, die grünlichen Uniformen der Guardia Civil, Geschrei und Rauch, den Transport in einem dunklen LKW und dann die Fahrt mit einem Motorboot auf stürmischer See.

»Was sie wohl mit den Frauen gemacht haben?«, fragte Klaus.

»Keine Ahnung«, antworteten Tim und Michael fast wie aus einem Mund.

»Sind mit Sicherheit in einem anderen Trakt untergebracht«, vermutete Karl.

Zu fünft hatte man sie in besagter Nacht in diese kleine Gefängniszelle gepfercht, in der es nur vier Holzpritschen gab. Sie hatten ihre eigene Kleidung abgeben müssen und trugen nun allesamt graue Hosen und Hemden, die Einheitskluft der Gefangenen. Nachts musste reihum einer von ihnen immer auf dem kalten Steinboden schlafen, denn um zu zweit darauf zu schlafen, waren die Pritschen viel zu schmal.

»Könnten wir bitte noch eine Pritsche bekommen?«, hatte Alex nach der ersten Nacht und nachdem sie alle wieder einen halbwegs klaren Schädel hatten, den Vollzugsbeamten freundlich in seinem immer noch gebrochenen Spanisch gefragt. Doch der hatte ihn nur angebrüllt, ob er glaube, sich in einem Luxushotel zu befinden, und dass er das ganz schnell vergessen könne. Auch versorgungstechnisch war ihre momentane Unterkunft nicht gerade das, was man sich unter einem Luxushotel vorstellte. Dreimal am

Tag bekamen die Insassen von einem unfreundlichen Vollzugs-beamten ein wenig trockenes Brot, Wasser, gekochte Bohnen und etwas Reis oder Kartoffeln, serviert in rostigen Metallgefäßen, durch eine Klappe in der Zellentür geschoben.

Eine Dusche hatten sie in all den Tagen ihres Aufenthalts im Gefängnis natürlich noch nicht gesehen, genauso wenig wie es für sie in der Zelle eine Toilette gab. Ihre Notdurft mussten sie hockend in ein Loch, das sich auf dem Boden am Rande der Zelle befand, verrichten.

»Das sind doch echt menschenunwürdige Zustände. Wo gibt es denn so was?«, maulte Alex.

»Na hier, mitten in Spanien«, antwortete Matthew. »Das ist doch wohl hinreichend bekannt, dass Francisco Franco kein sympathischer Wohltäter ist.«

Tatsächlich schien Francos jahrelange Diktatur in Spanien gera-de die Zustände für Häftlinge nicht wirklich verbessert zu haben.

Mit einem lauten Rumms öffnete sich die Zellentür und drei Vollzugsbeamte traten in die Zelle.

»Los, mitkommen!«, brüllte der eine. »Jetzt wird geduscht und ihr könnt danach eure eigenen Sachen anziehen. Um 15 Uhr ist euer Prozess.«

»Guten Morgen, meine Süße! Wie geht es dir?« Agneta steckte vorsichtig den Kopf zur Tür herein.

»Alles gut. Außer, dass mir ein bisschen übel ist«, antwortete Eva, die schon länger wach war und schlaftrunken in ihrem Me-tallbett vor sich hingegrübelt hatte.

»Ole hat schon Frühstück gemacht. Magst du gleich dazu kom-men?«, fragte Agneta.

»Klaro, ich zieh mich schnell an.«

Als Eva ein paar Minuten später ins Wohnzimmer kam, hatten

ihre Mitbewohner den Esstisch tatsächlich bereits liebevoll gedeckt und es duftete herrlich nach frisch gebrühtem Kaffee.

»Ich habe extra das Baguette von Miguel geholt. Das magst du doch so gern«, sagte Corinna und reichte Eva den Brotkorb.

Ihre Mitbewohner waren wirklich rührend. Obwohl es von Alex nach wie vor keine Spur gab, vermittelten sie Eva doch eine Art von Familiengefühl und Umsorgtsein.

Nachdem sich Eva zunächst vom Schock der Schwangerschaft und dank Dr. Gomez inzwischen auch von den Folgen ihrer Lebensmittelvergiftung erholt hatte, war sie wirklich froh, in dieser Situation nicht allein zu sein. Und Agneta, Ole, Corinna und Anke taten wirklich alles, um Eva ein wenig Halt zu geben.

Gerade Ole, der, nachdem Jaques und Pascal nach Frankreich gegangen und Alex sich abgesetzt hatte, der einzige Mann im Haus war, bemühte sich sehr, bei Eva für gute Stimmung zu sorgen.

»Ich verstehe nicht, wo der Arsch ist. Ich begreife das wirklich nicht. Der kann doch nicht einfach so abhauen und mit der erstbesten Trulla durchbrennen?«, sagte er immer wieder zu Eva. Und dann aufmunternd: »Du wirst sehen. Bald steht er hier wieder vor der Tür. So, als sei nichts gewesen.«

Doch das tat Alex leider nicht. Über eine Woche war inzwischen vergangen, ohne dass ihn irgendjemand überhaupt auf der Insel gesehen hatte. Nachdem die Frauen Ole immer wieder gedrängt hatten, war dieser eines Abends nach seinem Dienst in der Autowerkstatt sogar noch einmal mit einem geliehenen Wagen zur Hippiehöhle gefahren, um dort nach Alex zu suchen.

»Aber die war komplett leer und der Eingang mit Brettern zugehämmert«, berichtete er. Auch der nächste Ziegenbauer, der nur ein paar Hundert Meter von der Höhle entfernt wohnte, und den Ole befragt hatte, wusste nichts.

Sogar einen der drei Beamten der Policia Local auf der Insel hatte Corinna, als sie ihn zufällig einmal in der Stadt getroffen hatte, auf Alex angesprochen, doch auch der hatte nichts über seinen Verbleib gewusst.

»Ist er hier auf der Insel registriert und gemeldet?«, hatte der Beamte sie gefragt und als Corinna dies verneint hatte, »dann kann ich ihn auch nicht offiziell suchen lassen« geantwortet. Und weiter, dass auf der Insel aber eigentlich noch nie jemand ermordet oder verschleppt worden sei. Und auch lange nicht ertrunken. Er meinte, dass er schon wieder auftauchen würde – oder die Insel halt, wie so viele vor ihm – mit anderen Kiffern verlassen habe.

»Das ist schon irre«, sagte Agneta, als sie gerade herzhaft in ein Stück Baguette mit Orangenmarmelade biss. »Auf dem Festland veranstaltet Franco mit seiner Diktatur den riesigen Terror, es gibt gerade in Barcelona und Madrid überall und ständig Polizei, Kontrollen, die totale Überwachung, so wie in der DDR und hier auf der Insel gibt es gerade mal eine Handvoll lahmarschiger Polizisten, denen es offenbar völlig egal ist, wenn ein Mensch verschwindet.«

»Das ist ja furchtbar lieb, dass ihr nach Erklärungen sucht, aber ich glaube inzwischen einfach, dass Alex schlicht und ergreifend mit dieser anderen Frau durchgebrannt ist. Ganz einfach. Wer weiß, wo der inzwischen ist. Vielleicht schon längst nicht mehr in Spanien«, sagte Eva und trank deprimiert einen Schluck Kaffee.

»Ach, gib nicht auf! Der taucht schon wieder auf!«, sagte auch Ole und legte seinen Arm freundschaftlich um Evas Schulter.

»Willst du heute wirklich schon wieder zu Lena gehen?«

»Ja, absolut«, antwortete Eva. »Ihr geht es seit Tagen nicht so gut und wir sind mit dem Stricken und Häkeln total ins Hintertreffen geraten. Wenn ich nicht zu ihr fahre, haben wir bald nichts mehr, was wir auf dem Markt verkaufen können.«

»Aber übernimm dich nicht!«, mahnte Agneta. »Du musst jetzt an dein Baby denken!«

»Ja, keine Angst. Ich pass' schon auf mich auf. Ich bin nur schwanger und nicht krank. Außerdem habe ich noch nicht einmal einen richtigen Bauch.«

»Ole, kannst du Eva dann nicht wenigstens zu Lena mitnehmen und abends dort wieder abholen? Ich weiß nicht, ob das ständige Radeln in ihrem Zustand wirklich das Beste ist.«

»Klar, kein Problem!«, sagte Ole, der wieder einmal über Nacht einen alten Seat zu ihrer Finca »probegefahren« war, wie er immer so schön sagte. »In zehn Minuten düsen wir los!«

Als Eva eine knappe halbe Stunde später vor Lenas Finca-Tür stand und klopfte, öffnete diese nicht.

»Haaaaalloooooo, Lena! Ich bin es! Machst du bitte auf?«, rief Eva durch die angelehnten Fensterläden. Doch es tat sich nichts. Also kramte sie in ihrer Häkeltasche und fischte den Schlüssel heraus, den ihr Lena für Notfälle gegeben hatte. Vorsichtig schloss sie die Tür auf und betrat das Haus. »Lena? Bist du da?« Eva sah sich um, hörte jedoch nichts. Sie ging zu Lenas Schlafzimmer, klopfte an die Tür, öffnete diese einen Spalt und sah Lena schwer atmend, ja fast röchelnd, noch im Bett liegen. »Lena, mein Gott, was ist los? Soll ich einen Arzt holen?«

»Nein, Kind, lass nur. Schön, dass du da bist. Das ist nur mein Asthma. Das geht gleich schon wieder.« Lena streichelte Evas Hand. »Wie geht es deinem Babybauch?«

»Bei mir ist alles in Ordnung. Aber ich mache mir Sorgen um dich! Warst du noch einmal bei Dr. Gomez?«

»Ja, aber er kann mir nicht helfen. Er sagte, ich müsse die Lunge röntgen lassen und das ginge hier auf der Insel nicht.«

»Dann musst du halt mit der Fähre rüber fahren und dort ins Krankenhaus!«, sagte Eva. »Hilft nichts!«

»Ach, dazu bin ich momentan einfach zu schwach. Ich komme in meinem Zustand ja nicht einmal zum Hafen.«

»Dann organisiere ich etwas und fahre mit dir rüber. Ole holt mich heute Abend eh ab, dann bespreche ich alles weitere mit ihm. Er organisiert dann ein Auto, mit dem er uns zum Hafen bringt und drüben nehmen wir einfach ein Taxi. So geht es ja nicht weiter. Du brauchst doch Hilfe!«

Lena drehte sich aus dem Bett und versuchte, aufzustehen.

»Du bleibst liegen!«, mahnte Eva.

»Aber ich muss doch stricken!«

»Du musst heute gar nichts. Erst mal mache ich dir einen heißen Tee und dann arbeite ich. Und du erholst dich. Damit du fit bist für unsere kleine Reise.«

»Ich verurteile Sie zu fünf Jahren Gefängnis wegen illegalem Drogenbesitz und -handel. Die Verhandlung ist hiermit geschlossen.«

Alex dachte, er träume, als er das Urteil des Richters im Gerichtssaal hörte.

»Aber, aber ich habe nichts gemacht!«, brüllte er noch einmal und Matthew ergänzte: »Das können Sie mit uns nicht so einfach machen! Ich will sofort einen britischen Anwalt sprechen!«

Doch es half nichts, denn der Richter war bereits dabei, den Saal zu verlassen und ihr Pflichtverteidiger mahnte beide zur Ruhe: »Pssst! Seien Sie still. Das ist ein sehr mildes Urteil. Wenn Sie sich gut führen, sind Sie in drei Jahren wieder draußen.«

»Aber ich habe nichts gemacht! Nichts. Gar nichts.« Alex schossen Tränen der Wut in die Augen. »Tun Sie etwas! Legen Sie Einspruch ein!«

»Tut mir leid. Gegen dieses Urteil können wir keinen Einspruch einlegen. Es gelten jetzt andere Gesetze unter Franco. Und bei der nächst höheren Kammer wäre das Urteil vermutlich noch härter. Meine Herren, ich habe alles getan, was ich konnte. Ihnen viel Glück!«

Daraufhin drehte sich der Anwalt um, während Alex, Matthew und die anderen drei Männer von den anwesenden Sicherheitskräften im Gerichtssaal wieder in Richtung Gefangenenbus abgeführt wurden.

»Ich glaub' das alles nicht! Das kann doch nicht wahr sein! Ich habe das Gefühl, in einem ganz schlimmen Albtraum gefangen zu sein«, sagte Alex immer wieder, als sie mit gefesselten Händen in dem kleinen Bus in Richtung Gefängnis saßen. »Was sollen wir bloß tun?«

»Keine Ahnung«, sagte Tim. »Morgen werden wir aber in jedem Fall verlegt!«

»Wie verlegt?«, fragte Alex. »Wohin?«

»Entweder nach Barcelona. Oder nach Mallorca. Wenn wir Glück haben. Dort soll der Knast nämlich besser sein.«

»Woher weißt du das?«, fragte Alex.

»Hat mir der Aufpasser im Gerichtssaal vorhin erzählt. In unserer Zelle schlafen wir heute Nacht also in jedem Fall das letzte Mal.«

»Oh nein, oh nein, oh nein!«, stöhnte Alex. »Wie soll ich Eva bloß erreichen und ihr das alles erklären?«

12. Kapitel

2011

»Ist dir die Erscheinung von heute Nachmittag auf den Magen geschlagen? Du isst ja gar nichts.« Leonie biss ein Stück von der Kartoffelkrokette auf ihrer Gabel ab und musterte Iris skeptisch. »Iss doch wenigstens ein paar von diesen köstlichen Dingern mit der leckeren braunen Soße.«

»Nein, danke. Ich habe wirklich keinen Appetit«, antwortete Iris und hing wieder für einen Moment ihren Gedanken nach. Wer mochte diese geheimnisvolle Frau bloß sein, die sie nachmittags auf dem Hippiemarkt gesehen hatte? Und warum war es ihr nicht gelungen, sie im Gedränge wiederzufinden? Und weshalb in aller Welt fühlte sie sich seit diesem Nachmittag so anders? So leer und irgendwie tief traurig? Iris konnte sich das alles selbst nicht erklären und schob es auf ihren insgesamt angeschlagenen seelischen Zustand.

»Du bist dir sicher, dass du dir das alles nicht nur eingebildet hast?«, fragte Leonie, nachdem sie eine weitere Portion Kroketten am Buffet nachgeladen hatte, von denen sie zwei unauffällig für Ravi, der es sich unter dem Tisch gemütlich gemacht hatte, fallen ließ.

»Leonie, ich weiß es nicht. Es war irre heiß, es waren dort so viele Menschen und vielleicht habe ich nach all den Violeta-Geschichten echt schon wirre Erscheinungen gehabt.«

»Ich glaube, das alles schreit nach einem ordentlichen Drink heute Abend, oder was meinst du?«

»Ja, da hast du Recht. Ich will nur noch kurz aufs Zimmer, Portemonnaie und Handy holen. Ich muss endlich mal meine

Mutter anrufen und ihr sagen, wo ich bin, bevor die in München noch alle verrückt macht.«

Wenig später saßen Iris, Leonie und Ravi wieder auf dem Motorroller und düsten auf der Hauptstraße in Richtung San Fernando. Florentina hatte ihnen eine »legendäre Lokalität« empfohlen.

In dem Örtchen San Fernando angekommen, fuhren sie an ein paar kleinen Geschäften, einer Tapas Bar und einer Kirche vorbei, bevor sie den In-Treff in einer der Seitenstraßen fanden. Obwohl so versteckt in diesem völlig unspektakulären Ort gelegen, herrschte vor der Bar und den umliegenden Lokalen reges Treiben. Vor lauter Fahr- und Motorrädern musste Iris tatsächlich einen Parkplatz für ihren Roller suchen.

»Magst du uns da auf dem Mauervorsprung schon mal einen Platz reservieren? Guck mal, da sind gerade zwei aufgestanden.« Leonie deutete auf einen Platz im Gewimmel.

»Nimm du mir kurz Ravi ab, dann hole ich uns schon mal zwei San Miguel, ok?«, fragte Leonie.

»Wird gemacht!«

Iris setzte sich auf den Mauervorsprung, Ravi legte sich zu ihren Füßen.

»Señora! Darf ich die beiden Flaschen und Gläser schon mitnehmen? Oder trinken Sie das noch?«, fragte ein schlanker, blonder und für einen Spanier ungewöhnlich großer Mann, an dessen Arm ein riesengroßer Korb hing, in dem er die leeren Flaschen und Gläser einsammelte.

»Nein, nein. Das ist nicht von uns. Die können Sie gerne mitnehmen. Danke.«

Der blonde Mann bückte sich und sammelte Gläser und Flaschen in seinen Korb ein. Er beugte sich dabei so tief, dass Iris sein markant herbes After Shave riechen konnte. Sexy, dachte sie.

»Darf ich Ihnen etwas bringen?«

»Oh, ist das hier mit Service? Das wusste ich gar nicht.«

»Nein. Normalerweise nicht. Aber an der Bar ist es gerade sehr, sehr voll und da mache ich für nette Gäste ab und zu mal eine Ausnahme.«

Der Spanier lächelte sie aus seinen meerblauen Augen und mit seinen strahlend weißen Zähnen an.

»Das ist sehr nett. Aber meine Freundin ist schon reingegangen, um uns etwas zu holen. Danke trotzdem für Ihr Angebot.«

»Wenn Sie doch noch etwas möchten, rufen Sie einfach nach mir. Ich heiße Juan und stehe hinter der Bar.«

»Das ist sehr lieb. Vielen Dank.«

Juan lächelte, Iris nahm noch einmal einen Atemzug seines köstlichen Parfums und kramte dann in ihrer Tasche nach ihrem Handy. Sie überlegte, ob es hier im Getümmel nicht zu laut zum Telefonieren sei, doch wollte sie den guten Sitzplatz nicht wieder aufgeben. Also wählte sie die Nummer ihrer Mutter. Das Freizeichen. Wie immer dauerte es ewig, bis ihre Mutter endlich ran ging. »Mutti, ich bin's.«

»Iris! Wo um Himmels willen steckst du denn bloß? Ich habe mir schon Sorgen um dich gemacht. Nachdem ich seit Tagen nichts von dir gehört habe und ich auch die Nummer von deinem Freund Patrick verlegt habe, bin ich heute mal in deine Wohnung gefahren, um nach dir zu sehen. Aber da war auch keine Spur von dir. Außer Bergen von Post und Rechnungen in deinem Briefkasten. Ach ja: Sowie eine gegorene Milch in deinem Kühlschrank.«

»Mama! Das kann doch nicht wahr sein! Kaum melde ich mich ein paar Tage nicht, machst du die Pferde wild und inspizierst meine Wohnung. Wahrscheinlich hast du auch schon die Polizei benachrichtigt?«

»Nein. Das hatte ich mir für morgen vorgenommen. Aber Kind, nun erzähl doch erst mal: Wo bist du denn?«

»Im Urlaub. In Spanien.«

»Aha. Und wo da? Warum hast du dich nicht einmal verabschiedet?«

»Mama, das ging alles wahnsinnig schnell. Ich habe am Flughafen eine Last Minute-Reise gebucht. Dann war alles so hektisch, dass ich gar keine Zeit mehr hatte, dich anzurufen.«

»Ach, Iris, für ein kurzes Telefonat mit seiner Mutter sollte man doch wohl immer ein paar Minuten Zeit haben, oder nicht? Ich habe mir wirklich Sorgen gemacht!«

»Ja, tut mir leid. Ist bei dir denn alles klar? Was macht dein kaputtes Knie?«

»Tut noch weh, aber wird langsam besser. Kannst du mir nun mal endlich sagen, wo du bist? Und vor allem mit wem? Doch wieder mit deinem Thorsten?«

»Nein, Mama. Das ist passé. Ich bin ganz spontan und ganz alleine geflogen. Und wo bin ich? Hmmm. Das ist eine etwas längere Geschichte.«

»Ja, wie?«

»Nun ja, eigentlich hatte ich Ibiza gebucht, doch dann kam alles anders.«

Iris hörte, wie ihre Mutter seufzte und dann schwer atmete.

»Mama? Alles klar?«

»Ja, ja, Kind. Wo bist du jetzt?« Ihre Stimme zitterte merklich.

»Auf so einer kleinen Insel namens Formentera. Liegt direkt neben Ibiza. Schon mal gehört?«

Iris' Mutter antwortete nicht. Stattdessen zuckte sie zusammen, und Tränen stiegen in ihren Augen auf. Sie spürte, wie ihre Knie erst weich wurden und schließlich nachgaben. Sie versuchte, sich noch gerade an einem Küchenstuhl festzuhalten. Doch das war zu spät und dieser fiel mit einem lauten Rumms auf den harten Steinfußboden.

»Mama? Ist alles in Ordnung? Bist du noch dran? Mann, es ist hier so laut. Mama?«, fragte Iris, die das Poltern trotz des Trubels um sie herum gehört hatte.

Doch ihre Mutter rang nach Atem und hatte Schwierigkeiten überhaupt noch etwas zu sagen.

»Mama? Haaaallloooo!«

»Ja, Iris. Alles in Ordnung. Das war nur mein Knie. Pass' auf dich auf und meld' dich bitte bald wieder«, sagte sie mit zittriger Stimme.

Dann legte Iris' Mutter einfach auf. Ohne noch irgendetwas zu sagen. Denn plötzlich waren sie wieder alle da. Die Erinnerungen in ihrem Kopf, die so unendlich wehtaten. Dieser Abend. Diese Nacht. Diese Zeit. Einfach alles.

»Mann, da war vielleicht die Hölle los!« Leonie streckte Iris eine Flasche eisgekühlten San Miguel Biers entgegen. »Oh, entschuldige. Du telefonierst. Habe ich gar nicht gesehen.«

»Nein. Bin schon fertig. Das ist wieder so typisch für meine Mutter. Erst macht sie mich an, dass ich mich nicht gemeldet habe und dann legt sie plötzlich auf. Wahrscheinlich nur, weil im Fernsehen wieder eine ihrer dämlichen Arztserien läuft.«

»Ja, so sind sie, die Mütter«, sagte Leonie und setzte sich neben Iris auf den Mauervorsprung. »Drinnen ist übrigens noch ein kleines Restaurant. Und jeder Tisch ist besetzt! Das scheint hier echt so ein In-Ding zu sein. Da hatte Florentina Recht.«

Iris und Leonie stießen mit ihren Flaschen an, prosteten sich zu und nahmen beide einen kräftigen Schluck des erfrischenden Biers.

»Die Typen, die hinter der Bar stehen, sind ganz niedlich«, sagte Leonie nach einem weiteren Schluck.

»Stimmt. Mit einem von denen hatte ich gerade das Vergnügen.«

»Ach…«

»Ja, er hat mich angequatscht. War ein ganz hübscher. So ein Blonder.«

»Groß und mit blauen Augen?«

»Genau.«

»Der ist mir hinter der Bar auch schon aufgefallen. Guter Typ, obwohl ich ja eher auf dunkel stehe.«

»Du stehst auf dunkel? Biste doch selber!«, Iris prostete noch einmal in Leonies Richtung.

»Ja, doch, aber nicht wirklich. Alles gefärbt. In Wirklichkeit bin ich dunkel-mäuse-blond. Ganz langweilig.«

Iris musste lachen. »Na, du bist ja wohl nicht langweilig. Leonie, ich bin echt total froh, dich hier getroffen zu haben. Ohne dich wäre ich durchgedreht.«

»Ach du bist süß! Ich freue mich auch total!« Leonie umarmte sie. »Auf einen schönen weiteren Urlaub!«

»Oh ja. Und das nächste Bier hole ich!«

Es war schon weit nach drei Uhr, als Iris und Leonie, bereits ziemlich angetrunken, wieder auf ihren Motorroller krabbelten.

»Solln wir nischt doch lieba ein Taxi nehm?«, lallte Leonie.

»Wenn du weißt, wo eines ist, gerne. Aber ich sehe hier in diesem Nest in der Sache schwarz. Ich kann auch noch fahren, glaube ich«, antwortete Iris, die gerade dabei war, Ravi im Hängekörbchen zu verstauen.

Unter normalen Umständen und in München hätte sich Iris so ganz sicher nicht mehr hinters Steuer gesetzt, aber die laue Nacht, die kleine Insel, der kurze Weg, der leicht zu fahrende

Roller und vor allem ihr aufregender Flirt von heute Abend beflügelten sie.

Ein paar Mal war sie noch zur Bar in die Fonda Pepe – so hieß das Lokal – hinein gegangen und hatte bei Juan Bier geordert. Irgendwann, als es draußen auf dem Mauervorsprung, in der Straße und im Inneren der Fonda leerer wurde, hatte Juan ihnen zwei Barhocker reserviert, auf denen es sich Leonie und sie bequem gemacht hatten. Angelo, ein schwarzhaariger Kollege von Juan, hatte ihnen sofort zwei Hierbas und zwei weitere Biere ausgegeben und so hatten sie weiter geflirtet. Juan mit Iris, Angelo mit Leonie. Leicht und unbeschwert, so, wie man es meist nur im Urlaub tut.

Mit jedem Bier und jedem Hierbas waren ihre Hemmungen gefallen und nachdem fast alle anderen Gäste gegangen waren, hatte Juan erst eine CD der Hereos del Silencio in die Musikanlage eingelegt, zu der sie alle vier wild getanzt hatten, bis ihnen die Puste ausging.

Dann hatten die Jungs die Abrechnung gemacht, die Stühle hochgestellt, die großen Lampen abgeschaltet und stattdessen ein paar Kerzen angezündet. Dazu eine wunderschöne Ballade in den CD-Player eingelegt. Iris hatte das Lied schon ein paar Mal im Vorbeigehen in ein paar Läden auf der Insel gehört und jedes Mal gedacht, wie melodiös und romantisch es doch war.

»Das ist so wunderschön«, sagte sie zu Juan. »Wer singt das?«

»Die Gruppe heißt La Oreja de van Gough und das Lied Jueves. Also: Donnerstag.«

»Na, das passt ja dann perfekt zum heutigen Abend, denn wenn mich nicht alles täuscht, ist heute Donnerstag, oder nicht?«, sagte Leonie.

»Absolut«, sagte Angelo und zog sie zu sich heran.

Auch Juan war Iris inzwischen näher gekommen und streichel

te beim Tanzen ihren Rücken. Als das Lied vorbei war, riefen Leonie und Iris wie aus einem Munde: »Noch einmal!«

Also schaltete Angelo den CD-Player auf »Wiederholen« und Jueves erklang erneut. Und noch einmal. Und weitere zwölf Mal. Immer noch tanzten die zwei Paare eng umschlungen. Iris fühlte sich so leicht, lebendig und ausgeglichen wie seit Monaten nicht mehr.

»Gehst du morgen mit mir Essen?«, hauchte ihr Juan ins Ohr, während erneut ein Luftstrom seines betörenden Parfums in ihre Nase stieg und sie in seine meerblauen Augen sah und plötzlich das Gefühl hatte, ihm so bis in die Seele schauen zu können. »Ich habe morgen nämlich frei.«

»Sehr gern«, hörte Iris sich selbst sagen und war selbst erstaunt über ihre ungeahnte Spontaneität.

»Das freut mich«, raunte Juan und sah ihr sehr tief in die Augen. Er zog Iris noch ein wenig enger an sich heran und küsste sie mit seinen weichen und sinnlichen Lippen. Iris ließ es einfach geschehen, genoss jede Sekunde seiner Zärtlichkeit.

Als Iris und Juan sich nach minutenlangen Küssen voneinander lösten, sah Iris, dass auch Angelo und Leonie hemmungslos knutschten.

»Gibst du mir deine Nummer?«, fragte Juan sie. »Dann kann ich dich morgen anrufen.«

Iris notierte sie auf einen kleinen Block, den Juan ihr hinhielt.

»Ich muss jetzt auch absperren. In nicht mal sechs Stunden muss ich wieder im Büro sein«, sagte Juan.

»Im Büro?«, fragte Iris. »Habt ihr hier auch ein Büro?«

»Nein. Aber das erklär' ich dir alles morgen.«

Noch einmal küsste Juan Iris leidenschaftlich. »Schlaf gut! Und träum' was Schönes.«

Doch schöne Träume wollten sich für Iris in dieser Nacht nicht einstellen. Nach einer Schlangenlinienfahrt mit dem Roller, die fast im Straßengraben geendet hätte, waren sie im Morgengrauen endlich wieder im Hotel gewesen und halb tot ins Bett gefallen. Doch Iris' Gedanken drehten sich im Kreis. Sie wälzte sich hin und her und schlief schlecht. Sie dachte immer wieder an Thorsten. An ihre Kündigung. An die Frau vom Hippiemarkt. An die traurig schöne spanische Ballade, die noch in ihren Ohren nachklang. Und an Juan, dessen After Shave sie noch immer riechen konnte.

»Ich weiß noch nicht, was ich von all dem halten soll«, sagte Leonie, als sie am nächsten Vormittag in der Ca Mari-Strandbar ihren Kaffee schlürfte.

Das offizielle Frühstück hatten die beiden wieder einmal verpasst und so saßen sie nun verkatert unter dem Strohdach im Schatten und blickten ziemlich derangiert, ja geradezu teilnahmslos auf das wunderschön leuchtende Meer. »Zwei smarte Spanier machen zwei doof-naive deutsche Touristinnen an. Simpler und dümmer kann es ja eigentlich nicht laufen, oder?«, sagte Leonie.

»Hmmm. Ich hatte gar nicht den Eindruck, dass die wirklich so die Touristinnenabschlepper vom Dienst waren«, erwiderte Iris. »Die Fonda Pepe entspricht ja nun auch nicht wirklich dem Klischee eines Baggerschuppens am Ballermann. Irgendwie hatte dort alles mehr Klasse. Und das Publikum ist ein anderes hier auf der Insel. Single-Frauen, die sich abschleppen lassen wollen und deshalb den ganzen Abend in einer Bar herumlungern, gibt es hier eher selten, würde ich sagen.«

»Meinste nicht, dass die nur das eine wollen?«

»Nee. Sonst hätten sie uns gestern Nacht bestimmt noch eindeutige Angebote gemacht. Aber ich fand sowohl meinen Juan, als auch deinen Angelo eigentlich recht dezent und alles andere als die typischen Strandgigolos.«

Leonie prustete los: »Iris, du hast dich in Juan verguckt. Versuch gar nicht erst, es zu leugnen.«

»Ach man, du bist doof. Nein, aber nach all dem Ärger mit Thorsten genieße ich so eine kleine Charme-Offensive tatsächlich total.«

Thorsten. Iris musste wieder an die leicht kryptische SMS denken, die er ihr vor ein paar Tagen geschrieben, die sie aber immer noch nicht beantwortet hatte. »Ich muss dich dringend sehen. Ich komme nach München. XXX Thorsten« hatte er geschrieben.

Dummerweise hatte sie mit Patrick im Eifer des Gefechts noch überhaupt nicht darüber gesprochen, wie sie sich am besten verhalten sollte. Ja, einerseits hatte sie noch tiefe Gefühle für ihn. Kaum ein Tag war seit ihrem Rauswurf vergangen, an dem sie nicht an ihn gedacht hatte. Und trotzdem hatte sich mit der Zeit eine gewisse Gleichgültigkeit ihn betreffend bei ihr eingestellt. Nachdem der erste Ärger darüber, dass er sich einfach so sang- und klanglos aus ihrem Leben verabschiedet hatte, verraucht war.

Als sie auf diese Insel kam, hatte sie sich kaum vorstellen können, eine Woche ohne ihn, geschweige denn überhaupt auf diesem Mini-Eiland sein zu können, doch mit jedem Tag, den sie auf Formentera verbrachte, machte sich eine zunehmende innere Ruhe und Gelassenheit in ihr breit. Und das gefiel ihr.

Deutschland, München, Thorsten schienen ihr plötzlich so weit weg. Und so unwichtig. Sie gab es nicht gerne zu, aber irgendetwas war es tatsächlich, das diese Insel an sich hatte und sie in ihren Bann zog. Etwas, das diese unglaubliche Harmonie ausstrahlte. War es das Meer? Das Licht? Die Sterne? Sie war noch nicht dahinter gekommen. Iris merkte nur, wie sie mit jeder Stunde auf Formentera immer mehr abschaltete und ein bisschen mehr zu sich fand.

Patrick hatte recht gehabt mit seinem Rat, mal zu relaxen und dem entgangenen Disco-Party-Urlaub auf Ibiza nicht hinterher zu trauern. Sie musste zugeben: Dieses Abschalten tat ihr psychisch, aber auch physisch gut. Die hektischen roten Flecken, die sie immer dann bekam, wenn sie gestresst war oder sich ärgerte, hatte sie seit Ankunft auf der Insel nicht mehr gehabt. Ein nerviges Ekzem am Arm, das sie Wochen quälte, war komplett abgeheilt. Und ihr Haar, an dem sie zuhause oft stundenlang mit Spülungen, Rundbürsten und Glätteisen herumhantierte, glänzte wie Seide und saß wie von allein.

»Was überlegst du?«, fragte Leonie.

»Ach, nichts Bestimmtes. Ich denke gerade nach. Über mein Leben, diese Insel und Thorsten.«

»Deinen Ex-Noch-Freund?«

»Ja.«

»Von dem du seit Wochen nichts mehr gehört hast?«

»Nun ja, das stimmt nicht so ganz. Er hat mir eine SMS geschrieben.«

»Was? Das hast du mir gar nicht erzählt! Aber komm, lass uns doch an den Strand fahren, wie wir heute doch eh geplant hatten. Da kannst du mir alles erzählen, wenn du magst.«

Und Iris mochte. Sie hatte das Gefühl, in Leonie eine tolle Freundin gefunden zu haben, mit der sie über alles reden konnte, obwohl sie sich doch erst seit ein paar Tagen kannten.

Mit ihrem Motorroller fuhren Leonie, sie und Ravi zum Strand von Illetas – dem laut Reiseführer schönsten der Insel. Es ging über die sandige Landstraße, durch San Fernando, den Ort in dem sich auch die Fonda Pepe befand, durch den trubeligen Touristenort Es Pujols und dann wiederum ein Stück auf der Landstraße. Schließlich durchquerten sie die alten und schon seit

Jahren nicht mehr genutzten Salinen und Salzfelder und kamen schließlich am Tanga Beach an, den der Reiseführer nicht nur als schönsten Strandabschnitt beschrieb, sondern auch das gleichnamige Strandrestaurant, das sich dort befand, besonders lobte.

Iris und Leonie parkten in der Nähe des Strandrestaurants und gingen dann über einen kleinen Holzweg in Richtung Meer. Dort angekommen, konnten sie kaum fassen, wie schön diese Ecke Formenteras wirklich war. Der Reiseführer hatte mit keinem Wort übertrieben: Der Sand war puderzuckerfein und fast weiß, das Meer spiegelglatt und kristallklar und obwohl es sich einige Sonnenhungrige rund um das Restaurant bequem gemacht hatten, musste man nur ein paar Meter nördlich gehen, um zu einer der ruhigeren Ecken zu gelangen. Iris und Leonie ließen sich nieder. Leonie baute einen Sonnenschirm auf, unter den sie ein kleines Handtuch legte, auf dem es sich Hund Ravi sofort gemütlich machte. Auch Leonie und Iris entrollten ihre Strandhandtücher und legten sich in den Halbschatten.

»Das finde ich das schöne an dieser Insel«, sagte Leonie. »Trotz des Trubels findet man hier immer noch ein ruhiges Eckchen und kann dort machen, was man will. In Deutschland wäre hier doch auch schon wieder alles reglementiert: Keine Hunde, kein dies nicht, kein das nicht. Und guck hier, dort hinten schwimmt sogar ein Schäferhund mit seinem Herrchen im Meer, da drüben sonnen alle FKK, daneben picknickt eine spanische Großfamilie und mittendrin bauen die Kinder Sandburgen. Einfach jeder so, wie er will.«

»Stimmt. Gerade das mit dem FKK scheint hier total Gang und Gebe zu sein. Wenn ich mich so umgucke, sehe ich eigentlich mehr Nackte, als Angezogene«, antwortete Iris.

»Eigentlich würde ich mich ja auch gerne ohne Bikinioberteil sonnen«, sagte Leonie. »Sonst kriegt man immer diese blöden weißen Streifen und kann nach dem Urlaub wochenlang nichts mit Ausschnitt anziehen. Würde es dich stören?«

»Überhaupt nicht! Ich bin dabei!«

Lachend zogen Iris und Leonie ihre Bikini-Oberteile aus und streckten sich auf ihren Handtüchern aus.

»Und nun erzähl!«, sagte Leonie.

Iris' düstere Lebensbilanz (kein Job mehr und einen Freund, der sich kaum mehr meldet) konnte die positiv denkende Leonie gar nicht so schrecklich finden: »Denk doch mal, was dir jetzt alles offen steht!«, sagte sie. »Du kannst im Prinzip noch einmal ganz neu durchstarten. Mit neuem Job, neuem Mann, wenn du willst sogar in einer neuen Stadt. Ich wünschte, ich könnte das.« Auch zum Thema Thorsten hatte Leonie eine eindeutige Meinung: »Zappeln lassen! Der hat dich wochenlang hängen lassen, jetzt kann er mal sehen wie es ist, wenn man auf seine Nachrichten keine Antworten bekommt.«

Auch Leonie erzählte Iris im Laufe des Nachmittags ihre halbe Lebensgeschichte. Berichtete von ihrem Sohn, ihrer gescheiterten Beziehung, aber immerhin bombig laufenden Tierarztpraxis. »Kannst ja zu uns nach Potsdam ziehen. Jemand wie du findet da sofort einen neuen Job!«, machte Leonie Iris Mut und ergänzte, »ich bin angebunden und kann nicht irgendwo noch einmal neu anfangen.«

»Ach, neu anfangen«, stöhnte Iris. »Leonie, ich bin jetzt Ende Dreißig und möchte doch auch irgendwann mal ankommen und nicht alle paar Jahre neu anfangen, wie ein Teenager. Weißt du, andere Frauen in meinem Alter haben inzwischen drei Kinder, einen reichen Kerl, Nachbarinnen mit denen sie gemütlich Prosecco trinken und verbringen die Tage mit Pilates, Kuchenbacken für Kindergeburtstage und wenn ihnen langweilig wird, gehen sie Shoppen .«

»Und DAS möchtest du wirklich?«, Leonie guckte Iris skeptisch an.

»Hmmm.« Iris machte eine bedeutungsschwangere Pause und lachte dann los. »Eigentlich nicht wirklich. Komm, wir gehen schwimmen!«

Beide kreischten auf und rannten ins Meer, während Ravi, durch die Hitze offensichtlich ermattet, seinen Mittagsschlaf fortsetzte.

Das Mittelmeer war herrlich. Sauber und perfekt temperiert. Nicht zu warm, so dass es eben noch erfrischte, aber warm genug, um stundenlang darin baden zu können. Iris und Leonie genossen es sichtlich. Immer wieder tauchten, planschten und spritzten sie herum wie junge Mädchen. Erst als ihre Haut begann, schrumpelig zu werden, gingen die beiden aus dem Wasser und zurück zu ihren Handtüchern, machten es sich bequem und dösten entspannt in der Mittagssonne.

»Señoras! Haben Sie noch ein Schattenplätzchen für uns?«

Leonie und Iris schreckten hoch. Selbst Ravi hatte seinen Dauerschlaf mit einem Schlag beendet und bellte los.

Vor ihnen standen in schicken Surfershorts Juan und Angelo.

»Na, wenn das keine Überraschung ist«, sagte Leonie, die nervös nach ihrem Bikinioberteil nestelte.

»Das Oberteil kannst du gerne weglassen«, sagte Angelo grinsend. »Da ist nichts, was du verstecken müsstest.«

»Ist das jetzt wirklich ein Zufall oder habt ihr uns verfolgt?«, fragte Iris Juan, der sich bereits zu ihr aufs Handtuch gesetzt hatte, nachdem er ihr einen schüchternen Wangenkuss gegeben hatte.

»Nein, kein wirklicher Zufall«, sagte Juan. »Wir lagen dort hinten, bei der spanischen Großfamilie und haben euch beim

Baden gesehen. Und da haben wir gedacht, wir kommen mal zu euch.«

»Das war eine gute Idee«, sagte Leonie strahlend und wies Angelo an, sich doch ebenfalls zu ihr zu setzen.

»Habt ihr denn schon etwas zu Mittag gegessen?«, fragte Juan.

»Nein«, antwortete Iris. »Wir hatten vorhin überlegt, uns etwas zu holen.«

»Sollen wir nicht alle zusammen ins Strandrestaurant gehen? Die machen dort eine ausgezeichnete Paella.«

»Also meinetwegen gerne. Was sagst du, Leonie?«

»Ich habe einen Bärenhunger und Ravi braucht mal ein bisschen kühles Wasser. Meint ihr, wir können ihn dahin mitnehmen?«

»Aber immer!«, antwortete Angelo. Und grinste Leonie an, während er ihr in die Seite piekte: »Zum Essen solltest du dein Oberteil dann aber vielleicht doch lieber wieder anziehen. Wir wollen ja nicht, dass die spanischen Familienväter sich verschlucken.«

Ein paar Minuten später saßen die Vier an einem Tisch in vorderster Reihe, mit traumhaftem Blick auf Strand und Meer. Über die Mittagszeit hatten immer mehr weiße Yachten in der langgezogenen Bucht festgemacht. Iris beobachtete das bunte Treiben aus kleinen Beibooten, Wasserscootern, Schwimmenden und Luftmatratzen.

»Sehr viele kommen von Ibiza zum Baden mit ihren Booten hier herüber«, erzählte Juan.

»Wieso denn das? Haben die auf Ibiza keine eigenen Strände?«, fragte Iris.

»Doch, doch«, sagte Juan. »Aber keinen, der auch nur halbwegs so schön ist, wie unsere.«

»Und warum machen die Leute dann nicht gleich Urlaub hier?«

»Das sind viele Einheimische und auch Prominente, die hier

rüberkommen. Die wollen einerseits ihre tollen Villen mit Pool und Komfort, die es hier auf Formentera in der Form nicht gibt, ihre Boutiquen, Restaurants und das berühmte Nachtleben, andererseits aber auch die schönen Strände hier. Da sie beides nicht auf einer Insel haben können, nehmen sie für ihre Badeausflüge halt gerne mal ein Boot.«

»Stimmt. Ich vergaß«, sagte Leonie lachend, während sie eine Scheibe Weißbrot, das man ihnen schon an den Tisch gebracht hatte, mit frischer Ajoli bestrich. »Wir haben unsere Yachten ja auch in der heimischen Garage, oder Iris?«

»Ja, genau! Neben dem Jaguar und dem Porsche«, ergänzte Iris lachend.

»Na, bei denen, die hierher mit Yacht kommen, trifft es weiß Gott keine Armen«, sagte Juan. »Der spanische König war schon hier, Michelle Hunziker, Eros Ramazotti und auch euer Boris Becker. So nun wird aber erst mal ordentlich gegessen.«

Die Kellnerin hatte inzwischen neben ihnen einen kleinen Beistelltisch aufgebaut, auf dem sie nun die gusseiserne und köstlich duftende Paellapfanne platzierte. Dazu servierte sie eine weitere Runde eiskalter Shandys – eine Art spanische Variante des Radlers oder Alsterwassers: Spanisches Bier gemischt mit köstlicher, aber trüber Fanta Zitrone.

Die vier Hungrigen griffen beherzt zu und genossen das spanische Nationalgericht mit den vielen frischen Meeresfrüchten. Zwischendurch plauderten sie und lachten besonders über die Geschichte, die Juan erzählte. Da hatte im letzten Sommer ein Multimillionär im Stile des Playboy Tycoons Heffner eines seiner blonden Bunnys am Strand vergessen und war mit den anderen Blondinen und seiner Yacht einfach weitergeschippert. Die ein wenig einfältige junge Dame hatte nichts bei sich – außer dem Bikini, den sie trug. Da alle Hotels auf der Insel ausgebucht waren, das Bunny eh kein Geld und auch keine Lust hatte, die nächsten Tage am Strand zu verbringen oder der Einladung eines der zahlreichen Freiwilligen zu folgen, die ihr Asyl anboten, zog sie für drei Tage ins Gemeindehaus zum 75-jährigen katholischen Pfarrer der Inselhauptstadt.

»Und dann? Ging sie ins Kloster?«, fragte Iris lachend.

»Nein. Dann hatte sie endlich über 1000 Umwege ihren Millionär erreicht, der sie dann per Hubschrauber abholen und nach Mallorca einfliegen ließ, wo die Yacht inzwischen vor Anker lag.

»Was lernen wir daraus?«, sagte Leonie grinsend. »Immer schön der Reisegruppe folgen.«

Auch über ihre Berufe sprachen die Vier. Für beide Jungs war der Job in der Fonda Pepe nur ein Nebenjob, wie sie Leonie und Iris erzählten. Juan arbeitete hauptberuflich im Ayuntamiento der Insel – dem Stadtrat, der im Rathaus saß. Nach einem Wirtschaftsstudium in seiner Heimat Bilbao hatte er den Job als Steuerbevollmächtigter auf Formentera angenommen, wo er sich nun um die Gewerbesteuern der Agrarbetriebe kümmern musste. »Ganz gut bezahlt, aber stinkelangweilig«, wie er Leonie und Iris berichtete.

»Und Angelo, den ich seit unserer gemeinsamen Kindheit kenne, hat nach einer kaufmännischen Ausbildung gerade auf dem zweiten Bildungsweg sein Studium der Veterinärmedizin in Barcelona abgeschlossen und gönnt sich hier ein paar Monate Auszeit und Verschnaufpause bei mir«, sagte Juan.

»Das glaube ich ja nicht«, sagte Leonie mit offenem Mund. »Ich bin auch Tierärztin!«

»Nein?« Angelo guckte überrascht.

»Doch ganz bestimmt! Das ist ja total unglaublich, oder Iris?«

»Ja, total!«

Daraufhin entbrannte zwischen Leonie und Angelo, der einige Jahre jünger als Leonie war, wie sich im Gespräch herausstellte, eine minutenlange Fachsimpelei über Homöopathie bei Tieren, Hundeflüsterer und die neuesten Forschungsergebnisse in Sachen Bio-Tiernahrung und zellulärer Füllstoffe. Mal auf Englisch, mal auf Deutsch, was sowohl Juan, als auch Angelo auf der Uni belegt hatten und manchmal auch ein bisschen auf Spanisch, das auch Leonie ein wenig sprach.

»Da ist er jetzt ganz in seinem Element«, flüsterte Juan Iris irgendwann leise ins Ohr. »Ich kann da ja nicht mitreden. Habe außer ein paar Inselgeckos überhaupt keine Haustiere.«

»Ich auch nicht«, flüsterte Iris zurück. »Auch wenn ich Hunde und Katzen sehr mag. Aber in meinem Job hätte ich nie die Zeit gehabt, mich um sie zu kümmern.« Sie machte eine Pause. »Obwohl, jetzt wäre die Anschaffung eines kleinen Hundes, so niedlich wie Ravi, wirklich mal zu überlegen.«

Die Kellnerin hatte inzwischen Pfanne und Teller abgeräumt und die Bestellung für eine Runde Espressi angenommen. Alle vier waren durch das üppige Mittagessen inzwischen ein wenig müde geworden und starrten auf das ruhige Meer und die weitläufige Bucht, in der gerade eine Superyacht Model XXXL festmachte.

»Bestimmt irgendein Promi oder Industriebonze«, bemerkte Angelo. »So ein Teil kostet mindestens zwei, drei Millionen Euro.«

»Oh ja, vielleicht kommt ja gleich George Clooney angeschwommen. Dann müsst ihr mich kurz entschuldigen«, sagte Leonie lachend.

Als die Yacht festgemacht hatte, konnten die Vier beobachten, wie ein größeres, motorbetriebenes Schlauchboot zu Wasser gelassen wurde, in das vier Menschen stiegen, um Richtung Strand zu tuckern.

»Señores, ihr Kaffee!« Die Kellnerin stellte die vier Tassen auf dem Tisch ab.

»Und was machen wir heute Abend? Essen gehen?«, fragte Juan in die Runde. »Wir haben doch heute frei!«

»Wie kannst du schon wieder ans Essen denken, wo wir uns gerade den Magen vollgeschlagen haben? Ich bin so dick gefuttert, dass ich mich kaum mehr bewegen kann«, sagte Leonie. »Kann mal bitte jemand einen Liegendtransport anfordern?«

Alle lachten, bis auf Iris, die die zwei Paare aus der Luxusyacht, die soeben den Strand erreicht hatten, immer noch aufmerksam im Auge behielt. Irgendwie hatte sie das Gefühl, sie zu kennen, sie wusste nur noch nicht woher.

»Iris! Hallo! Jemand zuhause?« Leonie stupste sie an.

»Was war?«, antwortete Iris. »Ich beobachte immer noch die Vier von der Yacht. Ich kenne die irgendwo her.«

»Du kannst die Promijournalistin in dir aber auch nie ganz abstellen, oder?«, flachste Leonie. »Wenn es doch George Clooney mit Kaffeemaschine sein sollte, gib mir bitte rechtzeitig Bescheid. Dann muss ich noch einmal schnell die Waschräume aufsuchen, um mich aufzuhübschen.«

Doch auch Iris hatte die Leute von der Yacht im allgemeinen Strandgetümmel inzwischen aus den Augen verloren.

»Sollen wir euch noch etwas von der Insel zeigen? Wir könnten hoch nach La Mola fahren, zum Leuchtturm«, schlug Juan vor. »Dort ist es nachts total schön. Und romantisch.«

»Findet dort heute nicht die Full Moon-Party statt?«, fragte Angelo.

»Stimmt! Dann gibt's dort oben auch noch Livemusik und Drinks. Umso besser! Habt ihr Lust?«

»Klar!«, antworteten Iris und Leonie.

Plötzlich wurde Ravi, der die ganze Zeit während des Mittagessens ruhig und von der Hitze dauerermattet unter dem Tisch gelegen hatte, munter. Der Grund dafür war schneeweiß, klein und scheinbar ein weibliches Exemplar der Hunderasse Malteser. Die kleine Hündin kam aufgeregt schwanzwedelnd in Ravis Richtung gelaufen, die »Sheila, bleib hier! S-H-E-I-L-A!«-Rufe ihres Frauchens geflissentlich überhörend.

Inzwischen hatte sie fast den Tisch der Vier erreicht, unter dem Ravi mit einem großen Satz und ebenfalls freudig schwanzwedelnd hervor sprang.

Was folgte, glich den Szenen eines schlechten Klamaukfilms. Ein letzter »S-H-E-I-L-A!«-Ruf, dann ein gellender Schrei, gefolgt von einem Sturz. Es war alles so schnell gegangen, dass keiner der Vier noch etwas hatte sagen können. Klein-Ravi war Sheilas Frauchen direkt vor die Füße gesprungen, die daraufhin das Gleichgewicht verloren und sich mit einem großen Satz und Rumms auf den sandigen Holzboden gelegt hatte.

»Mein Gott, ist Ihnen etwas passiert?«, rief Iris, die dem kleinen Zwischenfall am nächsten saß und sofort aufgesprungen war. Sie versuchte, der blondgelockten Frau wieder auf die Beine zu helfen. Inzwischen waren auch die Freunde der Frau eingetroffen und standen bestürzt um die gefallene Hundebesitzerin herum.

»Herrje, da will man nur schnell ein Eis kaufen und dann so was!«, sagte eine männliche und Iris irgendwie vertraute Stimme.

Iris sah inzwischen auch, wer es gewesen war, der ihr nur mit Bikini, großer Sonnenbrille und Pareo bekleidet vor die Füße gefallen war: Emma. Die Sängerin. Und in der ihr vertrauten Männerstimme erkannte sie Alessandro Rosso, den Hitproduzenten. Emmas Mann.

»Können Sie nicht auf Ihren dämlichen Köter aufpassen?«, fuhr Emma sie wütend an. »Ich hätte mir das Genick brechen können.

Ich werde Sie verklagen!« Emma blickte aggressiv in Iris' Richtung. »Moment. Kenne ich Sie nicht? Sind Sie nicht die unmögliche Frau vom Flughafen?«

In dem Moment mischte sich Leonie ein. »Also entschuldigen Sie mal! Wie reden Sie hier eigentlich mit meiner Freundin? Dafür, dass sie Ihnen gerade geholfen hat, wieder hochzukommen, könnten Sie ruhig ein wenig freundlicher sein. Und wenn Sie meinen, jemanden verklagen zu wollen, müssen Sie wohl leider mit mir Vorlieb nehmen, denn das ist mein Hund. Aber auch dem sehe ich sehr gelassen entgegen, denn A) kann ich mich nicht erinnern, dass IHR Hund angeleint war und B) bin ich gegen alle Eventualitäten versichert.«

Emma guckte erst irritiert und motzte dann ihren Mann an: »Alessandro! Nun sag doch auch mal etwas! Diese Menschen wissen offensichtlich nicht, wen sie hier vor sich haben!«

»Nein. Sollten wir?«, fragte Iris frech. »Können Sie uns helfen?«

Alessandro Rosso fiel es offensichtlich schwer, sich sein unterschwelliges Grinsen zu verkneifen. »Emma, nun lass mal gut sein! Es ist dir ja nichts weiter passiert, oder?«

»Entschuldige mal! Ich hätte mir das Genick brechen können. Dann hättest du den Videodreh nächste Woche und die Tour aber mal komplett abhaken können. Und weißt du immer noch nicht, wer diese Frau ist?«, sie zeigte mit ihrem langen und acrylgelbehafteten Fingernagel in Iris' Richtung. »DIESE Frau war die, die am Flughafen gemeint hatte, sich so aufspielen zu müssen.«

»Stimmt, wo du es sagst«, sagte Alessandro Rosso und wandte sich dann an Iris. »Jetzt laufen Sie uns schon das zweite Mal innerhalb von ein paar Tagen unter nicht gerade den nettesten Umständen vor die Füße. Was soll uns das wohl sagen?«

13. Kapitel

1971

Eva blickte fröstelnd aus dem Fenster. Seit Tagen hatte es nicht aufgehört zu regnen. Die Tropfen schlugen prasselnd auf die Finca und hatten nicht nur das Vordach aus Stroh, sondern auch den gesamten Garten und die Gemüsebeete, die das Haus umgaben, inzwischen komplett durchweicht. »Von Dezember bis März ist es wirklich schlimm, dann wird es wieder jeden Tag besser«, sagte Anke, die Evas traurigen Blick gesehen hatte und ihr die Hand auf die Schulter legte. »Du musst noch durchhalten. Nicht nur für dich, sondern auch für dein Kind! Noch einen Monat, dann wird das Wetter wieder besser!«

Eva legte das Häkelzeug beiseite und sah sie an. »Ach, Anke. Das hat doch alles keinen Zweck mehr. Was kann ich meinem Kind denn hier für Perspektiven bieten? Wenn ich das Geld für einen Rückflug und eine neue Wohnung in München hätte – ich wäre längst weg.«

Sie griff sich eine Wolldecke, denn der kleine Ofen im Wohnzimmer reichte nicht, um allen Räumen eine gleichmäßige Grundwärme zu verleihen. Und eine Heizung gab es nicht. »12 Grad Innentemperatur. Horror!« Eva blickte auf das kleine Thermometer und setzte sich klappernd wieder auf den Korbstuhl am Fenster.

Es war wahrlich ein harter Winter gewesen – für sie alle. Schlimme Wochen und Monate lagen hinter ihnen und Eva hatte so manche Nacht durchgeweint. Kurz nachdem sie von ihrer Schwangerschaft erfahren hatte und Alex verschwunden war, hatte sich der Gesundheitszustand von Lena, ihrer schwedischen »Chefin«, innerhalb weniger Wochen dramatisch verschlechtert. »Lungenkrebs im Endstadium« hatte der Arzt nach diversen Röntgenaufnahmen attestiert und Eva, die Lena zu den Untersuchungen auf die Nachbarinsel Ibiza begleitet hatte, später noch einmal bei Seite genommen. »Sie hat nicht mehr lang. Vielleicht eine Woche, vielleicht einen Monat. Wir können nichts mehr für sie tun. Versuchen Sie ihr die letzten Tage so schön zu machen, wie es irgend geht.«

Und das hatte Eva mit aller Kraft versucht. Tagelang hatte sie an Lenas Bett gesessen und ihre Hand gehalten. Immer wieder die alten Geschichten über ihre schwedische Heimat, ihre ehemalige Karriere als Fotomodell und über Carl, ihre einzige große Liebe angehört, kommentiert und ihr ihrerseits Geschichten aus ihrer Heimat München und den neuesten Inselklatsch erzählt. Evas Geld war inzwischen knapp geworden und nur weil Lena ihr immer wieder einige Pesetenscheine zusteckte, konnte sie überhaupt noch Lebensmittel kaufen und ihren Mietanteil bezahlen.

Lena war aufgrund ihrer schweren Krankheit natürlich nicht mehr in der Lage zu stricken, geschweige denn, sich zweimal pro Woche auf den Hippiemarkt zu stellen. Und somit war auch Evas Haupteinnahmequelle versiegt. Sie häkelte zwar was das Zeug hielt, doch einerseits reichte die Ware kaum noch, um den Stand zu füllen. Andererseits kamen im Herbst auch kaum noch Touristen auf die Insel, so dass der Markt zunächst auf einmal pro Woche reduziert und Anfang Oktober dann schließlich mangels Kundschaft, wie in jedem Jahr, ganz geschlossen wurde.

Eva hatte daraufhin immerhin eine kleine Boutique in der Inselhauptstadt ausfindig gemacht, die bereit war, ihre Häkeltaschen mit viel Gewinn für sich selbst und wenig für Eva zu verkaufen. Da das Ganze nur auf Kommissionsbasis stattfand, kam Eva überhaupt nur zu Einkommen, wenn tatsächlich etwas von ihren Sachen verkauft wurde. Bittere Aussichten.

An einem Abend Anfang Dezember war es noch dramatischer geworden. Evas Einkünfte tendierten inzwischen gen Null und Lenas Gesundheitszustand hatte sich so verschlechtert, dass es Eva kaum noch gelang, sie zum Essen und Trinken zu bewegen. Und eines Abends stand urplötzlich wie aus dem Nichts der Besitzer der Finca, in der sie alle lebten, vor ihnen und teilte ihnen mit, dass sie bis Ende Dezember ausziehen müssten, da er das Haus, nebst Grund, an einen Künstler aus Barcelona verkauft habe.

»Na super. Das werden ja ganz tolle Weihnachten!«, hatte Ole gemault, aber für sich und Agneta in den Tagen darauf sofort eine kleine Ein-Zimmer-Wohnung oberhalb der Autowerkstatt, in der er arbeitete, organisiert. »Ein bisschen Farbe, ein neuer Tisch, zwei neue Matratzen, dann passt das alles«, hatte er den anderen gesagt

»Und wir? Schlafen jetzt in der Höhle, oder wie?« hatte Corinna Ole gefragt und war ebenfalls auf die Suche nach neuen vier Wänden gegangen, indem sie jeden Patienten von Dr. Gomez angesprochen und im Wartezimmer eine große Suchanzeige aufgeklebt hatte. Aber Wohnraum für drei – die beiden Schwestern wollten Eva in ihrer Situation natürlich auf keinen Fall sich selbst überlassen – war auf der kleinen Insel gar nicht so leicht zu finden.

Am 24. Dezember, nachmittags um 15 Uhr, schlief Lena für immer ein. Eva, Anke und Corinna waren in diesem Moment gemeinsam bei ihr in ihrem Haus, zündeten weiße Kerzen an, hielten ihre Hände, geleiteten sie so sanft in eine andere Welt. Sie alle drei weinten bittere Tränen, denn in den letzten Monaten war

Lena für Eva nicht nur zu einer Art Ersatzmama, sondern für sie alle auch zur lebenserfahrenen und fürsorglichen Freundin geworden.

Abends saßen die drei dann deprimiert um den Kamin in ihrer alten Finca zusammen. Agneta und Ole waren bereits ausgezogen und verbrachten nun die Weihnachtstage in Schweden bei ihrer Familie. »Ich glaube, das ist das traurigste und schrecklichste Weihnachten, das ich jemals hatte«, sagte Eva und sah in den grauen, regnerischen Himmel.

»Ja, irgendwie hatten wir uns das auch anders vorgestellt, als wir hierher kamen«, sagte Anke. »Man rackert den ganzen Tag für ein paar Peseten und kann bei diesem Mistwetter ja nicht mal die Sonne und das Meer als Ausgleich genießen. Also ich muss ganz ehrlich sagen: Ich wäre heute wirklich in jeder deutschen Stadt lieber als in dieser Einöde.«

Trotzdem hatten sie alle versucht, aus dem traurigen Weihnachtsfest das Beste zu machen. Corinna war es gelungen, von einer Bäuerin einen Rotkohl zu ergattern, Anke hatte eine frische Ente besorgt und Eva original bayrische Knödel aus frischen Kartoffeln zubereitet. So saßen die drei am ersten Weihnachtstag mittags gemeinsam um den großen Holztisch im Wohnzimmer und verspeisten mit größtem Genuss ihr »typisch deutsches« Weihnachtsmenü.

»Irgendwie merke ich erst jetzt, wie sehr mir die Heimat fehlt, wo ich nicht mehr in Deutschland bin«, sagte Eva, als sie mit dem Essen fertig waren und gemeinsam abspülten. »Ich meine, ich habe hier keinen Job, kein Geld, bald kein Dach mehr über dem Kopf – in München hatte ich das alles. Wenn ein Job weg war, habe ich mir einfach den nächsten gesucht. Oder man kann halt im Notfall von der Sozialhilfe leben. Aber hier? Hier habe ich nichts.«

»Ja, und wenn man einen Job hat, so wie wir«, ergänzte Corinna, »dann verdient man nicht mal die Hälfte von dem, was in Deutschland gezahlt wird. Wir hatten uns das auch anders vorgestellt, als wir kamen. Das kannst du uns glauben.«

»Wenn wenigstens unser Wohnproblem gelöst wäre«, stöhnte Anke. »Der Countdown läuft. In sechs Tagen müssen wir spätestens raus sein. Es ist zum Durchdrehen.«

Doch nach Lenas Trauerfeier und Beerdigung, am 28. Dezember, die in ganz kleinem Kreise in der Kirche Iglesia del Pilar stattfand, bat der Ortsvorsteher José de Tur, der den Trauerzug anführte, Eva nach den Feierlichkeiten in sein Haus.

»Lena hat mich, kurz bevor sie gestorben ist, zu sich gebeten, um ihr Testament zu ändern«, sagte de Tur. »Sie hatte zwar nicht viel, aber die Finca, in der sie lebte und ihr alter Schmuck gehört jetzt Ihnen.«

»Was?« Eva dachte, sie habe sich verhört. »Das kann doch nicht sein?!«

»Doch, Eva! Lena hatte keine Familie mehr und Sie haben Ihr sehr viel bedeutet. So viel, dass Lena Sie und Ihr Kind unbedingt versorgt wissen wollte. Hier sind die Papiere, mit denen Sie das Haus bereits auf Ihren Namen hat umschreiben lassen. Und hier ist der Schlüssel zum Schließfach der Banco de Baleares, wo Lena ihren wertvollen Schmuck sicher im Safe deponiert hatte. Halten Sie ihn in Ehren!«

»Oh, ja, das werde ich. Ganz bestimmt.«

Eva wusste nicht, ob sie in diesem Moment weinen oder jubeln sollte. Der schlimme Tod und Verlust von Lena hatte nun doch etwas Gutes gehabt, denn er bewahrte sie, Anke und Corinna vor der Obdachlosigkeit.

Einen Tag später hatten die drei jungen Frauen ihre alte Finca leer geräumt und waren in Evas Erbe umgezogen. Lenas Haus war zwar wesentlich kleiner und längst nicht so komfortabel gewesen wie ihr Miethaus, aber dennoch waren alle froh gewesen, überhaupt wieder ein sicheres Dach über dem Kopf zu haben – und die monatliche Miete zu sparen.

In den ersten Wochen des neuen Jahres hatten sie dann alles ein wenig umgeräumt. Eva schlief auf dem großen alten Sofa im Wohnzimmer, während Anke und Corinna sich Lenas ehemaliges Schlafzimmer teilten. Außerdem hatten sie umdekoriert und versucht sich so gut einzurichten, wie es eben ging.

Inzwischen war der Februar gekommen und das Wetter hatte sich seit Weihnachten nicht wirklich gebessert. Zwar schien in den Wochen voller Regen immer mal wieder die Sonne, aber das Haus war so feucht und durchgekühlt, dass es einige Tage mit mindestens 20 Grad Außentemperatur und Sonne bedurft hätte, im Inneren wieder eine einigermaßen angenehme Grundtemperatur zu erzeugen.

»Kein Wunder, dass Lena sich hier nicht mehr erholen konnte«, sagte Anke, während sie sich einen Stuhl nahm und zu Eva setzte. »Bei diesem Klima hier im Haus kriegt ja jeder irgendwann Lungenprobleme.«

»Das wird es nicht gewesen sein«, sagte Eva. »Der Arzt meinte, dass es wohl eher an den vielen Zigaretten lag, die Lena als junge Frau geraucht hat. Schachtelweise.«

»Jetzt zum Schluss hat sie doch gar nicht mehr geraucht, oder?«

»Nein. Da war es wohl schon zu spät. Und ich denke mal, dass das kalte und feuchte Haus Winter für Winter sein Übriges getan hat. Gehustet hat Lena ja schon, als ich sie kennenlernte.«

»Ja, so ein Ende hat sie echt nicht verdient«, sagte Anke. »Sie war so ein guter Mensch. Apropos guter Mensch: Hast du eigentlich mal wieder was von Javier gehört?«

Nein. Eva hatte lange nichts von ihm gehört. Nachdem sie vor einigen Monaten bei ihm übernachtet und danach einen wunderschönen Tag mit ihm am Strand verbracht hatte, hatten sie sich nur noch zweimal gesehen. Einmal, ein paar Wochen später, war ihm Eva zufällig am Hafen über den Weg gelaufen. Genau in dem Moment, als sie völlig aus der Puste von ihrem Rad gestiegen war und sich ihren schon leicht gewölbten Babybauch gestreichelt hatte. So, wie Schwangere das immer wieder unwillkürlich tun. Javier kam gerade aus einer Tapas Bar, hatte sie sofort entdeckt und war zu ihr gelaufen. »Eva. Geht es dir nicht gut?«

»Doch doch. Alles ok. Ich bin nur ein bisschen außer Atem.«

»Ich wusste gar nicht, dass du Mutter wirst«, hatte Javier dann gesagt und sie dabei traurig angesehen.

»Das wusste ich bis vor ein paar Wochen selber nicht«, sagte Eva. »Und das war so auch ganz bestimmt nicht geplant.«

»Also hast du deinem Alex vergeben?«

»Nein. Wir sind nicht mehr zusammen. Alex ist verschwunden. Seit vielen Wochen.«

»Wie? Und von wem ist dann das Kind?«, Javier guckte sie irritiert an.

»Na, also sag mal, Javier! Was denkst du denn von mir? Es ist von Alex. Ich bin doch keine, die sich vom erst besten Dahergelaufenen schwängern lässt!«

»Nein, Eva! Das hatte ich auch nicht gedacht. Lass mich wissen, wenn du Hilfe brauchst. Ich muss zurück zum Schiff.«

Eva hatte die Traurigkeit und Enttäuschung in seinen Augen genau gesehen. Und in diesem Moment am liebsten selbst losgeheult. Wer weiß, was aus ihnen geworden wäre, wenn ihre Schwangerschaft und all das nicht dazwischen gekommen wäre?

Später hatte sie das ganze ausführlich mit Lena besprochen und Lena hatte sie zu trösten versucht: »Kindchen. Das sind halt die Spanier. Da können Franco und die Regierung in Madrid machen, was sie wollen und die Kirche verteufeln. Die Spanier sind und bleiben katholisch durch und durch. Die Familie ist ihnen heilig, niemals würde ein Mann eine Frau nehmen, die schwanger von einem anderen ist. Noch dazu mit einem Kind, das nicht einmal ehelich gezeugt wurde.«

»Aber Lena, wir schreiben das Jahr 1971. Da dachte ich, solche Konventionen seien inzwischen vorbei?«

»Nicht hier in Spanien. Da können so viele Hippies die Insel bewohnen, wie sie wollen. Die Spanier sind und bleiben ein ganz konservatives Völkchen.«

Und tatsächlich hatte Eva in den Wochen danach das Gefühl gehabt, dass Javier ihr ganz bewusst aus dem Weg ging. Denn so groß war die Insel ja nicht, als dass man sich nicht hier und dort doch einmal getroffen hätte.

Zu einem erneuten Wiedersehen war es dann erst gekommen, als Eva Lena zu ihren Röntgenuntersuchungen begleitet hatte und sie an Bord der Joven Dolores saßen, auf der Javier an diesem Tag wieder einmal Dienst tat. Er hatte sich sofort rührend um sie beide gekümmert, ihnen eine ruhige Ecke unter Deck reserviert und ihnen ein paar zusätzliche Stühle bereitgestellt. »Damit ihr die Beine hochlegen könnt.«

Auch Lena war von seinem Aussehen und Charme sofort begeistert gewesen: »Ein toller Mann! Ich kann verstehen, dass er dir gefällt. Und ich glaube, er mag dich auch. Wenn er mit dir spricht, sehe ich das verliebte Funkeln in seinen Augen.«

Kurz bevor sie den Hafen erreichten, hatte sich Javier dann von ihnen verabschiedet: »Euch beiden ganz viel Glück. Von Herzen. Wir werden uns in den nächsten Monaten nicht sehen. Ich werde weggehen.«

»Wie? Wohin?« Eva war geschockt.

»Die Reederei hat mich gebeten, nach Bilbao zu gehen. Jetzt im Herbst und Winter ist hier kaum mehr Fährbetrieb und sie brauchen einen guten Mann auf dem Festland. Es war ein tolles Angebot, zu dem ich einfach nicht Nein sagen konnte.«

»Du bist jetzt also den ganzen Winter weg?«, fragte Eva ihn entsetzt.

»Ja, es sieht so aus. In den touristenschwachen Monaten müssen wir Insulaner flexibel sein. Sonst verdienen wir kein Geld. Im letzten Jahr war ich für die Reederei in Barcelona.«

»Ich wünsche dir auch ganz viel Glück auf dem Festland«, sagte Eva, als sie zusammen mit Lena von Bord ging und Javier sie noch einmal umarmte. Dabei konnte sie wieder sein markantes After Shave riechen, das sie so mochte und sie merkte wieder, wie sehr ihr Javier gefiel. Am liebsten hätte sie ihn jetzt sofort geküsst, doch Eva wollte sich und ihm den Abschied nicht noch schwerer machen. Und so beließ sie es bei der zärtlichen Umarmung.

Im Taxi, auf dem Weg ins Krankenhaus, ließ Eva ihrer Traurigkeit dann freien Lauf und weinte wie ein kleines Mädchen. »Ach, Lena. Warum kann ich denn nicht auch mal ein bisschen Glück haben?«

»Kind! Das wirst du. Dieser Mann liebt dich. Das habe ich genau gesehen. Über euch beide ist das letzte Wort noch nicht gesprochen.«

Doch seitdem hatte Eva nichts mehr von Javier gehört.

»Und nun ist er wirklich weg?«, fragte Anke, die für sich und Eva gerade einen Tee aufbrühte.

»Vermutlich, ich habe ihn seitdem nicht wieder gesehen.«

»Ja, echt komisch. Irgendwie verschwinden die guten Männer immer. Was wohl aus deinem Alex geworden ist?«

»Glaub mir oder nicht, das ist mir inzwischen egal. Der hat mir so weh getan, sich nie wieder bei mir gemeldet und kann mir jetzt wirklich gestohlen bleiben.«

»Aber du bekommst doch sein Kind?«

»Ja, biologisch ist er der Erzeuger. Aber möchte ich meinem Kind einen Vater zumuten, der seine langjährige Freundin so ganz einfach hat sitzenlassen, um mit einem Hippiemädchen von einer Bumsparty durchzubrennen? Nein, ganz bestimmt nicht! Weißt du, in den ersten Wochen habe ich echt gedacht, es zerreißt mir das Herz. Aber inzwischen bin ich über ihn hinweg. Mein Kind kriege ich auch alleine groß.«

»Wann ist noch mal Stichtag?«

»In ungefähr drei Wochen. Doktor Gomez meinte, so um den 10. März herum. Ganz sicher war er sich aber nicht.«

»Na, wenn ich deinen dicken Bauch angucke, könnte es jede Minute losgehen. Wahnsinn, wie groß der in den letzten Wochen geworden ist.«

»Ja, so langsam reicht es mir auch. Ich kann mich kaum mehr rühren. Guck mal aus dem Fenster: Der Himmel ist total schwarz. Das gibt heute noch ein riesiges Unwetter. Es stürmt immer stärker!«

Tatsächlich hatte sich der Himmel bedenklich dunkel verfärbt und auch Corinna, die wenig später nach Hause kam, bestätigte, dass sie bei dem starken Wind kaum den Berg hatte hoch radeln können. Trotzdem hatte sie nach ihrem Feierabend noch ein paar

Lebensmittel in der Stadt besorgt und Anke und sie bereiteten nun das Abendessen vor.

Nachdem sie zusammen gegessen hatten, setzten sie sich gemütlich um den kleinen Ofen und lasen. So, wie sie es fast jeden Abend im Winter gemacht hatten. Doch Eva konnte sich heute nicht auf ihren Krimi konzentrieren. Immer wieder verschwammen die Buchstaben vor ihren Augen. Außerdem machte ihr ein immer stärker werdender Kopfschmerz zu schaffen.

»Geht's dir nicht gut?«, fragte Corinna sie, nachdem Eva ihr Buch mehrfach abgelegt und geseufzt hatte und dazu immer blasser aussah.

»Doch, doch, es geht schon. Ich habe nur rasende Kopfschmerzen«, klagte Eva.

»Dann nimm doch eine Aspirin. Kannste schon ab und zu nehmen. Auch in der Schwangerschaft.«

»Nein, ich möchte meinem Kind nicht schaden. Ich glaube, ich gehe schon mal ins Bett. Vielleicht wird es durch Schlaf besser.«

»Aber es ist doch erst kurz nach acht?!«

»Ja, dann bin ich morgen hoffentlich wieder richtig fit. Wärt ihr böse?«

»Nein, natürlich nicht! Wir können auch schon ins Schlafzimmer nach nebenan gehen, oder Anke? Dann hast du hier deine Ruhe.«

»Danke! Ihr seid süß. Schlaft gut ihr zwei. Bis morgen!«

»Du auch. Erhol dich!«

Eva ging noch schnell ins Bad, putze sich die Zähne und legte sich dann auf das große Schlafsofa. Ihr Kopf hämmerte wie verrückt, sie fror und auch ihr Magen schmerzte. Tausend Dinge rasten ihr durch den Kopf, aber trotz einer diffusen inneren Unruhe schaffte sie es schließlich doch, erschöpft einzuschlafen.

Gegen 23 Uhr erwachte sie wieder. Der Regen prasselte immer noch unaufhörlich auf das Dach der Finca und der stürmische Wind schien durch jede Ritze des alten Hauses zu blasen. Eva fühlte sich elend, schwindelig und auch die rasenden Kopfschmerzen waren mit einem Schlag sofort wieder da. Sie stand auf, um ins Badezimmer zu gehen – und konnte sich kaum auf ihren zittrigen Beinen halten. Toll, jetzt kriege ich auch noch eine Grippe, dachte sie, während sie das Wohnzimmer durchquerte. Corinna und Anke schienen zu schlafen, denn aus ihrem Schlafzimmer hörte sie weder Geräusche, noch konnte sie den Lichtschein einer Lampe unter der Tür sehen.

Als Eva sich wieder ins Bett legte, fühlte sie, wie etwas Warmes ihre Schenkelinnenseiten hinunterlief. Das wird jetzt aber hoffentlich nicht die Fruchtblase sein, dachte sie noch, als sie das kleine Licht am Sofa wieder einschaltete. Doch es war nicht Fruchtwasser, sondern Blut, das sich in einem großen Schwall in ihr Bett ergossen hatte.

Eva wurde panisch. Ihr Magen rebellierte, ihr Kopf drohte zu zerspringen und als sie versuchte, erneut aufzustehen, wurde ihr gesamter Körper von einem heftigen Krampf – weniger einer Wehe, sondern eher einem epileptischen Anfall gleich – erfasst.

Wimmernd lag sie da und wurde plötzlich von einer nie gekannten Angst, erfasst. Um das Leben ihres Kindes und ihr eigenes. Eva spürte instinktiv, dass etwas nicht in Ordnung war. Das waren keine normalen Geburtswehen, das war ihr klar. Ihr Körper signalisierte ihr: Achtung! Lebensgefahr!

Nachdem ein zweiter, starker Krampfanfall ihren Körper durchzogen hatte, rief sie nach Corinna und Anke, die sofort ins Wohnzimmer gelaufen kamen. Während Corinna Eva aufrichtete, ihr mit kalten Waschlappen den fiebrigen Kopf kühlte, wies sie ihre Schwester an, sofort auf die Straße zu laufen, in den Ort, ein Auto, Taxi oder Krankenwagen zu besorgen, damit sie Eva auf schnellstem Wege zu Dr. Gomez bringen konnten.

Doch das war schwieriger, als gedacht. Denn bei diesem entsetzlichen Wetter war natürlich kein Mensch hier oben auf dem Felsplateau unterwegs. Nachdem sie minutenlang ohne Ergebnis auf der regennassen und menschenleeren Straße gestanden hatte, klopfte sie bei Familie Martinez, die ein paar Häuser weiter wohnte. Pedro, ein Handwerker, hatte einen kleinen Lieferwagen, das wusste Anke. Nachdem sie ihm von Evas alarmierendem Zustand berichtet hatte, zog er sich so schnell er konnte an und fuhr mit dem Lieferwagen vor ihre Finca.

Da der Wagen nur zwei Sitzplätze vorne, dafür aber eine große und offene Ladefläche hinten hatte, beschloss man, dass Pedro mit Anke vorne sitzen und Eva sich trotz des Regens hinten mit vielen Decken eingewickelt und von Corinna gestützt auf die Ladefläche legen sollte. Als Pedro Eva mit Unterstützung ihrer beiden Freundinnen hinaustrug, hatte Eva, nachdem noch einige weitere Krampfanfälle sie geschüttelt hatten, inzwischen das Bewusstsein verloren. »Oh mein Gott! Was hat sie denn bloß? Sie wird doch nicht...«, rief Anke besorgt, doch Corinna beruhigte ihre Schwester.

»Nein. Aber es geht ihr sehr, sehr schlecht. Ihr Puls ist zwar recht stabil, und die Blutungen haben aufgehört, aber ich habe große Angst um sie – und vor allem ihr Kind.«

Eva bekam von all dem nichts mehr mit. Sie befand sich in einem Zwischenstadium zwischen Bewusstsein, Ohnmacht und Krampfanfällen.

Als sie endlich vor Doktor Gomez' Haus ankamen, waren Corinna und sie durchnässt bis auf die Haut. Sofort klingelte Corinna bei Doktor Gomez Sturm, der schlaftrunken im Pyjama die Tür öff-

nete und, den Ernst der Lage sofort erkennend, Eva zusammen mit
Pedro in die Praxis ins Untersuchungszimmer trug. Noch immer
mit seiner Nachtwäsche bekleidet, untersuchte er sie.

»Eva. Können Sie mich hören? Hallo? Corinna bereiten Sie sofort eine Kochsalztransfusion vor! Eva? Haaaaaallloooo?«

Eva hörte seine Stimme wie durch Watte, doch sie versuchte,
ihre Augen zu öffnen. »Ja, ich höre Sie. Ich habe große Schmerzen.
Was ist mit meinem Baby?«

»Keine Angst Eva. Alles wird gut gehen! Das Baby muss jetzt
nur schnell per Kaiserschnitt geholt werden. Wir werden Sie sofort ins Krankenhaus bringen.«

Während Anke Eva wieder aufhalf und die Flasche mit der
Kochsalzlösung festhielt, die nun in Evas Arm tröpfelte, nahm der
Doktor Corinna beiseite. »Es ist ernst. Sehr ernst. Ihre Freundin hat
vermutlich eine akute und sehr schwere Eklampsie. Eine sogenannte Schwangerschaftsvergiftung. Das Kind muss jetzt so schnell wie
möglich geholt werden. Jede Minute zählt.« Corinna schauderte.
»Aber Doktor, können Sie den Eingriff nicht hier machen?«

»Nein. Dazu haben wir nicht die nötigen Mittel, das wissen Sie
doch. Eine normale Geburt wäre kein Problem. Aber ich habe
weder einen Operationssaal noch die nötigen Instrumente. Geschweige denn ein Narkosemittel, was wir in jedem Fall bräuch-
ten. Beeilen Sie sich jetzt. Schnell. Es geht um Leben und Tod!«

»Des Babys?«, Corinna schossen Tränen in die Augen.

»Um das beider«, antwortete Dr. Gomez und sah dabei sehr
ernst aus.

»Oh mein Gott, wie sollen wir sie jetzt so schnell ins Krankenhaus nach Ibiza kriegen?«

»Fahren Sie zum Hafen und beten Sie zum lieben Gott, dass Sie
dort einen Fischer oder ein Boot finden, das Sie rüberbringt bei

diesem Sturm. Ich rufe inzwischen in der Clinica Santa Clarita an. Hier, ich gebe Ihnen auch die Nummer. Wenn Sie am Hafen von Ibiza Stadt angekommen sind, rufen Sie dort sofort noch einmal an. Dann wird man Ihnen einen Krankentransport schicken. Das machen wir in Notfällen immer so.«

»In Ordnung. Wie lange haben wir?«

»Schwer zu sagen. Maximal drei, vier Stunden? Mehr sicher nicht. Aber nun los. Sie schaffen das, Corinna! Ich kenne Sie. Sie sind eine starke Frau und mehr könnte ich hier auf der Insel jetzt für Ihre Freundin auch nicht tun. Sie ist nun einigermaßen transportfähig. Also los! Ich zähle auf Sie! Soll ich Sie begleiten?«

»Nein, Herr Doktor. Wir schaffen das schon. In ein paar Stunden müssen Sie wieder hier in der Praxis sein. Und wenn ich schon nicht da sein werde...«

»Wirklich nicht?«

»Nein. Ehrlich. Kümmern Sie sich lieber hier um die Patienten. Wir kommen schon klar! «

So schnell er nur fahren konnte, raste Pedro mit Eva und Corinna auf der Ladefläche und Anke im Wageninneren in Richtung Hafen. Eva war nun wieder mehr oder minder bei Bewusstsein. Die Infusionslösung, die Corinna immer noch in der Hand hielt und eine starke Spritze, die Doktor Gomez Eva noch zusätzlich gegeben hatte, hatten dafür gesorgt, dass auch die schlimmen Krämpfe ein wenig zurückgegangen waren und Eva wieder einigermaßen ansprechbar war. Die Blutungen hatten aufgehört und obwohl sie kalkweiß war, fühlte sie sich in dem Moment ein wenig besser. Während der Fahrt überlegten Pedro und Anke, wen man wohl wecken oder welches Boot bei diesem Sturm überhaupt fahren könnte. »Es stürmt so sehr, ich sehe schwarz«, murmelte

Anke und auch Pedro war sich der Aussichtlosigkeit ihres Unternehmens mehr als bewusst.

Unterdessen klingelte ein Telefon auf der Nebeninsel. »Station 3. Hallo?«

»Hallo. Hier Notaufnahme. Francesca am Apparat. Du, Doktor Gomez hat gerade angerufen. Eine Patientin von drüben ist unterwegs zu euch. Sehr dringend. Eklampsie. Kommt zum Notfallkaiserschnitt. Ihr sollt alles vorbereiten.«

»Na, der ist ja lustig. Hast du mal auf die Uhr geguckt? Und Doktor Salazar ist doch nicht da, sondern auf dem Kongress in Barcelona.«

»Und der Àlcarez?«

»Krank. Mit Grippe im Bett.«

»Mist. Und nun?«

»Ich kann nur versuchen, Doktor Lorca aus Mallorca zu erreichen. Der hat heute tagsüber hier Notdienst gemacht, damit wir überhaupt einen Gynäkologen da hatten. Ich weiß nicht, ob der noch auf der Insel ist. Na ja, hoffen wir mal das Beste.«

»Das kriegst du schon hin. Bestimmt! Viel Glück!«

Pedro, Anke und Corinna waren inzwischen mit Eva im Hafen angekommen. Der Wind blies eisig. Es war stürmisch und noch immer regnete es Bindfäden. »Anke, schau du dort hinten, ich gucke in diesem Hafenbereich«, rief Pedro. »Und du, Corinna, bleibst am besten bei Eva. Leg sie auf die Bank dort.«

Es war inzwischen weit nach Mitternacht und der Hafen wie ausgestorben. Alle Boote waren fest vertäut, kein Mensch war in Sicht. Alle schienen bei diesem Unwetter zuhause zu sein. Minutenlang lief Pedro von der einen und Anke von der anderen Seite die Mole ab. Ohne Ergebnis. Das Büro des Hafenmeisters war natürlich ebenfalls unbesetzt und auch die kleinen Pensionen und Bars rund um das Hafenbecken waren wie ausgestorben.

Nach einer knappen Viertelstunde trafen sie sich wieder bei Eva. »Und?«, fragte Corinna besorgt. »Nichts«, antworteten Pedro und Anke.

»Mist! Und nun?«

»Weitersuchen! Wir müssen halt irgendwo einen Fischer finden, der Eva rüberbringt.«

Eva ging es inzwischen wieder schlechter. Die Krämpfe kamen zurück und schüttelten ihren Körper. Sie stöhnte und verlor erneut das Bewusstsein.

»Ganz ruhig, Eva! Wir schaffen das!«, sagte Corinna mit tränenerstickter Stimme. Und zu ihrer Schwester: »Los, Anke! Ihr müsst jetzt jemanden finden. Wir haben nicht mehr lang.«

»Ich weiß, ich weiß! Oh Gott. Los Pedro, lass uns die Hauptstraße ablaufen!«

Das taten Anke und Pedro und klopften an jedes Haus, jede Geschäftstür, jedes Restaurant. Doch alles war geschlossen und niemand öffnete.

»Das gibt es doch nicht. Ist denn auf dieser verdammten Insel kein Mensch, der uns helfen will?«, schrie Anke mit tränenerfüllter Stimme hysterisch. »Haaaaaaallllooooo! Hiiiiiiiilllllfeeee!!!«

Doch es tat sich nichts. Als sie schon fast am Ortsausgang waren, hörten sie plötzlich Musik. Erst ganz leise, weit entfernt, dann immer lauter. Sie schien aus dem Escortilla, einer kleinen Seefahrerpinte zu kommen. Anke stürmte hinein.

»Señora! Welch Glanz in unserer bescheidenen Hütte. Was können wir für Sie tun?«, fragte der Barkeeper und sah sie ziemlich lüstern an.

Anke blickte sich um. Nur zwei Tische waren noch besetzt. An dem einen rauchten zwei alte Männer Zigaretten, vor sich je ein großes Bier. Am anderen saß ein junger Mann, der ganz offensichtlich eingeschlummert war.

»Wir brauchen Hilfe! Ganz schnell! Ein Boot. Meiner Freundin geht es sehr schlecht. Sie muss rüber ins Krankenhaus!«

»Ja, Señora, wie stellen Sie sich das vor? Ich vermiete hier keine Boote«, antwortete der Mann hinter der Bar.

»Und Sie wissen auch keinen, der uns helfen könnte?«

»Nein. Leider nicht. Die beiden älteren Männer dort drüben sind Getreidebauern und der, der da schläft ist voll bis oben hin. Der kann nicht mal mehr gehen, geschweige denn heute noch sein Boot lenken.«

»Aber es muss doch irgendjemanden geben, der uns von dieser verdammten Insel runter bringen kann. Meine Freundin stirbt sonst! Können Sie nicht jemanden anrufen? Einen Hubschrauber bestellen? Irgendwas?«

»Anke! Was ist denn los?«

Anke traute ihren Augen kaum, als sie sich umdrehte, um zu sehen, wer gerade aus dem Hinterraum, wo sich die Toilette befand, gekommen war.

»Javier! Was machst du denn hier? Ich dachte, du bist in Bilbao?«

»Ja, dort war ich auch bis gestern. Aber ich hatte hier etwas für die Reederei zu erledigen. Ich fahre morgen zurück. Was ist denn bloß los? Warum bist du so aufgeregt? Und was um Himmels willen machst du mitten in der Nacht hier?«

»Eva! Es geht ihr so schlecht. Sie muss sofort ins Krankenhaus. Sie hat große Schmerzen. Ihr Baby!«, stammelte Anke.

»Was? Wie? Wo ist sie?«

»An der Mole!«

»Warte. Ich bringe sie rüber!«, sagte Javier.

Wie von der Tarantel gestochen sprang er zu dem schlafenden Betrunkenen, schüttelte und weckte ihn und ließ sich von ihm den Schlüssel zu seinem Fischerboot geben. Dann rannten er, Anke und Pedro, der bei seiner Suche nach Leben inzwischen ebenfalls in der Kneipe angekommen war, zurück zur Mole.

Bei Eva angekommen, beugte sich Javier über sie: »Eva! Was machst du denn für Sachen, kaum dass ich weg bin? Keine Angst. Ich bringe dich jetzt ins Krankenhaus.«

»Javier!« Eva, die gerade wieder bei Bewusstsein war, versuchte zu lächeln. »Du, du…«

»Psst. Sag jetzt nichts. Es wird alles gut!«

Gemeinsam trugen Javier und Pedro die schwache Eva zu dem winzigen Fischerboot, das an einem Steg vertäut schwankte.

»Ihr könnt aber nicht alle mitfahren. Dafür reicht das Boot nicht aus, bei diesem Wellengang. Corinna, willst du mitkommen und dich um Eva kümmern?«, fragte Javier. »Oder du Anke?«

»Ich komme mit!«, antwortete Corinna.

Wenige Minuten später hatte Javier das Boot bereits sicher aus der Hafenmole gelenkt, während Anke und Pedro ihnen besorgt hinterher sahen. »Wir können wirklich nur beten!«, sagte Anke und hakte Pedro ein. »Und weißt du, was wir jetzt machen? Wir trinken jetzt erst mal einen auf den Schock. Auf ins Escortilla!«

Die Überfahrt gestaltete sich noch schlimmer als befürchtet. Durch den Wind und den hohen Wellengang drehte der Benzinmotor des kleinen Bootes immer wieder durch und es geriet mehr als einmal in extreme Schieflage. Dazu pladderte der Regen ohne Unterlass. »Javier ist wie ein Engel. Immer, wenn ich Hilfe brauche, ist er da«, sagte Eva mit schwacher Stimme zu Corinna. »Er ist so ein lieber Mensch. Wie soll ich das je wieder gutmachen?«

»Eva! Mach dir doch darüber jetzt keine Gedanken! Versuch dich zu entspannen! Und immer schön durchatmen!«

Ungefähr zwei Stunden später erreichten sie endlich den Hafen von Ibiza. Javier hatte das Boot trotz des Sturms und der hohen Wellen sicher in die Bucht gelenkt. Corinna rannte sofort an Land zur nächsten Telefonzelle und rief in der Klinik an, so wie Dr. Gomez es ihr gesagt hatte. Die Krankenschwester am Telefon versprach, sofort den Krankenwagen loszuschicken. Keine zehn Minuten später kam er an, die Sanitäter legten Eva auf eine Trage und schoben sie in den Wagen.

»Sind Sie der Mann der Patientin?«, fragte der eine Sanitäter Javier.

»Nein, nein. Nur ein Freund.«

»Vale. Ok. Einer kann mitkommen. Wer möchte?«

»Fahr' du, Corinna! Sie braucht jetzt eine gute Freundin!«, sagte Javier.

»Und du?«, fragte Corinna. »Wir können dich doch nicht hier so im Regen stehen lassen!«

»Doch, doch. Ich werde bei einem Kollegen übernachten und dann morgen früh, wenn das Wetter hoffentlich wieder besser ist, zurück fahren. Euch ganz viel Glück!«

Dann beugte sich Javier über Eva. »Ich werde immer für dich da sein«, flüsterte er und küsste ihre Stirn.

»Danke, Javier. Danke, danke, danke für alles!«, sagte Eva mit wackeliger Stimme und drückte seine Hand. »Womit habe ich deine Hilfe nur verdient?«

»Psst. Du schaffst das! Und in ein paar Tagen bist du mit deinem Kind bestimmt zurück bei uns.«

»Wir müssen jetzt!«, unterbrach sie der Sanitäter.

In der Clinica Santa Clarita angekommen, wurde Eva sofort in einen der Notfalloperationssäle geschoben, Corinna wich dabei nicht von ihrer Seite. Doktor Lorca, der zum Glück noch auf der

Insel war, hatte sich bereits für die Operation vorbereitet, trug einen grünen Kittel, Mundschutz und auch eine Krankenschwester stand schon bereit. Sie wandte sich an Corinna, als sie sah, dass Eva wieder kaum ansprechbar war. »Haben Sie irgendwelche Unterlagen dabei? Berichte? Gibt es Röntgenbilder?«

»Nein. Wir haben nichts dabei. Eva ist meines Wissens auch nie geröntgt worden. Drüben gibt es doch gar kein Gerät. Aber Doktor Gomez hat doch angerufen, oder nicht?«

»Das hat er. Alles gut. Nehmen Sie jetzt bitte draußen im Wartebereich Platz. Dort gibt es auch Kaffee.«

Eva wurde mit Tüchern abgedeckt, ihr Bauch mit orangefarbener Jodlösung desinfiziert und der Narkosearzt, den man aus der Bereitschaft gerufen hatte, war nun auch endlich eingetroffen und schloss Eva ans EKG an.

»Señora Mayrhuber! Ich bin Doktor Lorca. Sie sind jetzt im Krankenhaus und wir werden einen Kaiserschnitt bei Ihnen machen. In Ordnung? Verstehen Sie mich? Wir werden Ihr Kind retten. Versprochen! Wenn Sie wieder aufwachen, ist alles vorbei und Sie können Ihr Baby in den Arm nehmen. Ok? Haben Sie mich verstanden? Keine Angst! Sie werden nichts spüren, sondern ganz tief schlafen.«

Eva nickte müde, der Narkosearzt hielt ihr eine schwarze Maske auf Mund und Nase. Eva atmete tief ein und verlor sofort das Bewusstsein.

Keine Stunde später war die Operation erfolgreich beendet und Evas Bauchdecke wieder zugenäht.

»Na, da ist ja gerade noch mal alles gut gegangen«, sagte Doktor Lorca. »Wer hätte das gedacht? Danke Ihnen, Herr Kollege und danke Ihnen, Schwester. Ich fahre jetzt ganz schnell zurück in mein Hotel. Gleich geht mein Flugzeug nach Mallorca. Sie kümmern sich um die Patientinnen, Schwester? Und gegen 8 Uhr sollte doch der Kollege Salazar wieder hier sein, oder?«

»Ja, das ist richtig«, sagte die Schwester. »Guten Flug, Herr Doktor. Und hoffentlich bis bald. Wir haben hier alle gerne mit Ihnen gearbeitet.«

Als Doktor Lorca und auch der Narkosearzt die Klinik wieder verlassen hatten, brachte die Krankenschwester Eva, die aufgrund der starken Vollnarkose immer noch tief schlief, in ein Krankenzimmer. Als sie sich ganz sicher war, wieder alleine auf Station 3 zu sein, atmete sie schwer. Sie sah aus dem Fenster auf den Kirchturm, blickte auf das christliche Holzkreuz oberhalb der Tür, seufzte laut und griff schließlich schweren Herzens zum Telefon im Schwesternzimmer.

»Hallo? Señor Ferré? Hier ist Schwester Augusta. Ja, ich weiß, wie spät es ist. Aber ich habe eine gute Nachricht für Sie. Es ist soweit. Der Moment ist gekommen.«

14. Kapitel

2011

War es die viele Sangria gewesen? Ihr wilder Tanz im Tipic, der kleinen Inseldisco? Der betörende Duft des Galan de la Noche, dem Nachtjasmin, den sie beim nächtlichen Spaziergang mit ihm immer wieder gerochen und der sie fast um den Verstand gebracht hatte?

Iris drehte sich vorsichtig in Juans Richtung um und sah ihn an. Er schien noch tief zu schlafen, denn seine Augen waren noch geschlossen und er atmete regelmäßig mit leicht geöffneten Lippen. Was für ein schöner Mann, dachte sie, während sie ihn so musterte und ihr ein wohliger Schauer über den ganzen Körper lief. Noch nie hatte sie einen Mann körperlich so sehr begehrt wie ihn. Sie hätte ihn stundenlang weiter beobachten können, wie er da so sinnlich neben ihr lag. Gebräunt, schlank aber doch muskulös und vor allem sehr männlich. Nackt, genau wie sie selbst, und sehr sexy nur mit einem dünnen, durchscheinenden, weißen Laken bedeckt.

Wie selbstverständlich war sie mit ihm gegangen in seine kleine, aber äußerst geschmackvoll eingerichtete Wohnung in San Fernando. Schon im Flur hatten sie sich die Kleider vom Leib gerissen, Juan hatte sie hochgehoben und ins Schlafzimmer getragen, wo sie sich bis in den frühen Morgen und bis sie beide die Kräfte verließen, geliebt hatten. Stürmisch, zärtlich, begehrend, sinnlich und ganz einfach so, wie es Iris noch nie erlebt hatte.

»Wie lange wolltest du mich eigentlich noch so beobachten?«, fragte Juan sie plötzlich und Iris erschrak.

»Du bist schon wach? Ich dachte, du schläfst noch.«

»Na, wenn mich jemand so lange so anstarrt wie du – da werde ich natürlich wach.«

»Ich bin auch gerade erst aufgewacht.«

»Ja, ja. Du Schwindlerin. Seit mindestens zehn Minuten starrst du mich so an.«

Juan rollte sich zu Iris hinüber und küsste sie leidenschaftlich. »Guten Morgen, meine persönliche Promireporterin! Ich hoffe, du hast gut geschlafen?«

»Ja, so gut wie lange nicht. Tief und fest. Und vor allem glücklich.«

»Glücklich?«

»Ja, sehr glücklich. Juan, das war ein wunderschöner Abend.«

»Ich hoffe, nicht nur der Abend?«

»Nein, auch die Nacht. Das alles war wie ein Traum. Ich wünschte, ich könnte die Zeit anhalten.«

»Die Zeit anhalten können wir zwar nicht«, sagte Juan und küsste sie erneut. »Aber wir können die Erinnerung auffrischen.«

Juan drehte sich zu ihr hin und schmiegte sich an sie. Sie hatte das Gefühl, jeden seiner Muskeln spüren zu können, fühlte die Hitze seiner Haut und fühlte seine Erregung mehr als deutlich. Iris merkte, wie sich ihre Brustwarzen sofort aufrichteten, so, als wollten sie explodieren. Sie küssten sich minutenlang voller Leidenschaft und Juan liebkoste ihre Brust immer wieder. Auch ihre Ohrläppchen und ihren Hals bedeckte er mit seinen fordernden Küssen. Iris hatte das Gefühl, bei ihm alles um sich herum vergessen zu können. Sie schloss ihre Augen und genoss jede Sekunde. Als er begann ihren Bauch zu küssen und mit seinen weichen, aber kräftigen Händen die Innenseiten ihrer Oberschenkel streichelte, hätte sie vor Lust fast schreien können.

»Komm. Ich will dich fühlen«, flüsterte sie in sein Ohr, worauf er sich über sie beugte und wie von allein in sie eindrang.

Wenn man davon redet, dass es Körper gibt, die besonders gut zueinander passen, so war das bei Juan und ihr der Fall. So wie ein Schloss und der perfekt geschliffene Schlüssel. Wie selbstverständlich bewegten sie sich im körperlichen Gleichtakt und kamen im exakt selben Moment mit einem leisen Stöhnen der Lust zum Höhepunkt. Das erste Mal überhaupt, dass Iris das mit einem Mann gemeinsam erlebte.

Danach lag sie noch lange neben ihm, hatte ihren Kopf auf seine Brust gelegt und sah ihn an.

»Was ist?«, fragte Juan.

»Ach, nichts. Ich wundere mich gerade nur über mich selbst.«

»Wieso?«

»Nun ja. Als ich hier auf Formentera ankam, war ich megaschlecht drauf. Hatte gerade meinen Job verloren, mein Freund war abgehauen und statt meinem geplanten Partyurlaub standen mir langweiliger Strand, Natur und Erholung bevor. Und jetzt…«

»Und jetzt?«

»Hat sich in ein paar Tagen alles zum Guten gewendet. Erst habe ich Leonie und nun dich kennengelernt. Ich genieße die Natur, die Ruhe und habe das erste Mal seit vielen Jahren das Gefühl, richtig runterzukommen. Mich zu entspannen und wirklich zu erholen. Ganz ohne Stress. Irgendwie scheint diese Insel wirklich einen guten Einfluss auf mich zu haben. Es ist ganz komisch: Ich fühle tief in mir drin eine Verbundenheit hierher. Es ist, als würde diese Insel eine besondere Art fast magischer Anziehungskraft auf mich ausüben.«

Juan lachte. »Ja, das geht vielen so. Weißt du nicht, was man über Formentera sagt?«

»Nein.«

»Formentera: einmal und immer wieder – oder nie wieder.«

»Wie lustig.«

»Ja, aber das trifft es tatsächlich«, sagte Juan und kraulte ihren Nacken. »Die meisten lieben – oder hassen die Insel. Nur egal ist sie komischerweise niemandem.«

Nachdem Juan und Iris in einem kleinen Café in San Fernando gefrühstückt hatten, brachte Juan Iris zurück ins Hotel, während er selbst ins Büro nach San Francisco fahren wollte.

»Sehen wir uns heute Abend?«, fragte er, als sie vorm Hotel angekommen waren und er Iris noch einmal zum Abschied geküsst hatte.

»Ja, gern.«

»Ich muss allerdings in der Fonda arbeiten.«

»Das macht doch nichts. Ich kann ja mit Leonie vorbei kommen.«

»Super! Dann bis heute Abend!«

Juan hupte noch einmal und brauste dann den kleinen Weg in Richtung Hauptstraße zurück. Iris sah auf ihre Uhr: viertel vor zehn. Vielleicht saß Leonie ja noch beim Frühstück. Sie ging ins Restaurant, doch ihr gemeinsamer Tisch war leer. Als sie gerade wieder an der Rezeption stand, kam ihr – leicht verwuschelt und ziemlich verlegen – Angelo entgegen. »¡Hola! Buenas dias Iris. Alles gut?«

»Ja, alles bestens. Selbst auch?« Iris konnte sich ein breites Grinsen nicht verkneifen. »Wo ist denn Leonie?«

»Noch in ihrem Zimmer. Beziehungsweise gerade wohl unter der Dusche. Klopf doch mal bei ihr. Ich muss los. Bis später!«

Grinsend verschwand Angelo und auf dem Weg zu ihrem kleinen Bungalow klopfte Iris tatsächlich an Leonies Zimmer an.

»Moment!« rief Leonie durch die verschlossene Tür. »Ich muss mir kurz etwas überziehen.«

Ravi gab ebenfalls einen Beller zur Bestätigung von sich.

»Ach Iris, du bist's! Ich dachte, es sei schon das Zimmermädchen. Iris, ich kann dir sagen... DAS war eine unglaubliche Nacht. Ich bin total fertig. Habe kaum geschlafen. Iris, ich war ein sehr böses Mädchen.«

Iris lachte laut los. »Nicht nur du!«

»Ich wollte nur schnell frühstücken und mich dann noch mal hinhauen.« Leonie blickte gen Himmel. »Das Wetter ist heute ja eh nicht so der Brüller, oder?«

Der Himmel hatte sich tatsächlich dunkelgrau zugezogen und es sah nach Regen aus. »Kommst du mit zum Frühstück?«

»Ich habe gerade schon mit Juan gegessen, aber auf einen Kaffee komme ich noch mit.«

Leonie und Iris berichteten sich an der Bar – die Frühstückszeit war wieder einmal vorüber – ausgiebig von der letzten Nacht und Leonie war von dem einige Jahre jüngeren Angelo offensichtlich genauso angetan wie Iris von ihrem Juan.

»Peinlich. Wir sitzen hier und reden über Jungs wie pubertierende Teenies«, Leonie lachte. »Aber weißt du, ich genieße einfach den Augenblick. Ich plane einfach nichts mehr.«

»Genau richtig!«, sagte Iris. »Genauso mache ich es auch. Ich habe ja gesehen, wie weit ich mit meinen tollen Planungen und meiner festen Beziehung gekommen bin.«

Zurück in ihrem Bungalow fand Iris eine SMS von Patrick vor, die trotz des schwachen Mobilfunknetzes den Weg zu ihrem Telefon gefunden hatte: »Ruf mich an! Unglaubliche News! Das wird dich umhauen. Bussi!«

Iris sah auf ihr Telefon. Die SMS war schon um 8 Uhr bei ihr eingegangen. Na, dann musste es ja wirklich wichtig sein, wenn Patrick sie so früh versuchte, zu erreichen. Zu dem Zeitpunkt hatte sie ja noch tief und fest neben Juan geschlummert. Doch zurückrufen konnte sie ihn nicht – denn wie immer hatte sie hier im Hotel so gut wie keinen Empfang. Also beschloss Iris, den Anruf nachher in San Francisco zu tätigen, legte sich auf ihr Bett und las erst eine Weile in ihrem Buch und schrieb dann ein paar Postkarten.

Als sie ihren Bungalow wieder verließ, hatte es zwar aufgehört zu regnen, doch die Luft war immer noch feucht und der Himmel dunkelgrau. Trotzdem schwang sie sich auf ihren Motorroller und düste den kleinen Weg in Richtung Hauptstraße. Florentina hatte ihr den Tipp gegeben, dass man die Inselhauptstadt San Francisco auch über einen kleinen, asphaltierten Inselweg erreichen konnte. Dieser lief zwar fast parallel zur großen Hauptstraße über die Insel, aber da er nicht direkt durch den Ort San Fernando führte und mehrere Kreisverkehre umging – auf ganz Formentera gab es ja nicht eine einzige Ampel – sparte er laut Florentina nicht nur jede Menge Zeit, sondern auch Stress. Außerdem führte er vorbei an niedlichen Häuschen, Äckern, Gärten und einem kleinen Sportstadion. Der Weg war sozusagen eine Abkürzung, die eigentlich nur die Einheimischen kannten und nutzten, mit nettem Sightseeing-Effekt.

Also bog Iris links in den Weg ein, der, kurz bevor sie die Hauptstraße erreichte, abzweigte. Und Florentina hatte wirklich nicht zu viel versprochen, denn Iris hatte das Gefühl, mit ihrem Motorroller mitten durch die Privatgrundstücke einiger Bauern, vorbei an Schafherden, Brunnen und Scheunen zu fahren, wobei sie immer wieder neue und vor allem ursprüngliche und untouristische Eindrücke Formenteras in sich aufsaugte.

Als sie in San Francisco angekommen war, parkte sie ihren Motorroller am Straßenrand und stürzte sich ins Getümmel. Da das Wetter schlecht war, hatten sich offensichtlich die meisten Urlauber, genau wie sie, zu einem Strand-Alternativprogramm entschieden und bummelten in großen Scharen durch die Gassen des Städtchens. Guckten, shoppten und kehrten in die kleinen Restaurants und Bars ein, in denen offensichtlich kaum mehr ein Platz zu bekommen war.

Nachdem Iris Briefmarken und ein paar Deko- und Wohnzeitschriften gekauft hatte – ihr Kaufinteresse an Stars & Co. hielt sich nach ihrem Rauswurf dort ziemlich in Grenzen – fand sie einen freien Tisch in einem Lokal direkt neben dem Rathaus und bestellte sich einen Café con Leche sowie ein Mineralwasser. Iris überlegte kurz, Juan spontan dort im Rathaus mit einem Besuch zu überraschen, aber entschied sich dann doch dagegen. Wir sehen uns ja heute Abend, dachte sie, und Patrick hätte auch gesagt: »Nur nichts überstürzen!«.

Patrick. Den hätte sie jetzt fast vergessen. Und der wusste ja auch noch gar nichts von Juan und ihr. Wow! Da hatte sie jetzt mal richtig was zu erzählen. Iris kramte ihr Handy heraus und rief ihn an.

»Na, endlich! Wo steckst du denn die ganze Zeit? Ich habe es schon ein dutzend Mal probiert und immer nur ist die blöde Mailbox dran«, begrüßte sie Patrick.

»Schneckerl! Ich habe hier doch immer so schlechtes Netz! Außerdem war ich gestern ziemlich beschäftigt. Ich hatte einen super schönen Tag. Mit Sex und so.«

»Äh, wie?«

»Ja, du hast richtig gehört. Ich habe hier einen ganz tollen Mann kennengelernt.«

»Ok. Dann wird dich das, was ICH dir gleich erzählen werde, nicht mehr so besonders treffen.«

Iris wusste sofort was oder besser gesagt wen Patrick meinte.

»Hast du Thorsten getroffen?«

»Nicht so direkt. Zunächst jemand anderen.«

»Wie? Du sprichst in Rätseln. Wen denn?«

»Seine Frau.«

Iris wäre beinahe das Handy aus der Hand gefallen. »Seine was?«

»Ja, wer hätte das gedacht, gell? Dein Thorsten ist verheiratet. Und hat zwei Kinder.«

Iris konnte nicht fassen, was sie da hörte. »W-I-E bitte?«

»Ja. Ich habe meinen Ben wie geplant tatsächlich auf den Frankfurter Opernball begleitet. Ben war aber die ganze Zeit busy mit Vicky Beckham und ich habe mich zu Tode gelangweilt. Ständig musste er ihr die Frisur neu ordnen und ihr Näschen nachpudern. Und ich saß mit irgendwelchen langweiligen Bankern und ihren noch langweiligeren Gattinnen am Tisch. Einziges Gesprächsthema: Aktien. Der Horror.«

»Und dann? Mach's nicht so spannend, Mann!«

»Ganz ruhig. Ich bin dann irgendwann raus und habe den Ballsaal in Richtung Bar im Foyer verlassen. Dort, nach drei Gläsern Champagner, bin ich auf eine blonde Mittvierzigerin gestoßen. Aber eigentlich auch nur, weil sie ein Lou Lou Lex-Kleid trug. Ein Modell von mir. Du verstehst?«

»Und du hast sie natürlich sofort drauf angesprochen. Schon klar.«

»Ja. Na klar. Barbara – so hieß sie – war mega begeistert. Sie lobte die Marke Lou Lou Lex im Allgemeinen und meine durchaus nicht ganz billige, aber wie sie meinte himmlische Kreation im Speziellen. Wir haben bestimmt eine halbe Stunde über Mode, Promis, Gott und die Welt geplaudert, als Barbara jemanden aus dem allgemeinen Gewusel heran winkte und ihn mir als ihren Mann vorstellte.«

»Das war Thorsten?«, fragte Iris mit bebender Stimme. »Exakt. Der mit Barbara zwei Kinder hat. Acht und dreizehn. Nun du!«

»Ich weiß nicht, was ich sagen soll. Dieses Schwein! Das erklärt natürlich so manches. Blödsinn: eigentlich alles. Wie hat er auf dich reagiert?«

»Er wäre wahrscheinlich am liebsten im Erdboden versunken. Er wurde innerhalb von Sekunden irre blass und ihm stand der kalte Schweiß auf der Stirn.«

»Und du?«

»Ich habe mir kurzzeitig überlegt, ob ich ihn richtig schön hochgehen lassen soll. Mich dann aber doch dagegen entschieden, weil ich nicht wusste, ob du das gewollt hättest. Ich habe ihm also die ganz große Peinlichkeit erspart und so getan, als würde ich ihn nicht kennen. Später hat er mich dann auf der Toilette noch einmal abgefangen und sich gefühlte tausendmal für meine Diskretion bedankt.« Patrick machte eine längere Pause. »Und dann nach dir gefragt.«

»Nein, nicht wirklich, oder? Geht es NOCH dreister?«

»Doch. Er meinte, seine Ehe würde im Prinzip nur noch auf dem Papier bestehen und sie stünden kurz vor der Trennung…«

»Ich fasse es nicht! Mir fehlen echt die Worte.«

»Ja, und somit wäre nun auch das Rätsel gelöst, wo er jedes Wochenende war, wenn er angeblich Termine hatte und du ihn nie erreicht hast. Genau wie in der Zeit nach seinem Rauswurf.«

»Hat er gesagt, was er jetzt macht?«

»Er hat wohl noch nichts Neues und verlebt gerade seine Abfindung. Ich habe ihm aber nicht gesagt, wo du gerade bist. Nur: ‚Weit weg. Verreist.‘ Ich hoffe, das war in Ordnung?«

»Ja klar, das war richtig. Oh mein Gott. Ich kann das alles kaum glauben.«

»Oh, Schneckerl, ich muss Schluss machen. Mein Chef steht hier gerade im Atelier. Können wir später noch einmal in Ruhe quatschen? Ich ruf dich an. Ok?«

»Ja, klar. Falls ich wieder kein Netz haben sollte, melde ich mich spätestens morgen bei dir. Bussi!«

»Bussi!«

Iris legte auf und fühlte sich, als hätte man ihr einen Schlag in die Bauchgegend verpasst. Dieses Arschloch. Wie hatte er ihr das nur antun können? Die ganze Zeit über war sie nur seine kleine und blöde Affäre gewesen, über deren Dummheit er sich wahrscheinlich innerlich all die Monate totgelacht hatte. Während sie ihn auf irgendwelchen Kongressen gewähnt hatte, war er bei seiner Frau und seinen zwei Kindern gewesen. Und schlief dann wahrscheinlich auch noch mit ihr. Ekelhaft. Iris wurde übel und sie spürte, wie die Farbe aus ihrem Gesicht wich.

»Señora, geht es Ihnen nicht gut?«, fragte die Kellnerin, die gerade den Nebentisch abräumte.

»Nein, alles in Ordnung. Bringen Sie mir doch bitte einen Hierbas.«

»Gleich einen doppelten?«

»Ja, bitte.«

Als Iris wieder zu ihrem Motorroller ging, war sie immer noch total neben der Spur. Es hatte wieder angefangen zu nieseln, doch das registrierte Iris gar nicht bewusst. Wie in Trance stieg sie auf ihren Roller und vergaß sogar den schwarzen Helm, den sie in dem kleinen Fach unter dem Ledersitz des Motorrads verstaut hatte, aufzusetzen.

Mit wehendem Haar und quietschenden Reifen bog sie wieder in den kleinen Weg ein, der zurück zum Hotel führte. Ihre Gedanken drehten sich im Kreis. Immer wieder fielen ihr jetzt Szenen und Momentaufnahmen der letzten Monate mit Thorsten ein. Szenen, die bei ihr damals Fragen oder ein leicht mulmiges Gefühl hinterlassen hatten. Erst jetzt, nachdem sie die Wahrheit kannte, wurde ihr das alles glasklar. Sie hatte also keine Neurosen und auch keinen Verfolgungswahn gehabt, wenn sie ihn tagelang nicht telefonisch erreicht hatte. Und auch ihre Stars & Co.-Kollegin Conny hatte den Braten offenbar unbewusst gerochen. Immer wieder hatte sie Iris in den letzten Monaten gesagt, wie seltsam sie es fand, dass Iris nie so genau wusste, wo sich ihr Freund gerade befand. Recht hatte sie gehabt. Obwohl: unbewusst? Vielleicht war es auch bewusst gewesen? Vielleicht hatte Conny ja die ganze Zeit von Thorstens Doppelleben gewusst und so – durch die Blume – immer wieder versucht, Iris zu warnen?

Iris malte sich immer neue Horrorszenarien aus und merkte dabei nicht, wie sie mit ihrem Roller auf dem schmalen und regennassen Weg immer schneller wurde. Vielleicht hatte Thorsten ja noch andere Geliebte gehabt? Vielleicht sogar in der Redaktion? Conny? Nein. Das konnte nicht sein. Aber die Personalchefin, diese Siemsen, hatte doch auch so komische Andeutungen gemacht. An dem Tag, als man ihr gekündigt hatte. »Sie denken immer, wir sind so dumm und wissen nicht, was in den Redaktionen so vor sich geht«, oder so etwas Ähnliches hatte sie zu Iris in der Tiefgarage gesagt. Also hatte sie auch von ihr und Thorsten gewusst. Wer denn wohl noch alles? Hatte Conny sie verpfiffen? Nein. Ausgeschlossen. Das wäre nie passiert. Conny war eine ehrliche Haut, da war sich Iris sicher. Aber wer hatte der Siemsen das mit ihr und Thorsten gesteckt? Nicht dass die Siemsen vielleicht selbst Liebes-Ambitionen hatte. Oder war sie sogar auch mal eine Affäre von ihm gewesen? Iris schossen Tränen in die Augen. Vor Wut und Enttäuschung. Wie dumm war sie, als erwachsene Frau, nur so lange gewesen? All die Monate hatte sie sich von ihm für blöd verkaufen und an der Nase herumführen lassen, wie ein naives Mädchen.

Schnell, zu schnell, düste Iris mit ihrem Roller den rutschigen Asphaltweg entlang. An einer unübersichtlichen Stelle hinter einer alten Finca, die von einer steinernen Mauer umgeben war, an deren Ende der Weg eine scharfe Linkskurve machte, übersah Iris das kleine schwarze Auto, das ihr mit ebenfalls viel zu hohem Tempo entgegenkam. Erst das laute Hupen des Fahrers riss sie aus ihren schweren Gedanken und nur, indem sie den Lenker ihres Rollers extrem einschlug, gelang es ihr, einen Frontalzusammenstoß zu vermeiden. Mit quietschenden Reifen und ihr spanische Hasstiraden hinterher rufend war es auch dem Fahrer des Autos gelungen, Iris auszuweichen. Iris dachte zunächst, sie hätte diese kritische Situation gerade noch einmal heil überstanden, als sie merkte, dass die Steinmauer, die die scharfe Linkskurve begrenzte, viel schneller auf sie zukam, als sie gehofft hatte. Es vergingen Sekunden, nein Millisekunden, in denen Iris klar war, dass sie diese Kurve nun nicht mehr würde bewältigen können. Mit beiden Händen griff sie mit voller Kraft in Hinterrad- und Vorderbremse am Lenker, in der Hoffnung, den Motorroller noch rechtzeitig zum Stehen bringen zu können. Doch es war zu spät. Sie rutschte auf dem regennassen Asphalt mit ihrem Motorrad einige Meter geradeaus, merkte, wie das Fahrzeug ausbrach und sie komplett die Kontrolle verlor. Mit einem riesigen Satz flog sie kopfüber vom Sitz hoch über den Lenker nach vorne, während der Roller seitlich unter ihr mit lautem Scheppern gegen die Steinwand knallte. In dem kurzen Moment, in dem Iris durch die Luft flog, und den sie selbst wie in Zeitlupe erlebte, fragte sie sich, ob sie diesen Unfall wohl überleben würde. Und wenn ja, wie schwer verletzt. Denn dass es ihr gleich sehr wehtun würde, war klar.

Iris' Körper schoss über den steinigen Asphalt, sie schrie einmal kurz auf und dann prallte sie mit dem Kopf voran gegen die kleine Steinmauer. Sie verlor sofort das Bewusstsein, noch bevor sie überhaupt einen Schmerz spürte.

Unterdessen fuhr ein Jeep den gleichen Weg entlang, direkt auf die Unfallstelle zu. Die Fahrerin im Inneren des Wagens telefonierte. »Nein, Onkel Rafael, diesen Sonntag wird das nichts. Das ist mein einziger freier Tag. Nächste Woche gerne. Ja, das mag alles sein, aber lass es uns bitte verschieben, ja? Danke. Oh, ich muss Schluss machen. Da hat es anscheinend einen Unfall gegeben. Nein nein, ich glaube nichts Schlimmes. Sieht nicht blutig aus. Ein Motorrad ist umgekippt. Bestimmt eine Touristin. So wie immer. Ja, die fahren einfach immer zu schnell und überschätzen sich. Ich schau mal, ob ich helfen kann. Ja, ich weiß, dass du diese Touristen nicht magst. Ich weiß. Aber sie bringen uns schließlich auch jede Menge Geld auf die Insel, oder? Das darfst du nicht vergessen. Und im Prinzip bezahlen sie somit auch meinen Job. Also. Ich lege jetzt auf, ok? Vale! Besos, Küsschen!«

Die blonde Frau verstaute ihr Handy wieder in ihrer Lederhandtasche auf dem Beifahrersitz, bremste ihren grünen Jeep ab und schaltete ihren Warnblinker ein, bevor sie aus dem Auto sprang, um nach dem Unfallopfer zu sehen. Wirklich wie immer, typisch Touristin, dachte sie noch, als sie das zerbeulte Motorrad wegschob, das immer noch auf den Beinen der jungen Frau lag. Dann bückte sie sich zu der bewusstlosen Frau hinunter. Sie zuckte zusammen, als sie sah, wer da vor ihren Füßen lag. Eine dunkelhaarige Frau, die ihr wie aus dem Gesicht geschnitten war. Die gleiche große Nase, die gleichen Augen, der gleiche Mund. Sie zögerte einen Moment und sprach sie an: »¡Hola Señora! Können Sie mich hören? Hallo?«

Iris hörte die Stimme, die ihr so vertraut schien, von sehr weit weg und es fiel ihr schwer, ihre Augen zu öffnen.

»Aua. Mein Bein«, stöhnte sie nur leise. »Und mein Kopf tut so weh!«

»Keine Angst«, sagte die blonde Spanierin. »Sie hatten einen Unfall. Ich werde Sie jetzt zum Arzt bringen. Denn wenn wir hier auf einen Krankenwagen warten wollen, warten wir ewig. In Ordnung? Glauben Sie, Sie können aufstehen?«

Iris öffnete langsam die Augen – und hatte das Gefühl in ihr Ebenbild zu sehen. Es war die blonde Frau vom Hippiemarkt, ihre Doppelgängerin, die sich über sie beugte. »Oh mein Gott«, sagte sie nur mit wackeliger Stimme. »Wer sind Sie?«

»Ich heiße Violeta. Und Sie?«

Iris zitterte, zuckte zusammen und noch bevor sie antworten konnte, hatte sie das Bewusstsein wieder verloren.

15. KAPITEL

1971

»Mein Gott, ist die süß! Ganz die Mama!« Anke kraulte verzückt die kleinen Füßchen von Evas niedlicher Tochter.

Drei Tage waren seit der schwierigen Geburt vergangen. Drei Tage, in denen sich Eva von ihrem schweren Notkaiserschnitt sehr gut erholt hatte. Und auch ihre kleine Tochter hatte nicht nur die zum Schluss problematische Schwangerschaft, sondern auch die Geburt sehr gut verkraftet.

»Die Kleine ist putzmunter und gesund«, hatte der Kinderarzt der überglücklichen Eva nach ausgiebigen Untersuchungen bestätigt und auch das Stillen klappte inzwischen problemlos.

»Mein Gott, deine Brüste sind echt riesig geworden«, stellte Anke fest, als Eva ihr Baby anlegte. »Weißt du eigentlich, wie lange du noch im Krankenhaus bleiben musst?«

»Ein paar Tage noch, meinen die Ärzte. Wenn alles gut verläuft, kann ich am Sonntag nach Hause.«

»Dann rufe ich am Samstag an, damit wir dich abholen kommen können«, sagte Anke.

»Das müsst ihr doch nicht«, antwortete Eva. »Ihr habt doch schon so unendlich viel für mich getan!«

»Na, das wäre ja noch schöner, wenn wir dich allein mit Tochter und Co. quer über die Inseln und auf die Fähre schicken. Natürlich kommen wir dich abholen. Und Javier will bestimmt auch mitkommen. War er eigentlich schon hier?«

»Ja, gleich am Tag nach der Geburt. Und er hatte ganz süße Babysachen dabei, schaut mal.« Eva nahm die kleinen Strampelanzüge und Lätzchen, die Javier ihr mitgebracht hatte, aus dem Nachttisch.

»Ach, der Javier ist wirklich ein so Netter!«, sagte Anke. »Und ich glaube ja auch, dass er dich wirklich sehr mag. Wenn mal nicht sogar Liebe im Spiel ist.«

»In den letzten Wochen und Monaten ist so viel passiert, ich habe das Gefühl, dass der Zug für uns in der Beziehung wirklich abgefahren ist«, antwortete Eva. »Javier kennt mich immer nur in totalen Krisensituationen. Zweimal habe ich ihm fast vor die Füße gekotzt, dann das ganze Drama um Alex und jetzt noch der Geburtenhorror – ich glaube, wenn wir uns unter etwas normaleren Umständen kennengelernt hätten, hätte vielleicht etwas aus uns werden können. Aber so? Ich kann mir nicht vorstellen, dass er für so eine Chaosfrau wie mich überhaupt mehr als freundschaftliche Gefühle hat. Geschweige denn mich sexy fände. Aber sei's drum. Jetzt bin ich erst mal froh, dass alles gut gegangen ist, dass mein kleiner Schatz hier so gesund und munter ist – und alles Weitere wird sich hoffentlich regeln. Auch die Geldfrage.«

Da Eva in Spanien natürlich nicht krankenversichert war und sie auch kein Geld gehabt hatte, den Kaiserschnitt in dem katholischen Krankenhaus zu bezahlen, hatte die Klinikleitung aus »christlicher Nächstenliebe« auf das übliche Honorar verzichtet, wenn sie denn den angeschlossenen Schwestern-Orden durch eine kleine Spende unterstützen würde. Und die hatten sowohl Javier, als auch Corinna, Anke und natürlich Eva selbst bereits geleistet.

Doch ihre Zukunft auf Formentera schien Eva trotz der Glückshormone, die sich durch die Geburt ihrer Tochter eingestellt hatten, mehr als fraglich. Noch immer tobten auf den Inseln die Frühjahrsstürme, das Wetter war kalt und nass und es waren jetzt, in diesem ungemütlichen Februar, natürlich so gut wie keine Touristen auf der Insel. Die kamen frühestens im Mai wieder. Und erst dann konnte Eva darauf hoffen, mit ihrem Selbstgehäkelten wieder die eine oder andere Pesete zu verdienen.

»Sobald ich wieder fit bin, werde ich mir noch einen Job auf der Insel suchen«, sagte sie zu Corinna und Anke. »So kann es ja nicht weitergehen. Ich weiß kaum, wie ich für uns Essen kaufen soll.«

Anke beugte sich zu Eva hinunter und nahm sie in den Arm. »Wir sind doch auch noch da! Corinna und ich haben beide einen Job und dank dir auch ein Dach über dem Kopf. Du brauchst doch in den nächsten Wochen nicht viel. Ein paar Strampelanzüge hast du schon, deine Tochter trinkt eh nur Milch und ein bisschen Gemüse, Obst, Fleisch und Brot kriegen wir allemal zusammen. Also nun lass den Kopf nicht hängen, du wirst sehen: Alles wird gut!«

Ein paar Tage später, es war Sonntag, der 21. Februar, standen Anke und Corinna dann in Evas Krankenzimmer, um sie und ihre Tochter abzuholen.

»Javier lässt sich tausendmal entschuldigen«, sagte Corinna, die Eva eine große Plastiktüte überreichte. »Die Reederei hat ihn schon am Donnerstag zurück nach Bilbao geordert. Diese Sachen hat er aber noch für dich besorgt und wir sollen sie dir geben. Guck mal, ich glaube, eine Karte ist auch drin.«

»Die du bestimmt schon dreimal gelesen hast, oder?«, Eva schmunzelte.

»Äh, nein. Wie kommst du denn darauf?«

Alle drei mussten lachen und Corinna lief puterrot an. In der Plastiktüte fanden sich diverse Babyartikel. Darunter zwei Trinkfläschchen, einige Nuckel, Lätzchen, Strampelanzüge, ein paar Babyhandtücher und eine Flasche Babyparfum namens Nenuco.

»Mein Gott, ist das niedlich. Schaut mal!« Eva kramte begeistert in der Tüte. »Wo hat er das nur alles gekauft?«

»Bestimmt in dem kleinen Kinderladen neben dem Rathaus. Die haben so süße Sachen. Ich habe da auch schon ein paarmal ins Schaufenster geguckt«, sagte Anke. »Dieses Nenuco Parfum ist übrigens etwas typisch Spanisches. Damit betupfen sie alle ihre Babys. Das riecht total lecker. So nach frisch gewaschenem Kind eben.«

Eva hatte inzwischen auch die Karte entdeckt und las sie laut – die zwei hatten sie ja höchstwahrscheinlich ohnehin bereits gelesen – vor: »Liebe Eva. Ich kann heute leider nicht bei dir sein, um dich, wie ich eigentlich wollte, aus dem Krankenhaus abzuholen. Die Reederei hat mich zurück nach Bilbao gerufen. Ich muss bis zum Frühsommer für sie auf den Südamerikastrecken aushelfen, bereits am Samstag laufen wir aus nach Lima. Das heißt, ich werde die nächsten Wochen und Monate leider auf See verbringen und damit sehr schwer erreichbar sein. Aber du weißt: Die wirtschaftlichen Zeiten hier in Spanien sind schwierig derzeit und ich brauche das Geld. Es gibt aber auch eine gute Nachricht: Im Spätsommer werde ich zurück nach Formentera kommen und dann hoffentlich bis zum Winter ganz auf der Insel sein. Ich wünsche dir und deiner Tochter jetzt erst einmal ganz viel Kraft, alles Glück dieser Erde und freue mich schon jetzt auf unser Wiedersehen. In Liebe, dein Javier.«

Eva musste schlucken, als sie diese Worte vorlas. Tränen schossen in ihre Augen. »Mein Gott, was für ein lieber Mensch. Womit habe ich das bloß verdient?«

»WIR haben es dir doch immer gesagt«, sagte Anke.

»Klar und kein Wunder, dass DU meintest, dass Liebe im Spiel sei«, antwortete Eva und packte ihre letzten Sachen aus dem Nachttisch in ihre kleine Reisetasche. »DU hattest die Karte ja auch schon gelesen!«

»Gar nicht!«

»Sollst du so schwindeln?«

»Naja, vielleicht haben wir mal ganz kurz drüber geschaut!«

Alle drei lachten herzlich und verließen das Krankenhaus. Eva hatte ihre Tochter auf dem Arm, während Anke und Corinna ihre Taschen trugen. Mit einem Taxi, das die Schwestern bezahlten, fuhren sie zum Hafen und bestiegen dann das Schiff zurück nach Formentera.

Als sie wieder zuhause auf dem Bergplateau von La Mola ankamen, erwartete Eva und das Baby nicht nur ein blitzeblank geputztes und aufgeräumtes Haus, ein frischer Blumenstrauß, sondern auch eine Überraschung. Die Schwestern hatten die Finca umgeräumt. Im Schlafzimmer hatten sie das schwere Eisenbett frisch bezogen und daneben eine entzückende, hölzerne Wiege aufgestellt.

»Du schläfst jetzt natürlich mit der Kleinen in dem Raum. Wir nehmen das Wohnzimmer«, sagte Corinna strahlend.

»Nein, aber das geht doch nicht«, sagte Eva. »Wie wollt ihr denn beide auf dem kleinen Sofa hier schlafen? Und von wem ist denn eigentlich die Wiege?«

»Von Pedro und seiner Frau. Sie war noch in ihrem Schuppen und Pedro hat sie extra für dich wieder aufgearbeitet. Und um uns mach dir mal keine Sorgen. Schau, was wir jetzt noch haben«, Anke schob das Sofa ein Stück von der Wand und zog dahinter ein großes Metallgetüm hervor, »ein Klappbett. Zur Verfügung gestellt von – richtig! – Javier!«

»Das ist ja der Wahnsinn, was ihr alles für mich getan habt. Ihr seid so süß! Was würde ich bloß ohne euch machen?« Eva kamen wieder einmal die Tränen und sie umarmte die beiden Schwestern, so fest sie konnte. »Ich werde auch gleich mal zu Pedro rüber laufen und mich bei ihm für die Wiege bedanken.«

»Das musst du nicht sofort machen«, ermahnte sie Anke. »Du wirst dich jetzt erst mal schön erholen, wieder gemütlich hier einrichten und um deine Tochter kümmern. Nachher kommen Pedro und seine Frau Gloria auf einen Kaffee vorbei. Corinna hat extra einen deutschen Apfelkuchen gebacken. Da kannste dich dann noch genug bei Pedro bedanken.«

»Ja, ohne ihn wären wir wirklich aufgeschmissen gewesen, was?«

»Oh ja«, sagte Anke. »Ohne ihn und seinen Lieferwagen hätten wir dich vor einer Woche bestimmt nicht zum Hafen gekriegt.«

»Ja, da hatten wir, glaube ich, wirklich mehr Glück als Verstand, oder? Jetzt kann es wirklich nur noch aufwärts gehen«, sagte Eva und hoffte, dass sich nach all den Krisen doch nun endlich alles zum Guten wenden möge.

Tatsächlich vergingen die nächsten Wochen ruhig und vielversprechend. Eva hatte sich sehr gut von Schwangerschaft und Geburt erholt und bestens auf ihr Baby eingestellt. Ihre kleine Tochter trank gut, schlief viel und vor allem nachts fast durch und auch Anke und Corinna, die Eva pro forma auch schon einmal ohne Taufe zu den Patentanten ihrer Tochter ernannt hatte, kümmerten sich rührend um die Kleine. Sobald sie von der Arbeit nach Hause kamen, stürzten sie sich auf das Baby, wickelten es und trugen es durchs Haus. Oder schoben es mit dem gebrauchten Kinderwagen, den Eva ebenfalls von Gloria, ihrer Nachbarin, bekommen hatte, durch die Gegend.

»Freu dich doch, so hast du etwas Zeit nur für dich!«, sagten beide immer, wenn Eva – vom schlechten Gewissen geplagt – auch nur mal drei vorsichtige Schritte allein vor ihr Haus setzte.

Auch jobmäßig hatte sich das Schicksal für Eva gewendet, als die Touristensaison im Mai wieder begann. Als sie wieder einmal die kleinen Boutiquen in der Inselhauptstadt San Francisco abgelaufen hatte, war sie Edith, einer deutschen Schauspielerin, begegnet, die ebenfalls ausgestiegen war und in einer der ruhigen Seitenstraßen eine kleine Kunstgalerie eröffnet hatte. Die hatte zwar kein Interesse an Evas Häkelarbeiten gehabt, weil sie die junge Mutter aber so sympathisch fand, angeboten, dass Eva stundenweise in ihrer Galerie aushelfen könnte. In dieser Galerie konnte man nicht nur Bilder und Skulpturen kaufen, sondern auch einen Kaffee oder Tee trinken und in Zeitungen und alten Büchern schmökern, die Edith für ihre Gäste bereit hielt.

Erst hatte Eva nicht gewusst, wie sie den Job machen und gleichzeitig auf ihre Tochter aufpassen sollte, aber auch dafür gab es eine Lösung: In dem winzigen Hinterzimmerbüro, das zur Galerie gehörte, hatte Edith ein Schlaflager gebaut. So konnte Eva tagsüber mit ihrer Tochter kommen. Und wenn sie die Abendschicht bis 23 Uhr übernahm, ließen es sich Corinna und Anke nicht nehmen, die Kleine in ihrer Finca zu betreuen.

So waren ein paar Wochen vergangen und Eva hatte zwar wenig, aber durch das Trinkgeld, das sie oft bekam, immerhin so viel verdient, dass sie wieder etwas zur gemeinsamen Haushaltskasse beitragen und dann und wann auch mal wieder einen frischen Fisch oder ein schönes Stück Lamm mit nach Hause bringen konnte.

»Könntest du morgen die Spätschicht übernehmen und auch ein wenig länger bleiben?«, fragte Edith Eva an einem Nachmittag Anfang Juni. »Ich habe eine Einladung nach Ibiza, zu einem Dinner in einer ganz protzigen Villa.«

»Wow!«, antwortete Eva. »Steckt ein Mann dahinter?«

»Hmmm – vielleicht«, Edith grinste. »Du müsstest dann noch kurz die Kasse machen. Ich zahl' dir natürlich ein Taxi nach Hause, damit du nicht mehr so spät ganz hoch nach La Mola radeln musst, ok?«

»Prima. Abgemacht. Vorausgesetzt, Corinna und Anke kümmern sich um meine Kleine. Denn die würde ich abends nur sehr ungern mitnehmen, wenn hier so viel geraucht wird. Vor allem das ätzende Gras.«

Doch Anke und Corinna waren natürlich einverstanden und so konnte Eva am nächsten Abend entspannt ihre Schicht antreten und Edith zu ihrer Verabredung nach Ibiza düsen lassen. Es war ein ruhiger, aber dennoch lohnender Abend gewesen. Zwar waren nicht viele Gäste gekommen, doch die paar, die da waren, hatten sehr viel getrunken und ein älteres Paar hatte sogar noch eine teure Bronzestatue erstanden. Eva stellte die Stühle hoch, fegte den Boden, machte die Abrechnung und schloss die Galerie ordentlich ab. Es war ungefähr viertel nach elf, als sie durch die Gassen San Franciscos in Richtung Rathaus lief, wo immer ein paar Taxis standen. Sie atmete tief ein und genoss die frische, halbwegs kühle Luft. Es war für Juni tagsüber schon extrem heiß, hatte seit Wochen nicht geregnet. Und auch jetzt zeigte das große Thermometer, das am Rathaus hing, noch immer 28 Grad an. Sie stieg in ein Taxi, beschrieb dem Fahrer den Weg, ließ sich müde auf die Rückbank fallen und kurbelte das Fenster hinunter.

»Wahnsinnig heiß für Juni, was?«, bemerkte auch der Taxifahrer. »Soll ich bei mir auch runterkurbeln? Dann haben wir ein bisschen Durchzug.«

»Oh ja, sehr gerne. Und könnten Sie auch ein wenig schneller fahren, bitte. Ich muss nach Hause zu meinem Kind.«

»Si claro, Señora. Wird gemacht!«

Mit fast 100 Stundenkilometern raste das Taxi über die Hauptstraße von Formentera. Vorbei am kleinen Ort San Fernando, der

Bucht von Ca Marí, dem Fischerörtchen Es Calo in Richtung Plateau La Mola.

Als sie oben angekommen waren, nahm sie es das erste Mal wahr. Diesen Geruch von Verbranntem, den sie nie mehr vergessen sollte. Sie hatte eine sehr feine Nase und dachte zunächst, sie täusche sich. Aber der Geruch wurde immer stärker. Die Nacht war sternenklar und trotzdem war die Luft hier oben, zwischen all den Pinien in dem kleinen Waldstück durch das das Taxi fuhr, plötzlich sehr rauchig und dunstig.

»Puh, das geht in diesem Jahr aber wirklich extrem früh los mit den Waldbränden«, bemerkte der Taxifahrer und kurbelte sein Fenster wieder zu. »Aber das ist ja auch kein Wunder bei dieser Trockenheit.«

Inzwischen waren sie in El Pilar angekommen. Schon von weitem sah Eva die blutrote Färbung des Himmels über dem kleinen Städtchen. Und auch der Geruch von Feuer und Verbranntem wurde stärker.

»Schnell, fahren Sie um Himmels Willen schneller! Los!« Eva meinte plötzlich zu ahnen, woher das Feuer kommen könnte. Sie spürte Todesangst in sich aufsteigen. Und auch der Fahrer schien plötzlich begriffen zu haben, dass hier irgendetwas nicht stimmte. Als er in die kleine Straße einbog, die zu den Fincas von Pedros Familie und der von Eva führte, entfuhr ihr ein gellender Schrei. »Nein. N-E-I-N!«

Der Fahrer trat mit voller Kraft in die Bremsen, worauf das Auto mit quietschenden Reifen zum Stehen kam.

Nicht nur das kleine Waldstück, sondern auch beide Fincas standen in lodernden Flammen. Eva riss die Autotür auf und sprang panisch aus dem Auto. »Meine Tochter! Meine Tochter ist im Haus! Und meine Freundinnen! Mein Gott. Hilfe! H-i-l-f-e!!!«

Der Taxifahrer konnte sie nicht stoppen. »Warten Sie hier, bis Hilfe kommt. Sie können dort nichts mehr ausrichten. Bleiben Sie stehen! Ich hole Hilfe. Nein, warten Sie! Machen Sie das nicht! Sie sind sonst in Lebensgefahr! Warten Sie.«

Doch Eva war nicht zu halten. So schnell sie nur konnte, lief sie den Weg hinunter. Vorbei am brennenden Haus von Pedro und seiner Familie und vorbei an brennenden Bäumen, Sträuchern und Zäunen. Auch ihr eigenes Haus stand inzwischen in Flammen. Das Vordach aus Stroh war schon komplett weggesengt und auch die hölzerne Tür brannte. Eva trat sie mit dem Fuß auf. Derweil alarmierte der Taxifahrer über sein Funkgerät die Taxizentrale in San Francisco, die versprach, sofort die freiwillige Feuerwehr zu benachrichtigen. Dann lief er Eva hinterher, die inzwischen im völlig verqualmten, aber noch fast feuerfreien Wohnraum versuchte, die Orientierung zu behalten. »Feuer!!! Anke! Corinna! H-i-l-f-e!«, brüllte sie immer wieder, doch niemand antwortete. Sie stürmte in Richtung Schlafzimmer und riss die Tür auf. »Oh mein Gott, oh mein Gott«, brüllte sie. Die Wiege, in der ihre Tochter lag, hatte bereits Feuer gefangen, obwohl der Raum nicht ganz so verqualmt war wie der Wohnbereich. Sie stürmte auf das Kinderbett zu und riss ihr lebloses Baby heraus. Sie brüllte und schrie vor Verzweiflung. »Mein Schatz! Wach doch auf! Mutti ist da! Bitte, bitte wach doch auf!«

Doch das Baby lag wie leblos in ihren Armen. Eva rannte aus dem glühend heißen Schlafzimmer wieder in das völlig verqualmte Wohnzimmer. Nur schemenhaft konnte sie sehen, dass Corinna und Anke ebenfalls reglos auf dem Schlafsofa und der Matratze davor lagen. »A-n-k-e! C-o-r-i-n-n-a! Feuer! Ihr müsst aufwachen«, brüllte Eva noch einmal, doch sie merkte, dass auch ihre Stimme durch den Rauch zu versagen drohte. Als sie wieder aus der brennenden Finca lief, hatte auch der Taxifahrer die Unglücksszenerie erreicht. »Meine Freundinnen sind noch da drin. Sie müssen Ihnen helfen! Bitte! Schnell!«.

Eva rannte so schnell sie konnte den Weg in Richtung Hauptstraße. Dort, wo die Luft ein wenig besser und nicht rauchgeschwängert war, ließ sie sich am Straßenrand nieder und strich über den Kopf ihrer Tochter. »Mein Kind! Wach doch auf! Bitte!« Tränen liefen über ihr Gesicht und sie versuchte, ihr Baby zu beatmen. So gut sie konnte, blies sie ihre eigene Luft in die Nase ihrer Tochter. Doch es passierte nichts. »Bitte! Nein. Du darfst jetzt nicht sterben. Nein, n-e-i-n! Bitte wach doch auf. Bitte kleine Iris! I-r-i-s!«

16. Kapitel

2011

»Na, da haben Sie aber wirklich mehr Glück als Verstand gehabt«, sagte der Arzt und lächelte Iris an. »Sie haben nur eine leichte Gehirnerschütterung und ein paar heftige Schrammen. Die Wunden habe ich bereits steril ausgewaschen, die kleinen Asphaltsteinchen aus Ihrem Knie und Arm entfernt, beides mit dieser Jodlösung desinfiziert und nun wird Ihnen die Schwester die Stellen noch verbinden. Dann sollte in ein paar Tagen alles wieder in Ordnung sein. Und gegen die Kopfschmerzen gebe ich Ihnen diese Tabletten mit, ok?«

»Danke, Herr Doktor. Da ist ja wohl wirklich alles gerade noch einmal halbwegs gut gegangen.«

»Oh ja. Ach, und sollten sich die Kopfschmerzen verschlimmern und Ihnen zusätzlich noch übel werden, kommen Sie bitte noch einmal vorbei. Ja?«

»Ja, das mache ich. Vielen Dank.«

Nachdem die Krankenschwester Iris' Schürfwunden an Knien und Armen verbunden hatte, durfte sie die Notfallambulanz wieder verlassen. »Na, alles wieder in Ordnung?«, fragte Violeta, die vor der Klinik an ihrem Jeep lehnte und eine Zigarette rauchte. Sie beobachtete Iris und wusste nicht, was sie jetzt sagen sollte. Wer konnte diese Frau sein? Und warum sah diese deutsche Touristin ihr so verdammt ähnlich? Violeta war mit der Situation gerade komplett überfordert und trat von einem Bein auf das andere.

»Ja, Gott sei Dank nichts Schlimmes. Was für ein Glück, dass Sie mich gefunden haben. Ich hätte bei dem Wetter nicht mit dem Roller fahren sollen.«

Diese Stimmfarbe. Sehr markant und ausgesprochen dunkel für eine Frau. Die Art wie sie redete und dabei ihre Augenbrauen hochzog. All das kannte Violeta nur zu gut. Von sich selbst. Sie bekam eine leichte Gänsehaut.

»Ach, viele Touristen unterschätzen diese kleinen Flitzer und überschätzen die Qualität unserer Straßen – da bist du, äh, sind Sie nicht die einzige«, sagte sie und sah Iris dabei fragend an.

»Wir können uns gerne duzen«, sagte Iris. »Wäre ja noch schöner, wenn mich meine Retterin siezte. Darf ich dich denn jetzt wenigstens auf einen Kaffee oder Drink einladen? Das würde ich schrecklich gerne tun.«

»Immer! Sollen wir zur Blue Bar?«

»Ok.«

Iris humpelte zu Violetas Jeep. Ihren kaputten Roller hatte Violeta an der Unfallstelle an den Straßenrand geschoben und während Iris in der Notfallambulanz behandelt worden war, per Handy bereits den Vermieter informiert, der das kaputte Motorrad abholen und Iris abends ein neues zum Hotel bringen wollte. »Mach dir keinen Stress«, sagte Violeta, als sie losfuhren. »Die Dinger sind immer vollkaskoversichert. Kostet dich nada!«

Während sie zur Blue Bar fuhren, die direkt am Meer lag und einen wunderbaren Blick auf die untergehende Sonne bot, schwiegen beide. Denn die Situation erschien beiden, ganz unabhängig voneinander, sehr surreal. Da saßen zwei Frauen nebeneinander in einem Auto, die sich zuvor noch nie bewusst gesehen, aber indirekt voneinander schon so viel gehört hatten.

Denn nicht nur Iris hatte man für Violeta gehalten, sondern auch andersherum. Immer wieder hatte sich auch Violeta in den letzten Tagen über die merkwürdigen Anspielungen einiger ihr nur flüchtig bekannter Insulaner gewundert. Fragen wie »Hast du einen neuen Freund? Ich glaube, ich habe euch neulich am Strand gesehen…«, oder »Warst du nicht gestern in der Fonda?«, hatte sie als Zerstreutheit einiger abgetan. Doch jetzt, wo sie so neben Iris saß, begriff sie, dass diese Leute klar im Kopf waren und wen sie wirklich gesehen hatten.

Denn trotz ihrer unterschiedlichen Haarfarben, Haarschnitte und Figuren glichen sich die beiden extrem. Und das erschreckte Violeta. Hätte man es nicht besser gewusst, man hätte sie auch für Schwestern halten können. Das sah auch sie jetzt selbst. Die ein Unfall zusammengeführt hatte und die nun wie selbstverständlich zu einem gemeinsamen Drink in einer Bar fuhren. Sie musste Iris gleich darauf ansprechen. Das war klar. Da musste es irgendeine Verbindung zwischen ihnen geben. Und die galt es herauszufinden.

Als sie in der Blue Bar angekommen waren, setzten sie sich an den letzten freien Tisch mit Meerblick.

»Si Señoras! Was möchtet ihr trinken?« Eine junge Kellnerin, die nur ein Bikinioberteil und dazu einen Jeansminirock trug, schaute die beiden erwartungsvoll an.

»Ein San Miguel bitte«, antworteten beide gleichzeitig – und mussten laut lachen.

»Also zwei Bier. Claro!« Die Kellnerin verschwand – und Iris sah Violeta an.

»Schön, dass ich dich auf diesem Wege endlich kennenlerne. Ich werde, seit ich auf dieser Insel bin, offensichtlich immer wieder mit dir verwechselt. Erst dachte ich ja, die Leute spinnen oder sind verrückt. Aber jetzt, wo du mir so gegenüber sitzt, muss ich sagen, sie haben Recht! Du siehst mir unglaublich ähnlich. So etwas habe ich noch nie erlebt. Ich hätte uns auch verwechselt. Unheimlich!«

»Allerdings. Ich habe gerade die ganze Autofahrt über auch genau darüber nachgedacht. Ich kann es genauso wenig fassen, wie du. Wie kann mir jemand, der aus Deutschland kommt, so ähnlich sehen? Wenn ich es nicht besser wüsste, würde ich sagen, wir sind verwandt! Aber das ist ja wohl schwer möglich, oder? Hast du Familie hier in Spanien?«

»Nein. Überhaupt nicht. Ich komme aus München. Wie alt bist du denn?«

»40. Und du?«

»Ich auch. Das ist ja lustig. Wann hast du denn Geburtstag?«

»Am 14. Februar.«

»Nein.«

»Wieso?«

»Ich auch.«

Violeta runzelte die Stirn. »Das kann doch nicht sein. Machst du Witze? Wir können uns doch nicht so ähnlich sehen und auch noch am selben Tag Geburtstag haben? Wurde ich geklont? Ich habe doch gar keine Schwester.«

»Ich auch nicht«, antwortete Iris, der die Situation immer unheimlicher wurde. »Ich bin in München geboren und Einzelkind.«

»Ich auch. Geboren auf Ibiza. Aber auch Einzelkind. Wie heißen denn deine Eltern?«

»Meine Mutter heißt Eva. Von meinem Vater weiß ich nicht viel, nur dass er Alexander heißt. Meine Eltern haben sich früh, noch vor meiner Geburt, getrennt. Ich weiß nicht einmal, ob er überhaupt noch lebt.«

»Hmmm. Meine Eltern sind beide schon tot. Mein Vater schon einige Jahre, meine Mutter starb letztes Jahr an Krebs«, erwiderte Violeta.

»Oh, das tut mir sehr leid.«

»Ja, es war eine schlimme Zeit. Ich habe sehr an ihr gehangen und habe ihren Tod eigentlich bis heute nicht so richtig verarbeitet. Wie ist dein Familienname?«

»Mayrhuber. Und deiner?«

»Ferré.«

»Komisch. Keine Gemeinsamkeiten. Aber das gibt es doch gar nicht. Wie groß bist du?«

»1,71 Meter. Und du?«

»1,73 Meter. Aber ich habe auch ein bisschen geschummelt, als ich meinen letzten Pass bestellt habe.« Violeta grinste frech.

Beide lachten laut, als die Kellnerin das San Miguel servierte.

»Na dann, Salud Doppelgängerin!«

»Ja, Prost!«

Beide stießen an und sahen minutenlang schweigend in den Sonnenuntergang.

»Ja und was sind wir nun? Ein genetisches Wunder?«

»Offensichtlich«, sagte Iris. »Ich kann mir das alles überhaupt nicht erklären.«

»Ich auch nicht. Wen könnten wir denn bloß fragen? Das ist ja spannend. So wie in irgendeiner dieser lustigen Fernsehserien, wo immer, wenn es langweilig wird, irgendwelche neuen, zuvor nie gekannten, Verwandten auftauchen.«

»Ja, so fühle ich mich auch gerade«, sagte Iris. »Wie mitten in Reich und Schön. Unglaublich.«

Iris und Violeta orderten ein zweites Bier und erzählten sich aus ihrem Leben. Lachten, staunten und sahen sich beide immer wieder fassungslos an. Sehr schnell baute sich zwischen ihnen eine Vertrautheit auf, oberflächlicher Smalltalk wich rasch einem ernsten, sehr offenen und tiefgreifenden Gespräch. Iris berichtete

Violeta, wie es sie auf die Insel verschlagen hatte, vom Ende ihrer Beziehung, Thorsten, von Leonie und natürlich Juan.

»Ich kenne ihn. Ein ganz toller Typ! Und wirklich kein Womanizer«, sagte Violeta. »Der ist keiner, der jeden Abend eine andere Touristin beglückt.«

Und dann erzählte Violeta aus ihrem Leben. Von ihrer unbeschwerten Kindheit als verwöhntes Einzelkind einer der damals wohlhabendsten Familien Ibizas, die in Lederwaren machte und Jahrzehnte lang die halbe Welt mit ihren Produkten belieferte. Vom plötzlichen Tod ihres Vaters und dem langen Krebsleiden ihrer geliebten Mutter. Schon vor einigen Jahren war Violeta wegen eines Mannes von Ibiza nach Formentera gezogen. Der Mann war zwar inzwischen Geschichte, das Haus, das sie damals gemeinsam mit ihm zur Miete bewohnt hatte, dank des Erbes aber inzwischen ihres. »Vielmehr war nicht drin«, sagte Violeta. »Meine Mutter hat viele Jahre in einem teuren Pflegeheim auf Ibiza gelebt. Das kostete irre viel. Vom Erbe konnte ich mir nur das Haus und meinen Jeep leisten. Dabei hätte ich mich zu gerne schon jetzt zur Ruhe gesetzt. Ich habe nämlich eigentlich gar keine Lust mehr auf meinen Job.«

Wieder lachten beide. Violeta arbeitete, nachdem sie schon an diversen Rezeptionen der Inselhotels gestanden hatte, seit einiger Zeit für den »Patronat de Turisme« – den Tourismuschef der Insel. »Ich hatte irgendwann diesen ewigen Schichtdienst satt. Jetzt habe ich entschieden mehr Freizeit. Für Strand, Freunde und Shoppen.«

»Kaufst du auch so gerne ein?«

»Ja, total. Ich liebe Mode und Schmuck. Obwohl das Angebot hier auf Formentera natürlich sehr überschaubar ist.«

»Das stimmt«, bestätigte Iris. »Aber weißt du was? Ich habe dich neulich schon auf dem Hippiemarkt gesehen. Da warst du doch mit einer Freundin, oder?«

»Das stimmt! Warum hast du denn da nicht schon Hallo gesagt?«

»Ich wollte. Aber es war so entsetzlich voll und wuselig und dazu irre heiß, so dass ich dich plötzlich im Gewimmel verloren hatte und dann später dachte, nur eine Fatamorgana gesehen zu haben.«

Iris und Violeta tranken ihre Biere aus. Es war bereits dunkel geworden und sie beschlossen, dass Violeta Iris zurück in ihr Hotel bringen würde.

Vor dem Ca Marí angekommen, tauschten die beiden ihre Handynummern aus und verabredeten sich für Violetas lange Mittagspause am nächsten Tag. »Wir müssen doch weiter ermitteln, welches Geheimnis uns verbindet!«

»Absolut!«, sagte Iris und nahm Violeta zum Abschied wie selbstverständlich in den Arm. »Ich werde nachher auf jeden Fall meine Mutter anrufen. Vielleicht weiß die ja irgendwas.«

»Oh ja, das mach doch mal. Iris, ich freue mich riesig, dich kennengelernt zu haben. Und freue mich schon wie verrückt auf morgen!«

»Ich auch. Dir einen schönen Abend.«

»Dir auch. Und grüß Juan von mir!«

»Ja, das mache ich!«

Iris humpelte aus dem Jeep, hinein ins Hotelgebäude, wo sie von ihrer Freundin Leonie und Klein-Ravi bereits erwartet wurde.

»Mein Gott, Iris! Wo warst du? Ich habe mir riesige Sorgen gemacht. Ich habe ja den ganzen Nachmittag nichts von dir gehört. Ich habe immer wieder auf mein Handy geguckt. Und warum humpelst du überhaupt? Hattest du einen Unfall? Oh, Hilfe! Was ist passiert?«

»Ganz ruhig, Leonie. Es ist alles gut. Es sieht schlimmer aus, als es ist. Lass uns erst mal Essen gehen, dann erzähl ich dir alles in Ruhe. Und lass dir gesagt sein: Es gibt einiges zu erzählen.«

Bei frisch gegrilltem Thunfischsteak, grünen Bohnen, Kartoffeln und Ajoli berichtete Iris Leonie von ihrem Tag.

»Mein Gott, das ist ja unglaublich. Stell dir vor, was dir noch alles hätte passieren können. Da hattest du wohl wirklich einen großen Schutzengel an deiner Seite. Und dass diese Violeta dann auch noch im richtigen Moment kam – das nenne ich wirklich mal Schicksal!«

Auch von den mysteriösen Gemeinsamkeiten erzählte Iris ihrer Freundin.

»Und wie willst du die Sache nun aufklären?«, fragte Leonie.

»Tja, wenn ich das nur wüsste. Violetas Eltern leben nicht mehr. Die können wir also nicht mehr fragen. Bleibt nur meine Mutter. Obwohl die bestimmt auch keine Ahnung hat. Denn ich glaube nicht, dass wir irgendwelche Verwandte hier in Spanien hätten. Aber ich werde sie nachher anrufen, wenn wir in San Fernando sind.«

Nach dem Abendessen waren Leonie und Iris auf ihre Zimmer gegangen, hatten sich frisch gemacht und umgezogen, um sich eine knappe Stunde später wieder an der Rezeption zu treffen.

»Heute fährst du mit dem neuen Roller. Ich verzichte dankend«, sagte Iris und drückte Leonie den Motorradschlüssel in die Hand.

»Du meinst, ich kann das?«

»Na logo. Schlechter als ICH kannste ja wohl kaum mehr fahren – schau mich an!«

Juan und Angelo begrüßten ihre Freundinnen mit langen Küssen.

»Was ist dir denn passiert?«, fragte Juan Iris besorgt, als er ihre Verbände und Pflaster sah.

»Och, das ist eine längere Geschichte.«

»Aber dir ist doch nichts Ernstes passiert?«

»Nein, alles soweit wieder in Ordnung. Wir gehen raus auf die Mauer mit unserem Bier, ja?«

Nach dem ersten Bier ging Leonie wieder zu den Jungs an die Bar, um für Iris und sich selbst Nachschub zu holen. Iris nutzte die Gelegenheit und kramte ihr Handy aus der Handtasche.

»Mayrhuber«.

»Mama, ich bin es. Hallo. Alles klar bei dir?«

»Ja, danke Iris. Alles in Ordnung. Wie ist dein Urlaub?«

»Sehr schön. Und vor allem aufregend. Ich hatte hier nämlich ein paar sehr merkwürdige Begegnungen, über die ich gerne mit dir sprechen würde.«

Ihre Mutter antwortete nicht.

»Mama, bist du noch dran?«

»Ja, Kind.«

»Hast du gehört, was ich gesagt habe? Irgendwie gibt es hier auf Formentera einige Ungereimtheiten.«

»Was meinst du mit Ungereimtheiten?«

»Nun ja. Wie soll ich sagen? Mama, warst du schon mal hier auf der Insel? Kann es sein, dass wir hier Familie haben?«

Wieder schwieg Eva.

»Mama?«

»Ja, Iris. Ich habe deine Frage verstanden. Ich hatte gehofft, dass ich mit dir über dieses Thema nie würde sprechen müssen. Aber es scheint, als sei der Tag nun doch gekommen.«

17. Kapitel

1971

»Was für eine schreckliche Geschichte! Hier lies mal! Ganz schlimm!« Angelika von Müllerschön reichte die neueste Ausgabe der lokalen Zeitung, des Ibiza Diario, an ihren Mann, der hier im Krankenhaus Santa Clarita offensichtlich einmal wieder den Kampf gegen die eigene Müdigkeit verloren und seine Augen geschlossen hatte.

»Was? Wie?«, er schreckte auf, als ihm seine Frau von hinten auf die Schulter tippte. »Ist etwas mit Ulrike?«

»Nein, alles gut. Unsere Tochter schläft tief und fest. Hier, du sollst das mal lesen!«

Otto von Müllerschön nahm die Zeitung, die ihm seine Frau gereicht hatte und las.

Feuerwehr ohne Chance: Schreckliche Tragödie erschüttert Formentera – drei Spanier und zwei Deutsche sterben

In der Nacht zum Mittwoch starben in der Ortschaft El Pilar fünf Menschen bei einem Großbrand. Vermutlich durch einen Waldbrand ausgelöst, brannten zwei Häuser bis auf die Grundmauern nieder. Ein spanischer Handwerker (42), seine Frau (35), deren Tochter (4), sowie zwei deutsche Schwestern (33), die seit gut einem Jahr auf der Insel lebten, kamen bei dem Unglück durch Rauchvergiftungen und Verbrennungen ums Leben.

Die Besitzerin des einen Hauses, eine 28-Jährige Deutsche aus München, die sich nach ersten Informationen der Policia Local illegal und ohne Visum auf der Insel aufhielt, sowie ihre vier Monate alte Tochter konnten gerettet und per Rettungshubschrauber nach Ibiza ausgeflogen werden. Sie wurden in die »Clinica Santa Clarita« gebracht, wo sie sich trotz schwerster Rauchvergiftungen inzwischen außer Lebensgefahr befinden.

»Tja, wirklich eine schlimme Geschichte. Dann sind die arme Frau und ihr Kind ja hier im Krankenhaus«, sagte Otto und gab die Zeitung an seine Frau zurück.

Es klopfte und Dr. Alfaro und zwei Krankenschwestern betraten das Krankenzimmer zur Visite.

»Na, wie geht es unserer kleinen Patientin heute?«, fragte der Kinderarzt ihre Eltern Otto und Angelika.

»Ich glaube, wirklich besser. Ulrike schläft viel und trinkt und isst auch wieder etwas«, antwortete Angelika.

»Das freut mich. Ihre Werte haben sich auch sehr verbessert, wie das Labor mir gerade mitgeteilt hat. Wenn sich ihr Zustand jetzt auf diesem guten Niveau stabilisiert, sehe ich keinen Grund, sie noch länger als ein, zwei Tage bei uns zu behalten. Sie können nächste Woche wie geplant nach Deutschland zurückfliegen.«

»Danke, Doktor. Das sind wirklich gute Nachrichten. Danke.«

Angelika und Otto waren erleichtert, dass ihre vierjährige Tochter außer Lebensgefahr war und die letzten Tage einigermaßen glimpflich überstanden hatte. Voller Sorge hatten sie drei Tage zuvor den Notarzt in ihr schickes Hotel in San Antonio bestellt, als ihre Tochter – ein paar Stunden nach dem Verzehr eines großen Eises mit Schlagsahne – mit Fieber-, Magen- und Darmkrämpfen in ihrem Hotelzimmer zusammengebrochen war. Der Notarzt hatte sofort einen Krankenwagen gerufen und das Mädchen unverzüglich in die Santa Clarita Inselklinik bringen lassen.

»Salmonellenvergiftung in einem besonders schweren Fall« lautete die Diagnose dort. Doch man hatte die kleine Ulrike durch starke Medikamente gegen Übelkeit, Durchfall und diverse Infusionen bald stabilisieren können, so dass sie schnell außer Lebensgefahr war. Trotzdem waren Angelika und Otto kaum eine Stunde vom Krankenbett ihrer Tochter gewichen.

»Schatz, magst du uns nicht einen Kaffee und ein Baguette aus dem Café holen?«, fragte Otto seine Frau. »Mir knurrt der Magen und ich bin todmüde.«

»Ja, ich wollte eh' ein wenig vor die Tür gehen. Also bis gleich!«

Angelika öffnete die Tür des Krankenzimmers und ging den langen Flur in Richtung Treppenhaus. Kurz bevor sie die Treppe erreichte, wurde sie durch eine geöffnete Zimmertür unfreiwillig Zeugin einer Unterhaltung zwischen Dr. Alfaro und einer blonden, langhaarigen Frau, die ihm an seinem Schreibtisch gegenüber saß und ihr den Rücken zuwandte.

»Señora Mayrhuber! Ich verstehe das alles sehr genau. Aber schon die Kosten für Ihren Kaiserschnitt haben wir damals übernommen. Wir sind zwar ein katholisches Krankenhaus, aber trotzdem können wir nicht jede Behandlung gratis durchführen. Noch dazu, wo Sie nicht einmal Spanierin sind. Sie müssen das verstehen. Nicht nur Sie, sondern besonders Ihre Tochter hatten nach dem Brand schwerste Vergiftungen und wir mussten sie mehrere Tage künstlich beatmen. Sie lag auf unserer Intensivstation und Tag und Nacht wurde sie von meinen Mitarbeitern betreut. Wer soll das alles bezahlen? In Deutschland können Sie doch auch nicht einfach in ein Krankenhaus gehen und darauf hoffen, alles umsonst zu bekommen. Das geht so nicht! Dann müssen Sie halt Kontakt mit dem Deutschen Generalkonsulat in Madrid aufnehmen. Hier, ich habe Ihnen die Telefonnummer bereits heraussuchen lassen.«

»Aber ich habe Ihnen doch gesagt: Ich habe einfach keine Kraft mehr. Ich habe alles verloren. Wirklich alles. Mein Haus, alles was ich besaß und dazu meine besten Freundinnen, die für mich wie Schwestern waren.«

Angelika blieb stehen. Das musste die Frau aus dem Zeitungsbericht sein.

»Haben Sie denn in Deutschland gar keinen, der Ihnen aushelfen könnte?«

»Nein! Leider nicht!« Eva sprang auf und weinte bitterlich. »Wenn ich wüsste, was ich machen kann oder woher ich das Geld nehmen soll, würde ich es doch tun. Ich bin mir im Klaren darüber, was Sie für meine Tochter und mich getan haben. Und dafür werde ich Ihnen auch ewig dankbar sein. Aber, Herr Doktor, ich kann einfach nicht mehr. Ich habe die schrecklichsten Monate überhaupt hinter mir und alles was mir geblieben ist, ist mein Leben und das meiner Tochter. Verstehen Sie das nicht? Ich habe nicht mehr die Kraft, bei der Botschaft anzurufen und denen alles wieder und wieder zu erklären. Ich kann nicht mehr. Das tut alles noch so unendlich weh.«

Eva lief tränenüberströmt aus dem Behandlungszimmer und rannte Angelika dabei fast um. Sie lief den Gang hinunter und verschwand schluchzend in einem der Krankenzimmer.

Noch immer stand Angelika wie angewurzelt auf dem Flur, atmete tief ein und wusste, was sie zu tun hatte.

Sie betrat das Büro von Dr. Alfaro. »Entschuldigung, aber ich habe gerade zufällig mitbekommen, worum es ging in Ihrer Unterhaltung.« Angelika schloss die Tür hinter sich. »Können Sie mir sagen, um welche Summe es sich handelt?«

Ein paar Minuten später klopfte Angelika vorsichtig an die Tür von Evas Krankenzimmer. »Hallo! Ich weiß, Sie kennen mich nicht, aber nachdem ich gerade mitbekommen habe, was Sie mit Dr. Alfaro besprochen haben, hatte ich das Gefühl, ich müsste Ihnen helfen.«

Eva wusste nicht, wer diese Frau war und was sie von ihr wollte. Doch Angelika lächelte sie so freundlich und warmherzig an, dass Eva sich die Tränen aus dem Gesicht wischte, sie ansah und nur ein schlichtes »Danke. Warum?« herausbrachte.

»Ich würde Sie erst einmal gerne auf einen Kaffee einladen, wenn ich darf, und dann alles weitere mit Ihnen besprechen«, sagte Angelika. Eva nickte und folgte ihr auf den Flur.

Ein paar Minuten später saßen Eva und Angelika in dem Café gegenüber der Klinik. Vor sich jeweils einen großen Café con Leche und dazu zwei Sandwiches.

»Mögen Sie mir erzählen, was passiert ist?«, fragte Angelika Eva nach einigen Minuten des Schweigens schließlich.

»Ja, wo soll ich anfangen?«, seufzte Eva und sah sie an.

Angelika nahm ihre Hand und streichelte darüber. »Am besten ganz von vorn.«

»Mein Gott, Sie Arme! Was mussten Sie bloß alles durchmachen?« Wieder strich sie über Evas Arm. »Wo werden Sie denn wohnen, wenn Sie zurück nach Formentera kommen?«

»Ich weiß es nicht. Ich werde versuchen, irgendwo unterzuschlüpfen. Viele Möglichkeiten gibt es ja nicht mehr. Ich habe ja nichts mehr. Nur noch das, was ich am Leib trage«, sagte Eva und begann wieder zu weinen.

Angelika stand auf und nahm Eva in den Arm. »Ja, weinen Sie nur. Sie dürfen und müssen weinen, um das, was Sie erlebt haben, zu verarbeiten. Das ist sehr, sehr viel für einen Menschen. Aber wissen Sie, Eva, trotz des großen Schmerzes müssen Sie jetzt nach vorne blicken. Der liebe Gott hat Sie und Ihre Tochter vor den Flammen gerettet. Das heißt, er wollte Sie noch nicht zu sich rufen, Sie sollten leben! Das müssen Sie nun erst einmal begreifen. Sie und Ihre Tochter SOLLEN leben. Und vielleicht noch einmal ganz neu beginnen. Ich weiß, dass das jetzt alles sehr theoretisch und kalt klingt. Aber glauben Sie mir, sie werden einige Zeit brauchen, um mit dem Erlebten fertig zu werden, es richtig zu begreifen, zu verarbeiten, um dann einen Neuanfang wagen zu können.«

»Danke«, schluchzte Eva, die noch immer in den Armen von Angelika lag. »Sind Sie Priesterin?«

Angelika lachte. »Nein, aber so ähnlich. Ich bin Psychologin. Und ich hatte sofort das Gefühl, Ihnen helfen zu wollen. Schon als ich Ihre Geschichte in der Zeitung gelesen hatte, war ich sehr aufgewühlt.«

»Es stand in der Zeitung?«

»Ja. Im Ibiza Diario. Und als ich Sie dann vorhin bei Dr. Alfaro sitzen sah, war mir sofort klar, dass Sie die Frau sein mussten, die das schreckliche Unglück überlebt hatte. Sagen Sie, wie geht es denn Ihrer Tochter?«

»Besser. Den Umständen entsprechend gut. Sie ist aus dem Koma erwacht, muss nicht mehr künstlich beatmet werden und isst schon wieder ein bisschen Brei. Aber sie ist noch sehr geschwächt. Ich bin den Ärzten so dankbar, dass sie meiner kleinen Iris das Leben gerettet haben. Wenn ich bloß wüsste, wie ich die Rechnungen bezahlen soll.«

»Darüber müssen Sie sich keine Sorgen mehr machen. Das ist erledigt.«

»Wie?« Eva traute ihren Ohren kaum.

»Ja. Ich habe mir erlaubt, das zu erledigen.«

»Aber, aber, warum? Wieso sind Sie so gut zu mir?«

Angelika berichtete Eva nun von ihrer Familie. Ihrem Mann Otto, einem erfolgreichen Rechtsanwalt, der eine florierende Kanzlei unterhielt und ihrer vierjährigen Tochter Ulrike, die sich auf Ibiza eine so schwere Vergiftung zugezogen hatte. Familie von Müllerschön hatte den Urlaub auf der Insel mit einem Besuch bei Toni, Ottos ehemaligem Studienkollegen, verbunden, der sich auf Ibiza vor einigen Jahren mit einer eigenen Kanzlei niedergelassen hatte.

»Wenn Sie möchten, kann der auch ganz unbürokratisch die Sache mit der Policia Local für Sie regeln und mit der Deutschen Botschaft sprechen. Toni macht das bestimmt gern und ist uns eh noch den einen oder anderen Gefallen schuldig«, sagte Angelika.

»Danke. Danke. Danke. Ich weiß nicht, was ich sagen soll«, sagte Eva und hatte wirklich das Gefühl, nach Monaten in der Hölle einem Engel gegenüber zu sitzen.

»Wo kommen Sie denn eigentlich her in Deutschland?«, fragte Angelika. »Ich bilde mir ein, einen leichten bayrischen Akzent zu hören?«

»Ja, ich komme aus München«, sagte Eva.

»Na, wenn das kein Zufall ist«, Angelika lachte. »Wir auch. Wir wohnen in Nymphenburg, direkt am Kanal.«

Eva wischte sich die Tränen aus dem Gesicht und musste lächeln. »Die Welt ist manchmal wirklich klein.«

»Das stimmt. Sagen Sie mal, Eva, eine ganz andere Frage: Wollen Sie gerne in Spanien bleiben oder könnten Sie sich unter Umständen auch vorstellen, wieder mit uns nach München zu kommen?«

»Zurück nach Hause? Das ist mein Herzenswunsch seit Monaten. Aber ich habe ja kein Geld für den Rückflug. Warum fragen Sie?«

Es war eine Mischung aus Anspannung, Nervosität, Leichtigkeit und unermesslicher Freude, als Eva aus dem Flugzeugfenster blickte und die Alpen unter sich sah. Iris lag in ihrem Arm und schlief tief und wurde auch durch die Ansage der Stewardess nicht geweckt.

»Meine Damen und Herren. Wir haben unsere Reiseflughöhe nun verlassen und mit dem Anflug auf den Flughafen München Riem begonnen, wo wir in ungefähr 15 Minuten landen werden. Wir möchten Sie bitten, sich wieder anzuschnallen, das Rauchen einzustellen, Ihre Rückenlehnen in eine senkrechte Position zu bringen und die Tische vor sich einzuklappen. Vielen Dank.«

Als sie im Flughafenterminal eingetroffen war, ging Eva mit Iris, die inzwischen erwacht war und zufrieden strahlte, direkt zum Ausgang – vorbei an den Gepäckbändern – denn sie hatte ja nichts mehr, was sie nach München hätte zurücknehmen können. Alles war in der Unglücksnacht verbrannt. Ihre Kleider, ihre Bücher, selbst ihre Papiere, wie ihr Pass und die Geburtsurkunde von Iris. Nur mit einem Ersatzreisedokument, das ihr die Behörden Ibizas dank Anwalt Tonis grandiosem Einsatz bei der Deutschen Botschaft in Madrid ausgestellt hatten, hatte sie Spanien überhaupt wieder verlassen dürfen.

Im Ankunftsbereich warteten Angelika, Otto und auch die kleine Ulrike, die inzwischen wieder putzmunter war und wie eine Wilde durch das Flughafengebäude lief, schon freudestrahlend auf Eva.

»Herzlich Willkommen in der Heimat!«, rief Angelika Eva zu. »Schön, dass Sie da sind! Wir freuen uns riesig.«

Eva wurde erst von Angelika und dann auch von Otto umarmt.

»Wie geht es Iris? Hat sie den Flug gut überstanden?«

»Ja, ich glaube schon. Schauen Sie, sie lächelt ganz zufrieden.«

»Prima, Eva. Dann lassen Sie uns schnell nach Hause fahren. Johanna, unsere Haushälterin, hat schon alles vorbereitet und steht seit heute Morgen für Ihr Begrüßungsmittagessen in der Küche.«

Die Fahrt vom Flughafen war nicht sehr lang. Sie fuhren durch Trudering, Bogenhausen und dann über den Mittleren Ring nach Nymphenburg. Eva drückte während der ganzen Fahrt ihre Nase an der Autoscheibe platt und versuchte, jedes kleine Detail in sich aufzusaugen. Was hatte sie in dem einen Jahr verpasst? Welche Häuser waren neu gebaut und welche abgerissen worden? Sah man noch etwas von den riesigen Baustellen für die U-Bahn, die im Herbst dieses Jahres eröffnet werden sollte?

Als sie in der Südlichen Auffahrtsallee eintrafen, dort wo die von Müllerschöns wohnten, wartete nicht nur die kleine und rundliche, aufgeregt winkende Haushälterin Johanna, sondern auch eine herrschaftliche Villa mit großem Garten, riesiger Terrasse und sogar einem mondänen Swimming Pool hinterm Haus auf sie. Eva konnte das alles kaum glauben.

Sie hatte nicht eine Sekunde überlegen müssen, als Angelika ihr angeboten hatte, neben der Krankenhausrechnung auch ein Flugticket für Eva zurück nach München zu finanzieren. »Sie können dann auch die erste Zeit bei uns wohnen«, hatte Angelika ihr versprochen. »Solange, bis Sie wieder auf die Beine kommen. Wir haben ein großes Haus mit geräumigem Gästezimmer.«

Aber sie hatte sich geschämt, dieses unglaublich großzügige Angebot anzunehmen und nur zugesagt, nachdem Angelika ihr versprochen hatte, dass sie, Eva, sich dann natürlich mit um den Haushalt und vor allem um die kleine Ulrike kümmern würde.

»Da würden Sie mir natürlich eine große Last nehmen«, hatte Angelika gesagt. »Mein Mann Otto ist immer bis spät abends in seiner Kanzlei und ich bin nur drei halbe Tage die Woche in meiner Praxis – aus Rücksicht auf Ulrike. Ich schaffe es schon lange nicht mehr, ausreichend für meine Patienten da zu sein. Wenn Sie bei uns wären, dann könnte ich endlich wieder ein bisschen mehr arbeiten und Sie könnten dann Ulrike vielleicht mal mittags aus dem Kindergarten abholen oder nachmittags mit ihr spielen.«

»Das ist ja wohl selbstverständlich!«, hatte Eva gesagt und dem Umzug zurück in die Heimat sofort zugestimmt.

»I könnt in einer Viertelstunde des Mittagessen auftragn, wenn's Recht ist?«, sagte Johanna und strahlte in Evas Richtung. »I hab oan Schweinsbraten, Blaukraut und Knödl g'macht. Und vorweg gibt's oan richtig guaten Obazden und a frische, resche Brezn. I hoab g'dacht, dass Sie des lang ned hatten.«

»Nein, da haben Sie Recht. Lecker! Mir läuft jetzt schon das Wasser im Munde zusammen.«

»Prima. Aber jetzt zeig' i Ihnen erst mal des Zimmer. Dann könnens Ihre Tochta scho ma hinleg'n und sich auch a bisserl frisch macha, wenn's mögen.«

Im zweiten Stock des Hauses, direkt unter dem Dach, wartete ein traumhaftes und geräumiges Gästezimmer mit eigenem Bad und Blick in den Garten auf Eva und Iris. Es war sehr klassisch, mit vielen Antiquitäten, aber dennoch sehr gemütlich und anheimelnd eingerichtet. Neben das große Bett, das mit entzückender Blümchenbettwäsche bezogen war, hatte Angelika eine wunderschöne Kinderwiege, in der auch schon ihre Ulrike geschlafen hatte, gestellt.

»Schauen Sie sich erst mal in Ruhe um«, sagte Angelika, als sie Evas unsicheren Blick sah.

»Im Bad sind Handtücher und alles, was Sie fürs Erste brauchen. In die Kommode dort habe ich ein paar Babysachen für Iris gelegt und dort in dem großen Schrank finden auch Sie etwas zum Anziehen. Einiges von mir, das mir leider nicht mehr passt. Ihnen müsste es aber wunderbar stehen, so schlank, wie Sie sind. Ansonsten habe ich mir erlaubt, Ihnen noch etwas in der Stadt zu besorgen. Ich hoffe, ich habe mich in der Größe nicht vertan. Also bis gleich beim Essen.«

Eva sah in die Kommode und nahm einen Strampelanzug und eine frische Windel heraus, die Angelika für sie bereit gelegt hatte. Danach legte sie ihre Tochter in die Wiege, in der sie innerhalb von Sekunden einschlief. Eva ging ins Bad, um sich ein wenig frisch zu machen. Dort lagen nicht nur jede Menge rosafarbene, flauschige Handtücher und ein Bademantel für sie bereit, sondern auf dem Regal unter dem großen Spiegel fand sie auch alles, was man an Toilettenartikeln überhaupt brauchen konnte: Zahnbürste und Pasta, Kamm, Bürste, Haarspray, diverse Cremes und Tiegelchen, Deo, Haarspray, Make-up, Mascara, Lippenstift, ja sogar zwei Parfumflaschen. Alles offensichtlich extra für sie gekauft! Eva konnte es kaum fassen.

Im Kleiderschrank fand sie eine ähnlich große Auswahl vor: Sommerkleider, einen Mantel, Jacken, diverse Pullis, Jeans, Unterwäsche, Nachthemden, T-Shirts, Blusen, Stiefel und sogar zwei Paar nagelneue Turnschuhe. Eva ging die Sachen durch. An den meisten Klamotten hingen noch die Preisschilder. So etwas hatte sie noch nie erlebt. Das alles musste hunderte von Mark gekostet haben!

Als sie sich auf das wunderschöne und sehr bequeme Holzbett setzte, tief durchatmete und einen Moment innehielt, konnte Eva ihre Tränen nicht mehr zurückhalten.

18. Kapitel

2011

Iris konnte nicht in den Schlaf finden. Egal, was sie auch versuchte – Müdigkeit wollte sich heute einfach nicht einstellen. Zu viele Dinge schwirrten ihr durch den Kopf und ließen sie nicht zur Ruhe kommen.

»Du wärst fast gestorben«, »Dein Vater hat mich einfach auf der Insel sitzenlassen«, »Es war die schlimmste Zeit meines Lebens«, »Ich hatte alles verloren«, »Deine Geburtsurkunde war verbrannt. Was sollte ich machen? Ich habe dann einfach in München eine neue besorgt.«

Wieder und wieder kreisten die Sätze, die ihre Mutter ihr am Telefon gesagt hatte, durch Iris Kopf. Wie hatte sie sie nur so viele Jahre anlügen können? Wie sie mit diesen Unwahrheiten aufwachsen lassen? Immer hatte sie geglaubt, dass sie in München zur Welt gekommen sei. Im Klinikum Harlaching. So, wie man es ihr immer erzählt hatte.

Und nun, 40 Jahre später, hatte sie mal so eben nebenbei per Handy erfahren, dass sie eigentlich eine gebürtige Spanierin ist.

Auf Formentera – dieser Insel! – gezeugt und auf Ibiza zur Welt gekommen. Iris wälzte sich hin und her und sah Juan an, der die Nacht heute bei ihr im Hotel verbrachte und bereits selig schlummerte. Nachdem Angelo und er die Fonda geschlossen und sie alle gemeinsam noch auf einen Absacker in Ses Roques gefahren waren, hatten sie beschlossen, dass die Jungs heute mal bei den Mädels im Hotel übernachten könnten. Juan war sehr müde gewesen, denn nicht nur in der Fonda war an diesem Abend die

Hölle los gewesen, sondern er hatte sich beim leidenschaftlichen Sex mit Iris noch zusätzlich verausgabt und war kurz nach ihrem Liebesspiel sofort eingeschlafen. Ihm hatte Iris auch noch gar nichts vom Telefonat mit ihrer Mutter und ihren neuen Erkenntnissen erzählt. Nur über ihren kleinen Motorradunfall und das damit verbundene Treffen mit Violeta hatten sie bereits gesprochen, den Rest wollte sie ihm morgen beim Frühstück ganz in Ruhe erzählen.

»Vielleicht hat dein Vater noch andere Kinder in Spanien gezeugt? Mich würde das nicht wundern, bei seinem ausschweifenden Liebesleben damals« hatte ihre Mutter gesagt, als Iris sie auf Violeta und die frappierende Ähnlichkeit angesprochen hatte. »Ich weiß jedenfalls, dass ich nur eine Tochter habe. Und das schwöre ich dir bei Gott.«

Iris drehte sich auf die Seite. Dann stand sie doch wieder auf, trank einen Schluck Wasser, öffnete leise die Bungalowtür und setzte sich auf die Stufen, die zum Strand hinunter führten. Sie sah auf das ruhige Meer, in den Mond und grübelte weiter.

Rund 1400 Kilometer entfernt fand auch Eva nicht in den Schlaf, denn auch ihr kreisten die Gespräche dieses Abends noch im Kopf herum. Nach dem Telefonat mit Iris hatte sie minutenlang wie gelähmt auf dem Sofa gesessen und ins Leere gestarrt. Das, was sie ihrer Tochter von damals erzählt hatte, ließ alles wieder hochkommen. Den Schmerz, die Enttäuschung und besonders die entsetzlichen Erinnerungen an die Feuernacht. Sie hatte geweint und sich Vorwürfe gemacht.

Eigentlich war ihr immer klar gewesen, dass es keine Entschuldigung dafür gab, Iris die Wahrheit so lange zu verschweigen. Doch mit jedem Jahr war es schwerer geworden, ihrer Tochter von dieser Zeit, die sie so gerne für immer vergessen hätte, zu erzählen.

Dann hatte Eva, als sie sich wieder einigermaßen gefangen hatte, zum Hörer gegriffen und ihre beste Freundin Angelika von Müllerschön, die sie damals aufgenommen hatte, angerufen. Doch die hatte ganz anders reagiert, als Eva gehofft hatte.

»Na endlich! Ich habe dir immer gesagt, sie wird es eines Tages herausfinden«, hatte sie geantwortet. »Hat sie denn auch nach ihrem Vater gefragt?«

»Nein. Beziehungsweise nur in Ansätzen.«

»Und was hast du ihr erzählt?«

»Na, die Wahrheit.«

»Die ganze?«

Eva hatte einen Moment geschwiegen. »Nein.«

»Eva! Du musst ihr jetzt alles erzählen, was du weißt! Sie hat ein Recht, es zu erfahren!«

Eva kam nicht zur Ruhe, sondern dachte über Angelikas Worte nach. Und auch über das, was Iris ihr aus Formentera berichtet hatte. Wer mochte bloß diese ominöse andere Frau namens Violeta sein? Sie überlegte. Versuchte sich an Tage, Szenen und Vergangenes zu erinnern. Rechnete. Der gleiche Geburtstag wie ihre Tochter Iris. Das konnte doch gar nicht sein. Sollte Alex sie schon damals betrogen haben? Gleich nach ihrer Ankunft auf der Insel? Oder waren gleiches Aussehen und Geburtsdatum der beiden Frauen doch nur ein ganz komischer Zufall?

Eva stand aus ihrem Bett wieder auf, um ein Schlafmittel einzunehmen. Sie brauchte jetzt endlich ihre Ruhe. Und Kraft. Denn sie wusste, was sie morgen zu tun hatte. Und dafür würde sie doch noch einmal all ihre Energiereserven mobilisieren müssen. Die physischen, aber vor allem die psychischen.

Am nächsten Morgen saßen Leonie, Angelo, Juan und Iris in der Strandbar des Ca Marí, nachdem sie wieder einmal das offizielle Frühstück im Hotelrestaurant verpasst hatten.

»Das ist ja echt zum Piepen«, sagte Juan während er herzhaft in ein Croissant biss und dabei Iris' Hand, die sie auf seinen Oberschenkel gelegt hatte, streichelte. »Du bist also eigentlich eine Spanierin. Eine richtige Ibizenka! Zwar hier auf Formentera gezeugt, aber drüben geboren. Echt der Hammer!«

»Ja, eine, die kein Wort Spanisch spricht und als sie hier gelandet ist, nur über diese Insel geschimpft hat«, sagte Iris lachend.

»Aber inzwischen magst du sie doch, ‚diese Insel'. Oder?« Juan strahlte.

»Hmmm. Lass mich kurz überlegen… Ja, doch, ich glaube, schon. Die Männer hier auf Formentera sollen ja auch gar nicht so übel sein, wie es immer heißt.«

»Gar nicht so übel? Also nun pass aber mal auf!« Juan zog Iris zu sich hinüber und küsste sie. Iris musste lachen, denn nicht nur die Croissantkrümel an seinem Mund, sondern auch Juans Bartstoppeln kitzelten sie.

»Was machen wir denn eigentlich heute?«, fragte Angelo, um die Neckereien der beiden zu unterbrechen. »Wir müssen doch ausnutzen, dass Juan sich heute extra frei genommen hat.«

»Hast du?« Iris sah ihn an. »Das hattest du gar nicht erzählt!«

»Würde ich hier sonst noch so entspannt mit euch sitzen?«, antwortete Juan.

»Wohl nicht«, sagten Leonie, Angelo und Iris wie aus einem Munde.

»Was haltet ihr von Strand? Wir könnten mal wieder rauf nach Illetas fahren, sonnen, lecker essen und dann später zu Fuß, durch das flache Meer mal rüber nach Espalmador wandern«, schlug Angelo vor. »Das ist eine kleine, unbewohnte Insel zwischen Formentera und Ibiza. Und da gibt es auch noch eine kleine Beauty-überraschung für euch Mädels.«

»Eine Beautyüberraschung? Ich dachte, die Insel sei unbewohnt?«, fragte Leonie.

»Ich sage nichts«, sagte Angelo grinsend. »Lasst euch einfach überraschen!«

»Und was machen wir solange mit Ravi? Der kann ja wohl schlecht rüber schwimmen.«

»Den kannste easy auf den Arm nehmen und durchs Wasser tragen. Glaub mir, an der Stelle dort ist das Meer nicht sehr tief.«

»Klingt lustig«, sagte Iris. »Ich wollte vorher nur gerne noch bei Violeta in ihrem Hafenbüro vorbei fahren und ihr von dem Gespräch mit meiner Mutter berichten.«

»Kannst du denn schon wieder mit dem Roller fahren?«, fragte Leonie skeptisch.

»Klaro. Das kriege ich hin. Soll ich schon vordüsen? Dann müsst ihr bei dem Traumwetter nicht auf mich warten.«

»Gute Idee«, sagte Juan. »Ich muss eh auch noch ein paar Sachen für die Fonda einkaufen und nehme Leonie und Angelo dann später mit dem Auto mit. Sollen wir uns in der Nähe vom Tanga Beach Strandrestaurant treffen? Da, wo wir neulich schon waren und diese blöde Hupfdohle getroffen haben?«

»Du meinst die tolle Emma? Prima Idee! So machen wir es«, sagte Iris.

Eine Stunde später stand Iris im kleinen Hafenbüro bei Violeta, die hektisch telefonierte, während sich vor dem kleinen Tresen bereits vier Touristenpärchen versammelt hatten, die von ihr Auskünfte über die Insel haben wollten.

»¡Hola, Iris!« Violeta kam trotz ihrer wissbegierigen Kunden hinter ihrem Tresen hervorgesprungen und umarmte sie. »Wie geht es dir? Besser? Tut noch was weh?«

»Nein, fast gar nicht mehr. Da war der Schreck wohl größer als die Verletzungen.«

»Das freut mich!« Violeta strahlte. »Und hast du bei deiner Mutter etwas in Erfahrung bringen können?«,

»Oh ja, das könnte man so sagen«, antwortete Iris.

»Super! Lass mich nur schnell den Touristen helfen, dann erzählst du mir alles, ok?«

Violeta war über die Geschichte, die Iris ihr berichtet hatte, genau so erstaunt, wie Iris selbst. Sie hatten sich auf den Stufen vor der Touristeninfo niedergelassen und tranken je eine kalte Cola, die Iris in einer der angrenzenden Hafenbars gekauft hatte. »Und du hattest wirklich keine Ahnung?«, fragte Violeta. »Sie hat nie etwas von Spanien erzählt?«

»Nie.«

»Und ihr ward auch nie wieder hier im Urlaub? Auch nicht als du noch ein Kind warst? Nicht Mallorca, Ibiza – nichts, niemals?«

»Nein. Italien, Griechenland, Kroatien. Aber nie hier.«

»Kein Wunder, nach all dem, was deine Mutter hier wohl erlebt hat. Von diesem schlimmen Brand wusste ich zum Beispiel gar nichts. Aber ich bin ja auch noch nicht so lange auf der Insel. Und bei der Trockenheit, die hier in den Sommern herrscht, sind solche Waldbrände eigentlich auch an der Tagesordnung und nichts Besonderes. Aber warum wir uns so ähnlich sehen, wissen wir nun immer noch nicht, oder? Was sagt deine Mutter dazu? Kannte sie vielleicht sogar meine Eltern?«

»Keine Ahnung«, Iris runzelte die Stirn. »Soweit waren wir noch gar nicht. Sie sagte nur, meinem Vater sei alles zuzutrauen.

Er habe hier wirklich ein sehr wildes Leben geführt damals. Er war halt ein typischer Hippie. Sex, Drugs and Rock'n'Roll. Und er hätte sie vor meiner Geburt einfach von heute auf morgen sitzen lassen. Wegen einer anderen. Und dass es sie absolut nicht wundern würde, wenn er in dieser Zeit auch noch das ein oder andere Kind gezeugt hätte.«

»Hmmmmm«, Violeta überlegte einen Moment. »Das könnte ja bedeuten, dass DEIN Vater mit MEINER Mutter – nein Iris! Das halte ich wirklich für völlig ausgeschlossen. Meine Mutter war die treueste Seele überhaupt. Die hat niemals einen anderen auch nur angesehen, und das, solange ich denken kann. Da muss es eine andere Verbindung zwischen uns geben. Vielleicht ein Bruder, eine Schwester von einem unserer Elternteile? Moment bitte, ich komme sofort!«

Zwei Rucksacktouristen waren ins Büro gegangen.

»Iris, ich muss mal wieder. Wir sollten aber unbedingt an der Sache dran bleiben. Wenn ich bloß wüsste, wen wir noch fragen könnten?«

»Hast du denn gar keine Verwandten hier oder drüben auf Ibiza?«

»Nein, alle tot. Auch meine Großeltern. Ich habe nur noch einen Onkel väterlicherseits – den könnte ich mal fragen. Aber ob der was weiß? Ich wage es zu bezweifeln.«

»Wir müssen es einfach versuchen. Ich werde meine Mutter auch noch einmal ausquetschen, wenn ich das nächste Mal in Ruhe mit ihr spreche.«

»Wie lange bleibst du denn eigentlich noch auf der Insel?«

»Nur noch ein paar Tage. Oder ich muss meinen Urlaub verlängern.«

»Na, mal abwarten. Du könntest dann natürlich bei mir wohnen und musst in kein teures Hotel. Erst mal müssen wir jetzt aber die Zeit nutzen, die uns noch bleibt. Ich werde gleich mal ein bisschen im Internet suchen. Vielleicht finde ich dort ja etwas.

Jaha, ich komme schon! Iris, lass uns heute Abend sprechen, ok? Ich muss wieder rein. Dir ganz viel Spaß am Strand.«

Violeta drückte Iris an sich und gab ihr ein Küsschen auf die Wange. »Bis später!«

»Señora, ist hier noch frei?« Juan kniete sich in den Sand und küsste Iris auf die Stirn.

»Da ist er also wieder. Dein typischer so-reiße-ich-blöde-deutsche-Touristinnen-auf-Spruch!«, Iris schubste Juan in den Sand, nachdem sie sich sehr wohl daran erinnerte, dass er diesen Spruch schon einmal gebracht hatte.

»Aber du bist doch gar keine Touristin, sondern eine von uns!«

Iris lachte. »Ja, wer weiß, was ich noch alles bin. Es bleibt also weiterhin spannend mit mir, gell? Ist dieser Platz hier denn genehm?«

Angelo, Juan, Leonie und natürlich ihr Ravi machten es sich am pudrig feinen Strand bequem und breiteten ihre Decken und Handtücher aus.

»Meinst du, ich kann mich vor Juan oben ohne zeigen? Ich habe keine Lust auf die blöden Bikinistreifen«, flüsterte Leonie Iris zu, als sie sich neben ihr niederließ und ihr T-Shirt und ihre Shorts auszog.

»Klar, warum denn nicht«, antwortete Iris. »Ich wollte mein Oberteil eigentlich auch gleich ausziehen. Trotz Angelo!«

Unterdessen hatten sich die Jungs nicht nur T-Shirts und Flip Flops, sondern auch ihrer Shorts entledigt und standen nun wie Gott sie schuf vor Leonie und Iris.

»Noch Fragen?«, Iris bekam einen Lachanfall.

»Keine weiteren Fragen«, antwortete Leonie, öffnete – genau wie Iris – ihr Bikinioberteil und alle vier sprangen gemeinsam in das türkis schillernde, kristallklare Mittelmeer.

Sie verlebten einen Urlaubstag, wie er im Buche steht. Sonnten, badeten, lasen, aßen im Tanga Beach Restaurant zu Mittag, hielten danach ein kleines Mittagsschläfchen unter zwei Sonnenschirmen und genossen jede gemeinsame Minute. Als die beiden Jungs wieder aufgewacht waren und sich zu einem kleinen Abkühlungsbad wieder in die Fluten gestürzt hatten, gestand Leonie Iris, dass sie sich Hals über Kopf in den gut zehn Jahre jüngeren Angelo verliebt hatte.

»Ja, aber das ist doch schön!«, antwortete Iris und versuchte, Leonie ihre Zweifel über den Altersunterschied auszureden.

»Ich weiß echt nicht, was mit mir los ist«, sagte Leonie. »Angelo hat mir so den Kopf verdreht – so verknallt war ich das letzte Mal mit 17. Am liebsten würde ich ihn gleich mit nach Potsdam nehmen.«

»Mach doch!«, sagte Iris lachend. »Warum eigentlich nicht? Dann könnte er sogar mit in deine Praxis einsteigen.«

»Ja, genau. Als ob so ein gutaussehender und dazu noch unverschämt junger Mann Lust hätte, mit mir alter Schachtel ins kalte Deutschland zu kommen. Nee, nee. Lass mal gut sein. Ich mache keine Pläne mehr, sondern genieße jetzt erst mal den Augenblick.«

Auch Iris erzählte Leonie von ihren Gefühlen für Juan. Sie gestand ihr, dass auch sie den Boden unter den Füßen verloren hatte. »Und mit ihm habe ich den besten Sex meines Lebens.«

»Na, DAS ist doch schon mal ein sehr gutes Argument für ihn«, lachte Leonie und zog Iris von ihrem Handtuch hoch, damit sie den Jungs ins Wasser folgen konnten.

Als sie sich nach dem Schwimmen wieder abgetrocknet hatten und die größte Mittagshitze vorüber war, starteten die vier Verliebten ihren geplanten kleinen Ausflug auf die unbewohnte Vogelinsel Espalmador, die zwischen Formentera und Ibiza lag. Barfuß und nur mit Bikinis und Badehosen bekleidet, wanderten sie den Strand entlang, über Dünen und durch kleine Buchten, bis sie die nördlichste Stelle der Insel erreicht hatten.

Wie Angelo angekündigt hatte, konnte man bequem durch das an dieser Stelle sehr flache Meer nach Espalmador wandern. An der tiefsten Stelle ging ihnen das Wasser gerade einmal bis zum Bauchnabel und Iris und Leonie waren gespannt, welches »Beautygeheimnis« sie auf der Insel wohl erwarten würde. Der einzige, dem der kleine Ausflug nicht wirklich gefiel war Ravi, den Leonie auf dem Arm durch das Wasser trug und der sich dabei ängstlich an sie presste.

Als sie auf Espalmador angekommen waren, überquerten sie den Strand und ein paar Dünen, liefen dann durch einen kleinen Pinienwald und erreichten schließlich das Ziel ihrer Reise: Eine überdimensionale Matschgrube. Warm, stinkend und alles andere als einladend.

»Purer Erdschwefel«, erklärte Angelo. »Für Haare und Haut unglaublich gut.«

Iris und Leonie, die beide in Deutschland im Monat zig Euros für Cremes und Pflegeprodukte ausgaben, wollten der Sache zunächst nicht trauen und hatten stark das Gefühl, die Jungs wollten sie auf den Arm nehmen. Aber nachdem Juan und Angelo sich den warmen, schlammfarbenen Modder nicht nur überall auf den Körper, sondern auch auf den Kopf und mitten ins Gesicht schmierten, taten sie es ihnen nach.

»Riecht fürchterlich. Aber könnte schon was bringen«, sagte Iris. »Schwefel ist in den ganzen Pickelcremes ja auch drin.«

Von oben bis unten mit Matsch beschmiert, wanderten sie schließlich zurück in Richtung Strand. Dort legten sie sich noch einen Moment in die Sonne.

»Das Zeug muss richtig aushärten«, erklärte Juan. »Je trockener es wird, desto besser. So wie eine richtige Gesichtsmaske.«

Als sie sich alle kaum mehr rühren konnten, weil der ausgehärtete Schlamm überall spannte, liefen die vier juchzend zurück ins Meer, wo sie untertauchten und alles wieder abwuschen.

Danach wanderten sie auf dem gleichen Meerweg zurück nach Formentera. Als sie wieder bei ihren Handtüchern und Taschen gelandet waren, dämmerte es bereits.

»Alles noch da! Was für ein schöner Tag das war«, freute sich Leonie.

»Hier kommt eigentlich nie was weg, habe ich doch gesagt«, antwortete Angelo, zog sie zu sich heran und küsste sie.

Sie packten alles zusammen und während Juan und Angelo mit Juans Auto zum Arbeiten in die Fonda Pepe fuhren, tuckerten Leonie und Iris gemütlich mit dem Roller ins Hotel zurück.

Als sie den Roller vor der Rezeption parkten, kam Florentina ihnen schon aufgeregt aus dem Gebäude entgegen gelaufen.

»Señora Mayrhuber! Besuch für sie. An der Bar.«

»Für mich? Wer ist es denn?«

»Ich weiß es nicht. Wartet aber schon länger auf Sie, wie meine Kollegin Marie-José mir bei der Übergabe vorhin sagte.«

»Danke, Florentina. Ich schau gleich mal.«

Iris und Leonie kramten ihre Strandtaschen aus dem kleinen Rollerkofferraum, verstauten ihre Helme darin und gingen dann in das Hauptgebäude zur Bar. Es war Abendessenszeit und Tische, Stühle und Barhocker gut gefüllt. Einige der Hotelgäste nahmen einen Aperitif, andere waren bereits beim Digestif oder Kaffee. Iris sah sich um, konnte aber niemanden erkennen, der sich als ihr Besuch herausstellen konnte.

»Und?«, fragte Leonie.

»Keine Ahnung. Ich weiß auch überhaupt nicht, wer es überhaupt sein könnte. Vielleicht mein Freund Patrick aus München?

So als kleiner Überraschungsbesuch? Passen würde es zu ihm.«

»Nicht dass es nachher dein Thorsten ist«, meinte Leonie und guckte sich ebenfalls suchend um.

Plötzlich tippte jemand Iris von hinten an.

»Da bist du ja endlich. Ich warte hier schon seit Stunden auf dich!«

»Mama! Was machst DU denn hier?«

19. Kapitel

Sie wusste nicht, woher sie die Kraft genommen hatte, aber sie hatte es tatsächlich geschafft und stand nun vor ihrer Tochter. Auf der Insel, die ihr Leben so maßgeblich beeinflusst hatte. Seit 40 Jahren war sie nicht hier gewesen. 40 Jahre, in denen sich so unglaublich viel verändert hatte.

Schon der Flug hatte sie sehr aufgewühlt. Der Blick aus dem Flugzeugfenster, der Anflug auf den Flughafen von Ibiza – all das kam ihr so bekannt und vertraut vor, als wäre es gestern gewesen. Auch die Fahrt mit dem Taxi zum Hafen glich teils einem Déjà vu. Es hatte sich viel getan auf Ibiza in den letzten 40 Jahren, das war klar. Dort, wo damals noch Bauernhöfe und kleine Fincas waren, zahlreiche Äcker und Felder die Landstraße säumten, standen inzwischen große Industriegebäude, Hotels, Autovermietungen und Filialen der bekannten amerikanischen Fastfoodketten. Und die staubigen Landstraßen waren einer Autobahn gewichen.

Auch der Hafen hatte Großteile seiner niedlichen Ursprünglichkeit verloren. Hier herrschte inzwischen hektisches, touristisches Treiben und kleine Schiffe, wie damals die Joven Dolores, mit der sie und Alex nach Formentera übergesetzt hatten, waren großen Katamaranen, Fähren und Speedbooten gewichen.

Als Eva kurze Zeit später selbst an Bord einer solchen Schnellfähre saß, musste sie an ihre erste Überfahrt nach Formentera denken. Was hatten sie nicht alles für Träume gehabt, damals. Die Welt wollten sie verändern, frei und ungebremst leben. Konventionen hinter sich lassen und noch einmal ganz neu anfangen.

Und ein Jahr später hatte sie vor den kompletten Trümmern ihres Lebens gestanden. Alles verloren. Den Mann, ihre besten

Freunde, ihr Hab und Gut. Ein paar Tränen kullerten über ihre Wange.

»Señora, geht es Ihnen nicht gut?« Ein junger Mitarbeiter der Reederei beugte sich zu ihr hinunter.

»Nein, alles in Ordnung. Danke.« Eva musste unwillkürlich grinsen. »Aber Sie haben nicht zufällig einen Hierbas an Bord?«

Der Matrose lachte. »Nein. So etwas haben wir hier nicht. Wenn Sie möchten, kann ich Ihnen ein Wasser, ein Bier oder eine Cola bringen.«

»Nein, nein. Danke. Lassen Sie gut sein. Alles in Ordnung.«

Der erste Hierbas ihres Lebens. Bei der Überfahrt nach Formentera hatte sie ihn getrunken. Javier hatte ihn ihr gebracht, nachdem sie sich ins Meer übergeben hatte. Eva lächelte. Javier. Der Mann, dem sie so unendlich viel zu verdanken hatte. Was aus ihm wohl geworden war? Ob er überhaupt noch lebte? Nie hatte sie sich von ihm richtig verabschieden können. Als der Brand ihr Leben zerstört hatte, war er auf dem Festland in Bilbao oder auf See gewesen. Wie hätte sie ihn da, in einer Zeit ohne Handys und E-Mail, erreichen können?

Als sie auf Formentera angekommen war, hatte sie ihren Koffer genommen und sich in ein Taxi gesetzt, um nach Ca Marí zu fahren. Ihre Tochter hatte den Namen ihres Hotels im ersten Telefonat erwähnt und wenn Eva etwas kannte, dann diese Insel und all ihre Buchten und Wege. Auf der Fahrt dorthin waren ihre Gefühle zwiegespalten, als sie aus dem Fenster sah und die alten und teils noch so vertrauten Gebäude, Kreuzungen und Örtchen an sich vorbeiziehen sah. Ja, auch Formentera hatte sich sehr verändert. Auch hier hatten Moderne, Tourismus und Kommerz ganz offensichtlich Einzug gehalten. Und trotzdem, so schien es Eva auf den ersten Blick, hatte sich die Insel ihren ganz eigenen, ursprünglichen Charme irgendwie erhalten. Und das sorgte in ihr neben all der Trauer, die sie hier sofort wieder fühlte, auch für eine gewisse Neugier und Gelassenheit. Merkwürdig. Denn während sie noch im Flugzeug und auf Ibiza sehr unsicher gewesen war, ob es tatsächlich die richtige Entscheidung war, noch einmal hierher zu kommen, war sie sich nun ganz sicher. Es fühlte sich richtig an. Nicht nur wegen Iris, sondern auch für ihr eigenes Seelenheil.

»Du wirst sehen, es wird nicht so schlimm sein, wie du jetzt glaubst«, hatte Angelika ihr vor der Reise gesagt. »Sicher: Das eine oder andere wird dir wehtun und schmerzliche Erinnerungen wieder hochkommen lassen, aber nutz doch diese Reise auch, um mit der Vergangenheit ins Reine zu kommen und alles wirklich einmal richtig zu verarbeiten. Denk immer dran: Weder deine Tochter, noch diese Insel können etwas für das, was dir dort widerfahren ist.«

Und nun stand sie also vor ihrer Tochter.

»Wir haben einiges zu bereden«, sagte Eva. »Und ich dachte, dass wir das am besten hier vor Ort tun sollten.«

»Und dafür bist du extra hergeflogen, Mutti? Ich kann das kaum glauben.«

»Doch. Es ist eine Reise, die ich vielleicht schon viel früher hätte antreten sollen. Denn diese Insel ist nicht nur meine, sondern auch deine Geschichte. Und die sollst du nun erfahren.«

Leonie ließ Mutter und Tochter sofort allein. »Ihr habt so viel zu besprechen, da will ich nicht stören«, sagte sie. »Wenn du noch Lust hast, können wir später gemeinsam in die Fonda fahren.«

»In die Fonda?« Eva hörte auf. »Die gibt es noch? Da haben wir schon gefeiert damals.«

»Ja, Mama, die gibt es noch. Wahnsinn, dass du die noch kennst. Ich meine, wie lange ist das her, dass du das letzte Mal hier warst?«

»Na, ein paar Monate nach deiner Geburt. Im Juni 1971 habe ich die Insel verlassen. Und da war sie die einzige gute Bar überhaupt.«

»Na, DA hat sich inzwischen aber einiges verändert«, sagte Leonie. »Ich gehe jetzt auf mein Zimmer, lese ein bisschen und wenn du magst, kannst du dich ja nachher noch bei mir melden, ok?«

»Ja, das mache ich. Bis nachher, Süße!«

»Einen schönen Abend noch, Frau Mayrhuber!«

»Ihnen auch, Leonie. Aber nennen Sie mich doch bitte Eva.«

»In Ordnung. Wird gemacht. Also bis nachher!«

Eva und Iris bestellten sich statt Abendessen nur je ein Sandwich und dazu einen Espresso und setzten sich auf die Hotelterrasse, in eine ruhige Ecke beim Swimmingpool, der abends wunderschön beleuchtet war und alles in ein leicht bläuliches Licht tauchte.

Sie schwiegen, tranken ihren Kaffee und beobachteten die anderen Hotelgäste.

»Wie geht es deinem Knie, Mama?«

»Ach, es tut noch ein bisschen weh, aber es passt schon. Ich soll dich ganz lieb von Tante Angelika grüßen.«

»Sie wusste, dass du hierherkommst?«

»Natürlich. Sie weiß alles.«

»Auch über mich?«

»Ja.«

»Und auch sie hat mir nie irgendetwas erzählt? Also habt ihr euch wahrscheinlich auch gar nicht im Krankenhaus bei meiner Geburt kennengelernt oder?«

»Nein. Im Krankenhaus schon. Aber nicht bei deiner Geburt, sondern nach dem Brand. Auf Ibiza. Angelika war mein und auch dein rettender Engel.«

»Ok. Jetzt will ich aber alles wissen.«

Und Eva erzählte ihrer Tochter alles. Die ganze Geschichte ihrer Vergangenheit auf der Insel. Von ihrer schwierigen Schwangerschaft, Javier, dem Brand und wie Angelika sie zurück nach München geholt hatte.

»Aber wie konntest du denn einfach so eine neue deutsche Geburtsurkunde für mich bekommen, wenn ich doch hier in Spanien geboren wurde?«

»Das war kein großes Problem. In den Siebzigern gab es noch immer viele Hausgeburten und Onkel Otto, du weißt doch, er hatte damals noch seine eigene Kanzlei, hat das für mich geregelt. Das war zu der Zeit wirklich meine kleinste Sorge.«

Und dann berichtete ihr Eva weiter aus ihrer Geschichte. Wie sie ganz langsam in München wieder Fuß gefasst hatte und Angelika und Otto ihr trotz Kind einen Ausbildungsplatz bei der Versicherung besorgt hatten und sie so langsam, sehr langsam, auch finanziell wieder auf eigenen Beinen stehen konnte.

»Aber warum erzählst du mir das alles erst heute?« Iris sah ihre Mutter fragend an.

»Schatz, ich weiß es nicht. Ich weiß es wirklich nicht. Es gab immer wieder Momente, in denen ich mir gesagt habe, ‚So! Jetzt sagst du ihr alles!‘, doch irgendwie habe ich mich dann doch immer wieder nicht getraut. Weißt du, die Zeit damals hat auf meiner Seele große, sehr große Narben hinterlassen, die bis heute nicht richtig verheilt sind. Ich hatte immer gehofft, wenn ich die Vergangenheit ruhen lasse und alles so gut wie möglich verdrängen würde, hätte ich am ehesten die Chance, mein Seelenheil wiederzufinden.«

»Und hast du es gefunden?«

»Nein, Kind. Nein. Nicht ein Tag ist seit damals vergangen, an dem ich nicht an all das gedacht habe. An diesen Brand, diese Angst dich zu verlieren und den schrecklichen Tod meiner besten Freundinnen. Corinna und Anke waren übrigens deine Patentanten. Sie haben sich immer rührend um dich gekümmert, wenn ich arbeiten musste. Hätte ich die beiden damals nicht gehabt, hätten wir den Winter kaum überlebt. Ich hatte nicht einmal Geld, um Brot, Milch oder ein bisschen Gemüse für uns zu kaufen…« Eva drehte sich in die andere Richtung, damit Iris ihre Tränen nicht sehen konnte.

Auch Iris war tief bewegt von den Schilderungen ihrer Mutter. »Gibt es denn noch Fotos von den beiden?«

»Nein. Es ist doch damals alles verbrannt. Ich kam mit zwei Koffern und deinem Vater auf die Insel – und verließ sie zwar mit dir, aber ohne Mann und Koffer.«

»Was ist denn mit meinem Vater?«

»Ich habe dir doch gesagt, dass er mich noch vor deiner Geburt verlassen hat.«

»Wusste er denn überhaupt, dass du schwanger warst?«

»Nein.«

»Und du hast nie wieder etwas von ihm gehört?«

»Nein. Wie denn auch.«

»Naja, aber hattest du denn nie den Wunsch ihm zu sagen, dass er eine Tochter hat?«

»Doch, natürlich. Wenn du wüsstest, wie lange wir damals nach ihm gesucht haben. Immer ohne Ergebnis. Mir war klar, dass er sich für ein Leben ohne mich entschieden hatte.«

»Konnte man denn damals ausschließen, dass ihm etwas passiert ist? Ich meine, vielleicht hatte er ja einen Unfall?«

»Nein. Das hat die Polizei damals ausgeschlossen. Das hätte auf dieser kleinen Insel doch irgendjemand mitbekommen.«

»Aber Mama! Ich meine, du hast doch gesagt, dass das hier alles eine ganz wilde Zeit war. Vielleicht hat er ja eine Überdosis Drogen genommen oder er ist beim Baden im Meer ertrunken. Vielleicht liegt er ja auf einem der Friedhöfe hier längst begraben.«

»Mein Gott, nein, er lebt. Und jetzt quäl mich nicht länger. Das ist alles schwer genug für mich.«

»Er lebt? Woher weißt du das denn? Ich denke du hast keinen Kontakt mehr zu ihm.« Iris begann langsam wütend zu werden.

»Nein, das habe ich auch nicht.«

»Mama, woher weißt du das dann?«

»Weil er noch immer hier in Spanien lebt. Das habe ich vor einigen Jahren mehr oder minder durch Zufall erfahren.«

»Und warum hast du mir das damals nicht gesagt? Wie lange weißt du davon?«

»Vielleicht 15, 20 Jahre.«

»Mama, das ist jetzt nicht dein Ernst, oder? Du erzählst mir mein Leben lang, dass du über meinen Vater überhaupt nichts mehr weißt und jetzt erfahre ich quasi im Nebensatz, dass du seit 20 Jahren weißt, dass er lebt und dazu noch wo? Ich kann das nicht fassen! Wo ist mein Vater?«

»Auf Ibiza.«

»Was? Also im Prinzip nebenan. Ich glaube es nicht. Wo da? Was macht er? Wie lebt er? Mama, jetzt spuck es aus. Ich will alles wissen und ihn sofort kennenlernen.«

»Das dürfte nicht so einfach sein, wie du es dir jetzt vorstellst.«

»Und warum bitte nicht? Was spricht dagegen, ihn einfach zu besuchen und ihm zu sagen, wer ich bin? Dich wird er ja wohl wiedererkennen. Auch nach fast 40 Jahren. Oder etwa nicht?«

»Das mag sein. Aber man wird uns nicht zu ihm vorlassen.«

»Man wird uns nicht zu ihm vorlassen? Ist er der Kaiser von China oder was? Müssen wir erst einmal um eine Audienz ansuchen? Mama, jetzt mach dich bitte nicht lächerlich. Wenn man dich so reden hört, könnte man glatt denken, mein Vater wäre irgendein Superstar.«

»Ja, als solchen würde man ihn wohl tatsächlich bezeichnen.«

»Was? Und jetzt kommt womöglich gleich Dieter Bohlen hinterm Busch hervorgesprungen und sagt: ,Ja Iris! Deine Mutter und ich – wir waren mal ein Paar. Nur leider heiße ich heute nicht mehr Alexander, sondern Dieter.' Mama, wer soll denn das bitte sein? Ich kenne keinen Star namens Alexander. Alexander – und wie war noch mal sein Nachname?«

»Roth. Alexander Roth.«

»Ja eben. Kenne ich nicht. Und ich sollte ihn ja wohl kennen in meinem Job.«

»Er nennt sich heute anders.«

»Doch Dieter?« Iris begann hysterisch zu lachen. »Dann habe ich ja doch noch die Chance eines Tages Millionärin zu werden, wenn mein Vater ins Gras beißt und ich erbe.«

»Nein, Iris. Der Bohlen ist es nicht. So ein Quatsch. Wie auch? Der ist doch viel jünger als ich. Nein, aber ein Mann gleichen Kalibers. Sogar eine Nummer größer, würde ich sagen. Du kennst ihn. Hundertprozentig.«

»Jetzt mach es nicht so spannend. Also raus mit der Sprache: Wer ist mein Vater?«

»Alex Roth. Künstlername Alessandro Rosso. Der Hitproduzent. Der Mann von Sängerin Emma.«

Iris stockte der Atem. »Das ist jetzt aber ein schlechter Witz, oder?«

20. KAPITEL

Iris saß mit Leonie in der Fonda Pepe und war immer noch fassungslos über das, was ihre Mutter ihr gerade erzählt hatte. Alessandro Rosso war ihr Vater. DER widerliche Alessandro Rosso. Dem sie am Flughafen eine Szene gemacht hatte und dessen blöde Sangestrulla am Strand über Ravi gefallen war.

Erst Anfang der 90er hatte ihre Mutter das erste Mal wieder von ihm gehört. Als Ilona Christen im ZDF-Fernsehgarten die neue Popgruppe Sundowner angekündigt hatte und Alex – inzwischen mit kurzen und blond gefärbten Haaren – auf die Bühne gekommen war. Da dachte sie zunächst, sie sei einer optischen Täuschung aufgesessen. Bis sie seine Stimme gehört hatte…

Von da an hatte Alex eine kometenhafte Karriere hingelegt. Diverse Nummer-Eins-Hits, auch international, bis Sundowner sich ein paar Jahre später aufgrund von Streitigkeiten getrennt, Alex Emma geheiratet und sich von da an komplett aufs Hitproduzieren statt Singen konzentriert hatte. Dass Eva sich nicht nur nicht getraut hatte, mit ihm wieder in Kontakt zu treten, sondern es ihr damals auch so gut wie unmöglich gewesen war, leuchtete selbst Iris ein.

»Das ist der Wahnsinn«, sagte Leonie und nahm einen großen Schluck aus ihrer Bierflasche. »Da hast du einen mega-prominenten Vater und wusstest nicht einmal von ihm. Und dann triffst du ihn innerhalb kurzer Zeit gleich zwei Mal. Wenn das nicht wirklich Schicksal ist.«

»Ja, unglaublich, oder? Und dann ist der auch noch so ein Unsympath. Ich meine, warum gerade der? Hätte es dann nicht Roger Moore, Prinz Charles oder sonst wer sein können. Stattdessen ist es diese aufgeblasene Pop-Pfeife.«

»Tja, Iris, wer kann sich schon seinen Vater aussuchen? Ich besorg uns noch ein Bier, ok?«

»Ja, danke. Gerne.«

Leonie erhob sich von ihrem Stammplatz, der kleinen weißen Mauer vor der Fonda, um bei Angelo zwei weitere San Miguel zu ordern.

Natürlich hatten sie sie gefragt, aber Eva hatte nicht mitgewollt in die Fonda und war im Hotel geblieben. Sie wollte sich von den Reisestrapazen und dem Gespräch mit Iris erholen. Da Iris ein Doppelzimmer alleine bewohnte, war es kein Problem, ihre Mutter kurzfristig bei ihr unterzubringen. Außerdem hatte Iris vor, die Nacht bei Juan zu verbringen.

Der kam gerade wieder einmal mit einem großen Korb herum, um leere Bierflaschen sowie Getränkegläser einzusammeln, setzte sich zu Iris auf die Mauer und legte seinen Arm um sie.

»Na, alles in Ordnung?«

»Ja, schon. Ich habe nur gerade das Gefühl, mitten in einem Film zu stecken, der auf Schnell-Vorspulen gestellt ist und bei dem ich den Pause- oder Play-Knopf nicht wiederfinde.«

»Es ist gerade eine Menge, die da auf dich einprallt. Aber du musst es auch positiv sehen: Viele Fragen aus deiner Kindheit und über deinen Vater lösen sich nun nach und nach.«

»Es sind nur komischerweise Fragen, die ich mir nie gestellt habe. Weißt du, ich bin doch die ganzen Jahre in der Gewissheit aufgewachsen, dass mein Vater verschollen und ich in München geboren wurde. Und nun? Ändert sich plötzlich alles, an das ich immer geglaubt habe.«

»Und dann komme auch noch ich in dein Leben.«

»Ja, dann kamst auch noch du. Und weißt du was? Das ist bisher das Schönste, was mir hier passiert ist. Du hast mir wirklich den Kopf verdreht, Juan. Weißt du das eigentlich?«

»Habe ich das? Das freut mich zu hören. Aber Iris, soll ich dir etwas sagen? Du mir auch! Ich glaube, ich habe mich total in dich verliebt.«

»Du glaubst?«

Juan nahm ihr Gesicht in seine Hände, zog es zu sich heran und küsste sie mit seinen warmen und weichen Lippen. »Ich glaube es nicht, ich weiß es«, flüsterte er. »Es wird sich alles regeln. Warte nur ab.«

Als Juan wieder zurück an die übervolle Bar musste und auch Leonie – nachdem sie im Getränkelager ebenfalls kurz mit Angelo geknutscht hatte, wie sie Iris kichernd berichtete – mit den zwei Bierflaschen bewaffnet wieder bei Iris auf der Mauer saß, schmiedeten die beiden Pläne, wie nun vorzugehen sei.

»Du musst natürlich versuchen, mit deinem Vater in Kontakt zu treten«, sagte Leonie und nahm einen kräftigen Schluck aus der Flasche. »Auch wenn du ihn noch so blöd findest. Ich meine, der hat ja auch ein Recht darauf zu erfahren, dass du seine Tochter bist. Oder nicht?«

»Einfacher gesagt, als getan. Wie soll ich das anstellen? Mich bei ihm vor das Haus stellen, klingeln und sagen ‚Hallo! Ich, die blöde Kuh vom Flughafen bin übrigens Ihre Tochter‘. Ich fürchte, das wird so nicht so ganz funktionieren.«

»Stimmt, das dürfte bei seiner Bekanntheit schwierig werden. Du könntest ihm aber auf der Straße auflauern? Und ihn dann einfach wieder ansprechen. Kennen tut er dich ja inzwischen.«

»Wenn ich das so mache, hält der mich für komplett geistesgestört. Nein, da muss es einen anderen Weg geben. Ich glaube, ich habe auch schon eine Idee, wie.«

Iris kramte in der Tasche und suchte ihr Handy. Sie wählte die Nummer ihrer ehemaligen Stars & Co.-Kollegin Conny.

»Conny! Hallo! Ja, ich bin es wirklich! Ja, ich weiß, wie spät es ist. Alles gut bei dir?… Ja, danke…. Bei mir alles bestens. Es gibt irre viel zu erzählen, wenn ich wieder da bin…. Auf Formentera, so einer kleinen Insel bei Ibiza…. Nein, kannte ich vorher auch nicht. Mal gehört, aber nie bewusst wahrgenommen. Aber es ist wunderschön. Du, ich brauche ganz dringend deine Hilfe. Kannst du für mich um ein Interview bei Alessandro Rosso anfragen?«

Die Grillen zirpten besonders laut in dieser Nacht. Iris und Juan lagen auf einer großen Wolldecke, die sie auf der kleinen Dachterrasse ausgebreitet hatten und sahen in den Himmel. Der Mond leuchtete kreisrund und die Luft duftete köstlich nach dem Galan de Noche, der den kleinen Zaun, der Juans Appartementhaus umgab, dicht bewuchs.

»Es ist unglaublich, wie sich mein Leben innerhalb von ein paar Tagen verändert hat«, sagte Iris und strich durch Juans volles Haar. »Obwohl ich nach wie vor nicht weiß, auf welche Weise Violeta und ich verwandt sind.«

»Na, dein Vater wird es sicherlich wissen.«

»Meinst du? Ich meine, du kennst Violeta selbst und sie ist sich sicher, dass ihre Mutter ihrem Vater immer treu war.«

»Untreue sieht man den Menschen leider nicht immer an.«

»Da hast du natürlich Recht. Wie treu bist du denn eigentlich?«

»Sehr treu. Auch, wenn du mir das jetzt vielleicht nicht glaubst.«

»Wieso sollte ich dir das nicht glauben? Habe ich Grund, daran zu zweifeln?«

»Nein, natürlich nicht. Aber ich kann mir schon vorstellen, dass du dir denkst, dass ich alle paar Wochen in der Fonda eine neue Touristin angrabe…«

»Tust du das nicht?«

»Nein. Du bist die erste Frau, die ich dort kennengelernt habe.«

»Warum hast du mich eigentlich angesprochen?«

»Ich hatte dich und deine Freundin Leonie schon länger beobachtet. Ich fand die Art, wie du redest wahnsinnig faszinierend. So schnell und doch so deutlich. Und lustig. Und dein Lachen – es hat mich sofort begeistert. Es hat so etwas Mitreißendes und Fröhliches. Und außerdem siehst du einfach unheimlich sexy aus.«

Iris merkte, wie sie errötete. Doch dank der Dunkelheit konnte Juan dies nicht sehen. »Wie lang ist denn deine letzte Beziehung her?«

»Schon ein paar Jahre.«

»So lang? Woran ist sie zerbrochen?«

»Möchtest du das wirklich wissen?«, Juan beugte sich über Iris. »Ich wollte Kinder – sie nicht.«

»Oh«, war das einzige was Iris dazu einfiel. »Das hört man in letzter Zeit öfter. Und während es früher die Frauen waren, die immer ein Baby wollten, sind es heute oft die Männer, die gerne Vater wären.«

»Ja, das stimmt. Und nachdem wir über dieses Thema wochen-, ach was sage ich, monatelang diskutiert hatten, habe ich sie mit einem anderen im Bett erwischt.«

»Aua.«

»Ja. Danach hatte ich von festen Beziehungen erst mal genug. Und wann hattest du den letzten Freund?«

»Hmmm«, sagte Iris. »Das ist auch ein schwieriges Thema.«

Und dann erzählte sie Juan die ganze Thorsten Geschichte.

»Auch übel«, sagte Juan. »Das hast du nicht verdient. Aber jetzt hast du ja mich.« Er grinste sie an.

»Und darüber bin ich auch sehr froh.« Iris musste lächeln. »Du hast in meinem Herzen eine Tür nicht nur aufgemacht, sondern eingerannt, von der ich nicht mal wusste, dass sie überhaupt existiert. Geschweige denn offen steht. Weißt du das? Ich hätte im Leben nicht daran geglaubt, mich so kurz nach der Trennung überhaupt wieder jemandem öffnen zu können.«

»Nein. Das wusste ich nicht. Aber ich finde das hast du sehr schön gesagt.«

Iris legte ihre Arme um seinen Hals, zog ihn näher zu sich heran und bedeckte seine Schläfen, seine Lippen, seine Wangen, seine Ohrläppchen und seinen Hals mit unzähligen kleinen Küssen. So leidenschaftlich, dass es Juan fast den Atem raubte. Er drehte sich zu ihr und erwiderte ihre Küsse. Er ließ seine Lippen über ihren Haaransatz, ihre Ohrläppchen und ihre Wangen wandern und streichelte dabei zärtlich ihre Brust, ihre Taille und ihre Hüften.

Ihre Münder trafen sich und ihre Zungen vereinigten sich im warmen und feuchten Liebesspiel.

»Komm jetzt zu mir«, hauchte Iris. »Ich möchte dich fühlen.«

Juan drückte sie noch fester an sich, legte sich auf ihren erhitzten Körper und Iris konnte auch seine Erregung ganz deutlich spüren. Iris klammerte sich an ihn und grub ihre Finger in seine Haut auf Rücken und Hals, während Juan Iris' Brüste erst ganz vorsichtig und dann immer intensiver streichelte. Er saugte an ihren Ohrläppchen und ließ seine Zunge immer wieder auf die Stelle dahinter gleiten, weil er merkte, wie sehr ihr das gefiel. Mit seinem Körper drückte er währenddessen ihre Beine auseinander.

Mit ein paar schnellen Handgriffen hatte er Iris das dünne Sommerkleid hochgeschoben, welches sie noch anhatte, und seine eigene Jeans geöffnet. Mit einem einzigen Stoß glitt er wie von selbst in sie.

Iris stöhnte auf, denn sie war mehr als bereit für ihn gewesen. Sie zitterte am ganzen Körper, als Juan ihre Beine anhob, um mit immer schnelleren und tieferen Stößen in sie einzudringen. Iris' war fast besinnungslos vor Lust und folgte jeder seiner rhythmischen Bewegungen. Mit all ihrer Kraft hielt sie sich an seinem Rücken fest und versuchte, ihn noch dichter an sich heran zu drücken. Sie keuchte, flüsterte seinen Namen und hörte ihn ihren stammeln, bis er schließlich in ihr Stöhnen mit einfiel. Sein Keuchen wurde lauter und seine Bewegungen schneller. Das erregte Iris noch zusätzlich. Als sie merkte, dass er kurz davor war, den Höhepunkt zu erreichen, ließ auch sie sich völlig fallen und kam – wie schon die Male zuvor – gemeinsam mit ihm.

Danach blieb sie auf dem Rücken liegen. Ihr Puls raste und ihr nasses Haar klebte ihr an der Stirn. Ihr Körper war glutheiß und auf ihrer Brust schimmerten hunderte kleiner Schweißperlen. Juan lag erschöpft und immer noch schnell atmend neben ihr. Als sich seine Atmung wieder normalisiert hatte, küsste er sie noch einmal leidenschaftlich. »Ich liebe dich!«

»Ich dich auch, Juan. Ich dich auch. Und das, was ich mit dir gerade erlebe, habe ich so noch nie erlebt.«

»Du bist aber ein ganz böses Mädchen«, flüsterte er lächelnd. »Du hast ja sogar noch dein Kleid an.«

»Und du deine Jeans!«

Am nächsten Morgen hatte Juan Iris auf dem Weg zur Arbeit schon früh wieder zurück ins Hotel gebracht, so dass sie zusammen mit ihrer Mutter tatsächlich einmal das reguläre Frühstücksbuffet aufsuchen konnte.

»Und wann lerne ich deinen Juan mal kennen«, fragte Eva, während sie herzhaft in ein Baguette mit Serranoschinken biss, das sie sichtlich genoss. »Hmm. Lecker. Das haben wir hier früher schon gegessen. Eine der schöneren Erinnerungen.«

»Tja, wann lernst du Juan kennen. Heute Abend?«

»Oder ist er nur ein Urlaubsflirt und du meinst, deine Mutter muss ihn nicht kennenlernen?«

»Nein, das ist er ganz gewiss nicht. Ich bin total verliebt und so glücklich, wie schon lange nicht mehr.«

»Das freut mich, mein Schatz. Das freut mich wirklich. Nach all dem Ärger mit diesem Thorsten. Hat der sich überhaupt mal wieder gemeldet?«

»Ja, leider. Aber lass uns darüber nicht reden.«

Nach dem Frühstück bestellte Eva an der Rezeption einen Mietwagen für sich und Iris für die nächsten Tage. »Ich werde mich in meinem Alter nämlich ganz bestimmt nicht mehr auf dein Motorrad schwingen«, sagte sie zu Iris.

Iris lieh daraufhin ihren Motorroller Leonie, die mal etwas »Romantisches« alleine mit ihrem Angelo unternehmen wollte.

Iris und Eva hatten hingegen beschlossen, Violeta in ihrem Hafenbüro zu besuchen.

Als sie dort ankamen, war in der Touristeninfo bereits wieder einmal die Hölle los. Neben Violeta stand ein Kollege hinter dem Tresen und verteilte Prospekte und Broschüren über die Insel, gab Tipps und versuchte, telefonisch das eine oder andere noch freie Hotelbett für die Gäste zu ergattern.

»Geh du erst rein, ich warte hier auf den Treppenstufen«, sagte Eva und setzte sich auf ein schattiges Plätzchen.

»Hola, Iris!« Violeta kam hinter dem Tresen hervorgestürmt und umarmte sie. »Wie schön, dich zu sehen!«

»Hallo, Violeta! Du wirst es nicht glauben, aber meine Mutter ist hier.«

»Was? Wie? Wo?«

»Sie wartet draußen auf den Stufen. Und sie hat sogar das Geheimnis um meinen Vater gelüftet. Auch das wirst du nicht glauben!«

»Hilfe! Das klingt ja super spannend. Gib mir fünf Minuten, dann komme ich zu euch raus, ok?«

Als Violeta dann vor ihnen stand, erschrak Eva – Iris hatte wirklich nicht übertrieben: Die Ähnlichkeit zwischen ihrer Tochter und dieser jungen Frau war frappierend. Identische Gesichtszüge, die gleiche, sehr markante Nase, die gleiche Größe und die gleiche Art sich zu bewegen. Hätte sie es nicht besser gewusst, auch Eva hätte Violeta für ihre Tochter gehalten.

»Schön, Sie kennenzulernen«, sagte Violeta und gab Eva die Hand. »Ich habe schon viel von Ihnen gehört.«

»Ich von Ihnen auch. Aber wollen wir nicht ‚du' sagen? Ich bin schließlich die Ältere. Also: Eva!« Sie reichte Violeta die Hand.

»Sehr gerne, Eva. Ich bin Violeta.«

»Was für ein schöner Name. Auch so ein Blumenname, wie der von Iris.«

»Stimmt, Mama, wo du es so sagst. Violeta heißt auf Spanisch ja Veilchen. Oder?«

»Stimmt!«, sagte Violeta. »Wieder so ein komischer Zufall?«

»Nun ja, ihr solltet da nicht zu viel hinein interpretieren. Ihr wisst doch, was in den Siebzigern los war: die Flowerpower-Bewegung. Da lag es doch auf der Hand, seinem Kind einen Blumennamen zu geben, gerade in Spanien und besonders auf Formentera. In der Zeit als du geboren wurdest, Iris, gab es hier und auf Ibiza jede Menge kleine Irisse, Floras, Violetas, Azucenas, Clavelinas, Rosas und Peonias. Das war damals halt ‚in', wie ihr wohl heute sagen würdet.«

»Das hast du mir nie erzählt. Dann bin ich ja tatsächlich ein richtiges Blumenkind.«

»Und ich auch«, ergänzte Violeta. »Obwohl mir gar nicht klar war, dass meine Eltern überhaupt mit diesem ganzen Hippiekram etwas am Hut hatten. Passt eigentlich auch gar nicht zu ihnen. Sie waren eher konservativ und spießig.«

In diesem Moment klingelte Iris Handy. Sie kramte in ihrer Tasche und sah auf das Display. »Oh, das ist wichtig. Entschuldigt ihr mich kurz?«

»Klaro!«, sage Violeta.

Und Eva ergänzte: »Vielleicht magst du mir ja inzwischen etwas über deine Eltern erzählen, Violeta?

»Natürlich!«

Der wichtige Anruf war von Conny aus München. Sie hatte es zwar auf keinem Wege geschafft, für Iris ein Interview mit Alessandro Rosso zu arrangieren, hatte aber von einer spanischen Kollegin den Tipp bekommen, dass sich Rosso noch am selben Abend auf einer VIP-CD-Premierenparty in einer der großen Discotheken drüben auf Ibiza befinden würde.

»Ich habe dich mit einer Begleitperson auf die Gästeliste setzen lassen, wenn es dir Recht ist. Dann musste dich ihm halt so nähern« sagte sie. »Ich bitte dich nur um eines: Benimm dich und fall bitte nicht negativ auf. Sonst macht mich die Koletzko einen Kopf kürzer.«

Als Iris zu Violeta und Eva zurückkam, plauderten diese noch immer angeregt miteinander.

»Mama, wir zwei fahren heute Abend zusammen nach Ibiza.«

»Wir machen was?«

21. Kapitel

Eva konnte sich nicht erinnern, wann sie das letzte Mal in einer Disco gewesen war. Das musste gut dreißig Jahre her gewesen sein. In ein schickes, schwarzes Etuikleid gehüllt, welches sie nachmittags noch in einer Boutique in San Francisco erstanden hatte, perfekt geschminkt und mit frisch geföhntem Haar saß sie nervös neben ihrer Tochter in der Schnellfähre nach Ibiza. Sie musste auf jeden Fall gut aussehen, bei ihrem Wiedersehen mit Alex nach all den Jahren.

Ihr war flau im Magen. Viel zu spät kam es zu diesem Treffen, das war ihr klar. Schon damals, spätestens als sie ihn das erste Mal im Fernsehen wiedergesehen hatte, hätte sie alles daran setzen müssen, mit ihm zu sprechen. Vielleicht über sein Management. Sie hätte ihn wenigstens darüber informieren müssen, dass er eine Tochter hatte.

Auch Iris kaute nervös an ihren Nägeln. Heute würde sie nun tatsächlich das erste Mal ihren Vater treffen. So richtig jedenfalls. An die zwei Szenen, bei denen sie seine Bekanntschaft bereits gemacht und sich selbst nicht gerade Sympathie einflößend benommen hatte, wollte sie jetzt lieber nicht denken. Iris hatte sich ebenfalls aufgestylt. So, wie es sich für eine Promiparty gehörte und so, wie sie ihrem Vater das erste Mal als Tochter gegenüber treten wollte. Sie trug ein elegantes, gelbes Designer-Sommerkleid, hochhackige Sandalen und war nicht nur perfekt geföhnt, sondern hatte auch noch einmal frischen Nagellack auf Finger und Füße aufgetragen. Sie hatte viel darüber nachgedacht, dass dieser Rosso tatsächlich ihr Vater sein sollte und warum sie ihn so unangenehm fand. Gleichzeitig versuchte sie aber trotzdem immer wieder Parallelen zwischen ihm und sich selbst zu finden.

Das Aussehen? Nein. Das musikalische Talent? Ebenfalls nein. Sie hatte zwar eine ganz passable Stimme, aber davon, dass sich in ihr eine geheime Musik-Ader verbarg, die nur darauf wartete, entdeckt zu werden, konnte wirklich nicht die Rede sein. Aber was war es dann? Was um Himmels willen hatte dieser Mann ihr mit seinen Genen vererbt? Die Zielstrebigkeit? Oder sagte ihre Mutter vielleicht doch nicht die ganze Wahrheit? War Rosso vielleicht doch gar nicht ihr Vater? Und wenn ja, wie mochte dieser privat sein? Vielleicht doch ganz nett? So ganz anders, als er öffentlich auftrat?

Als sie im Hafen angekommen waren, nahmen sie sich ein Taxi zur Disco Blue Sky. Violeta hatte für sie netterweise bei der Reederei recherchiert, dass es heute Nacht um Mitternacht noch einmal eine Fähre zurück nach Formentera geben würde und hatte den beiden sogar schon die Tickets besorgt.

»Mama, du musst aber heute ein bisschen durchhalten und wirst nicht um elf im Bett liegen können. Ist dir das klar?«, sagte Iris, während sich das Taxi durch die engen Gassen der Altstadt von Ibiza Stadt schlängelte.

»Ja, natürlich. Soooo alt ist deine Mutter ja nun auch nicht, als dass ich nicht mal eine Nacht länger aufbleiben könnte.«

Als Eva und Iris vor dem Blue Sky eintrafen, war auf dem roten Teppich, den sie anlässlich der CD-Album-Premiere der spanischen Sängerin Luìsa Cortez vor den Eingang gelegt hatten und auf dem die lokalen Sternchen und sogar ein paar Stars aus Madrid und Barcelona flanieren sollten, schon einiges los. Ganz hollywoodmäßig hatten die Veranstalter sogar ein paar drehende Scheinwerfer auf den Boden gestellt, die ihr gleißendes Licht in den Abendhimmel von Ibiza warfen.

Iris nannte ihren Namen und dann schritt sie zusammen mit ihrer Mutter den Teppich entlang, hinein in die Großraumdiskothek, die anlässlich des CD-Mottos »Una noche en Marueccos« – »Eine Nacht in Marokko« –von oben bis unten orientalisch dekoriert war. Überall hingen die typischen Metalllampen, verteilt auf dem Boden große Sitzkissen und die Luft war geschwängert von Räucherstäbchen.

Eva fühlte sich sofort an den Abend im Bufanda Negra erinnert, an dem sie Alex mit dieser anderen Frau beim Sex erwischt hatte. Der Abend, mit dem das ganze Unheil begonnen hatte.

»Mama, du guckst so traurig. Ist irgendetwas?«

»Nein, nein. Alles ok. Ich bin nur sehr nervös.«

»Das bin ich auch!«

Eva hatte überlegt, Iris von dem schrecklichen Abend damals zu erzählen, doch obwohl ihre Tochter weiß Gott alt genug war, der Wahrheit auch komplett ins Auge zu sehen, entschied sie sich dagegen. Das war kein Thema, das sie als Mutter mit ihrer Tochter besprechen sollte.

Mit einem Glas Champagner bewaffnet sahen sich Eva und Iris um und beobachteten die langsam eintreffenden Gäste. Küsschen hier, Bussi da, ein »Nein, du auch hier?« in der einen Ecke, ein »Du siehst ja unverschämt gut aus!« in der anderen. An diesem Abend konnte Iris mit dieser oberflächlichen, eitlen Welt überhaupt nichts mehr anfangen. Und obwohl sie auf solchen Partys vor einigen Wochen mit großem Spaß noch immer selbst mittendrin gewesen war, erschien ihr dies alles heute Lichtjahre entfernt und sehr fremd.

»Was macht dich so sicher, dass er wirklich kommt?«, fragte Eva ihre Tochter.

»Er steht auf der Gästeliste und sein Management hat Conny, meiner ehemaligen Kollegin, sein Kommen bestätigt.«

»Na, ob er sich bei seiner Unzuverlässigkeit daran hält, wage ich zu bezweifeln.«

»Mama, willst du ihn nicht treffen?«

»Von Wollen kann keine Rede sein. Nein. Ich tue das alles deinetwegen. Ich hoffe, du weißt das.«

»Ich weiß, Mama, ich weiß. Aber findest du nicht, dass es endlich an der Zeit ist, reinen Tisch zu machen?«

»Ja. Darum bin ich hier.«

Doch Eva schien Recht zu behalten. Denn trotz fortschreitender Zeit war weder von Alex, noch von seiner Frau Emma etwas zu sehen. Es kamen zwar immer noch neue Gäste an, doch andere hatten die große Party bereits wieder verlassen. Gegen 23 Uhr schlug Eva vor, doch langsam wieder Richtung Hafen zu fahren: »Der kommt nicht mehr. Glaub mir.«

»Was macht dich da so sicher?«

»Ein Gefühl.«

Um kurz nach halb Zwölf gab Iris Evas Drängeln nach und sie gingen langsam in Richtung Ausgang. Iris war traurig, enttäuscht und wütend zugleich. Denn ihr war klar, dass es heute die vermutlich einzige unkomplizierte Gelegenheit gewesen wäre, ihren Vater zu treffen. Alle weiteren Versuche würden wieder extreme Anstrengungen erfordern.

Beim Verlassen der Disco fragte sie noch einmal am Eingang, ob Alessandro Rosso nicht vielleicht doch gekommen sei und sie ihn im allgemeinen Gedränge nur übersehen hatten. Doch die Frau, die die Gästeliste betreute, bestätigte Evas Vermutung. »Nein, er steht zwar auf der Liste, aber er ist nicht hier.«

Eva und Iris gingen wieder hinunter zur Straße, um sich ein Taxi zurück zum Hafen zu nehmen. Diese Idee hatten gerade mehrere Leute gehabt, denn vor ihnen warteten bereits einige andere auf einen Wagen.

»Entschuldigung, wir müssen dringend zum Hafen und zur Fähre nach Formentera«, versuchte Iris ihre Mutter und sich vorzudrängeln.

»Und wir ganz dringend zum Flughafen«, erwiderte ein Mann, der mit seinem Freund vorne in der Schlange wartete.

»Und wir nach Hause den Babysitter ablösen. Unsere Tochter macht Terror«, eine Frau.

»Super. Und wir verpassen jetzt auch noch unsere Fähre. Prost Mahlzeit!«, maulte Eva. »Dann können wir entweder auf einer Parkbank schlafen oder ohne Zahnbürste in eine kleine Pension am Hafen gehen.«

»Mama. Entspann dich! Wir schaffen das noch.«

Doch der Zeiger rückte unerbittlich vor und als die beiden endlich an der Reihe waren, zeigte die Uhr bereits kurz vor Mitternacht. Endlich kam wieder ein Taxi die Landstraße entlanggebraust und hielt vor dem Blue Sky. Iris riss die Beifahrertür auf und brüllte ins Wageninnere: »Schnell zum Hafen. Bitte! So schnell es geht!«

»Entschuldigung, darf ich vielleicht erst einmal aussteigen?«, fragte eine Iris sehr wohl bekannte Männerstimme aus dem Inneren des Wagens. Alessandro Rosso. Alex.

Er öffnete die hintere Tür und stieg aus. »Na, wenn ich DIESE vorlaute Stimme nicht irgendwoher kenne«, sagte er und baute sich grinsend vor Iris auf. »Irgendwie werde ich den Verdacht nicht los, dass Sie mich A) überallhin verfolgen und B) ständig unter Zeitdruck sind. Könnte es sein, dass ich Recht habe?«

Iris war so perplex, dass ihr die Worte fehlten. Außer einem »Äh, nein, Quatsch«, brachte sie nichts heraus.

»Wollen Sie hier quatschen oder das Taxi nun nehmen? Sonst nehmen wir es!«, maulte eine Frau hinter ihr.

»Ja ja, äh, nehmen Sie es«, stotterte Iris.

»Ich denke, Sie haben es so eilig?«, fragte Rosso und sah Iris an. »Nicht nur vorlaut, sondern auch noch unentschlossen. Ich verstehe.«

»Nein, Alex. Nicht unentschlossen. Wir haben auf dich gewartet.« Eva trat an Iris und Alex heran, nachdem sie sah, dass ihre Tochter mit der Situation gerade völlig überfordert schien.

»Und wer sind Sie?« Alex musterte Eva im Halbdunkel der Nacht.

»Habe ich mich wirklich so verändert?«, fragte Eva und ging noch einen Schritt auf Alex zu.

Alex sah sie an und schien zu erstarren. »Eva? Bist das wirklich du? Ich kann das kaum glauben.«

»Ja, Alex, ich bin es.«

»Oh mein Gott! Was machst du hier? Lebst du auf Ibiza?«

»Nein. Schon sehr lange wieder in München. Aber das ist eine längere Geschichte.«

»Ich kann das nicht fassen. Wie lange ist das alles her? 30 Jahre?«

»Fast 40. Ja, es ist sehr viel passiert in der Zeit.«

»Das musst du mir in Ruhe erzählen. Mein Gott, Eva. Wie lange habe ich nach dir gesucht damals.«

»Äh – du nach mir? Ich glaube, ich höre nicht richtig.«

»Ja, ich nach dir. Nach meiner Zeit im Gefängnis.«

»Gefängnis?«

»Ja. Ich saß doch ein paar Jahre. Wusstest du das denn nicht?«

»Nein.«

»Oh, ich glaube, wir haben wirklich einiges zu besprechen«, sagte Alex. »Wolltet ihr wirklich schon gehen?«

»Eigentlich schon«, sagte Iris, die wieder Worte fand. »Aber unter den gegebenen Umständen bleiben wir doch noch einen Moment, oder Mama?«

»Mama? Diese Frau mit der großen Klappe ist deine Tochter? Wahnsinn. Wie die Zeit vergeht.«

»Ja, Alex, das ist Iris. Unsere Tochter.«

22. Kapitel

»Das hätte ich mir wahrlich nicht träumen lassen, dass ich mit über 60 noch Vater werde.« Alex biss in sein Croissant und strahlte die beiden an. »Möchtet ihr mehr Kaffee oder Saft?«

»Ich nehme gerne noch einen Kaffee«, sagte Iris.

»Und ich bitte auch.«

»Aurelia bringen Sie den Damen bitte zwei Kaffee und mir einen Saft, ja? Danke.«

»Sehr gerne, Señor Rosso.«

Eva und Iris saßen auf einer herrlich bepflanzten Terrasse und sahen auf das Meer, das türkisfarben unter ihnen leuchtete.

Sie hatten es sich beide gestern nicht vorstellen können, dass Alex die Nachricht so relativ entspannt aufnehmen würde. Zuerst war er zwar sprachlos gewesen, hatte sich dann aber schnell gefangen und mit beiden auf der Party im Blue Sky mit Champagner auf die Sensation angestoßen. Schließlich hatte er sie spontan eingeladen, bei ihm in seiner Villa zu übernachten, nachdem sie das letzte Schiff nach Formentera verpasst hatten. Seine Frau Emma – und darüber freute sich Iris besonders – befand sich gerade zu Dreharbeiten für ein Musikvideo in London.

Und so hatten die Drei bis in den frühen Morgen am überdimensional großen und sehr schick indirekt beleuchteten Pool, in der Nähe des üppigen Außenkamins, gesessen und geredet. Einfach nur geredet. Versucht, die letzten 40 Jahre irgendwie in den Griff zu bekommen. Es war schwer zu begreifen, dass eine banale Verkettung von Leichtsinn, Missverständnissen und Zufällen ihrer aller Leben so grundlegend beeinflusst hatte. »Ich hatte doch keine Ahnung. Eva!«, hatte Alex immer wieder gesagt, als

Eva ihm erzählte, wie ihre Zeit auf Formentera vergangen war und schließlich im ganz großen Desaster geendet hatte. »Und ich saß nach meinem Quatsch mit den Drogen und dieser komischen Frau nichts ahnend im Knast, unfähig, mit dir überhaupt Kontakt aufzunehmen«, hatte Alex gesagt. »Immer wieder habe ich versucht, Wärter zu bestechen oder Mitgefangenen, die entlassen wurden, Nachrichten für dich mitzugeben – aber ich hatte einfach keine Chance, zu dir durchzudringen.«

Erst als die politische Ära von Francisco Franco im November 1975 durch seinen Tod zu Ende gegangen war, habe man ihn und seine Hippie-Freunde von damals begnadigt und endlich frei gelassen.

Alex war daraufhin natürlich als erstes zurück nach Formentera gefahren und hatte nach Eva gesucht – doch vergeblich.

Vier Jahre nach dem Brand hatten sich alle Spuren verwischt und selbst Agneta und Ole, die letzten beiden Mitglieder der ehemaligen Wohngemeinschaft, die zu Evas Zeit noch oberhalb der Autowerkstatt wohnten, hatten die Insel aufgrund der miserablen wirtschaftlichen Situation längst wieder verlassen und waren nach Schweden zurückgekehrt. Und so hatte Alex vermutet, Eva habe vielleicht einen Spanier geheiratet, sei aufs Festland oder sonst wohin gezogen – und war selbst ein wenig planlos nach Ibiza zurückgekehrt. Dort hatte er zusammen mit einem ehemaligen Mitgefangenen als Kellner in einem Touristenhotel angefangen und hatte so Schritt für Schritt seinen Weg zurück ins Leben gefunden, ehe er Jahre später schließlich von seiner Musik nicht mehr nur überleben, sondern sehr gut leben konnte.

»Ich könnte übrigens verstehen, wenn du in dieser für dich sehr überraschenden Situation einen Vaterschaftstest möchtest«, sagte Eva und trank einen Schluck frischen Kaffee, den ihr die Haushälterin gebracht hatte. »In deiner sozialen Stellung und mit deinem Vermögen würde ich den mit Sicherheit auch verlangen. Ich meine, du bist ein sehr erfolgreicher und reicher Künstler.«

Doch Alex schüttelte nur den Kopf. »Eva, warum solltest du nach fast vierzig Jahren mit dieser Geschichte zu mir kommen und mir erzählen, dass ich eine Tochter mit dir habe, wenn sie gar nicht stimmen würde? Ich meine, unterhaltspflichtig bin ich für diese freche Frau ja wohl nicht mehr, oder? Und außerdem vermute ich mal, dass, wenn es dir nur um mein Geld gegangen wäre, du dich schon viel früher bei mir gemeldet hättest.«

»Das war allerdings nie mein Ziel«, sagte Eva. »Genau aus dem Grund habe ich nie Kontakt aufgenommen und auch Iris so lange belogen. Weil ich immer Angst davor hatte, dass du denken könntest, ich wolle nur dein Geld.«

»Nein, Eva, das hätte ich nie gedacht und denke ich auch heute nicht. Und ganz abgesehen davon, dass ich dir so niedere Motive nicht zutrauen würde – wir waren uns einmal sehr nah. Das habe ich nie vergessen. Ich meine, wir sind ja sogar gemeinsam ausgewandert. Und außerdem bedarf es ganz offensichtlich keines Gentests. Wenn ich mir Iris so anschaue: Was meinst du wohl, von wem sie die große Nase, die grünen Augen, die tollen Zähne und den kleinen Leberfleck an der Schläfe hat?«

»Na, danke auch!« Iris sah ihren Vater an. »Hast du noch mehr Komplimente?«

»Ja. Du hast eine riesengroße Klappe. Habe ich damals schon bei unserem Treffen am Flughafen gedacht. Aber das passt zu dir und das mag ich auch. So bin ich ja selber auch. Und du offensichtlich ganz meine Tochter…«

»Am Flughafen?« Eva sah Iris und Alex fragend an.

»Ja, wir hatten schon einmal, ach was sag ich, zwei Mal das Vergnügen«, sagte Alex schmunzelnd und erzählte ihr von den vorherigen Treffen. »Oh, das klingt, als werden sich die Begeisterungsstürme deiner Frau Iris betreffend wohl sehr in Grenzen halten.«

»Ach weißt du, Eva, Emma hat viel durchgemacht in den letzten Jahren, das hat sie nach außen hin etwas abstumpfen lassen. Ihr wurde weiß Gott nichts geschenkt. Die meisten denken immer, sie hätte sich mir an den Hals geworfen und ich hätte sie dann zum Star gemacht. Das stimmt aber nicht. Emma hat sich früher viele Jahre durch die Nachtclubs geschlagen, hier und dort gesungen und sehr hart für ihren Erfolg gearbeitet. Als wir uns kennenlernten war sie bereits ganz oben in den Hitparaden – und steckte sogar noch in einer Beziehung. Ich war derjenige, der das Ganze mit uns damals forciert hat.«

»Kinder habt ihr aber keine, oder?«

»Nein. Das hat sich nie ergeben. Für Emma stand viele Jahre immer nur ihre Karriere im Mittelpunkt. Später dann hat es nicht geklappt und heute ist der Zug einfach abgefahren. Obwohl sie viel jünger ist als ich.«

Iris hörte Alex interessiert zu. Seit gestern Abend hatte sich viel verändert in ihrer Meinung über ihn. Denn der private Alex, den sie nun erlebte, hatte mit dem Alessandro Rosso, den die Öffentlichkeit kannte und dessen Image wahrlich alles andere als sympathisch war, sehr wenig zu tun. Sie hatte sich vor dem Treffen vorgenommen ihren Vater mit Vorwürfen zu konfrontieren, ihn für das Scheitern der Beziehung ihrer Eltern verantwortlich zu machen und einfach doof zu finden. Doch ihr war schnell klar geworden, dass Alex für diese vertrackte Situation nichts konnte. Nichts. Er hatte damals keinen Kontakt zu ihrer

Mutter aufnehmen können. Geschweige denn etwas von seiner Tochter wissen können. Daran würden auch Vorhaltungen ihm gegenüber nichts ändern. Ihre Mutter war diejenige gewesen, die all die Jahre geschwiegen hatte. Eigentlich war sie es, der Iris Vorwürfe machen musste. Doch so sehr sie sich einerseits über das Verhalten von Eva ärgerte, so froh war sie andererseits nun endlich IHREM Vater gegenüber zu sitzen. Jetzt wollte sie mehr über ihn erfahren, ihn kennenlernen. Ihn erleben und ihm näher kommen.

»Und was meinst du, wie Emma auf Iris reagieren wird?« Eva legte ihre Stirn in Falten und sah Alex fragend an.

»Schwer zu sagen. Sie wird auf jeden Fall genauso überrascht sein, wie ich. In Iris wird sie aber eher die Stiefschwester sehen als eine Stieftochter. Sie ist ja nur ein paar Jährchen älter...«

»Alex – oder soll ich lieber Papa sagen? Hast du denn sonst noch Kinder?«, fragte Iris.

»Du kannst mich nennen, wie du magst, aber nein. Ich habe keine anderen Kinder. Jedenfalls nicht, dass ich wüsste. Wieso fragt ihr mich beide so explizit nach Kindern!«

Iris erzählte die mysteriöse Geschichte von Violeta. Den Verwechslungen, ihrer unglaublichen Ähnlichkeit und dem ersten Treffen.

»Auch ich habe mich über diese unglaubliche Gleichheit sehr gewundert«, sagte Eva, »als ich sie das erste Mal gesehen habe. Iris und Violeta sehen wirklich aus wie Schwestern – aber sind es doch nicht. Wir können uns das nicht erklären und denken, sie könnte vielleicht eine weitere Tochter von dir sein?«

»Nein. Das ist unmöglich, Eva. Ich saß doch zu der Zeit im Gefängnis. Vorher war ich mit dir zusammen. Und dass diese – ich erinnere mich nicht mal an ihren Namen – von den zwei Tagen mit mir schwanger gewesen sein sollte, halte ich für sehr unwahrscheinlich. Man weiß es natürlich nicht. Aber diese Frau hätte sich doch dann später mal gerührt. Auch in Großbritannien war ich bekannt. Wer sind denn die offiziellen Eltern dieser Violeta? Kann man die denn nicht fragen?«

»Nein, leider nicht. Sie sind tot«, sagte Iris. »Und wie Violeta sagt, haben ihre Eltern immer nur auf Ibiza gelebt, nie auf Formentera. Außerdem hält sie es für völlig ausgeschlossen, dass ihre Mutter etwas mit einem anderen Mann als dem eigenen hatte. Es ist wirklich mysteriös.«

»Wirklich sehr, sehr merkwürdig«, sagte Alex. »Warum bringt ihr diese Violeta nicht mal mit nach Ibiza? Dann sehe ich sie auch einmal. Und vielleicht fällt uns gemeinsam etwas ein, um dem Geheimnis auf die Spur zu kommen. Lasst uns doch morgen gemeinsam zu Mittag essen. Hier bei mir. Ich würde frischen Fisch vorbereiten lassen. Passt euch das? Habt ihr Lust?«

Violeta war einverstanden und nahm sich für den nächsten Tag frei. »Die Gelegenheit, die Hütte vom Rosso zu sehen, lass ich mir ganz bestimmt nicht entgehen«, sagte sie lachend. »Und wer weiß, vielleicht kann er uns ja tatsächlich weiterhelfen? Vielleicht kannte er ja doch meine Mutter? Ich suche auf jeden Fall schon mal ein paar alte Fotos heraus.«

Nach dem üppigen Frühstück bestellte Alex Eva und Iris ein Taxi, das sie von der Villa zur Fähre bringen sollte. »Hätte ich nicht diese blöde Komposition fertig zu machen, die ich morgen nach Madrid schicken muss, würde ich euch mit meinem Boot rüber bringen«, sagte Alex.

»Ist doch überhaupt kein Problem«, antwortete Iris. »Die Fähre ist doch schnell. Kein Thema.«

»Dann freue ich mich morgen auf unser Wiedersehen. Ich werde jetzt erstmal Emma anrufen. DIE wird staunen…«

»DAS glaube ich auch«, sagte Eva und umarmte Alex freundschaftlich. »Danke, Alex. Danke für deine Gastfreundschaft, dein Verständnis und dafür, dass du mir glaubst. Ich habe Jahrzehnte damit verbracht, dich zu hassen. Dich zu verfluchen. Und dir alles Böse der Welt zu wünschen, nachdem du mich damals sitzen ließt. Hätte ich die Wahrheit gekannt und gewusst, wie du auf all das reagieren würdest – mein Gott- ich hätte bestimmt nicht so lange gewartet, dir, nein euch beiden, die Wahrheit zu sagen.«

»So ganz habe ich das alles auch noch nicht verarbeitet, aber ich glaube, die Freude darüber, eine Tochter zu haben und dich nach all den Jahren wiederzusehen, überwiegt gegenüber allen Fragezeichen, die jetzt auch in meinem Kopf herumfliegen. Hättest du mir gestern Morgen gesagt, was am Abend passieren würde – ich hätte dich für völlig verrückt gehalten.«

Als Eva und Iris ein wenig später am Hafenkai von Ibiza Stadt standen und auf die Fähre nach Formentera warteten, ließen sie den gestrigen Abend und das erste Treffen mit Alex noch einmal Revue passieren. Auch Iris hatte nicht damit gerechnet, dass Alex die Nachricht seiner Vaterschaft so unkompliziert aufnehmen und sie sogar in sein Haus einladen würde. »Das hätte ich ihm im Leben nicht zugetraut, so, wie ich ihn kennengelernt hatte.«

»Ich auch nicht, Kind. Das darfst du mir wirklich glauben.«

Als Mutter und Tochter wieder auf Formentera und im Hotel waren, wartete Leonie schon aufgeregt winkend vor dem Hauptgebäude.

»Iris! Endlich! Da seid ihr ja wieder. Du musst mir alles ganz genau erzählen. Ich platze vor Spannung! Fahren wir an den Strand?«

»Fahrt ihr mal ohne mich«, sagte Eva. »Ich würde mich gerne ausruhen und am Pool ein paar Zeitschriften und Bücher lesen. Das gestern war doch alles ein bisschen viel für mich.«

»Aber heute Abend gehen wir dann alle zusammen Essen, ok?«, fragte Leonie. »Die Jungs haben sich – soweit ich weiß – nämlich frei genommen. Und sie wollten einen Tisch in einem schicken Restaurant reservieren.«

»Siehste, Mama! Das ist doch nett, oder? Dann kannst du auch gleich ganz ungezwungen Juan kennenlernen.«

»Ja, das ist wirklich eine gute Idee«, sagte Eva. »Bis dahin bin ich auch wieder fit.«

»Und ich würde noch Violeta fragen, wenn ihr nichts dagegen habt«, sagte Iris. »Weil irgendwie – wie auch immer – gehört sie ja doch schon zur Familie.«

»Kein Problem. Sehr gerne!«, sagte Leonie. »Dann sind wir eine lustige und große Runde.«

Iris und Leonie hatten sich eine ruhige Bucht am Strand von Illetas gesucht und lagen gemütlich in der Sonne. Ravi schlief und nachdem Iris Leonie alles über den gestrigen Abend erzählt hatte, fragten sich beide, ob sich die Rätsel um Violeta in den zwei restlichen verbleibenden Urlaubstagen wohl noch lösen würden.

»Was fühlst du denn eigentlich, wenn du an sie denkst?«, fragte Leonie.

»Das ist irgendwie ganz schwer zu beschreiben. Eine gewisse innere Ruhe. Tiefe Sympathie und Verbundenheit, so, als wenn wir uns schon sehr lange kennen würden.«

»Na, das klingt doch schon sehr nach Familie, Schwester oder was weiß ich. Findest du nicht?«

»Ja, schon. Aber irgendwie macht mich dieses Gefühl der Unsicherheit, wer sie wirklich ist, auch im gleichen Moment total irre.«

Iris' Handy klingelte. »Oh, das wird sie bestimmt sein. Wegen heute Abend.«

Iris kramte in der Strandtasche ihr Telefon hervor. »Hallo?«

»Hallo, ich bin es.«

Iris zuckte zusammen. Warum hatte sie bloß nicht vorher aufs Display geguckt. Es war nicht Violeta. Sondern Thorsten.

»Na, du hast ja Nerven dich noch einmal bei mir zu melden.«

»Wieso sollte ich nicht? Ich vermisse dich. Wo bist du?«

»Thorsten, das ist jetzt aber nicht dein Ernst, oder?«

»Was?«

»Dass du wirklich glaubst, dass du bei mir anrufen kannst und ich so tue, als sei nichts geschehen.«

»Was ist denn geschehen?«

»Brauchst du eine kleine Erinnerungsauffrischung? Du mit deiner FRAU auf dem Opernball...«

»War ja klar, dass deine schwule Tratschtante den Mund nicht halten kann.«

»Sag mal, ich glaube ich bin im Kongo; Du verarschst mich monatelang, machst mich zur Oberdeppin, erzählst mir irgendwas von Seminaren am Wochenende, während du in Frankfurt deine Frau beglückst und beschwerst dich JETZT auch noch, wenn mein bester Freund mir endlich einmal die Augen öffnet? Nach den ganzen Monaten deines ätzenden Doppellebens? Nein, Thorsten. So läuft das hier ganz bestimmt nicht.«

»Barbara und ich haben uns getrennt. Ich habe ihr alles über uns erzählt.«

»Und das soll ich dir glauben? Thorsten, mach dich bitte nicht lächerlich!«

»Doch, es stimmt, Iris. Es hatte keinen Sinn mehr, denn ich vermisse dich zu sehr. Unsere Abende. Unsere Nächte. Ich liebe dich.«

»Thorsten, dafür ist es jetzt zu spät. Es ist vorbei.«

»Was kann ich tun?«

»Nichts mehr. Das Kapitel mit uns ist beendet. Ein für alle Mal. Schluss. Aus. Finito. Comprendes?«

»Was soll ich sagen? Wann bist du denn wieder in München und in der Redaktion?«

»Gar nicht mehr.«

»Wie? Hast du gekündigt?«

»Nein, mein Lieber. Man hat MICH rausgeworfen, was dir, der du doch sonst immer so wahnsinnig gut informiert bist, offenbar entgangen ist. Und zwar deinetwegen.«

»Meinetwegen? Wieso meinetwegen?«

»Ja, denkst du denn allen Ernstes, dass das mit uns keiner mitgekriegt hat? Offensichtlich wussten alle, wie ich mich ewig zum Horst gemacht habe. Und haben sich wahrscheinlich darüber tot gelacht, wie dumm und naiv die blöde Iris doch ist, dass sie das Spiel des tollen Chefredakteurs nicht durchschaut. Ja, Thorsten, man hat mich DEINETWEGEN rausgeschmissen. Du warst weg und einen Tag später verlor auch ich meinen Job. Man hat mich ganz übel abserviert. Kein Mann, kein Geld mehr. Das ist die super Bilanz unserer Beziehung. Ein bisschen wenig, findest du nicht?«

»Unter der Neuen soll die Auflage aber kräftig sinken – wenn dich das tröstet. Ach, Iris Schatz, lass uns ganz neu irgendwo anfangen. Lass uns in die Toskana ziehen, da magst du es doch so. Wir kaufen uns ein kleines Haus und bauen Wein und Oliven an. Das war doch immer dein Traum?«

»Nein, Thorsten. Nein. Es ist vorbei.«

»Hast du jemand anderen kennengelernt?«

»Das hat mit der Sache zwischen uns nichts, aber auch gar nichts zu tun.«

»Also ja.«

»Also, Schluss der Unterhaltung. Thorsten, es ist alles zwischen uns gesagt. Alles. Bleib du bei deiner Frau, sie soll ja laut Patrick eine sehr aparte sein, und lebe du dein Leben, ich meines. Ich werde jetzt auflegen.«

»Nur noch eins…«

Doch Iris hatte das Gespräch bereits beendet. Sie atmete schwer durch – und sah Leonie an.

»Bravo. BRAVO, Iris! Das hast du grandios gemacht. Das war eine Szene, an die er sich sein Leben lang erinnern wird. Chapeau!«

»Und weißt du was? Jetzt fühle ich mich entschieden besser.«

»Super. Komm, lass uns baden gehen!«

Als sie am frühen Abend ins Hotel zurückkehrten, saß Eva bereits geduscht und umgezogen an der Bar und trank einen Kaffee. »Ach Hallo! Da seid ihr ja schon wieder. Schön. Wann müssen wir denn eigentlich los?«

»Angelo hat gerade eine SMS geschrieben Wir treffen uns im Vela Blanca in La Sabina in einer Stunde«, sagte Leonie. »Soll ich uns für Viertel vor Acht ein Taxi bestellen? Oder sollen wir den Mietwagen nehmen? Dann darf einer aber nichts trinken.«

»Ja, komm, lass uns ein Taxi nehmen, prima«, sagte Iris. »Kannst du dich noch so lange beschäftigen, Mama?«

»Aber klar, macht euch um mich bitte keine Sorgen. Mir geht es wunderbar. Ich hatte einen ruhigen und entspannten Tag am Pool und habe die Wärme sehr genossen. Meinem Knie geht es so gut wie lange nicht mehr und ich lese gerade einen sehr spannenden Krimi. Also lasst euch ruhig Zeit.«

Eine Dreiviertelstunde später saßen die drei im Taxi und fuhren zum Abendessen in den kleinen Hafenort La Sabina.

»Und nun lerne ich also eure tollen Urlaubsflirts kennen?«, fragte Eva.

»Ja, Mama. Wenn du es so nennen willst. Aber einen ,Flirt' würde ich das nicht nennen. Du vergisst, dass ich keine 17 mehr bin. Ich habe keine ,Urlaubsflirts' in dem Sinne mehr.«

»Nein? Sind die altersmäßig begrenzt?«

»Ja. So in etwa. Oder hast du heute am Pool geflirtet?«

»Nein.«

»Also. Und das mit Juan könnte durchaus auch etwas Ernstes sein – oder werden.«

»Ich merke schon: In all den Jahren haben die spanischen Männer wohl nichts von ihrem Charme eingebüßt. So strahlend habe ich dich ja lange nicht über einen Mann reden hören. Ja ja, so sind sie, die Spanier.«

»Sprichst du aus Erfahrung? War da noch was nach der Geschichte mit Alex?«

»Nein, Kind, wo denkst du hin? Glaubst du etwa, dass ich mir erst mal jemanden angelacht habe, nachdem Alex mich verlassen hatte und ich ganz auf mich alleine gestellt mit dir schwanger war? So gut solltest du deine Mutter kennen.«

Als das Taxi vor dem Restaurant hielt, wartete Angelo schon vor der Tür. »Hallo. Schön, dass ihr da seid!« Er ging auf Leonie zu und küsste sie. »Und Sie sind bestimmt die Mutter von Iris, oder? ¡Hola! Ich bin Angelo! Schön, Sie kennenzulernen!«

»¡Hola Angelo! Ja, das ist richtig. Ich bin Iris' Mutter, Eva.«

»Sehr angenehm! Lasst uns doch hinein gehen. Juan und Violeta sind schon drinnen und sorgen dafür, dass wir einen besonders schönen Tisch bekommen.«

Das Innere des Restaurants war bereits gut gefüllt und jeder Tisch besetzt. Das Vela Blanca galt derzeit als eine der besten

Adressen für fangfrischen und grandios zubereiteten Fisch auf Formentera und war, nachdem nicht nur Insulaner und Touristen es regelmäßig frequentierten, sondern sogar Gäste aus Ibiza extra mit der Fähre herüber kamen, um hier zu essen, ständig und über Tage im Voraus ausgebucht. Selbst die Promis, die sich von Zeit zu Zeit auf der Insel aufhielten, hatten im Vela Blanca schon gegessen – und wurden dabei offensichtlich gleich von Paparazzi abgeschossen, was Iris plötzlich erinnerte, als sie die typischen hellblau-weiß-karierten Tischdecken wiedererkannte, die Windlichter darauf und die zum Restaurantnamen passenden weißen Segel, die überall in den Räumlichkeiten hingen, von diversen Fotos, die sie noch aus ihrer Redaktionszeit im Kopf hatte.

Violeta und Juan hatten tatsächlich den schönsten Tisch im Restaurant ergattert: einen großen runden, auf der Terrasse unter schneeweißen Sonnenschirmen und in erster Reihe zur kleinen Hafenpromenade von La Sabina. Von hier konnte man nicht nur herrlich aufs Meer schauen, sondern auch die vorbeibummelnden Spaziergänger, eintreffenden Fähren und Luxus-Yachten beobachten. Ganz nach Iris Geschmack. Sie küsste erst ihren Juan und umarmte dann Violeta. »Was für ein toller Tisch! Wahnsinn! Das habt ihr super gemacht. Danke.«

»Für euch nur das Beste«, sagte Violeta lachend. »Es muss ja irgendeinen Vorteil haben, dass ich hier fast nebenan arbeite und mehrmals in der Woche mit Paulo, dem Patron, einen Kaffee trinke und mich dabei vollblubbern lasse. Hallo, Eva!« Violeta umarmte Eva. »Schön, dich wiederzusehen.«

Iris nahm Juan bei der Hand und zog ihn zu ihrer Mutter. »Mama, darf ich dir Juan vorstellen? Mama, das ist Juan. Juan, das ist meine Mutter Eva.«

»¡Encantado! Sehr angenehm!«, sagte Juan und reichte Eva nicht nur die Hand, sondern deutete sogar eine kleine Verbeugung an, was Iris ein kleines bisschen stolz machte, war es doch einmal mehr Beweis für seine gute Kinderstube und Erziehung.

»Hallo, wie schön, Sie kennenzulernen! Ich habe von meiner Tochter schon viel über Sie gehört.«

»Oh, Danke. Ich hoffe nur Gutes?«

»Aber natürlich. Nur das Allerbeste.«

»Ich glaube, das reicht jetzt«, sagte Iris und mischte sich in das Gespräch ein. »Wir sollten uns jetzt setzen. Ich habe einen Bären-Hunger.«

Sie bestellten beim Ober zwei Flaschen Wein, einen roten, einen weißen und dazu reichlich Wasser. Eva sah den Freund ihrer Tochter an. Ein attraktiver Mann, fand sie. Groß, blond, blauäugig, männlich – und auf den ersten Blick äußerst sympathisch. Um nicht zu sagen sexy. Wäre sie selbst 30 Jahre jünger – auch Eva hätte sich wahrscheinlich sofort in diesen attraktiven Spanier verguckt.

Die Sonne am Horizont ging inzwischen langsam unter, sorgte durch das ruhige Meer für wunderschön gefärbte Spiegelungen, tauchte den ganzen Hafenort in ein weiches, blutrotes Licht. Der Kellner brachte frisch gebackenes Weißbrot, hausgemachte Ajoli und eingelegte Oliven sowie einen kleinen Vorspeisengruß der Küche in Form je einer gratinierten Muschel zu ihnen an den Tisch. »Was für ein bezaubernder Abend!«, sagte Leonie und hob ihr Glas in die Höhe. »Unser vorletzter hier. Darauf sollten wir anstoßen.« Alle erhoben ihre Gläser. »Auf diesen Urlaub, die Insel und all die tollen Menschen, die wir hier kennengelernt haben. Prost!«

»¡Salud!« sagten auch Juan und Angelo.

Iris trank einen Schluck und strahlte ihren Juan dabei an. Auch Eva, den beiden gegenüber, schaute sie glücklich an. Es freute sie wirklich von Herzen, ihre Tochter nach so langer Zeit des Kummers endlich wieder so glücklich und befreit zu sehen. Und auch sie selbst fühlte sich, als hätte man ihr endlich eine riesengroße Last von den Schultern genommen. Wenn sie vorher gewusst hätte, wie wenig dramatisch ihr Wiedersehen mit Alex, der Insel und all dem gewesen war, hätte sie den Schritt, Iris die Wahrheit über ihre Vergangenheit zu sagen, schon viel früher gewagt. Nun war allerdings nur noch die Frage zu klären, wer diese Violeta wirklich war. Auch ihre Familiengeschichte barg ein Geheimnis, da war sich Eva sicher. Nur welches? Ein starkes Band bestand auf jeden Fall zwischen ihnen Dreien. Das spürte Eva. Sie hoffte inständig, dass sie der Sache morgen beim gemeinsamen Mittagessen mit Alex auf Ibiza ein Stück näher kommen würden.

»Und, Eva? Wie gefällt Ihnen Formentera heute? Hat sich viel verändert?«

Juan unterbrach ihre Gedanken. »Oh ja, einiges«, sagte sie. »Vierzig Jahre sind eine lange Zeit. Aber trotzdem finde ich, dass sich die Insel ihren ganz eigenen Charme erhalten hat. Trotz all der neuen Hotels, Kneipen, Boutiquen und Restaurants.«

»Das kann ich mir gut vorstellen«, sagte Juan. »Obwohl ich ja auch noch nicht so viele Jahre auf der Insel bin und damit nicht wirklich viel über die Geschichte Formenteras weiß.«

»Nein? Woher kommen Sie denn eigentlich?«

»Vom Festland. Ich bin erst vor rund sechs Jahren nach meinem Studium nach Formentera gekommen.«

»Und was haben Sie studiert?«

»Betriebswirtschaft und Finanzwesen in Bilbao.«

»Interessant. Leben Ihre Eltern auch dort?«

»Ja, das tun sie. Beide stammen aus der Ecke und sind nach all den Jahren der Ehe immer noch sehr glücklich miteinander.«

»Das freut mich sehr, Juan.«

»Mama, jetzt ist aber mal gut! Nun frag Juan doch bitte nicht gleich so aus!«, Iris unterbrach ihre Mutter.

»Nein, Iris, es ist völlig ok. Es ist doch nichts Verwerfliches dabei, wenn deine Mutter etwas über meine Eltern erfahren möchte.«

»Naja, ihr kennt euch ja gerade erst ein paar Minuten und du musst hier deine ganze Lebensgeschichte aufrollen. Mama, jetzt ist aber wirklich Schluss!«

»Ja, Iris, ich bin ja schon still. Ich musste nur gerade an jemanden denken, der damals auch nach Bilbao ging. Von Formentera dorthin. Einen Mann, dem wir beide unser Leben verdanken. Ach, es ist so viel passiert damals. So viel Schreckliches, aber auch ein bisschen Schönes. Javier, so hieß er, hat für uns damals sein eigenes Leben riskiert. Stellt euch das mal vor. Ich wüsste so gern, ob er überhaupt noch lebt – und was aus ihm geworden ist.« Evas Augen füllten sich mit Tränen.

»Haben Sie denn nie nach diesem Mann gesucht?«, fragte Juan.

»Nein. Das war eine andere Zeit damals. Wie hätte ich ihn von Deutschland aus finden sollen? Er fuhr zur See und ich hatte von ihm nicht einmal eine Adresse in Bilbao. Ach, was soll's. Es hat einfach nicht sein sollen. Das Schicksal war einfach gegen uns.«

23. KAPITEL

»Das war wirklich ein schöner Abend gestern«, sagte Leonie und trank einen großen Schluck Orangensaft. »Es tat mir nur leid, Eva, dass du durch Juan und Bilbao wieder an die ganzen schrecklichen Erlebnisse erinnert wurdest und so traurig warst…«

»Ach, überhaupt nicht«, sagte Eva und rührte in einer Schale mit Müsli und Joghurt. »Da kann der nette Juan doch nichts dafür. Ich habe in all den Jahren nur immer mal wieder an Javier denken müssen. Nach diesem schrecklichen Brand. Ich war ja so schnell von der Insel verschwunden, dass er selbst, wenn er wieder nach Formentera zurückgekommen wäre, kaum eine Chance gehabt hätte, mich wiederzufinden. Wir hatten ja damals kein Facebook und so was, wie ihr heute. Da war man nicht mal eben so im Internet.«

»Mama, das klingt ja, als wenn du heute mindestens eine Homepage und Dutzende Facebook-Freunde hättest«, sagte Iris lachend. »Auch heute IST man nicht einfach im Internet, sondern muss da schon in Erscheinung treten.«

»Och, auf Telefonbuch.de könnte er sie doch heute bestimmt finden, oder? Oder sie ihn auf Telefonica.es oder wie das hier heißt«, sagte Leonie und knuffte Eva unterstützend in die Seite. »Vielleicht solltet ihr ihn mal gemeinsam googeln, wenn ihr wieder in Deutschland seid.«

Seit fast einer Stunde saßen sie beim Frühstück und im Gegensatz zu meist, sogar beim regulären mitten im Hotelrestaurant. Eva hatte die Nacht über kaum ein Auge zu getan, sondern wach im Bett gelegen und an ihn gedacht. Javier. Der Mann, der ihr damals so viel bedeutet hatte. Sie hatte den Kindern beim Abendessen nicht verraten, wie nah sie und Javier sich damals wirklich standen. Wie sehr er ihr immer wieder geholfen hatte und für sie da gewesen war. Und wie viel sie für ihn empfunden hatte. Lange hatte sie diese Gefühle damals unterdrückt, nicht wahr haben wollen. Erst nachdem er ihr so entscheidend geholfen hatte, zur Geburt in die Klinik auf Ibiza zu kommen und später, nachdem der Brand ihr alles genommen hatte, war ihr klar geworden, welche Bedeutung Javier für sie gehabt hatte. Doch da war es schon zu spät gewesen und sie hatte bereits wieder in München gelebt.

»Und es lief absolut nichts zwischen euch damals?«, fragte Iris ihre Mutter.

»Nein. Ich sagte dir doch schon: Wir waren wirklich nur gute Freunde. Damals war man nicht so voreilig und sprang mit jedem X-Beliebigen ins Bett.«

»Mama, als wenn WIR das heute tun würden. Hallo?! Aber ich meine, du hast mir doch selbst oft genug erzählt, wie das damals war in den Seventies und Papa hat ja offensichtlich auch nichts anbrennen lassen.«

»Ja, das war damals schon eine andere Zeit. Aber bis zu dem Zeitpunkt, als dein Vater sich diesen obskuren Freunden und den Drogen zugewandt hat, waren wir wirklich glücklich. Iris, du bist wirklich ein Kind der Liebe. Ein wahres Blumenkind!«

»Eva, das hast du jetzt schön gesagt.« Leonies Augen schimmerten feucht. »Iris, ist doch klar, dass es auch in den Siebzigern Treue und dauerhafte Liebe gab. Da hat nicht immer jeder mit jedem. Ich glaube, da hast du eine völlig falsche Vorstellung.«

»¡Buenos dias! Seid ihr bereit für unseren kleinen Ausflug? Wir sollten uns ein bisschen beeilen. Das Schiff fährt in knapp 30 Minuten.« Violeta war ins Restaurant gekommen und stand neben ihrem Tisch.

»Guten Morgen! Keine Zeit mehr für einen Kaffee?«, fragte Eva, die aufgestanden war und sie umarmte.

»Nein. Wir sollten jetzt aufbrechen. Sonst verpassen wir das Boot. Jetzt in der Hochsaison sind sie unerbittlich und fahren pünktlich auf die Minute, um den engen Fahrplan einhalten zu können.«

»Ja, also dann los!«, sagte Iris während sie aufstand und Violeta ebenfalls umarmte. »Was machst du denn heute den ganzen Tag, Leonie?«

»Ich weiß auch nicht. Das Wetter ist ja nicht so wirklich bombastisch und ich hatte schon überlegt, ob ich mit euch rüber fahre und mir ein bisschen was von Ibiza Stadt anschaue. Was meint ihr?«

»Klaro!«, antwortete Iris. »Du kannst bestimmt auch zum Mittagessen mitkommen. Ich glaube kaum, dass Alex etwas dagegen hätte, oder was meinst du, Mama?«

»Nein, nein, lass mal«, sagte Leonie. »Das ist euer Familiending und da werde ich mich ganz bestimmt nicht dazwischen drängen. Ich hole ganz schnell meine Handtasche aus dem Zimmer und begleite euch dann und mache später einfach Ibizas Boutiquen und Flohmärkte unsicher. Das wird ein Spaß!«

Als die vier Frauen in Ibiza Stadt ankamen, hatten sich die schwarzen Regenwolken zwar verzogen, doch der Himmel präsentierte sich immer noch in den verschiedensten Grautönen.

»Perfektes Shoppingwetter!«, konstatierte Leonie, schnappte sich Ravi und stürzte sich ins Hafengetümmel.

»Rufst du mich an, Iris, wenn ihr später wieder zurückfahrt? Dann können wir wieder ein Schiff gemeinsam nehmen.«

»Klaro. Aber es könnte schon später Nachmittag oder früher Abend werden.«

»Das macht überhaupt nichts. Ich habe meinen Hund, einen Reiseführer, Kleingeld für den Bus und jede Menge Tatendrang. Mir wird's schon nicht langweilig werden. Und ich glaube, nach all den ruhigen Tagen auf Formentera tut mir ein bisschen Trubel sogar ganz gut. Ich kriege ja sonst einen Kulturschock, wenn ich morgen Abend wieder in Potsdam ankomme. Außerdem ist so ein kleiner Ibiza-Ausflug doch das perfekte Programm für den letzten Urlaubstag. Also ihr drei: Ganz viel Spaß und ich hoffe, ihr findet etwas über eure Familienvergangenheit heraus. Wenn ihr Hilfe braucht, meldet euch einfach, ok? Also bis nachher! Tschüss!«

Leonie und Ravi verschwanden in einer Menschentraube am Hafenkai und Eva, Violeta und Iris stiegen in ein Taxi, um zu Alex zu fahren.

Als sie vor der großen Villa ankamen, duftete es bereits verführerisch nach frisch Gegrilltem. »Schön, dass ihr da seid«, sagte Alex und umarmte und küsste zunächst Iris und dann Eva. »Und du bist sicher Violeta?! Hallo. Schön dich kennenzulernen. Unglaublich…« Auch Alex staunte über die Ähnlichkeit der beiden Frauen.

»Hallo! Ja, ich bin Violeta. Danke für die Einladung, Señor Rosso. Toll Sie kennenzulernen. Ich liebe Ihre Musik!«

»Also bitte, Violeta. Wir duzen uns. Ich bin ja der Ältere. Ich heiße Alex. Und wir sollten auf die Terrasse gehen. Pedro, unser Gärtner und Grillmeister, hat einige Köstlichkeiten auf dem Grill, die dringend darauf warten, von uns verputzt zu werden. Wenn ich bitten darf.«

Alex ging vor und führte die drei Damen zur sorgfältig eingedeckten Mittagstafel.

»Ich glaube, ein Glas Champagner wäre doch erst einmal genau das Richtige? Aurelia bringen Sie uns bitte eine Flasche? Vom besten bitte.«

»Das ist ja ein ganz tolles Haus«, sagte Violeta, die sich begeistert umsah. »Dieser Ausblick ist völlig unglaublich. Man vermutet gar nicht, dass hinter diesen Hügeln noch etwas ist, wenn man von der Straße aus guckt. Und ich kenne Ibiza gut.«

Alex lachte. »Das ist ja gerade das Reizvolle an diesem Haus. Dass einen nicht gleich jeder findet.«

»Wirst du denn oft von Fans belagert?«

»Nein. Heute nicht mehr. Klar kommen ab und zu ein paar Touristen hier in die Nähe und suchen uns beziehungsweise meist Emma, aber unsere Nachbarn und die Einheimischen kennen uns ja schon ein paar Jahre länger und da hat sich die Sensationslust doch mit der Zeit sehr eingeschränkt. Und dadurch, dass das Haus ziemlich versteckt liegt, finden die meisten Fans es nicht so leicht. Neulich standen nach langer Zeit mal wieder ein paar vor dem Tor, als wir nach Hause kamen, doch dann sind wir kurz ausgestiegen, Emma hat ihnen ein paar Autogramme gegeben und sie sind glücklich und zufrieden wieder abgezogen. Meist wollen sie dann auch noch ein Foto mit Emma machen – mit mir altem Kautz will ja keiner mehr aufs Bild – und spätestens dann sind alle zufrieden.«

»Apropos Emma, was hat sie denn zu Iris gesagt?«, wollte Eva wissen.

»Nun ja, sagen wir mal so, sie war genauso überrascht wie ich. Aber sie freut sich mit mir, dass ich nun doch noch ganz unerwartet Vater geworden bin.«

»Aber sie findet mich doch bestimmt entsetzlich, nach den Szenen am Flughafen und am Strand«, gab Iris zu bedenken. Alex konnte ihre Zweifel zerstreuen. »Nein, überhaupt nicht. Emma ist immer sehr aufbrausend und mag arrogant wirken. Das höre ich nicht zum ersten Mal. Das ist aber nur ihre harte Schale. Wenn man sie ein bisschen näher kennt, merkt man ganz schnell, wie sensibel, harmoniebedürftig und zerbrechlich sie eigentlich ist. Wenn ihr das erste Mal entspannt zusammen sitzt, wirst du das schnell merken. Und sie ist schließlich meine Frau. Die ich immer noch sehr liebe.«

»Na, dann lass ich mich mal überraschen.«

Aurelia kam zu ihnen an den Tisch. »Señor, darf ich die Vorspeise servieren?«

»Ich glaube schon, Aurelia. Ihr mögt doch Salat mit gegrillten Langusten?«

»Klingt köstlich«, sagte Eva. »Es riecht auch alles schon so lecker, dass ich gerade alles essen könnte.«

»Also, Aurelia, Sie haben es gehört. Wir sind bereit.«

Nach einem köstlichen Vier-Gänge-Essen saßen die vier ein wenig ermattet bei einem Espresso zusammen und plauderten. Erst über Belanglosigkeiten und die Inseln Ibiza und Formentera und dann schließlich auch über das Thema Violeta, als Alex sie noch einmal ganz direkt auf ihre Ähnlichkeit zu Iris angesprochen hatte.

»Ja, es ist wirklich komisch«, sagte Violeta. »Ich finde ja auch, dass Iris und ich uns erstaunlich ähnlich sehen, ich spüre irgendwie, dass es eine wie auch immer geartete Verbindung zwischen uns gibt, aber ich weiß beim besten Willen nicht welche. Ich meine, ich bin mir sicher, dass du nicht mein Vater bist und du ja wohl auch, oder?«

Alex lachte. »Naja, so ganz sicher kann man sich als Mann in der Beziehung ja nie sein. Damals hatten wir es nicht so mit Safer Sex.«

»Aber glaubst du denn wirklich, dass es sein könnte, dass du noch weitere Kinder hast?«, Iris sah Alex skeptisch an.

»Nein. Damals war ich Eva treu. Bis ich im Drogenrausch kurz etwas mit einer anderen hatte. Und es müsste doch wirklich schon ein sehr, sehr großer Zufall sein, wenn die dann gleich schwanger geworden wäre.«

»Außerdem war ich da schon längst schwanger mit dir, Iris. Ich habe mal rückwärts gerechnet. Guck mal: Du bist am 14. Februar 1971 auf die Welt gekommen. Sprich, wenn ich jetzt rund zehn Monate zurück gehe, dann bist du Ende April / Anfang Mai entstanden. Und da waren wir ja gerade ganz frisch auf die Insel gekommen.«

»Wann hast du denn Geburtstag, Violeta?«, fragte Alex.

»Auch am 14. Februar. Das ist ja das Verrückte.«

»Also dann schließe ich es aus, dass du aus meiner Affäre mit der Engländerin entstanden sein könntest. Und Eva, dass du noch eine weitere Tochter hast, scheidet ja wohl aus?«

Eva guckte irritiert. »Äh, ja, natürlich. Ich habe nur eine Tochter: Iris. Alex, jetzt lass mal die Kirche im Dorf. Dieses ist keine Soap-Opera im Fernsehen. Die Geburt damals war zwar schlimm, aber ich war durchaus Herrin meiner Sinne. Also wo sollte dann das zweite Kind herkommen?«

»Eva, nun sei doch nicht böse. Ich versuche auch nur, mit euch rauszufinden, wie das alles sein kann. Wo hast du denn damals entbunden?«

»Hier auf der Insel. Auf Formentera gab es zu der Zeit nicht mal ein Krankenhaus.«

»Das gibt es heute schon«, sagte Violeta lachend. »Die meisten Schwangeren kommen für die Geburt aber trotzdem immer noch nach Ibiza. Weil auf Formentera gibt es nur zwei Frauenärzte. Und die kommen ursprünglich aus Polen. Und sprechen so schlecht Spanisch.«

Alle lachten.

»In welcher Klinik warst du denn damals?«, fragte Alex.

»Keine Ahnung mehr, wie die hieß«, Eva überlegte. »Irgendwie so religiös. Ich habe es vergessen.«

»Hmmm«, Alex überlegte. »Es gibt hier die Kliniken Can Misses und Santa Clarita, oder?«

»Ja, und noch ein paar kleine Polikliniken«, ergänzte Violeta. »Aber nur die beiden großen haben meines Wissens auch eine Geburtsabteilung.«

»Ja, wo ihr es sagt, sie hieß Santa Clarita. Ich erinnere mich wieder«, sagte Eva.

»Und du Violeta? Wo wurdest du geboren? Auch da? Vielleicht kommen wir der Sache ja so näher?«, fragte Alex.

»Nein, da muss ich euch enttäuschen. Bei mir war es eine Hausgeburt – das hat meine Mutter mir jedenfalls immer erzählt. Nur mein Vater, sie und die Hebamme seien dabei gewesen. Meine Mutter meinte immer, dass ihre Schwangerschaft völlig unkompliziert gewesen sei und sie sich deshalb für die Geburt zuhause entschieden haben. Das war wohl damals auch nichts Ungewöhnliches, oder?«

»Nein, absolut nicht«, sagte Eva. »Ich hätte Iris damals bestimmt auch ganz einfach auf Formentera entbunden, wenn es bei mir nicht diese Komplikationen gegeben hätte. Wisst ihr, ich hatte diese wirklich schlimme Schwangerschaftsvergiftung und da ging es um unser beider Leben, Iris. Da zählte jede Minute. Am Tag deiner Geburt tobte auf Formentera ein wahnsinniges Unwetter und es fuhr kein einziges Boot. Javier hat mich damals unter Einsatz seines eigenen Lebens mit einem kleinen Fischerkahn nach Ibiza gebracht – und so unser beider Leben gerettet.«

»Da müsste ich mich ja eigentlich auch noch bei ihm bedanken. Sonst hätte ich euch vielleicht nie wieder gesehen! Ich glaube aber, so kommen wir trotzdem nicht weiter. Wie heißt du noch mit Familiennamen Violeta?«, wollte Alex wissen.

»Ferré.«

»Die Leder-Ferrés?«

»Genau die. Meine Eltern hatten viele Jahre eine große Manufaktur hier auf der Insel.«

»Hast du denn noch eine Geburtsurkunde oder andere Papiere?«

»Nein. Leider nicht. Meine Mutter sagte immer, sie habe die in irgendeinem Aktenordner vergraben und dass ich sie ja wohl nicht brauche. Dann habe ich immer gesagt: ‚Mama! Spätestens wenn ich heirate, brauche ich sie!‘. Und sie darauf: ‚Dann finde ich sie auch wieder, wenn es einmal so weit sein sollte‘. Als meine Mutter dann letztes Jahr starb – mein Vater ist ja schon viele Jahre tot – habe ich all ihre Sachen durchgesehen und geordnet. Nur meine Geburtsurkunde war nicht dabei. Das hieß für mich: Ok, wenn du mal heiraten wirst, musst du dir halt beim Rathaus eine neue besorgen. Nur gibt es bisher weder den Mann in meinem Leben, den ich heiraten will, noch sonst irgendeinen Anlass, für den ich sie brauche.«

»Vielleicht wäre das jetzt genau der Anlass?«, sagte Alex. »Passt mal auf, ich habe eine Idee.« Er stand auf und holte ein Telefon und wählte. »¡Hola! Ist da das Rathaus? Prima. Verbinden Sie mich bitte mit Señor Alfarez. Danke.«

Es dauerte einen Moment.

»Diego? Hallo! Alessandro hier. Ich brauche mal deine Hilfe mit einem Dokument. Nein, nein, nichts Aufwendiges. Nur eine Kopie aus dem Geburtenregister von 1971. Kommst du da ran? Prima. In einer halben Stunde bin ich da. ¡Gracias!«

Dann wandte er sich an die anderen: »Ich fahre jetzt gleich zum Rathaus und schaue, was sich da machen lässt. Mein alter Freund Diego ist mir noch einen großen Gefallen schuldig – dem habe ich mal richtig den Arsch gerettet. Und euch setze ich auf dem Weg dahin in der Santa Clarita-Klinik ab. Vielleicht könnt ihr da etwas in Erfahrung bringen. Das wäre meine Idee, wie wir der Sache vielleicht auf den Grund gehen können.«

»Sehr gut«, sagte Iris. »So machen wir es. Seid ihr auch einverstanden?«

Eva und Violeta nickten. Doch so gern Violeta wissen wollte, welches Geheimnis zwischen ihnen steckte, so nervös war sie innerlich, weil sie fühlte, dass heute noch etwas passieren könnte, das ihr ganzes Leben verändern würde.

Mit einem schicken Mercedes-Cabrio düsten Alex und die drei Frauen wenig später über die Insel. Als sie die Santa Clarita-Klinik erreichten, hielt gerade ein Krankenwagen in der Einfahrt und zwei Sanitäter trugen einen verletzten Motorradfahrer, der seinen Helm noch trug, auf einer Trage in die Notaufnahme. »Also, euch viel Glück«, sagte Alex. »Ich melde mich bei euch, wenn ich im Rathaus erfolgreich war. Ansonsten würde ich sagen, treffen wir uns in einer Stunde wieder hier?«

»Alles klar!«, sagte Iris und sprang aus dem Auto.

Als Alex weitergefahren war, betraten die drei das Krankenhaus. »Dann wollen wir mal!«, sagte Eva bedeutungsschwer und ging, gefolgt von Iris und Violeta zum Informationsschalter. »Buenas dias. Ich habe hier vor ziemlich genau 40 Jahren ein Kind entbunden und wüsste gerne, ob es über den Tag der Geburt noch Aufzeichnungen gibt.«

»Was meinen Sie mit ,Aufzeichnungen'?« Der Mann hinter dem Tresen sah Eva irritiert an.

»Was meine Mutter meint, ist, dass wir gerne wissen würden, ob es an diesem Tag noch weitere Geburten gab. Und wenn ja, welche«, mischte sich Iris ein.

»Ach so, ich verstehe. Da müssten Sie mal ins Zentralarchiv gehen. Das ist im Untergeschoss. Vielleicht kann man Ihnen dort helfen.«

Das Zentralarchiv entpuppte sich schnell als nutzlos. Der Archivar erzählte ihnen etwas von »Datensätze bis 1980 zurück digitalisiert, davor nichts« und riet ihnen, es noch einmal in der Gynäkologie zu versuchen, weil er davon ausgehe, dass man dort noch ein paar Aufzeichnungen in den so genannten Stationsbüchern haben könnte.

Als sie auf dem langen Flur standen, auf dem aus mehreren Zimmern Babygeschrei drang, blieb Eva plötzlich stehen und sah sich um. »Also irgendwie kann ich mich an das alles überhaupt nicht erinnern. Hier war ich noch nie – oder die haben hier in den Jahren komplett umgebaut. Ich weiß auch ehrlich gesagt gar nicht genau, was wir hier suchen. Ich meine, Violeta sagt doch, dass sie eine Hausgeburt war. Also warum um Gottes willen sollten wir hier noch etwas erfahren?«

»Mama, jetzt warte doch mal ab. Vielleicht gibt es hier irgendeine Spur. Guck mal, da kommt eine Krankenschwester. Die frage ich jetzt.«

Die junge Krankenschwester war sehr hilfsbereit und versprach, in einem der alten Stationsbücher, die hier tatsächlich noch aufgehoben wurden, nachzusehen. »Also, eigentlich darf ich das nicht, aus Datenschutzgründen, aber ich kann verstehen, dass Ihnen das wichtig ist. Ich schau mal, ob ich noch etwas finde. Wann war noch der Geburtstag?«

Eine knappe Viertelstunde später, die drei hatten sich inzwischen auf den Wartestühlen im Flur niedergelassen, kam die Krankenschwester zurück. »Entschuldigung, dass es so lange gedauert hat. Aber 1971 war wirklich in der hintersten Ecke verstaut. Also eigentlich darf ich das ja wirklich nicht…«

»Das wissen wir«, sagte Iris. »Und deshalb sind wir Ihnen auch so unendlich dankbar.«

Die Krankenschwester blätterte in dem Buch. Ah, hier haben wir es. 14. Februar. Sechs Patientinnen auf der Station, drei Geburten: Mayrhuber, Mädchen, 4500 Gramm, 4.50 Uhr, Martinez, Junge, 3800 Gramm, 6.40 Uhr. Sola, Junge, 2995 Gramm, 14.30 Uhr. Das war's.«

»Und, Mama, du sagst immer, ich sei als Kind nicht dick gewesen.«

Alle mussten lachen. »Und mehr Geburten gab es wirklich nicht?«, fragte Violeta.

»Nein. Und wie ich sehe, auch keine einzige am 12., 13. oder 15.«

»Alles klar. Danke für Ihre Mühe«, sagte Eva. »Und nun? Jetzt sind wir genau so schlau wie vorher. Violeta sagt, sie sei von ihrer Mutter zuhause entbunden worden und das scheint ja, wie wir hier feststellen, auch so gewesen zu sein. Oder gab es damals noch andere Krankenhäuser?«

»Puh, da fragen Sie mich etwas«, sagte die Krankenschwester. »Da habe ich ja selbst noch nicht gelebt. Ich kann aber meine Kollegin Carmen fragen. Die ist schon sehr lange an der Klinik. Moment bitte.«

Die Schwester verschwand und holte ihre Kollegin aus dem Dienstzimmer. »Ich habe Carmen schon gesagt, worum es geht. Aber sie ist auch ein wenig ratlos.«

»Ja«, sagte Carmen. »Ich war damals auch gerade erst 18 oder 19 und ganz frisch hier an der Klinik. In den Jahren hat sich so viel verändert und getan. Diesen Anbau hier und diese Station gab es früher zum Beispiel gar nicht.«

»Seht ihr!«, sagte Eva. »Darum kam mir das alles so unbekannt vor.«

»Ja, aber eine weitere Klinik gab es damals auf der Insel wirklich nicht. Wer im Krankenhaus entbunden hat, kam zu uns. Aber

Hausgeburten waren wirklich noch an der Tagesordnung zu der Zeit. Ich weiß auch nicht, wie ich Ihnen weiter helfen könnte.« Schwester Carmen machte eine Pause und überlegte. »Sie könnten höchstens den Arzt von damals befragen – wenn der überhaupt noch lebt. Als ich anfing, waren die Ärzte alle schon relativ alt. Lassen Sie mich mal sehen.« Carmen griff sich das Stationsbuch. »Hmmm. Ein Doktor Lorca. Der sagt mir gar nichts. Überhaupt nichts. Den kenne ich nicht und kann mich auch nicht an ihn erinnern. Mal schauen, wer von den Schwestern Dienst hatte.« Sie blätterte eine Seite weiter. »Ah, Schwester Augusta. Die gibt es aber noch. Also ich meine, sie arbeitet natürlich schon viele Jahre nicht mehr. Aber sie lebt noch. Ich besuche sie sogar ab und zu, sie war immer eine so Liebe. Sie liegt auf der Krankenstation des angeschlossenen Klosters. Gleich hier nebenan. Sie hatte schon mehrere Schlaganfälle und ist in keinem guten Zustand. Aber wenn es Ihnen wirklich so wichtig ist, wie es mir scheint, dann besuchen Sie sie doch kurz. Sprechen kann sie zwar nur noch selten und wenn sehr leise und es ist auch sehr abhängig von ihrer Tagesform. Aber vielleicht haben Sie heute Glück und sie erinnert sich noch an irgendetwas und kann Ihnen vielleicht irgendeinen Tipp geben.«

»Dürften wir dieses Buch denn dazu kurz ausleihen?«, fragte Violeta. »Bitte, bitte, bitte!«

Die Krankenschwester überlegte und sah die drei Frauen an. Doch nachdem sie die verzweifelten Blicke aller sah, entschied sie, eine Ausnahme zu machen.

»Na, eigentlich nicht. Wir dürften Sie ja nicht einmal darüber informieren, was drin steht. Aber ich denke, in Ihrem Fall ist das ok. Wenn Sie mir versprechen, es gleich im Anschluss wieder zurückzubringen?«

»Hoch und heilig versprochen«, sagte Iris. »Vielen lieben Dank schon einmal für Ihre Hilfe. Und wie gehen wir jetzt ins Kloster hinüber?«

Während die drei Frauen sich auf den Weg zu Krankenschwester Augusta machten, hatte Alex bereits das Rathaus erreicht und sich mit seinem Bekannten Diego in der Halle getroffen. »¡Hola alter Freund!«, begrüßte er ihn. »Na, dann wollen wir mal gucken, ob ich dir helfen kann. Was sagtest du noch, brauchst du genau?«

Alex erklärte Diego was er suchte und beide begaben sich zusammen ins Insel-Archiv, das sich in den Kellerräumen befand. Eine junge Verwaltungsangestellte, deren Wangen aufgeregt rot glühten, als sie Alex erkannte, fütterte den Computer mit den entsprechenden Daten und sie warteten einen Moment. »Ja, hier habe ich es. Violeta Ferré, geboren am 14. Februar 1971. Heute wohnhaft auf Formentera.«

»Steht da etwas über die Eltern?«, wollte Alex wissen.

»Warten Sie bitte, Herr Rosso. Ich schaue gerne nach.«

»Nein. Beziehungsweise doch. Vater Pablo Ferré, Mutter Maria Dolores Ferré, geborene Gomez. Mehr steht da leider nicht.«

»Nichts über die Geburt?«

»Nein. Tut mir leid. So etwas wird im elektronischen Geburtsregister nicht angezeigt. Hier gibt es lediglich einen Hinweis, der auf eine weitere Akte verweist. Warten Sie, ich schreibe schnell die Nummer ab.«

Die junge Frau notierte eine endlose Zahlenkombination auf einem kleinen Zettel. »Ich versuche einmal, es im System zu suchen.« Sie tippte. »Nein, leider nichts. Ich kann Ihnen nur sagen, wo die entsprechende Akte aufbewahrt wird, wenn sie denn überhaupt noch vorhanden ist. Wir hatten hier 1997 einen großen Wasserschaden, dabei sind viele Akten vernichtet worden.«

Sie führte Diego und Alex in einen großen staubigen Archivraum und zeigte ihnen das Regal. »Mögen Sie kurz selbst schauen? Ich muss zurück nach vorne, ich kann meinen Arbeitsplatz und das Telefon nicht so lange verlassen.«

»Kein Problem, wir suchen selbst«, sagte Diego.

Die Verwaltungsangestellte verschwand wieder und Alex und Diego machten sich auf die Suche. »Was muss vorne stehen?«, fragte Alex. »1473?«

»Nein, 1478«, sagte Diego, nachdem er auf den Zettel geschaut hatte.

»Dann mal los!«

Beide Männer zogen unendlich viele Ordner und Registraturen hervor und schoben sie dann wieder zurück.

»Nichts. Ich begreife auch gar nicht, nach welchem System die das hier alles sortiert haben«, sagte Alex und runzelte die Stirn. »Alles chaotisch.«

»Nein, eigentlich gar nicht. Schau mal in diesen Regalen steht alles von 1970-1975. Sortiert nach den jeweiligen Fachbereichen. Wir müssen jetzt nur noch heraus kriegen, zu welchem unsere gesuchte Akte gehört.«

Doch weder in den Standesamts-Ordnern, noch denen der Melde- oder Finanzabteilung fanden sie einen Hinweis. Nachdem sie fast eine halbe Stunde geblättert, gesucht und geräumt hatten und Alex fast schon aufgeben wollte, fiel Diego plötzlich ein dünner, schwarzer Ordner in die Hände. »Hier schau mal, könnte das was sein?«

Alex nahm den Ordner in die Hand. »Familienangelegenheiten / Jugendamt / Adoptionen« stand drauf. Er blätterte die Papiere darin flüchtig durch. »Nein, glaube ich nicht. Wir suchen ja nicht nach einer Adoption.«

»Bist du dir da so sicher?«

»Naja, eigentlich schon. Ich meine – wir können ja mal schauen.« Alex blätterte im Ordner und sah sich die Dokumente ein wenig genauer an. Nach chronologischen Nummern geordnet fanden sich hier offenbar die Unterlagen aller Familienprobleme zwischen 1970 und 1975. Er las etwas von »Gewalttätigkeit des Ehemannes«, »Vormundschaft« und »Erziehungsgewahrsam«. Er blätterte und blätterte. »Aber die Nummer am Anfang scheint zu stimmen. Hier steht immer irgendetwas mit 14 und irgendwelchen Zahlen darüber. Wie geht die Nummer denn weiter?«

Diego las vor. »1478, Schrägstrich 13 5 80, Schrägstrich 1971.«

»Hmmm.« Alex blätterte weiter und weiter. »Ah, ich glaube das könnte es sein. Ja, das muss es sein!«

Er öffnete die Klammer, zog das Schriftstück heraus und las laut vor: »Adoptionsgesuch von Maria Dolores Ferré und Pablo Ferré. Tochter, geboren vermutlich am 14., 15. oder 16. Februar 1971. Eltern unbekannt.« Er stockte. »Komisch. Das heißt Violeta ist tatsächlich nicht ihre leibliche Tochter.«

»Und hilft dir das jetzt irgendwie weiter?«, fragte Diego.

»Nein. Naja, vielleicht ein bisschen. Wir wissen jetzt ganz sicher, dass Violeta andere Eltern haben muss als sie denkt. Nur wer die sind, steht da leider nicht.«

»Sonst ist da nichts vermerkt?«, Diego sah Alex über die Schulter und blickte ebenfalls in die Akte. »Darf ich mal?«

Alex gab ihm den Ordner. Diego las das Papier. »Schau mal, da gibt es noch einen Anhang.« Er nahm ein zweites Blatt heraus und las ebenfalls laut vor. »Adoptionsgrund: Señor und Señora Ferré fanden am Morgen des 18. Februar einen Korb mit dem elternlosen Kind vor ihrer Haustür. Darin lag eine schriftliche Nachricht – siehe Anlage 1.B – mit folgendem Wortlaut: ‚Ich weiß, wie sehr Sie sich ein Kind wünschen. Ich bin zu arm und zu schwach, meine Tochter selbst groß zu ziehen. Bitte nehmen Sie mein Kind und geben ihm das, was ich ihm nie werde bieten können.' Am 22. August wurde das Adoptionsgesuch für das Findelkind endgültig positiv beantwortet, nachdem es weder den zuständigen Behörden gelungen war, die wahre Mutter zu ermitteln, noch diese sich selbst bei den Antragsstellern gemeldet hatte.«

»Das ist ja ein Hammer. Das lässt ja eigentlich nur einen Rückschluss zu...«

Alex beendete den Satz nicht, sondern rannte aus dem Raum, die Treppen nach oben zu seinem Auto, sprang mit einem Satz hinein und raste los.

Derweil hatten Eva, Iris und Violeta das Krankenzimmer von Augusta erreicht und ein Krankenpfleger geleitete sie hinein. »Augusta! Sie haben Besuch! Schauen Sie nur. Zwei Señoras aus Deutschland und eine aus Formentera. Sie möchten Sie gerne etwas fragen.«

Augusta hörte die Stimme von Pfleger Pedro nur wie durch Watte. »Augusta, hören Sie mich? Können Sie die Augen öffnen? Warten Sie, ich fahre Ihr Rückenteil ein wenig hoch, dann können Sie besser sehen.«

Pfleger Pedro stellte das Rückenteil ihres Krankenbetts höher und Augusta öffnete tatsächlich die Augen. Sie war sehr schwach und konnte auch nur schlecht sehen, doch sie erkannte ihren Lieblingspfleger und sah die drei Frauen bei ihm stehen.

»Das ist aber nett!«, flüsterte Augusta und versuchte, so gut es mit ihren Lähmungen eben ging, zu lächeln.

»Ich hoffe, wir bereiten Ihnen keine zu großen Umstände«, sagte Eva. »Wir waren gerade bei Schwester Carmen im Krankenhaus – von der wir sie auch ganz lieb grüßen sollen – und die meinte, Sie könnten uns vielleicht helfen.«

Augusta versuchte, sich zu konzentrieren, doch es fiel ihr sehr schwer.

»Haben Sie die Señora verstanden, Augusta?«, Pedro beugte sich über sie und streichelte ihre Hand.

Augusta nickte.

»Prima!«, sagte Eva. »Wissen Sie, ich habe 1971 meine Tochter wohl bei Ihnen auf der Station, hier im Krankenhaus bekommen. Sehen Sie, meine Iris.« Eva nahm Ihre Tochter in den Arm. »Und nun hat meine Tochter diese wunderbare andere Frau auf Formentera kennengelernt, die ihr so ungeheuer ähnlich ist. Und die auch noch am gleichen Tag Geburtstag hat. Im Krankenhaus sagte man uns aber, dass es keine weiteren Geburten gab und an eine Hausgeburt glauben wir alle nicht. Und so dachten wir – nun ja, wie soll ich sagen – dass Sie sich vielleicht an etwas erinnern können. Ich meine, ich weiß, das ist alles sehr lange her. Aber ich war aus Deutschland und habe per Kaiserschnitt entbunden. Da gab es doch mit Sicherheit nicht so viele zu der Zeit.«

Mit einem Schlag war Augusta hellwach und ein großer Stoß Adrenalin schien ihren ganzen Körper innerhalb von Sekunden zum Zittern zu bringen. Er war gekommen. Der Tag, den sie solange gefürchtet und doch immer herbeigesehnt hatte.

24. Kapitel

»Die drei Damen habe ich vorhin in die Gyn. geschickt. Vierter Stock, rechts.«

»Danke!« Alex sprintete die Klinik-Treppen nach oben – um sie wenige Minuten später wieder hinunter zu springen.

»Entschuldigung, noch eine Frage: Wo ist die Krankenstation des Klosters?«

Augusta sah Eva tief in die Augen, schwieg, atmete schwer, zitterte und plötzlich liefen Tränen über ihr faltiges Gesicht.

»Ach Gott, Schwester Augusta. Wir wollen sie doch nicht aufregen! Es geht Ihnen nicht gut und es war wohl eine ganz dumme Idee, Sie hier zu belästigen. Bitte verzeihen Sie! Kommt, wir gehen. Ihnen gute Besserung!«

Eva, Iris und Violeta wandten sich ab, der Pfleger hielt ihnen bereits die Tür auf und flüsterte: »Ich sagte ja, sie ist nicht mehr ganz bei uns. Es tut mir leid.«

Nein. Das durfte nicht passieren. Augusta rang nach Atem. »Halt«, flüsterte sie erst ganz leise und rang sich schließlich ein wenig mehr Stimme ab. »Halt! Bitte warten Sie!«

Iris drehte sich um und rief ihre Mutter und Violeta zurück. Noch einmal traten die drei an das Krankenbett.

»Wenn es Ihnen zu viel wird, geben Sie uns aber bitte ein Zeichen«, sagte Eva.

Augusta schloss noch einmal die Augen, atmete schwer und begann dann leise und sehr langsam zu flüstern. »Ich weiß, wer Sie sind. Und ich habe den 14. Februar 1971 mein ganzes Leben lang nicht vergessen. Und ich werde ihn auch niemals vergessen.

Denn es ist der Tag, der mein ganzes Leben fortan beeinflusst hat. An diesem Tag habe ich mich vor unserem Herrn schwer versündigt.«

Augusta machte eine lange Pause und rang wieder nach Atem. Es klopfte und Alex betrat vorsichtig den Raum. »Hier seid ihr. Ich suche schon überall nach euch.« Er trat ebenfalls an das Bett. »Was macht ihr bei der Dame hier? Ich habe wichtige Neuigkeiten!«

»Pssst, Alex. Gleich.« Eva hielt Alex den Mund zu. »Entschuldigung, Augusta. Das ist der Vater meiner Tochter Iris. Bitte fahren Sie doch fort.«

Eva nahm die Hand von seinem Mund, sah Alex streng an und dieser schwieg augenblicklich.

»Ich war eine Nonne, hatte nichts und habe mein ganzes Leben den Menschen und dem Herrn gedient«, flüsterte Augusta weiter. Eva und die anderen trauten sich kaum zu atmen, um jedes ihrer sehr schwer zu verstehenden Worte mitzubekommen.

»Ja, Schwester. Das bewundere ich sehr«, sagte Eva.

»Ich hatte ein schönes und erfülltes Leben. Bis meine ältere Schwester diese heimtückische Krankheit bekam. Krebs.«

Augusta machte wieder eine längere Pause, schloss die Augen und fuhr fort: »Die Ärzte hier auf Ibiza konnten nichts mehr für sie tun und hatten sie irgendwann einfach aufgegeben. Nur eine Spezialklinik in Barcelona konnte ihr noch helfen, hat man uns damals gesagt. Doch dafür hatten wir kein Geld. Sie nicht und ich natürlich auch nicht. Nicht für die Reise und schon gar nicht für die Behandlung.«

Augusta schwieg wieder. Sie spürte ihr Herz bis zum Hals schlagen und hoffte, sie würde es noch schaffen, die ganze Geschichte zu erzählen.

Eva nahm ihre Hand. »Bitte, erzählen Sie weiter!«

»Eines Tages habe ich dann diesen Mann kennengelernt in der Klosterapotheke. Diesen reichen Lederproduzenten.«

»Mein Vater!«, flüsterte Violeta.

Augusta setzte wieder an. »Er hörte, wie die Apotheken-Oberin sich erst nach den Babys auf unserer Station und danach auch nach meiner Schwester erkundigte. Sie wusste von ihrer Krankheit. Damals wusste hier auf der Insel jeder alles. Als ich ihr von ihrem Zustand berichtete und von den Kosten, die eine Behandlung in Barcelona kosten würde, wurde der Mann hellhörig. Das konnte ich sehen. Dann, vor der Apotheke, hat er mich angesprochen und gesagt, dass er mir helfen könne.«

Immer wieder machte Augusta lange Pausen und schien durch das Gespräch zusehends geschwächter. Der Pfleger, der ebenfalls neben ihrem Bett stand, hielt ihr ein Glas mit Wasser hin und durch einen Strohhalm sog Augusta ein wenig Flüssigkeit ein. Sie erzählte, wie ihr der Mann von dem jahrelang unerfüllten Kinderwunsch von ihm und seiner Frau berichtet und ihr schließlich dieses ungeheuerliche, zutiefst unmoralische Angebot gemacht hatte. Geld gegen Baby. Geld für die Behandlung ihrer Schwester, das sie so dringend benötigten. Natürlich hatte Augusta zunächst abgelehnt, doch bald sei es ihrer Schwester noch viel schlechter gegangen, erzählte sie. Sie sei kaum mehr ansprechbar gewesen. Und dann hätte sie, nach vielen durchweinten Nächten, das Geld doch genommen und dem Lederfabrikanten dafür ihre Hilfe zugesichert. Der reiche Señor sei begeistert gewesen und habe ihr anfangs auch keinen direkten Druck gemacht, sondern immer zu ihr gesagt, dass sie es schon wissen würde, wann der richtige Zeitpunkt gekommen sei.

Doch nachdem Wochen und Monate vergangen waren, sich ihre Schwester längst in Barcelona und nach einer modernen Behandlung auf dem Wege der Besserung befunden habe, habe er sie fast täglich an ihren Teil der Abmachung erinnert. Sie angerufen. Ihr aufgelauert. Sie bedrängt.

»Was sollte ich tun?« flüsterte Augusta. »Woher sollte ich dem Mann ein Baby geben? Ich konnte es doch keiner Mutter einfach so wegnehmen.« Augusta machte wieder eine lange Pause.

Eva hatte das Gefühl, als würde man ihr den Boden unter den Füßen wegziehen, ihr Herz klopfte und sie kämpfte mit Tränen. Sie ahnte, was Augusta ihnen nun sagen würde. Ihre Emotionen überwältigten sie.

»Nun sprechen Sie weiter, los!«, brüllte sie. »Was haben Sie getan?«

»Mama, ganz ruhig! Beruhige dich!« Iris nahm ihre Mutter in den Arm. Auch Alex stand wie versteinert am Bett neben Violeta, aus deren Gesicht jegliche Farbe gewichen war.

»Los, Augusta, weiter. So reden Sie doch! Los!«, brüllte Eva.

Augusta öffnete ihre Augen wieder. Sie spürte ihr Herz laut und stark schlagen. Ihr Puls raste.

»Dann kam dieser Tag. Diese Nacht. Dieses schlimme Unwetter. Und all unsere Ärzte waren weg. Und dann wurden Sie auf unsere Station eingeliefert. In großer Not. Ohne Papiere. Ohne Röntgenbilder. Nichts wissend und ahnend. Und dieser Vertretungsarzt, der zufällig noch auf der Insel war, machte einen Kaiserschnitt. Und rettete Ihnen so das Leben.«

Augusta machte wieder eine Pause. Sie spürte, wie sie die Kraft immer mehr verließ. »Ihnen. Und Ihren Kindern!«

Eva starrte sie an. Sie brüllte: »Das kann nicht sein! Ich habe keine zwei Kinder. Ich habe nur diese eine Tochter. Nein. Nein. Das kann nicht sein!«

Eva verlor das Gleichgewicht und taumelte, Alex konnte sie gerade noch stützen, bevor sie zusammensackte.

Auch Iris und Violeta verstanden zunächst nichts und sahen versteinert fragend in die Runde.

Augusta sammelte sich noch einmal. »Ja. Sie hatten Zwillinge im Bauch, zwei Mädchen. Ich hatte damals so gehofft, dass Sie das nicht wussten.«

»Nein. Nein. Nein. Nichts habe ich gewusst.« Eva brach weinend in den Armen von Alex zusammen. »Ich verstehe das alles nicht! Nein. Augusta, bitte sagen Sie, dass das nicht wahr ist. Sie haben nicht eines meiner Babys gestohlen?«

»Doch, hat sie, fürchte ich«, sagte Alex, dem in dieser Sekunde ebenfalls ein paar Tränen aus den Augen kullerten. »Ich war im Rathaus. Violeta ist von ihren angeblichen Eltern adoptiert worden. Es gibt eindeutige Unterlagen darüber. Ich habe Fotokopien dabei.«

Violeta brach in Tränen aus. »Das kann doch nicht sein!« Sie schluchzte erbärmlich. »Mein ganzes Leben ist eine Lüge. Alles. Mein Vater war ein Verbrecher. Was hat er uns allen nur angetan? Ich hasse ihn. Ich hasse ihn!«

Iris, die sich wie in einem Schockzustand befand und ebenfalls weinte, nahm sie in den Arm. »Pssst. Hör auf Vio, hör auf! Wir haben uns gefunden und das ist die Hauptsache. Das Schicksal oder der liebe Gott, wenn es ihn denn geben sollte, hat uns wieder zusammengeführt. Das sollte und musste so sein. Niemand wird uns nun wieder trennen!«

Die Schwestern fielen sich weinend in die Arme.

Augusta röchelte. Sie spürte, wie sich ihre trockene Kehle zuschnürte. Doch der Pfleger, der ihr noch ein wenig Wasser hätte geben können, hatte das Krankenzimmer und die emotionale Szene längst peinlich berührt verlassen.

Eva löste sich aus Alex' Armen. »Violeta. Komm bitte her! Komm her mein Kind!«

Violeta ging weinend auf ihre Mutter zu und umarmte sie. »Ich hätte es wissen müssen. Ich hätte es wissen müssen«, sagte Eva unter Tränen immer wieder. »Ich habe es tief im Inneren vom ersten Moment an gespürt. In der Sekunde, als ich dich das erste Mal auf Formentera sah.«

Iris umarmte ihren Vater, der ebenfalls von der ganzen Situation völlig überwältigt und überfordert schien.

»Iris, komm her! Komm zu mir und deiner Schwester. Komm in meine Arme!«, rief Eva. »Nun kommt schon beide her! Meine Blumenkinder von La Mola. Ich liebe euch!«

Als Augusta sah, wie Eva ihre beiden Töchter in die Arme schloss und sich auch Alex zu ihnen stellte, sich alle überwältigt umarmten, fühlte sie sich einen kurzen Moment so unendlich befreit, als habe man ihr nach Jahrzehnten eine zentnerschwere Last vom Brustkorb genommen. Sie war jetzt einfach glücklich. Sie schloss die Augen, tat einen letzten Atemzug – und schlief für immer ein.

Epilog

Ein Jahr später

»Du siehst einfach bezaubernd aus. Ich glaube, ich habe nie eine hübschere Braut gesehen! Und wie fühlst du dich? Bist du nervös?« Emma streichelte Iris über den Arm und zupfte noch einmal an ihrem Schleier, als es an der Zimmertür klopfte. »Herein!«, rief Iris. »Es sei denn, du bist es, Juan!«

Doch es war nicht Juan, sondern nur Eva, ihre Mutter. »Ziehst du das Kleid jetzt schon an? Die Trauung ist doch erst heute Nachmittag!«

»Ja, Mama, aber Emma und ich wollten nur kurz sehen, ob das Kleid nun wirklich die richtige Länge hat oder der Schneider doch noch einmal schnell Hand anlegen muss. Aber ich glaube, ich finde es gut so. Was meint ihr?«

Emma und Eva gingen einen Schritt zurück und betrachteten die strahlende Iris.

»Also ich finde es perfekt«, sagte Eva. »Was meinst du, Emma?«

»Ja, ein Traum. Iris sieht wunderhübsch aus, das habe ich ihr gerade schon gesagt. Die schönste und glücklichste Braut, die ich je gesehen habe.«

Iris sah noch einmal kritisch in den Spiegel. »Macht das hierum nicht ein wenig dick?«

»So ein Blödsinn!«, sagte Emma. »Es könnte nicht besser sitzen. Jetzt Schluss mit der Änderei. Bis heute Nachmittag gibt es noch einiges zu erledigen. Die Blumen und die Hochzeitstorte müssten eigentlich auch gleich kommen. Warte, Iris, ich helfe dir aus dem Kleid.«

Emma nestelte gerade an den kleinen Knöpfen, als es an der Eingangstür klingelte. »Oh, Eva, würdest du kurz aufmachen? Das ist bestimmt einer der Lieferanten. Aurelia ist noch kurz in die Stadt gefahren, um ein paar Besorgungen zu machen und Alex und Juan haben sich gerade auf ein Gespräch ‚unter Männern' in Pacos Pinte verdrückt.«

»Kein Problem. Muss ich das Außentor öffnen?«

»Nein. Es sollte eigentlich offen sein. Bei den ganzen Lieferungen heute lassen wir es einfach offen stehen. Ist einfacher.«

Es klingelte noch einmal. »Ich komme ja schon!«, rief Eva, ging die geschwungene Treppe ins Erdgeschoss hinunter und öffnete die schwere Eingangstür. Das erste, was sie sah, war eine fünfstöckige, weiße Hochzeitstorte gigantischen Ausmaßes.

»Ah, der Kuchen. Sehr schön. Darauf haben wir schon gewartet. Sieht ja toll aus. Aber wahnsinnig groß! Wer soll das bloß alles essen?«

»Das schaffen Sie schon!«, hörte sie eine Männerstimme hinter der Riesentorte sagen. »Obwohl sie so groß ist, ist sie doch ganz leicht. Mein Sohn hat für die Füllung nur beste Früchte, sehr wenig Zucker und ganz viel frische Sahne von der Insel verarbeitet. Sie wird Ihnen bestimmt schmecken.«

Eva stand wie angewurzelt in der Eingangstür und glaubte ihren Ohren nicht zu trauen. Denn obwohl sie den Lieferanten hinter der bestimmt zwei Meter hohen Torte nur schemenhaft sehen konnte, erkannte sie seine markante Stimme und seinen typischen Formentera-Akzent sofort. Sie zitterte.

»Javier?«

»Ja, ich bin Javier. Kennen wir uns?«

Der Mann kam hinter der Torte hervor und stand ihr nun gegenüber und sah sie fassungslos an. »Mein Gott, Eva! Bist du es wirklich?«

»Bist du jetzt soweit? Die anderen warten schon alle unten in der Bucht am Strand. Und dein Vater ist so nervös, als würde er selbst noch einmal heiraten.« Emma hatte an die Tür von Iris' Zimmer geklopft.

»Ja, eigentlich schon. Eine Sekunde noch.« Iris öffnete.

»Wow! Du siehst wirklich unglaublich aus. Nicht nur dein Mann wird begeistert sein. Sondern dein Vater erst! Er ist so stolz.«

»Ach, Emma. Ich bin so froh, dass die ganzen Aufregungen der letzten Monate vorbei sind. Heute ist wirklich der schönste Tag meines Lebens.«

Emma umarmte Iris. »Ja, ich freue mich auch so sehr für euch!«

Es war viel passiert in den letzten Wochen und Monaten. Doch sie alle hatten die Veränderungen viel besser verarbeitet, als sie sich das hatten träumen lassen. Violeta freundete sich nach dem anfänglichen Schock über die Lebenslüge, in der sie fast 40 Jahre gelebt hatte, schnell mit der neuen Situation an. Sie versuchte, das Ganze positiv zu sehen. Ihr hatte es als Kind an nichts gemangelt, sie hatte liebevolle Adoptiv-Eltern gehabt und ihre Mutter schien – da war sie sich sicher, nachdem sie alle Dokumente gelesen und noch weitere Recherchen angestellt hatte – von dem Babyraub, den Augusta im Auftrag ihres Vaters begangen hatte, wirklich nichts gewusst zu haben. Zu perfekt hatte der alle betrogen. Und nun, wo sie sich nach dem Tod ihrer Eltern allein glaubte, hatte sie plötzlich nicht nur eine Schwester, sondern auch Mutter und Vater – eine ganze Familie – zurückbekommen. Und das machte sie einfach nur glücklich.

Iris konnte sich recht schnell auf die neue Situation einstellen. Sie hatte kurzerhand ihre Wohnung in München aufgelöst und ihre Möbel in einen nicht genutzten Seitentrakt des Anwesens ihres Vaters bringen lassen, wo sie nun ein kleines separates Apartment bewohnte. Offiziell zumindest. Denn die meiste Zeit der letzten Monate hatte sie doch bei ihrem Freund Juan, in dessen kleiner Wohnung, auf Formentera verbracht. Im Herbst hatte dieser ganz offiziell und so, wie es sich im katholisch konservativen Spanien gehört, bei Alex um ihre Hand angehalten.

Und da stand sie nun, ein paar Monate später, in einem weißen Brautkleid an dem ihre »Stiefmutter« Emma ein letztes Mal liebevoll herumzupfte.

Auch Emma hatte die neue Situation, ganz anders als erwartet, verarbeitet. Sie hatte sich erstaunlich schnell an die neue Lebenssituation gewöhnt. Eigentlich sogar schneller, als Alex selbst. Da sie nur ein paar Jahre älter als Iris war, hatte sie in ihr von Anfang an eher eine schwesterliche Freundin, als die böse Stieftochter gesehen. Viele Abende und Nächte hatten sie und Iris durchgequatscht, während Alex rauchend in seinem Studio gesessen und an neuen Hits gearbeitet hatte. Und Emma hatte Iris mit auf all die Partys, Vernissagen und Society-Events genommen, die Alex aus Lustlosigkeit immer öfter verweigert hatte.

Auf einem großen Charity-Dinner hatte Emma einem spanischen Reporter, der sie nach ihrer Begleiterin gefragt hatte, nach ein paar Gläschen Rioja, leicht bis mittelschwer weintrunken, geantwortet »meine Stieftochter« und damit unbewusst und unbeabsichtigt eine riesige Pressewelle losgetreten. Wochenlang waren daraufhin nicht nur riesige Geschichten in den einschlägigen Blättern Spaniens, sondern auch Deutschlands erschienen, die so blumige Headlines wie »Des Popkönigs heimliche Töchter – Was hat er uns noch verschwiegen?«, »Alessandro Rosso: Vater mit 70«, oder »Wollen sie nur sein Geld?« trugen. Sie hatten daraufhin alle eisern geschwiegen und, nur um den nicht enden wollenden und immer haarsträubenderen Geschichten Einhalt zu gebieten, schließlich entnervt ein einziges, großes und gemeinsames Interview gegeben. Alex, Emma, Eva, Iris und Violeta. Auch Eva hatten die Reporter in München immer wieder aufgelauert, so dass sie im letzten Jahr mehrfach nach Ibiza oder Formentera gekommen war, um dem zu entfliehen.

Als Reporterin hatte Iris ihre ehemalige Lieblingskollegin und Freundin Conny auserkoren, die die Chance nutzte, endlich ihre Kündigung bei Stars & Co. einzureichen, sich selbstständig zu machen und mit dem Verkauf dieser europaweit begehrten Geschichte eine solide Basis für ihre Selbstständigkeit zu legen.

Nachdem diese Geschichte in allen Blättern zwischen Helsinki und Madrid erschienen war, kehrte langsam wieder Ruhe ein in ihrer aller Leben. Wenigstens so lange, bis man Emma und Iris bei der Suche nach einem Brautkleid in einer kleinen Boutique abgeschossen und die Fotos in allen großen deutschen und spanischen Zeitungen unter dem Titel »Hochzeit bei Rossos? Ist seine Tochter schon schwanger?« veröffentlicht hatte.

Um einem noch größeren Paparazzi-Rummel am Hochzeitstag zu entgehen, hatten sich Juan und Iris für eine kleine und ganz kurzfristig anberaumte Zeremonie im Familienkreis am Strand entschieden.

»Oh je, so auf die Schnelle kann ich die Praxis gar nicht schließen«, hatte Leonie gesagt, als Iris sie als Trauzeugin bestimmen und einladen wollte. »Wäre es sehr schlimm, wenn wir die Feier irgendwann später nachholen?«

Und auch Angelo, der inzwischen mit Leonie zusammen in Potsdam lebte, vertröstete seinen besten Freund Juan mit einer nachzuholenden Feier.

Also würde es heute auf eine Hochzeit im allerengsten Kreis – Violeta war natürlich auch dabei – hinauslaufen. Nur die Familie, auch die Eltern von Juan waren aus Bilbao gekommen, und der Priester in dieser kleinen, einsamen Bucht. Ohne Touristen und hoffentlich ohne Paparazzi, wie sie alle hofften. Iris war trotzdem überglücklich.

»Ich glaube, wir können!«, sagte sie und zusammen mit Emma und ihrer Mutter machte sie sich auf den Weg zur kleinen Steintreppe, die den ganzen Hang hinunter bis zur Bucht führte, wo der Priester und die anderen bereits warteten.

Am Fuße der Treppe stand Alex, ihr Vater, bereits mit glänzenden Augen und Iris hakte sich bei ihm unter. Sie alle waren barfuß, so, wie Iris sich ihre Hochzeit gewünscht hatte und sie alle trugen Weiß. Auch Eva, Alex, Violeta, Emma und selbst der Bräutigam.

Alex führte seine Tochter zu dem kleinen, weißen Tisch, der heute bei der Zeremonie als kleiner Altar dienen sollte. Dort warteten der Priester und Juan bereits auf sie. Dazu spielten ein paar von Alex Studiomusikern, die natürlich ebenfalls Weiß trugen und am Rand saßen, den Hochzeitsmarsch. Iris war begeistert und auch Juan strahlte, als er seine wunderhübsche Braut in ihrem modernen, aber doch eleganten und sommerlichen Brautkleid aus zarter Seide, mit darauf applizierten kleinen Blumen, auf sich zukommen sah.

Als Alex seine Tochter Juan übergeben hatte und sich die kleine Hochzeitsgesellschaft auf die weißen Klappstühle gesetzt hatte, ertönte Lärm am Himmel.

Erst leiser, dann immer lauter – offensichtlich näherte sich ihnen ein Hubschrauber.

»Oh nein, hoffentlich keine Paparazzi! Was machen wir denn bloß?«, stöhnte Emma, als sie sah, wie der Hubschrauber immer niedriger flog und schließlich in einer Ecke der Bucht zur Landung ansetzte. »Alex, nun tu doch etwas!«

Doch Alex grinste nur, erhob sich und sagte zum Priester: »Einen kleinen Moment noch, bitte!« Und dann zum Brautpaar gewandt: »Meine liebe Iris, mein lieber Juan: Das ist mein Hochzeitsgeschenk für euch!«

Sie alle konnten nicht sehen, wer aus dem Hubschrauber ausstieg, weil die Sonne bereits sehr tief stand und sie blendete. Erst als die vier Personen fast bei ihnen angekommen waren, erkannte Iris, wen ihr Vater da hatte einfliegen lassen. »Oh mein Gott, Papa, das ist ja so wahnsinnig lieb! Unglaublich!« Iris sprang auf und umarmte ihren Vater und lief dann auf die kleine Reisegruppe – die ebenfalls komplett in Weiß gekleidet war – zu.

Es waren Leonie und Angelo aus Potsdam, ihre Freundin Conny und ihr bester Freund Patrick aus München.

Iris juchzte begeistert, umarmte und küsste alle einzeln.

»Fehlen nur noch zwei«, sagte Alex und zeigte zur Treppe, auf der zwei Männer, ebenfalls ganz in Weiß, in die Bucht hinunter gekommen waren. »Unsere ganz besonderen Ehrengäste heute! Der Mann, der meinen Töchtern Iris und Violeta und auch Eva selbst das Leben gerettet hat. Ohne ihn könnten wir hier heute nicht Hochzeit feiern. Javier und sein Sohn Carlos.«

Eva wurde vor Aufregung ganz schwindelig. Als sie aufstand, um Javier, ihre alte Liebe aus den Siebzigern, und seinen Sohn zu begrüßen und zu umarmen, verlor sie fast das Gleichgewicht. Doch wie schon damals war Javier sofort zur Stelle, stützte Eva und nahm sie lachend in den Arm. »Jedes Mal, wenn ich dich treffe, stehst du gerade ein wenig neben dir. Das hat sich offenbar auch in all den Jahren nicht geändert. Darf ich dir meinen Sohn Carlos vorstellen?«

Für Alex und Iris war es sofort klar gewesen, Javier und seinen Sohn spontan zu der Hochzeit am Nachmittag einzuladen, nachdem Eva ihn so unvermittelt am Vormittag wiedergetroffen und ihnen sofort davon erzählt hatte. Und Javier hatte begeistert zugesagt.

Nachdem er noch ein paar Jahre auf Fernrouten zur See gefahren war, von Eva auf Formentera nie wieder etwas gehört und sie auch nie wiedergefunden hatte, war er in die Zentrale seiner Reederei auf Ibiza gewechselt, hatte dort Karriere gemacht und sich in einigen Jahren zum Geschäftsführer hochgearbeitet. Laetizia, seine ehemalige Sekretärin und spätere Frau, war bei der Geburt ihres gemeinsamen Sohnes Carlos gestorben und Javier hatte danach vor Trauer nie wieder eine andere Frau gehabt, sondern seinen Sohn ganz alleine groß gezogen. »Meine erste große Liebe habe ich sitzen lassen – und zur Strafe dafür, hat mir das Schicksal meine zweite genommen«, hatte er sich immer wieder eingeredet und nur seinen Sohn mit all seiner Liebe überschüttet.

Der 34-jährige Carlos war wahrlich gut geraten. Ein stattlicher und attraktiver Mann, der es mit seiner eigenen Patisserie und Confiserie auch über Ibizas Grenzen hinaus zu landesweiter Bekanntheit gebracht hatte.

Eva sah Javier strahlend an. So viele Jahre hatte sie ihn nicht gesehen. Und doch hatte er sich kaum verändert. Ja, er war grau geworden, genau wie sie. Aber ansonsten war er immer noch er. Männlich, markant und trotz seines hohen Alters strahlten seine Augen noch so jung und lausbübisch wie einst.

»Schau, was ich mitgebracht habe…« flüsterte Javier, nestelte in seinen Hosentaschen und zog eine kleine Flasche und zwei

Schnapsgläser heraus. »Ich habe mir gedacht, dass du den brauchen könntest.«

Er setzte sich neben Eva, während Carlos neben Violeta ein paar Reihen weiter vorne Platz nahm.

»Sind Sie nun alle bereit?« fragte der Priester lachend.

»Und ob!«, sagte Iris und strahlte übers ganze Gesicht. »Nie war ich bereiter! Meine ganze Familie ist hier und meine besten Freunde – es kann losgehen!«

»¡Salud Eva!«

»¡Salud Javier! Ich freue mich so sehr, dich wiedergetroffen zu haben.«

»Ich freue mich auch. Prost«

Eva und Javier stießen heimlich an und tranken.

»Hierbas – hmmmm. Ich hatte den Geschmack fast vergessen«, sagte Eva und fühlte sich plötzlich so leicht, glücklich und frei wie viele, viele Jahre nicht.

»Mit einem Hierbas fing alles an damals«, sagte sie und lächelte ihn an. »Weißt du noch, wie du ihn mir damals das erste Mal angeboten hast?«

»Und ob. Wie könnte ich das je vergessen? Die tolle Frau, die über Bord gespuckt hat – und in die ich mich sofort verliebt habe.«

»Hast du? Das wusste ich nie. Aber Javier, ich habe dich auch nie vergessen. All die Jahre habe ich nie aufgehört an dich zu denken. In meinem Herzen hattest du immer einen festen Platz. Und wie oft habe ich mich gefragt, was wohl aus uns geworden wäre…« Sie machte eine Pause und seufzte. »Aber die Chance, die wir damals hatten, haben wir wohl einfach verpasst. Und jetzt ist es zu spät.«

Javier nahm Evas Hand und sah sie an. »Wer sagt denn das? Sind wir schon tot? Nein! Also ich für meinen Teil fühle mich heute, an diesem Tag, lebendiger, denn je. Und wie sagtest du doch so schön? Mit einem Hierbas fing alles an.«

»Guck mal! Wie niedlich! Dreh dich mal unauffällig um«, flüsterte Carlos in Violetas Ohr, als der Priester gerade dabei war, seine kleine Predigt zu beenden.

»Was denn?«

»Ja, guck halt mal! Unsere Eltern!«

Als Violeta sich vorsichtig umdrehte, sah sie, was Carlos meinte. Ihre Mutter küssend. Mit Javier.

»Wie niedlich!«

»Ja, total. Und jetzt kenne ich auch endlich die Frau, die meinem Vater das Herz gebrochen hat, bevor er meine Mutter traf und von der er, als ich später größer war, so viel erzählt hat. Dazu ihre äußerst nette und wirklich sehr attraktive Tochter.« Carlos sah Violeta frech grinsend und flirtend an, die daraufhin errötete.

»Ja, ja, du Charmeur.«

Auch Iris entdeckte, nachdem sie die Ringe getauscht hatten und sie selbst ihren Juan küsste, ihre Mutter und Javier.

Tränen kullerten spontan über ihre Wange, denn das, was sie beobachten konnte, rührte sie sehr, hatte sie es zuvor doch nie gesehen. Ihr ganzes Leben lang nicht. Ihre Mutter gelöst, glücklich – und mit einem Mann.

»Ich wusste doch, dass da mehr zwischen den beiden war, damals«, flüsterte Iris und zupfte an Juans Arm, damit er ebenfalls guckte.

»Oh ja, das glaube ich allerdings auch«, raunte er. »Viel, viel mehr, als wir alle wohl jemals ahnen werden.«

DANKE

Soeben habe ich die letzten Seiten noch einmal Korrektur gelesen, ein paar Kleinigkeiten geändert und schicke mein „Baby" nun auf die Reise in die Druckerei. Und bald werde nicht nur ich, sondern auch meine Leser ihn in den Händen halten: meinen ersten Roman.

Ich bin extrem stolz darauf und auch ziemlich aufgeregt. Denn eine lange Reise findet nun ihren erfolgreichen Abschluss. Von der ersten Idee bis jetzt ist viel Zeit vergangen. Eine aufregende Zeit. Eine tolle Zeit. Aber auch eine Zeit voller Fragezeichen, Widerstände und Mühen.

Aufgeben wollte ich nie. Nachdem ich beschlossen hatte, „meiner" Lieblingsinsel Formentera ein Buch zu widmen, die Idee und die Geschichte langsam in meinem Kopf gereift waren und ich das Werk nach gut einem Jahr Schreiben dann vollendet hatte, konnte mich nichts und niemand mehr aufhalten.

Kein Phlegmatismus, kein Schubladendenken und auch kein „Nein, Danke".

Am Ende hat sich einmal wieder eine meiner Lebensweisheiten bewahrheitet: Die meisten Dinge klappen am besten, wenn ich mich nicht auf andere verlasse, sondern sie einfach selbst in die Hand nehme.

Trotzdem gibt es natürlich ganz viele Menschen die am Erscheinen dieses Buchs beteiligt sind und denen ich auf diesem Wege ganz herzlich danken möchte.

Zunächst meiner Frau Daniela, die ich über alles liebe, die immer an meiner Seite stand und steht und die mir mit der Geburt unseres Sohnes in diesem Jahr das schönste Geschenk der Welt gemacht hat.

Auch meiner Mutter Hannelore danke ich. Wie wohl die meisten Mütter es tun, hat sie mich jederzeit motiviert und gefördert und auch bei Niederlagen immer an mich geglaubt. „Du schaffst das!", sagt sie immer. Und eigentlich hat sie damit auch immer Recht behalten. Danke, Mami! Bleib noch lange bei uns.

Die Idee, einen Roman zu schreiben, hatte ich zwar schon lang. Mich aber wirklich intensiv dran zu setzen, dran zu bleiben und auch von Rückschlägen nicht unterbuttern zu lassen, daran hat sie „Schuld": Sabine J.v.F.. Sabine: Danke für all deine positive Energie und für alles, was du für mich und dieses Buch getan hast! Du weißt, was ich meine…

Aber auch einer zweiten Sabine gilt mein Dank: Sabine Brooke S.. Oder soll ich sagen: Brooke Logan? ;-) Brooky ist MEIN Anker in stürmischer See. Und obwohl im fernen Potsdam, so ist sie mir doch ganz nah. Besonders dank unseres tollen P-R-E-M-I-U-M-N-E-T-Z-E-S (Brooky: Sollten wir denen an dieser Stelle auch mal danken? Ein Dank an…? Och nö, oder? ERST sollen sie mal ihre Netzabdeckungslücken schließen, unsere Mailboxen wieder für die Endlosbesprechung freischalten, den Tarif endlich günstiger machen und DANN – vielleicht im nächsten Buch – könnte man sie auch mal nennen, oder?).

Brooky hat immer an mich und meinen Erfolg geglaubt – auch an den, dieses Buches. Und sich eine Rolle darin gewünscht. Diesen Wunsch habe ich ihr nur zu gerne erfüllt. Brooky: Du weißt,

WER du bist. Ich hoffe, du gefällst dir?! Danke für deine immer währende Freundschaft und dein immer offenes Ohr. Und natürlich Dank an die stetigen Fachberatungen von „Forrester Medical", „Forrester Veterinary Consulting" und „Forrester Media". Darauf ein eisgekühltes E-W-I-A-N-G!

Nach so einem langen Dank muss ich mich wohl etwas kürzer fassen. Sonst schimpft mein Verleger, weil er noch ein paar Schippen Papier mehr für den Druck kalkulieren muss.

Aber es fehlen ja noch einige:

Anna – the bread! Danke für dein Korrekturlesen, deine Kritik und deine Freundschaft. Ich liebe deine ehrliche und offene Art. Und auch wenn deine Einwände à la: „Oh man Hübi! Das liest sich voll behämmert. Wir wissen jetzt, dass das Meer türkis ist. Hör auf mit dem Kitsch-Mist" oft hart waren, so haben sie mir doch sehr geholfen – und das meiste habe ich ja dann auch brav geändert, gell?

Danke in dem Zusammenhang auch an meinen treuen Freund Martin F. – Martini. Dafür, dass du mir indirekt Anna, das Brod, vorgestellt hast und ich dich seit vielen Jahren als treuen Kollegen und Freund an meiner Seite weiß.

Auch zwei Profis des „Schreibgewerbes" haben mir immer wieder beratend und unterstützend zur Seite gestanden: Yvonne H. alias Ana V. oder den Eingeweihten besser als „Mutti" bekannt und Wiebke L. alias 50% von Anne H.

Danke Mutti für deine immer währenden kreativen Ideen (ich bleibe dabei: ich kann mit NIEMANDEM so GUT rumspinnen und kreativ denken, wie mit dir). Du hast mir mehr als einmal aus der gedanklichen Einbahnstraße geholfen und ich freue mich immer noch auf unser erstes gemeinsames Werk: „Todesursachen von brasilianischen Empregadas".

Aber du bist nicht nur mein sich niemals erschöpfender Kreativ-Pool, sondern seit vielen Jahren auch eine liebe und treue Freundin. Danke dafür. Darauf ein paar Salgadinhos und ein Guraná Deichi. (Schreibt man das so?)

Wiebke: Dank dir für deinen Einsatz, deine Ideen, dein Networking und deine immer frische und lustige Art. Du warst in Sachen Buchschreiben immer ein Vorbild und ich bewundere deine Zielstrebigkeit und kreative Ader. Du hast viel getan, um mir bei meinem ersten Roman zu helfen. Hast mir viele Leute vorgestellt, mir Emailadressen und Kontakte gegeben, warst immer jemand, auf den ich mich berufen konnte. Längst ist es auch bei uns so, dass auch Kollegen Freunde wurden. Danke dafür.

Danken möchte ich an dieser Stelle auch jemandem, die damit wahrscheinlich gar nicht rechnet: Tönnschn. Leider war dein Einsatz nicht wirklich von Erfolg gekrönt, aber trotzdem möchte ich dir für deine Arbeit danken. Vielleicht war es gerade unsere Trennung, die mich besonders angestachelt hat, es zu schaffen. Du siehst: Es ist mir gelungen. Und darauf bin ich BESONDERS stolz. Und dass ich dich als Mensch sehr mag, weißt du eh. Ein ehrlicher Dank also für dein Gespranze. ;-)

Dass dieser Roman nun gedruckt vorliegt, verdanke ich auch und vor allem einer Person: Sylke Z.-W. Ich weiß noch genau, als du, Pia H. und ich bei einem unser legendären Lunchdates meintest: „Also ICH kenne da jemanden. Mit dem mache ich dich bekannt und zu dem passen du und ein Buch perfekt." Wie Recht du hattest! Bei Thomas S. und mir war es tatsächlich „Liebe" auf den ersten Blick. Uns beiden war klar: DAS Ding machen wir gemeinsam. Danke Sylke für deine Vermittlung, deine Freundschaft und deine niemals endende Energie. Während viele andere nur rumgeblubbert haben, hast du gleich Nägel mit Köpfen gemacht. Wenn ich mit diesem Buch nun Millionär werde (haha) buche ich einen Privatflieger und wir düsen nebst Schnittchen und Schampus nach Malle. Und DANN auch mit Bordklo! Hoch und heilig versprochen. Und unsere liebe Pia und Uta T. nehmen wir auch mit. Oder?

Thomas S.: Jetzt bist du dran. Du, mein Verleger. Danke, dass du SOFORT von meinem Buch begeistert warst und daran geglaubt hast. Wie ich schon schrieb: bei uns beiden hatte ich von Anfang an ein gutes Gefühl. Ich bin froh bei dir und deinem Verlag gelandet zu sein. Kurze Wege, gemeinsames Vorgehen und Einigkeit in eigentlich allen Fragen: besser kann man es als Autor doch gar nicht treffen?! Danke für dein Vertrauen in mich, meine Arbeit und meine Meinung. Und natürlich ein Dank an deine Schwiegermutter, deren Namen ich gar nicht kenne, die mein Buch aber als eine der ersten gelesen hat und toll fand. Danke Frau Schwiegermutter für Ihre Vorschuss-Lorbeeren!!!

Auch für das tolle Cover meines Romanes möchte ich mich bedanken: Bei der Agentur Kopfbrand in München und ihrem Eigentümer Christoph Bäumler. Im Gegensatz zu vielen Autoren LIEBE ich das Cover meines Buches, bin froh, dass ich so viel mitreden und bestimmen durfte und hoffe, dass nicht nur wir es, sondern auch die Leser draußen toll finden?!

Und auch Familie Topf danke ich an dieser Stelle ganz herzlich. Aus einer losen Club-Bekanntschaft mit Herrn Topf, hat sich eine tolle Freundschaft entwickelt. Inzwischen natürlich auch mit Frau Topf und dem Töpfchen. Auf noch viele schöne Jahre mit den Kindern.

Ein ganz besonderer Dank gilt auch meinen Formentera Freunden Juan G. G. und ganz besonders Carmen T.! Seit fast 25 (!) Jahren kennen wir uns und auch wegen euch habe ich die kleine Insel im Mittelmeer so lieben gelernt. Danke Carmen auch für deine Gastfreundschaft!!! In DEINEM Haus auf Formentera sind viele Seiten dieses Romans entstanden bzw. überarbeitet worden. Bei dir fühle ich mich, genau wie auf der Insel, längst zuhause.

Aber wie kam ich eigentlich das erste Mal nach Formi? Dank Vicce, einer meiner engsten Schulfreundinnen und der absoluten Formi-EXPERTIN. Danke auch an Mauzi für ihre Geschichten über die Insel aus den wilden Siebzigern. Mauzi: EINE Szene im Buch, ist GENAU wie erzählt. Ich glaube, Sie wissen welche ich meine…

So, wen habe ich vergessen? Klar! Noch ein paar ganz liebe Kollegen und Freunde: Dunni und Anja G.! Danke für eure Tipps und Connections.

Danke auch an meine zwei treuen Finanzminister: Rüdi Sch. & Soheyla M. Bei euch weiß ich meine Millionen in guten Händen. ;-)

Danke für die Unterstützung in allen Lebenslagen auch an: Kiki, Frank, EMT, Chrissi, Nici, Willy, Sabina und Börnie. An die Familie: Lena, Kenneth, Andréa, Rosanna, Ursel, Klaus, Tanja, Marco, Finni und Luis.

Und last but not least: Ein großer Dank an BUNTE und Patricia Riekel, Claus Dreckmann, Gala und Astrid Saß, Sabine Christiansen, Alexandra Kamp und Jan Scheutzow für ihren großartigen Support.

Ich hoffe, ich habe keinen vergessen. Falls doch, möge man es mir bitte bitte verzeihen – keine böse Absicht, sondern Alzheimer nach akuter Überarbeitung... ;-)

Jens-Stefan Hübel

Liebe Leserinnen und liebe Leser,

haben auch Sie eine spannende und abwechslungsreiche
Geschichte, die erzählt werden muss ?

Möchten Sie selbst ein Buch verfassen oder haben Sie
schon ein Manuskript in der Schublade ?

Dann zögern Sie nicht und melden Sie sich bei uns unter:
Telefon: **+49 8157 9266 280**

oder per
eMail: **info@hansanord-verlag.de**

Lavendelsplitter

Fleur, eine 66-jährige Frau, die verwitwet und allein in ihrem Haus in der Provence lebt, lernt einen neuen Nachbarn kennen. Norgard, ein pensionierter Richter in ihrem Alter, kommt mit seiner Frau aus Schweden, um gemeinsam mit ihr den Lebensabend in Frankreich zu verbringen. Fleur zeigt sich wenig erfreut über diese neue Bekanntschaft und ist abweisend zu dem, ihre Nähe suchenden Norgard und seiner, in ihren Augen, gestrengen Ehefrau Rut. Aber dank Norgards Beharrlichkeit finden er und Fleur nach und nach, auf gemeinsamen Spaziergängen und durch Gespräche über Literatur und Philosophie, zueinander und verlieben sich. Ihre Beziehung bleibt nicht unentdeckt und löst heftige Reaktionen in ihrem Umfeld aus …

Autor: Viola Ries
Titel: Lavendelsplitter

Seitenanzahl: 368
Preis*: € 17,90 (D), € 18,50 (A), CHF 27,50*
ISBN 978-3-940873-11-8

* unverbindliche Preisempfehlung

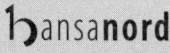
Bestellen Sie jetzt unter: www.hansanord-verlag.de

JU²
DESIGN

EDITORIAL.
CORPORATE.
LOGO.
BUCH.
WEB.

DESIGN

Judith Wittmann // Grafikdesignerin

kontakt // +49 (0) 176 62 65 08 11

mail // info@ju2design.de

portfolio // www.ju2design.de

KOPFBRAND

Das Layout.